ULF KVENSLER

Die Insel

EINER KENNT DIE GANZE WAHRHEIT

THRILLER

Aus dem Schwedischen von Sabine Thiele

PENGUIN VERLAG

Penguin Random House Verlagsgruppe FSC® N001967

1. Auflage
Copyright © 2023 der Originalausgabe by Ulf Kvensler
Copyright © 2025 der deutschsprachigen Ausgabe by Penguin Verlag
in der Penguin Random House Verlagsgruppe GmbH,
Neumarkter Straße 28, 81673 München
produktsicherheit@penguinrandomhouse.de
(Vorstehende Angaben sind zugleich Pflichtinformationen nach GPSR)

Lektorat: Lisa Wolf
Umschlaggestaltung: bürosüd
Umschlagabbildung[en]: Getty Images, Cavan Images, www.buerosued.de
Satz: GGP Media GmbH; Pößneck
Druck und Bindung: CPI books GmbH, Leck
Printed in Germany 2025
ISBN 978-3-328-11088-0
www.penguin-verlag.de

Teil 1

Hätte ich damals gewusst, was ich heute weiß,
wüsste ich es heute nicht.

Stanislaw Jerzy Lec

Kapitel 1

In meinem Traum war es Sommer, ich war auf dem Land bei
meinem Großvater und badete im See. Wie früher als Kind,
doch jetzt bin ich erwachsen.

Als Kind kommt einem der Sommer unendlich vor. Man lebt
ganz im Moment, anders als später als Erwachsener.

Mit der Schnorchelmaske vor dem Gesicht ließ ich mich im
Wasser ein Stück vom Ufer wegtreiben, blickte nach unten auf
diese stille, andere Welt. Lichtflecken fielen auf den sandigen,
gewellten Grund. Vereinzelte Gräser bewegten sich in der Strö-
mung. Kleine, fast durchsichtige Fische stoben davon, als ich die
Hand nach ihnen ausstreckte. Das Schnorchelmundstück
schmeckte nach Gummi, genau wie früher. Jeder Atemzug
zischte in meinen Ohren. Es klang, als wäre ich ein Tiefseetau-
cher und Hunderte Meter tief im Wasser.

Der Traum war wirklich unglaublich lebendig.

Ich schwamm nicht, sondern zog mich mit den Fingern am
Seegrund entlang. Sandwolken stiegen auf und trübten das Wasser, und das gefiel mir.

Dann lag ich still an der Oberfläche und sah über den See. Ich
schauderte, denn irgendwann verschwand der Grund, und Fins-
ternis schluckte das Sonnenlicht.

Großvater hatte oft davon gesprochen, dass der Grund zur
Seemitte hin abrupt abfiel. Als Kind war ich nie so weit draußen,
weil ich schon im seichten Wasser kaum stehen konnte, aber als
Erwachsener schwamm ich natürlich bis zum Rand. Das Wasser
reicht einem ungefähr bis zu den Brustwarzen, dann macht man

einen Schritt und stürzt ab. Plötzlich wird der See fünf Meter tief.

Großvater hatte mir und Klara eingebläut, dass wir auf keinen Fall bis zu der Kante schwimmen durften. Als ob wir uns so weit hinausgewagt hätten, mit sechs und drei Jahren. Ich hatte furchtbare Angst davor. Und selbst als Erwachsener spüre ich ein seltsames Ziehen im Bauch, wenn ich ein paar Schritte mache und plötzlich untertauche.

Im Traum strich plötzlich ein Kältehauch an mir vorbei. Wisst ihr, was ich meine? Wahrscheinlich sind das Strömungen, die Wasser vom tieferen Teil des Sees mit sich bringen. Ich streckte die Hände nach dem Grund aus, um mich wieder zum Ufer zurückzuschieben.

Doch da war kein Boden mehr.

Unbemerkt war ich auf den See hinausgetrieben.

Verzweifelt versuchte ich, mit den Fingerspitzen den Grund zu berühren, doch es gelang mir nicht. Ich sah vor mir, wie ich hilflos im Wasser strampeln und langsam über den Abgrund treiben würde, hinaus in den tiefen Teil des Sees, in dem das Wasser pechschwarz war und sich wer weiß was unter einem befinden konnte. Riesige Fische oder Aale lauerten womöglich dort unten, und vielleicht berührte einen plötzlich irgendetwas am Bein. Supergruselig.

Dann fiel mir ein, dass ich ja erwachsen war und schwimmen konnte.

Wie besessen kraulte ich zum flacheren Wasser, was in Wirklichkeit etwa fünf Sekunden gedauert hätte, in meinem Traum aber mindestens eine Viertelstunde.

Irgendwann konnte ich mit den Fingerspitzen wieder den Grund berühren, atmete erleichtert aus und zog mich das letzte Stück weiter. In Ufernähe war das Wasser so warm, dass es fast meine Haut verbrannte.

Ich blickte auf, das Wasser strömte über mein Zyklopenauge, weshalb ich alles verschwommen sah, doch jemand lief über den Strand auf mich zu. Klara. Als Dreijährige.

Von Klara hatte ich schon viele Jahre nicht mehr geträumt. Doch jetzt freute ich mich. Ich zog die Schnorchelmaske ab und stand auf. Klara war nackt und rannte direkt in den See, plantschte und bespritzte mich mit Wasser. Ich spritzte zurück, und sie kreischte begeistert.

Die Hälfte ihrer Haare war verbrannt, das halbe Gesicht verkohlt und rissig, ebenso wie ein Arm. Doch ihre Augen waren noch da.

Da befanden wir uns also.

Man merkte ihr nichts an, sie spielte und quietschte wie immer, ich auch.

Klaras Gesicht wirkte immer fröhlich. Oder besser gesagt, zufrieden. Als ob sie immer gute Laune hätte. Natürlich nicht, wenn sie traurig oder wütend war. Aber grundsätzlich schien sie das Leben schön zu finden. Wahrscheinlich war das mit ein Grund, warum sie mir so viel bedeutete. Klara war ein sehr positiver kleiner Mensch. Außerdem war ich ihr Idol, das kam natürlich noch dazu. Ich war drei Jahre älter und konnte und wusste viel mehr als sie. Aber sie glaubte, ich könnte einfach *alles*. Sie vermittelte mir das Gefühl, größer zu sein, als ich tatsächlich war.

Wir plantschten noch eine Weile weiter im Wasser, dann gingen wir ans Ufer und bauten Sandburgen. Ich zeigte ihr, wie feucht der Sand sein musste, damit er beim Umstülpen des Eimers nicht auseinanderfiel. Und dass man mit der Schaufel auf den Eimer klopfen musste, damit der Sand sich leichter herauslöste.

Klara hockte dicht neben mir, saugte an einer feuchten Haarsträhne und lehnte sich an mich, legte eine Hand auf mein Bein.

Ein schönes Gefühl. Beinahe, als wären wir zusammengewachsen.

Sie roch ein wenig verbrannt.

Ich stülpte einen Eimer mit Sand um und klopfte auf den Boden.

Da sagte Klara: »Isak, fahr nicht.«

»Was meinst du damit?«

Klara tätschelte mein Bein und legte den Kopf an meine Schulter. »Fahr nicht.«

Und jetzt kommt's: Wann hatte ich diesen Traum wohl, was glaubt ihr?

In der Nacht, bevor mein Vater mich anrief und alles seinen Lauf nahm.

In der Nacht davor.

Isak, fahr nicht.

Als ob sie mich hätte warnen wollen. Mir ist schon klar, dass das nicht sein kann. Aber trotzdem.

Ist das nicht krank?

Kapitel 2

Perspektivenwechsel. Ihr kennt doch sicher dieses Bild, das einmal wie eine alte Frau aussieht, dann wieder wie eine elegante junge Dame mit langem Hals, die den Kopf abgewandt hält.

Ich sitze beim Freigang auf dem Hof, in meinem kleinen, keilförmigen Bereich, und sehe hinauf in den Himmel. Als wäre ich in einem tortenförmigen Trivial-Pursuit-Spielstein.

Gefangen.

Aber vielleicht ist ja auch die Welt gefangen? Das ganze Universum. Nur in dem kleinen Tortenstück, in dem ich gerade sitze, kann man sich frei bewegen. Alles andere ist hinter Gittern.

Perspektivenwechsel.

Mein Vater hat mich dazu gebracht, die Welt auf völlig andere Weise zu sehen. Für kurze Zeit jedenfalls. Das war wohl von Anfang an sein Ziel gewesen.

Man könnte auch sagen, dass ich kurze Zeit genauso verrückt war wie er.

Jetzt kann ich die Welt nicht mehr so sehen, doch ich erinnere mich noch an das Gefühl. Dann wird mir schwindelig, und ich muss mich hinsetzen.

Letztens hat sich ein Rabe da oben auf der Mauer niedergelassen. Zumindest glaube ich, dass es ein Rabe war. Ein großer schwarzer Vogel.

Ob sie es war? Aber was will sie dann von mir? Sind wir denn nicht fertig miteinander?

Bitte. Lass uns miteinander fertig sein.

Bei Tag träume ich von meiner Mutter und bei Nacht von Klara und Madde.

Der Himmel über dem Stahlnetz ist bleigrau.

Wie an dem Tag, an dem mein Vater anrief.

Kapitel 3

Bevor mein Leben auf den Kopf gestellt wurde, arbeitete ich bei einem häuslichen Pflegedienst, seit fast vier Jahren schon. Mir gefiel der Job. Mit meinem kleinen Dienstwagen fuhr ich zu alten Menschen, die noch zu Hause wohnten, manchmal sogar auf kleinen Höfen mitten im Wald. Wahrscheinlich würden sie verkümmern und innerhalb weniger Wochen sterben, würde man sie in ein Heim stecken.

Für die meisten ist der schlimmste Teil meiner Arbeit, den Leuten bei der Körperpflege zu helfen. Windeln zu wechseln, den Alten den Hintern abzuwischen. Doch daran gewöhnt man sich nach ein paar Tagen, zumindest mir ging es so. Danach dachte ich nicht mehr daran, dass es eigentlich eklig war, nahm die Gerüche nicht mehr so deutlich wahr. Es war einfach etwas, das erledigt werden musste.

Für mich war der administrative Teil das Schlimmste. Berichte schreiben, an Besprechungen teilnehmen, Verbrauchsmaterial bestellen – alles, was nicht direkt mit der Arbeit zu tun hat. Todlangweilig. Manchmal spielte ich sogar mit dem Gedanken, mir deswegen einen anderen Job zu suchen.

Viele belastet der Stress und dass man nie genug Zeit für die alten Menschen hat, ständig weiterhetzen muss. Immer das Gefühl hat, zu wenig tun zu können. Meine Größe und meine körperliche Kraft kamen mir zugute, ich konnte einen alten Mann, wie zum Beispiel Göte in Virseryd, allein in die Dusche manövrieren. Auch wenn er im letzten Jahr abgenommen hatte, wog er immer noch weit über hundert Kilo. Wenn ich nicht bei ihm war, mussten zwei meiner Kollegen zu ihm fahren. Wenn Göte stürzte, konnte nur ich allein ihm wieder aufhelfen.

Es war der Dienstag nach Mittsommer. Das Wetter war beschissen, kalt und regnerisch, der Himmel hing bleigrau über dem Fichtenwald. Sommer in Småland. Ist er irgendwo anders im Land genauso mies? Auf diesem Planeten? Ich wage es zu bezweifeln. Bei diesem Wetter sehnte ich mich jedenfalls noch mehr nach meinem Urlaub. Madde und ich wollten in der darauffolgenden Woche nach Antalya in die Türkei fahren, wo wir uns im letzten Sommer kennengelernt hatten.

So war der Plan. Himmel. So unendlich lange scheint das her zu sein.

An jenem Morgen war ich schon ein paar Stunden in meinem kleinen Auto herumgeflitzt, und es war fast neun Uhr. Die Landstraßen lagen einsam und verlassen da. Ich dachte an den Traum von Klara, der viele verschiedene Gefühle in mir aufgerührt hatte. Freude, dass ich sie noch einmal gesehen hatte, wenn auch nur im Traum. Wehmut beim Aufwachen. Unruhe, die ich selbst nicht ganz verstand.

Fahr nicht.

Ich kroch durch Tannsjö, den kleinen Ort, an dessen Rand die alte Birgit wohnte. Eine unbemannte Tankstelle, ein kleiner Lebensmittelladen. Geschäfte, die leer standen, seit ich mich erinnern konnte. Das zweigeschossige Mietshaus, das einzige in Tannsjö. Kein Mensch war zu sehen.

Ich stellte den Wagen in der Einfahrt zu Birgits kleinem Bungalow aus gelbem Backstein ab, der sicher früher einmal modern und praktisch gewesen war. Birgits Ehemann war vor vielen Jahren gestorben, Kinder hatte sie nie erwähnt.

Wusste Birgit damals beim Einzug, dass sie für immer hier wohnen bleiben würde? Oder ging sie davon aus, es wäre nur die erste Station auf ihrer gemeinsamen Reise durchs Leben? Hatte sie das Gefühl, noch unendlich viel Zeit zu haben, unendlich viele Möglichkeiten?

Ich sperrte die Haustür auf, ging hinein und entdeckte den nassen Fleck in der Diele.

Das war nicht das erste Mal. Birgit war im Winter neunzig geworden und dement. Manchmal zog sie sich nachts die Windel aus. Und da konnte man dann im Haus ein paar Überraschungen finden.

Ich ging zu ihr ins Schlafzimmer. Sie lag im Bett und schnarchte mit offenem Mund. Ich griff nach ihrer knochigen, altersfleckigen Hand und drückte sie vorsichtig.

»Birgit? Hallo, Birgit?«

Sie öffnete die Augen, fast wie in Zeitlupe, sah mich verschlafen und verwirrt an, erkannte mich offenbar nicht.

»Guten Morgen. Ich bin's, Isak.«

Ein zaghaftes Lächeln breitete sich auf ihrem Gesicht aus, und ihre wässrigen grauen Augen wirkten lebendiger.

»Oh, hallo«, sagte sie.

»Haben Sie gut geschlafen? Geht es Ihnen gut?«

»Besser als morgen«, erwiderte sie heiser.

Ich lächelte. Birgit hatte ein paar Standardantworten, die sie jedes Mal zum Besten gab. Das war die Demenz. Doch es war unwichtig, dass ich die Scherze schon Hunderte Male gehört hatte, ich freute mich über das Funkeln in ihren Augen.

Da nahm ich einen verräterischen Geruch wahr. Ja, ganz immun war ich nicht dagegen. Ich hob die Bettdecke hoch. Birgit war von der Taille abwärts nackt und hatte ihren Darm ins Bett entleert.

Auch das nicht zum ersten Mal.

Da vibrierte mein Handy. Ich sah aufs Display, ob jemand von der Arbeit anrief oder Madde. Nein, eine unbekannte Nummer.

Bestimmt ein Telefonverkäufer. Ich drückte den Anruf weg und machte mich an die Arbeit.

Eine halbe Stunde später saß Birgit gewaschen und mit frischer Windel und sauberer Kleidung in der Küche und frühstückte. Ich hatte den Urin in der Diele aufgewischt, Kaffee gekocht und ein paar Käsebrote geschmiert. Während sie die genüsslich kaute und ihren Kaffee schlürfte, stopfte ich die verschmutzte Bettwäsche in die Waschmaschine und bezog das Bett neu. Dann ging ich zu ihr in die Küche. Sie musterte mich mit einem Blick, als sähe sie mich zum ersten Mal. Birgits Hals war versteift, weshalb sie den Kopf nicht in den Nacken legen konnte und den ganzen Oberkörper nach hinten lehnte, als wolle sie an einem Hochhaus hinaufsehen.

»Na, das ist aber mal ein strammer Bursche«, sagte sie und kicherte.

»Ganz genau.« Ich grinste.

Das sagte sie jetzt zum zweiten Mal an diesem Morgen. Und bestimmt würde sie es noch ein paarmal sagen, bevor ich weiterfahren musste.

Ich schenkte mir auch eine Tasse Kaffee ein und setzte mich neben sie an den Tisch.

»Wollen wir dann ein bisschen herumlaufen?«, fragte ich.

»Ein Spaziergang?«

Ich beugte mich zu ihr und sprach etwas lauter. »Nein, kein Spaziergang, das schaffe ich heute nicht. Aber wir könnten hier im Haus ein wenig herumgehen.«

»Ja, in Ordnung.«

»Sie wissen ja, es hilft Ihnen, wenn Sie sich bewegen. Dann tut der Rücken nicht so weh.«

»Aber ich habe doch gar keine Rückenschmerzen.«

»Sehr gut.«

»Ich kann jetzt ohne Krücke liegen.« Sie lachte verschmitzt, und ich lachte auch.

»Sehr gut, Birgit. Sie werden immer besser.« Ich strich ihr zärtlich über die Wange.

Wieder vibrierte mein Handy, aber das musste warten.

Nachdem Birgit und ich ein paar Runden durchs Haus gedreht hatten und ich sie im Wohnzimmer in ihren Sessel gesetzt hatte, umarmte ich sie leicht.

»Ich muss jetzt gehen. Mia kommt am Nachmittag zu Ihnen. Bis morgen.«

»Jaja, kommen Sie nur.«

Ich versperrte die Haustür hinter mir und ging zum Wagen, während ich das Handy aus der Tasche holte. Die unbekannte Nummer hatte mir eine Nachricht hinterlassen.

Hm, Telefonverkäufer machen so etwas normalerweise nicht.

Ich hörte die Nachricht ab.

Erst herrschte Stille, dann holte jemand tief Luft.

Was sollte das denn?

Dann:

»Hallo, Isak. Hier spricht Fredrik. Dein Vater.«

Wieder Stille.

»Ich muss dir etwas erzählen. Könntest du mich bitte unter dieser Nummer zurückrufen? Danke.«

Klick.

Ich setzte mich hinters Steuer, atmete tief ein und starrte lange auf das Handy. Mein Herz klopfte wild.

Kapitel 4

Den restlichen Tag konnte ich kaum an etwas anderes denken als an die Nachricht.

Nach der Arbeit fuhr ich ins Fitnessstudio und absolvierte eine richtig harte Trainingseinheit. Strampelte wie ein Verrückter auf dem Crosstrainer, jagte den Puls auf 175 hoch. Wollte das Hämmern im ganzen Körper spüren, in der Brust, im Hals, in den Ohren, hinter den Augen, sodass der Blick bei jedem Herzschlag verschwimmt. Das harte Training bringt das Gehirn auch wieder in Gang, reißt einen aus dem alten Trott heraus und lenkt die Gedanken in neue Richtungen.

Die anderen im Studio warfen mir verstohlene Blicke zu. Eine etwa zwanzigjährige junge Frau, die ich schon öfter gesehen hatte, schien zu befürchten, ich bekäme gleich einen Herzinfarkt oder so. Aber als ich das Studio verließ, ging es mir besser, ich war ruhiger.

Auf dem Weg zur Wohnung überlegte ich, was ich wegen meines Vaters unternehmen sollte. Ich konnte mich bei ihm melden oder es lassen. Doch auch wenn ich nicht zurückrief, wäre nichts wie vorher. Er hatte Kontakt aufgenommen, wollte mir etwas erzählen. Das würde mir keine Ruhe lassen.

Er hatte mich vor die Wahl gestellt, und beide Alternativen behagten mir überhaupt nicht.

Madde und ich wohnten in einer kleinen Zweizimmerwohnung in der Stadt. In fünf Minuten war man zu Fuß am Marktplatz mit dem alten Rathaus und in zehn Minuten beim großen ICA-Supermarkt. Alles war in der Nähe. Oder auch nichts, wie auch immer man es betrachtete.

Am Fluss stehen neue Eigentumswohnungen, groß und schön mit verglasten Balkonen. Sie sind teuer und gehen trotzdem weg wie nichts. Auch in unserer kleinen Stadt gibt es also Leute mit Geld. Für Madde und mich waren die Wohnungen allerdings unerschwinglich. Wir konnten uns eine heruntergekommene Mietwohnung mit zwei Zimmern leisten, zweiundfünfzig Quadratmeter, im dritten Stock ohne Aufzug.

Wenn ich an die Wohnung denke, droht mich der Schmerz zu überwältigen. Starr sitze ich da und warte, bis er nach einer Weile abflaut.

Unser Leben, unsere Zukunft, all unsere Hoffnungen und Sehnsüchte waren auf zweiundfünfzig Quadratmetern zusammengepfercht.

Im Wohnzimmer stand die ganze Zeit eine unausgepackte Umzugskiste. Wahrscheinlich steht sie immer noch da.

Verdammt.

Als ich zur Tür hereinkam, briet Madde gerade etwas in der Küche.

»Hallo«, rief sie, um das Dröhnen des alten Dunstabzugs zu übertönen.

»Hallo«, rief ich zurück und stellte die Tasche mit meiner Sportkleidung ab, bevor ich durch den schmalen Flur in die kleine Küche ging.

Madde sah zu mir und lächelte. »Na?«

»Hallo.« Ich legte die Hände auf ihre Hüften, sie drehte mir den Kopf zu, und wir küssten uns.

»Oh, du bist ja ganz rot«, sagte sie.

»Ich war im Fitnessstudio.«

Ich zog sie an mich. Sie hielt einen Pfannenwender in der Hand, in der gusseisernen Pfanne brutzelten Truthahnfleischbällchen. Daneben kochten Nudeln in einem Topf.

»Was kann ich tun? Soll ich den Tisch decken?«, fragte ich.

»Ja, gern. Und ein bisschen Gemüse schneiden. Im Kühlschrank liegen Gurken und Tomaten.«

Ich deckte unseren winzigen Küchentisch. Ein paarmal hatten wir zu dritt daran gesessen, wenn mein Großvater zu Besuch gekommen war, aber eigentlich war es zu eng.

Ich sah zu Madde, die auf den Herd konzentriert war. Wir konnten beide nicht besonders gut kochen und hatten auch wenig Interesse daran. Und wie so oft dachte ich, wie komisch das alles war. Wie wunderbar. Dass diese großartige Frau in unserer Küche stand und Fleischbällchen briet. Dass sie von Stockholm zu mir in dieses kleine Nest im finstersten Småland gezogen war.

Madde war neunundzwanzig, ein paar Jahre älter als ich. In meinen Armen wirkte sie klein, aber eigentlich war sie mittelgroß. Sie war schlank und hatte eine gute Figur. Sport trieb sie nie, aber sie sah trotzdem fit aus, keine Ahnung, wie sie das schaffte. An diesem Abend trug sie enge schwarze Jeans (in deren Gesäßtaschen ich gern meine Hände schob) und ein weißes Oberteil, das das kleine Tribaltattoo über ihrem Steißbein verbarg. Die dunkelbraunen Haare gingen ihr gerade mal über die Ohren und ließen ihren schlanken Hals frei. Man sah, dass sie sie nicht hier in der Kleinstadt schneiden ließ. Etwa jeden zweiten Monat fuhr Madde nach Stockholm und ging dort zum Friseur.

Sie hatte ein hübsches, symmetrisches Gesicht mit hohen Wangenknochen und braunen Augen. Immer sorgfältig geschminkt mit viel Kajal und Rouge.

Besonders liebte ich an ihr jedoch die Dinge, die nicht ganz in das souveräne Bild passten. Die zeigten, dass sie kein Rockstar war, sondern ein ganz normaler Mensch. Ihre weißen Socken, die sich beim Waschen rosa verfärbt hatten. Wie sie sich mit den Zehen des einen Fußes den anderen kratzte. Wie sie unsicher am

Herd stand und die verschiedenen Knöpfe unter die Lupe nahm, um mit dem richtigen das kochende Nudelwasser herunterzudrehen.

Hier war sie nicht in ihrem Element. Und ich war der Grund dafür. Wegen mir ertrug sie das alles. Um mit mir zusammen zu sein. Bei dem Gedanken wurde mir wieder mal bewusst, dass ich sie liebte.

An jenem Abend, nachdem mein Vater sich nach zwölf Jahren zum ersten Mal wieder bei mir gemeldet hatte, deckte ich den Tisch und mischte einen Salat aus Gurken, Tomaten und Mais. Madde stellte die abgegossenen Nudeln und die Pfanne mit den Fleischbällchen auf Untersetzer auf den Tisch. Ich holte noch das Ketchup, und wir setzten uns.

»Was hast du heute gemacht?«, fragte ich beim Essen.

»Nichts Besonderes«, antwortete sie. »Ich habe auf der Website vom Arbeitsamt nach neuen Stellenangeboten gesucht, aber sie hatten nichts.«

Als Madde im Winter zu mir gezogen war, arbeitete sie eine Weile auf dem Korseryd Herrgård, in der Vorweihnachtszeit und über Neujahr brauchte man dort zusätzliches Personal. Doch nach der Probezeit hatte man sie nicht übernommen. Seither war sie nicht sehr motiviert, etwas anderes zu finden, auch wenn sie jede Woche die Seite vom Arbeitsamt checkte. Zumindest behauptete sie das.

Ich verdiente nicht gerade die Welt, sagte aber trotzdem, sie solle sich Zeit lassen, ich könne die Miete und alles andere übernehmen. Doch davon wollte sie nichts hören, Widerstand zwecklos.

Madde kam aus einer reichen Familie. Villa in Danderyd, Sommerhaus an der Côte d'Azur. Ihre Mutter hatte altes Geld aus irgendeinem Industrieunternehmen mitgebracht und leitete die Rechtsabteilung eines Konzerns. Maddes Vater war Fotograf und eher der Künstlertyp, aber auf seine Weise sehr erfolgreich. Madde war die zweitälteste von vier Geschwistern und so etwas wie das schwarze Schaf der Familie. Ihre Mutter beschrieb sie als kalt, herrschsüchtig und lieblos, mit ihr war sie nie ausgekommen. Als Teenager hatte Madde rebelliert, oft die Schule geschwänzt und war mit achtzehn von ihren Eltern rausgeworfen worden. Seither hatte sie kaum Kontakt zu ihrer Mutter. Ihr Vater war sanfter, hatte ihr immer wieder mit Geld ausgeholfen und sie wenn nötig auch mal in seinem Atelier wohnen lassen. Sie hatte jeden möglichen Scheißjob in Stockholm gemacht, hatte sie erzählt. Und sie war mit dem Rucksack um die Welt gereist. Manchmal hatte sie ein paar Monate an einem Ort bleiben müssen, um Geld für die Weiterreise zu verdienen.

»Und wie war dein Tag?«, fragte sie.

»Gut«, antwortete ich. »Wie immer.« Ich nahm mir noch Nudeln und verteilte Ketchup darauf. »Sehr lecker.«

Madde lächelte schief und sah mich ironisch an. Sie wusste, dass sie alles andere als eine Spitzenköchin war.

Wir aßen schweigend. Gegen meinen Willen musste ich an meinen Vater denken, an den Traum von Klara. Madde merkte, wie geistesabwesend ich war.

»Ist irgendwas passiert?«, fragte sie schließlich.

»Nein, warum?«

»Du wirkst nachdenklich.«

»Nein, alles in Ordnung. Ich habe nach dem Training nur einen Riesenhunger.«

Madde nickte und sah auf ihren Teller. Sie wirkte nicht überzeugt. »Okay.«

»Wollen wir heute Abend einen Film anschauen?«

»Das klingt super.«

Ich konnte ihr aus dem ganz einfachen Grund nichts vom Anruf meines Vaters erzählen, dass sie dachte, meine Eltern seien tot. Bei einem Brand umgekommen, als ich noch ein Kind war. Und Madde war so einfühlsam gewesen, nicht weiter nachzufragen. So war es mir am einfachsten erschienen. Wer rechnete schon damit, dass mein Vater sich nach so vielen Jahren melden würde? Und in gewisser Weise war es ja auch keine Lüge. Für mich war er tot.

Klara hatte ich nie erwähnt.

Madde legte ihr Besteck auf den Teller, sie war fertig. Ich spießte die letzten Fleischbällchen in der Pfanne auf.

»Du«, sagte ich, »mir ist gerade eingefallen, dass ich nach dem Essen noch mal los muss. Ich habe Großvater versprochen, ihm bei etwas zu helfen. Er ist gerade im Sommerhaus.«

»Aha.«

»Es dauert nicht lange. Wir können uns danach noch was anschauen.«

»Okay.«

Es stimmte, dass mein Großvater in seinem Haus auf dem Land war, aber wir hatten nichts vereinbart. Ich musste ihm nur erzählen, dass sich mein Vater gemeldet hatte, und das wollte ich nicht am Telefon machen, damit Madde nichts hörte.

Vor zwölf Jahren hatte mein Großvater nach meiner letzten Begegnung mit meinem Vater zu mir gesagt, ich müsse es ihm sofort erzählen, wenn er sich noch einmal melden sollte. Ich dürfe ihn auf keinen Fall allein treffen. Auf gar keinen Fall.

Das hatte ich ihm damals hoch und heilig versprochen, und dieses Versprechen würde ich halten.

Kapitel 5

Mit unserem klapprigen Nissan Micra fuhr ich aus der Stadt und über eine Landstraße durch dichte Fichtenwälder. Der Asphalt glänzte noch nass, es regnete aber nicht mehr. Es sind nur etwa zwanzig Kilometer, doch die Fahrt dauert über eine halbe Stunde. Der erste Teil der Strecke verläuft geradeaus, da kann man Gas geben. Bei der Abzweigung nach Rongaryd wird die Straße dann kurviger, und schließlich holpert man über einen schmalen Schotterweg durch den Wald, der kein Ende zu nehmen scheint. Gras und niedriges Gestrüpp schaben an der Unterseite des Autos. Großvater hat mal erzählt, dass sich irgendwo hier im Wald, östlich des großen Sees Lunnen, der Punkt in Småland befindet, der am weitesten von bewohnten Gebieten entfernt ist.

Der Wald ruft gemischte Gefühle in mir hervor. Ich mag die Stille zwischen den dicken Baumstämmen, den grünen Moosteppich. Ein bisschen wie in einer Kirche. Man wird ganz ruhig. Trotzdem fürchtete ich seit meiner Kindheit kaum etwas so sehr, wie mich im Wald zu verirren.

Der Regen setzte wieder ein, feine Tropfen bedeckten die Windschutzscheibe. An einem bewölkten Tag wie heute war es im Wald fast dunkel.

Die Bäume lichteten sich, und man konnte den See erahnen. Kurz darauf war ich bei dem Wochenendhaus angelangt und stellte den Wagen ab. Ich ging um die Ecke und sah über den See, mit dem ich viele meiner schönsten Erinnerungen verband. Und die schrecklichsten.

Das Grundstück fiel leicht zum Ufer und zu unserem Strand hin ab. Großvater hatte überlegt, den alten steinernen Steg durch etwas Moderneres zu ersetzen, ihn dann aber schließlich doch repariert, damit er noch eine Weile hielt. Auf jeden Fall solange Großvater noch am Leben war. Schilf säumte den Strand, man musste aufpassen, dass er nicht alles überwucherte. Jedes Frühjahr schlugen Großvater und ich mit unseren Sensen eine breite Schneise bis ins flache Wasser.

Hier am Ufer hatte ich im Traum mit Klara gesessen. *Fahr nicht.*

Wind war aufgekommen, und der See war dunkelgrau, aber noch spazierten keine weißen Gänse auf den Wellen, wie Großvater zu sagen pflegt. Das andere Ufer war dicht mit Wald bewachsen. Der Lunnen ist ein großer See, der sich weit nach Norden und nach Süden erstreckt. Doch nur hier vor dem Haus ist er eine weite Wasserfläche, sonst ist er von Buchten und unzähligen kleinen Inseln durchzogen und wirkt eher wie viele kleine Seen in einem großen. Dreihundertfünfundsechzig Inseln, heißt es, eine für jeden Tag des Jahres. Aber es kommt wahrscheinlich darauf an, welche man alle mitzählt.

Früher stand hier mal ein kleiner Bauernhof. Noch früher hatten auch die Felder dazugehört, und im Wald standen noch Reste einer alten Steinmauer und ein Erdkeller. Wie anstrengend es gewesen sein musste, den Wald zu roden und die Steine abzutragen, um dann auf einem kleinen Ackerstück etwas anbauen zu können. Die Großmutter meines Großvaters war hier aufgewachsen, zusammen mit sechs Geschwistern. In einem Jahr war die Ernte ausgeblieben. Durch den Winter schafften sie es irgendwie, doch im Frühjahr hatten sie nichts mehr zu essen. Die Eltern verboten den Kindern, tagsüber draußen zu spielen, weil sie davon zu großen Hunger bekamen. Bis zum Sommer mussten sie im Bett liegen und durften sich kaum bewegen.

Das war vor gut hundert Jahren. Das Leben war damals um einiges härter.

Wenn Großvater mir die Überreste der alten Äcker nicht gezeigt hätte, wären sie mir nie aufgefallen. Der Wald hatte sich alles zurückgeholt, was meine Vorfahren ihm unter großen Mühen abgerungen hatten. Am Ende gewinnt doch immer die Natur.

Ich ging zurück zum Haus, das am gleichen Platz wie der alte Hof stand. Ein Fertighaus, nicht besonders modern, ein bisschen wie aus den Achtzigern. Aber so wollte es Großvater.

Ich zog die Haustür auf und ging hinein ins Trockene. Während ich die Schuhe abstreifte, rief ich: »Hallo?«

»Hallo!«, antwortete Großvater.

Ich wusste, dass er hier war und herumwerkelte, denn Madde und ich hatten ihn am Wochenende besucht. Da hatte er uns erzählt, dass er als Nächstes den Dachboden mit Glaswolle isolieren wollte.

Ich ging in die zum Wohnzimmer offene Küche, als Großvater gerade die Treppe vom Dachboden hinunterkam.

»Hallo.« Er lächelte.

»Hallo«, antwortete ich. Wir begrüßten uns, wie ein kleiner Junge verschwand er beinahe in meinen Armen.

»Wie schön, dass du vorbeikommst.«

»Ja, ich wollte mal schauen, wie es vorangeht. Damit du die Isolierung nicht auf der falschen Seite anbringst oder so.«

Er lachte. Mein Großvater Anders war gerade vierundsiebzig geworden. Für sein Alter war er ziemlich fit, auch wenn er etwas gebeugt lief. Mager und sehnig war er schon immer gewesen. Ein Knie machte Probleme, weshalb er leicht hinkte und auf einen Termin für eine Operation wartete. Seine weißen Haare standen in alle Richtungen ab, vor allem, wenn er herumwerkelte und ihm warm geworden war, wie jetzt. Sein Bart war ebenfalls weiß und einigermaßen gepflegt, jedenfalls verglichen mit seinen Haaren.

Manchen Menschen sieht man sofort an, wie es ihnen geht. Ob sie fröhlich sind, verärgert, traurig, besorgt. Madde ist so jemand, man erkennt es an ihren Augen. Andere Menschen haben fast immer denselben Gesichtsausdruck. Großvater zum Beispiel. Er hat kleine Augen und wirkt immer, als würde er sie leicht zusammenkneifen. Er grinst fast nie, und wenn er lächelt, spannt die Haut um seine Mundwinkel. Sein Gesicht scheint im Alter versteinert zu sein, genauso wie sein Körper. Aber ich kenne ihn gut und weiß genau, wie es ihm geht. Fast besser als Madde. Ich sehe es an seinem Blick, höre es an seiner Stimme. Nuancen, die niemandem sonst auffallen.

Wir telefonieren jeden Tag miteinander, oft mehrmals. Sehen uns ein paarmal in der Woche. Kein Wunder, dass ich ihn so gut kenne.

Und jedes Mal wirkt er, als würde er sich freuen, mich zu sehen, meine Stimme zu hören.

Er hat nie gesagt, dass er mich liebt, so etwas passt nicht zu meinem Großvater. Aber ich habe nie auch nur eine Sekunde daran gezweifelt.

Doch, ein paarmal schon. Und da dachte ich, dass meine Welt zusammenbricht. Aber dazu komme ich noch.

»Kaffee?«

»Gern.«

Großvater befüllte die Kaffeemaschine und schaltete sie ein, während ich zwei Tassen aus dem Schrank holte und sie auf den Tisch stellte.

»Ich vermisse die Speisekammer aus dem alten Haus«, sagte Großvater. »Die Küche lag nach Norden, und in der Speisekammer war es immer kühl.«

»Ich muss dir was erzählen.«

»Hm?« Großvater blickte auf, während er Mandelkekse in einen kleinen Korb legte. Mein Herz schlug schnell, und mein Mund war trocken. »Papa hat heute angerufen und eine Nachricht auf der Mailbox hinterlassen.«

Großvater legte die Tüte mit den Mandelkeksen beiseite und richtete sich auf. Stand wie erstarrt da.

»Also …«, sagte ich. »Das wollte ich nur erzählen.«

Großvater sah abwesend durch die großen Fenster zum See, sein Mund war leicht geöffnet.

»Das hätte ich nicht gedacht«, sagte er schließlich und ließ sich auf einen Stuhl am Küchentisch sinken. Auf einmal sah er älter aus, müder.

»Ich habe nicht zurückgerufen.«

Großvater starrte stumm zum Wasser. Ich sah auch aus dem Fenster. Die Wellen waren rauer geworden und dunkelgrau.

»Was wollte er?«, fragte Großvater.

»Das hat er nicht gesagt.«

Die Kaffeemaschine gurgelte und zischte.

»Ich weiß nicht …« Ich verstummte, hatte keine Ahnung, wie ich den Satz beenden sollte.

»Nach all den Jahren«, sagte Großvater wie zu sich selbst.

Die Kaffeemaschine blubberte lauter und zischte noch einmal leise. Ich holte die Kanne und schenkte uns Kaffee ein, dann setzte ich mich gegenüber von Großvater an den Tisch.

»Was soll ich jetzt machen?«, fragte ich. »Soll ich ihn zurückrufen?«

Großvater seufzte und schüttelte leicht den Kopf.

»Das kann ich dir nicht sagen«, antwortete er. »Das musst du selbst …« Er trank einen Schluck Kaffee.

»Ich weiß«, erwiderte ich. »Aber ich möchte gern hören, was du darüber denkst.«

In diesem Moment erkannte ich vieles auf Großvaters Gesicht. Müdigkeit, Niedergeschlagenheit, Schmerz, aber vor allem Sorge. Fast bereute ich, es ihm erzählt zu haben.

Aber vor zwölf Jahren hatte ich es ihm doch versprochen. Großvater sah immer noch zum See. Das offene Wasser war wie ein Feld aus Eisen. Doch jetzt sah man die weißen Schaumkronen.

Schließlich sagte er:»Nein. Ich denke, du solltest nicht zurückrufen.«

Er schluckte. Seine Stimme war rau, als er weitersprach.

»Du weißt, dass er nach dem Brand einen Zusammenbruch hatte und eine Weile auf einer geschlossenen psychiatrischen Station war.«

»Ja.«

»Aber ...« Großvater räusperte sich.»Er war auch schon davor psychisch instabil und hat sich sehr seltsam verhalten. Und ...«

Großvater sah zu mir, die Erschütterung war ihm anzumerken. Seine Stimme bebte.

»Du bist ein guter Mensch, Isak. Ich will nicht, dass du ...« Wieder verstummte er und blickte auf die Tischplatte.

»Das dachte ich mir«, sagte ich.»Wenn er sich noch einmal meldet, schreibe ich ihm, dass ich keinen Kontakt zu ihm haben möchte.«

Großvater nickte leicht.

Wir tranken unseren Kaffee und unterhielten uns über andere Dinge. Großvater wollte Holz für eine Terrasse kaufen, die wir nach meinem Urlaub zusammen bauen würden.

Zum Abschied umarmte ich ihn und hielt ihn etwas länger fest als sonst. Er bat mich, Madde zu grüßen. Dann ging ich rasch zum Wagen. Regen und Wind waren noch stärker geworden.

Langsam fuhr ich über den Schotterweg durch den dunklen Wald. Das Auto schwankte, wenn es über Wurzeln und durch tiefe Pfützen rollte.

Ich dachte an das letzte Zusammentreffen mit meinem Vater.

Kapitel 6

Mit acht Jahren begann ich mit dem Fußballspielen. Großvater fand, ich bräuchte ein Hobby. Einige Jungen in der Mannschaft hatten schon mit fünf angefangen und seither in jeder Pause im Kindergarten und in der Schule gespielt, das ganze Jahr über, bei Sonne und im Schneegestöber. Sie hatten mir also viel voraus. Doch dann spielte auch ich während der Pausen und ließ kein Training ausfallen, und nach und nach gehörte ich in der Schule mehr dazu, was vermutlich von Anfang an Großvaters Hoffnung gewesen war.

Mit elf, zwölf schoss ich in die Höhe. Mit dreizehn war ich schon über einen Meter achtzig groß, der Größte und Stärkste in der Mannschaft. Unser Trainer Pontus teilte mich als Innenverteidiger ein.

In dem Jahr begannen wir, elf gegen elf zu spielen. Wir waren eines der besseren Teams der Liga und die meiste Zeit im Ballbesitz. Ich passte an der Mittellinie auf und behielt die Gegner im Blick. Oft bemerkte ich rechtzeitig die Gefahr, und in der ganzen Saison verlor ich keinen einzigen Zweikampf.

Es war ein Sonntagabend Ende August. Ein warmer, sonniger Tag, das weiß ich noch, auch wenn es abends kühler wurde. Die langen, lauen Sommerabende waren vorbei. Das Spiel begann um sieben oder so, bald würde es dunkel werden.

Wir waren bei einem Auswärtsspiel in Lunneberg, die eine ziemlich gute Mannschaft hatten und mit uns um die Tabellenspitze kämpften. Deren A-Mannschaft spielte damals in der vierten oder sogar dritten Liga. Großvater brachte mich zum

Spiel und würde es sich auch anschauen. Der Sportplatz lag am Waldrand, und wie bei vielen alten Anlagen führte die Tartanbahn um die Grasfläche herum. Die Grube für den Weitsprung war alt, das Absprungbrett von Rissen durchzogen, im Sand wuchsen Grasbüschel. Die kleine Holztribüne sah aus, als könnte sie jederzeit einstürzen, und die Umkleidekabinen in dem alten Clubgebäude rochen nach Schweiß. Der Platz war uneben und voller Löcher.

Für Lunneberg spielte ein Typ, den ich von früher kannte. Viggo.

Mit sechs war ich nach dem Unglück von Stockholm zu meinen Großeltern gezogen. Es war nicht einfach, aus der Hauptstadt in eine Vorschulklasse auf dem Land zu wechseln, in der sich alle schon seit dem Kindergarten kannten. Ich war unglücklich, blieb meistens für mich und spielte allein.

Viggo ging in meine Klasse und war einer von denen, die in jeder freien Minute Fußball spielten. Oft kickte er den Ball auch im Schulflur herum, bis es ihm die Erzieherinnen verboten. Schon damals hatte er ein hervorragendes Ballgefühl und eine gute Technik. »Viggo schafft es mal in die Nationalmannschaft«, sagten die anderen Jungen in der Klasse bewundernd. Als er anfing, mich »Feuerwehrmann« zu nennen, taten es ihm die anderen schnell nach.

Wurde ich gemobbt? Kann sein. Heute würde man es wohl so nennen. Aber ganz ehrlich, damals war das nicht mein größtes Problem. Ich lebte so sehr in meiner eigenen Welt, dass mich das Alleinsein und die abfälligen Wörter, die man mir nachrief, gar nicht erreichten.

Ein paar Jahre später zog Viggo mit seiner Familie nach Lunneberg und ging auf die dortige Schule. Zum Zeitpunkt des Auswärtsspiels hatte ich gerade in der Siebten angefangen, und Viggo ging wieder auf unsere Schule, weil es in Lunneberg keine

Mittelstufe gab. Er fuhr jeden Tag mit dem Bus zu uns, war aber zum Glück nicht in meiner Klasse. Irgendetwas an Viggo verursachte mir Unbehagen, und jetzt war mir auch klar, was es war. Als er meine Schule verlassen hatte, war ich noch ein Außenseiter, ein komischer kleiner Junge, der immer allein irgendwo saß und oft weinte. Später wurde es besser. Ich wuchs meinen Klassenkameraden über den Kopf, und die Mädchen interessierten sich allmählich für mich. Ich wurde auf Partys eingeladen und kam mit Rojda zusammen, die mir Zungenküsse beibrachte.

Ich war nicht mehr wie der Sechsjährige von damals, war in der Hierarchie aufgestiegen. Doch dann erschien Viggo plötzlich wieder auf der Bildfläche, und für ihn war ich immer noch der komische Neue, der bei seinen Großeltern wohnte und völlig ausflippte und wie ein Baby heulte, wenn die Erzieher aus *Mama Muh und die Krähe* vorlasen. Was wäre, wenn er den anderen erzählte, wer ich wirklich war?

Als wir vor dem Sommer gegen Lunneberg gespielt hatten, war Viggo aus irgendeinem Grund nicht dabei gewesen. Doch jetzt war er aufgestellt, er war der Star der Mannschaft, und ich würde ihn decken müssen.

Ich gegen Viggo. Ein Match innerhalb des Matches.

Vor dem Anpfiff stand er in seiner Hälfte und tänzelte auf der Stelle, streckte sich, klatschte in die Hände und feuerte sein Team an. Einmal trafen sich unsere Blicke, doch natürlich grüßten wir uns nicht.

In den Sekunden vor dem Anpfiff ist man nervös, ungeduldig, aufgeregt, platzt beinahe vor Energie. Ein schreckliches, wunderbares Gefühl.

Ich sah zur Seitenlinie. Dort standen unsere Eltern, acht, zehn Leute, dieselben wie immer. Auch Großvater. Außerdem eine Gruppe Eltern aus Lunneberg, die einen kleinen, aber deutlichen Abstand zu unseren hielten.

Neben ein paar kleinen Jungen bei den Lunnebergern stand auch ein Mann mit Sonnenbrille und Baseballkappe etwas abseits. Er wirkte nicht, als ob er zu den anderen Eltern gehörte. Vielleicht wegen seiner Kleidung.

Hatte ich das alles wirklich so bewusst wahrnehmen können, ein paar Sekunden vor Spielbeginn? So konzentriert und voller Adrenalin, wie ich gewesen war?

Vielleicht habe ich nachträglich zu viel hineininterpretiert, aber ich glaube trotzdem, dass ich damals schon ahnte, wer der Unbekannte war. Auch wenn es mir nicht bewusst war.

Der Anpfiff ertönte, Tor spielte mir den Ball zu. Viggo stürmte auf uns zu, ich schlug eine hohe Flanke auf die linke Seite, und Lunneberg hatte Einwurf.

Die ersten Sekunden verliefen nach Plan.

Nach ein paar Minuten gab es den ersten Zweikampf zwischen mir und Viggo. Der Ball war in der Hälfte von Lunneberg, doch ihr Mittelfeldspieler holte ihn sich, blickte auf, und Viggo legte los. Ich rannte ihm nach, wurde immer schneller und hatte ihn überholt, als der Ball kam. Ich war mir ziemlich sicher, dass Viggo es nicht an mir vorbeischaffen würde, der Pass war außerdem etwas zu steil. Jetzt musste ich nur noch den Ball bewachen, bis er ins Aus gerollt war. Ich stoppte den Ball ein, zwei Meter vor mir, Viggo versuchte links an mir vorbeizukommen, was ich verhinderte. Er wollte mich wegdrängen, doch ich hielt mit der Schulter dagegen.

Viggo stürzte, und der Ball landete im Aus.

»Super, Isak!«, riefen meine Teamkameraden und klatschten.

Ich holte den Ball und warf ihn unserem Torwart Sebbe zu. Zufrieden lief ich zurück Richtung Mittellinie.

Viggo war wieder auf den Beinen. Als er an mir vorbeijoggte, spuckte er ins Gras und sagte, ohne den Kopf zu heben: »Alles klar, Feuerwehrmann?«

Ich schwieg. Das übliche Gerede auf dem Spielfeld lag mir nicht, ich war einfach nicht schlagfertig genug.

Nach einer Ecke gingen wir mit eins zu null in Führung. Der Ball war wie eine Flipperkugel in den Strafraum geflogen und irgendwie im Tor gelandet. Dann machten wir das zwei zu null bei einem richtig coolen Angriff, den Real Madrid auch nicht besser verwandelt hätte, ganz sicher.

Allmählich hatten wir das Gefühl, die Oberhand im Spiel zu haben.

Viggo beschimpfte mich weiter, sobald wir in Hörweite voneinander waren. Feuerwehrmann dies, Feuerwehrmann das, »Du bist immer noch total gestört«, »Malst du noch diese kranken Bilder« und so weiter. Er konnte sich nicht gegen meine Manndeckung durchsetzen, klar, dass er angepisst war.

Doch kurz vor der Halbzeitpause bekam Lunneberg eine Ecke, und irgendwie schaffte es der Ball über Viggo durch das Gedränge im Strafraum ins Tor.

Jubelnd scharten sich die Lunneberger um ihn, ihr Trainer brüllte euphorisch, während unser Torwart den Ball aus dem Netz holte.

War das Tor mein Fehler? Nicht direkt. Aber ich hätte schneller bei Viggo sein und den Schuss abblocken können.

Viggo befreite sich aus dem Knäuel seiner Mitspieler, lief zu mir und schrie mir ins Gesicht: »Fang jetzt bloß nicht an zu heulen, Feuerwehrmann!«

Triumphierend starrte er mich an.

Der Schiedsrichter, der wohl sechzehn oder siebzehn war, hörte ihn und blies kurz in seine Pfeife. »He, du. Beruhig dich mal.«

Er warf Viggo einen strengen Blick zu, doch der joggte schon mit seinen Kameraden davon.

»Jetzt drehen wir das Spiel!«, verkündete er laut, damit wir es auch hörten.

Kurz darauf blies der Schiedsrichter zur Pause, und wir gingen vom Platz. Pontus baute uns auf, sagte, die erste Halbzeit sei perfekt gelaufen, bis auf das unglückliche Gegentor am Ende. So was passierte nun mal. Aber wir hätten das Spiel immer noch im Griff. Wir müssten nur wieder zurück auf den Platz und unser Ding machen.

»Die anderen labern so viel Scheiße«, beschwerte sich Sebbe. »Vor allem der lange Typ im Sturm. Der spinnt total.«

»Kann sein«, erwiderte Pontus. »Lasst ihn reden. Konzentriert euch auf das Spiel. Das ist das Beste, was ihr tun könnt.«

Sebbe warf mir einen Blick zu, fragte sich wohl, ob ich noch etwas sagen wollte, nachdem ich ja offensichtlich die Zielscheibe von Viggos Angriffen gewesen war. Doch ich schwieg.

Der Schiedsrichter pfiff. Wir liefen auf den Platz, stellten uns im Kreis auf, die Arme umeinander gelegt und feuerten uns an. Die Gegner waren schon in ihrer Hälfte, der Ball lag auf dem Anstoßpunkt, unter Viggos rechtem Fuß. Der Anpfiff ertönte, und Viggo trat den Ball zu einem seiner Innenverteidiger.

Dann fing er wieder an.

»Was ist denn los, Feuerwehrmann? Hast du kein Feuer unterm Arsch?«

»Halt die Klappe.«

»Hey, der Freak kann ja doch reden! Haha!«

Jetzt hatte er mich doch. Ich war zwar der Größte und der Stärkste auf dem Spielfeld, doch in seiner Gegenwart fühlte ich mich klein.

Automatisch hielten wir uns nicht an das, was Pontus gesagt hatte, und versuchten nur, unsere Führung zu halten. Machten hinten dicht und spielten keine Angriffe mehr aufs gegnerische Tor. Und dann kam es wie so oft. Kendal spielte den Ball zurück, es gab ein Missverständnis zwischen unserem Innenverteidiger Adde und mir, wir beide liefen nur halbherzig zum Ball, die

Nummer zehn der Lunneberger schnappte sich ihn und lieferte Viggo eine perfekte Vorlage.

Ich riss die Hand hoch und rief: »Abseits!«, auch wenn Viggo in seiner Spielhälfte gewesen war.

Er hatte mehrere Meter Vorsprung, und es durchlief mich eiskalt. Nein, nein, nein. *Viggo darf sich nicht freilaufen und ein Tor schießen.*

Damit würde er mich wieder zu dem verzweifelten Sechsjährigen von früher machen. Der fast verschwand. So fühlte es sich für mich an. Es ging um Leben und Tod.

Ich beschleunigte, doch auf einer kurzen Distanz war Viggo schneller und baute den Vorsprung aus.

Alle schrien – Mitspieler, Trainer, Zuschauer.

Ich lief noch schneller, doch nicht schnell genug.

Mir blieb keine andere Wahl.

Ich warf mich nach vorn und schnitt ihm den Weg ab.

Eine Blutgrätsche wie aus dem Lehrbuch. Wenn sie dort nur tatsächlich stehen würde und nicht verboten wäre. Abgesehen davon war sie technisch perfekt.

Viggo fiel vornüber und blieb mit dem Gesicht nach unten im Gras liegen. Er hatte sicher keine Ahnung, wie ihm geschah.

Ein herrliches Gefühl, ganz ehrlich. Viggo konnte kein Tor machen, und ich war erleichtert. Aber es geschah ihm auch recht, weil er mich die ganze Zeit provoziert hatte, weil er den Sechsjährigen von damals wieder ans Licht zerren wollte und ich mich klein und ausgeliefert fühlte.

Der Trainer von Lunneberg rannte brüllend aufs Spielfeld. »Schiri! Das war ein Foul!«

Viggo rappelte sich auf, kam zu mir und schlug mir mit beiden Händen und wildem Blick gegen die Brust. »Was sollte das, du verdammter Wichser?«

Der Schiedsrichter lief zu uns, die gelbe Karte schon in der Hand.

»Das war rot!«, schrie der Lunneberger Trainer.

Viggos Kameraden näherten sich, er selbst starrte mich immer noch hasserfüllt an.

»Du gehörst echt eingesperrt, verdammt! Ist doch nicht meine Schuld, dass deine blöde Mutter verbrannt ist.«

Und im nächsten Moment schlug ich ihm mit aller Kraft meine Faust ins Gesicht.

Kapitel 7

Der Schiedsrichter schob mich zur Seite. Viggo lag schreiend im Gras, zum zweiten Mal innerhalb weniger Minuten, umringt von seinen Kameraden. Der Trainer der Lunneberger schrie auf mich ein, doch ich hörte ihn nicht, erlebte alles wie aus weiter Ferne.

Der Schiedsrichter zog die rote Karte aus der Brusttasche und hielt sie vor mich hin. Pontus, der plötzlich neben mir aufgetaucht war, führte mich vom Platz.

Ich warf einen Blick über die Schulter. Viggo saß weinend im Gras und hielt sich die Hand vor den blutenden Mund.

»Ab in die Umkleide mit dir, wir reden nach dem Spiel«, sagte Pontus. »Aber das hier geht wirklich überhaupt nicht.«

Er klang kühl und verärgert. Die Grätsche hätte er mir verziehen, da war ich mir ziemlich sicher, auch wenn sie vielleicht unnötig brutal gewesen war. Doch dass ich Viggo niedergeschlagen hatte, dafür gab es keine Entschuldigung.

Ich ging vom Platz. Großvaters Gesichtsausdruck werde ich nie vergessen. Er sah traurig aus, besorgt und ein wenig, als würde er mich gar nicht kennen, weil ich etwas Schreckliches getan hatte. Als wäre ich ein Fremder.

Diesen Ausdruck hatte ich vorher noch nie an ihm gesehen und seither auch nur noch ein Mal, in Ajkeskorn.

Trotzdem legte er mir den Arm um die Schultern und begleitete mich zur Umkleide.

Hinter uns rief der gegnerische Trainer Pontus zu: »Der hat doch echt nichts auf einem Fußballplatz zu suchen!«

»Das entscheidet der Schiri«, brüllte Pontus genauso wütend zurück.

Wir betraten die Umkleide und sperrten die aufgebrachten Stimmen draußen aus. Ich ließ mich auf eine abgewetzte Holzbank sinken, Großvater setzte sich neben mich.

»Was war da los?«

Ich brach in Tränen aus, weil ich mich so furchtbar schämte. Ich hatte die Kontrolle verloren und etwas Unverzeihliches getan. Vor Menschen, die ich zum Teil nicht mal kannte. Andere kannte ich hingegen sehr gut, wie Pontus und meine Mannschaftskollegen.

Würde ich das je wiedergutmachen können?

Das alles war schon schlimm genug. Doch dass ich Großvater enttäuscht hatte, machte mich wirklich fertig. Diese Distanz in seinem Gesichtsausdruck jagte mir eine Höllenangst ein. Mit dreizehn war mein Großvater immer noch das Wichtigste für mich, mein einziger Halt, und wenn er mich nicht mehr mochte, war wirklich alles verloren. So richtig im Arsch. Wenn sogar er sich von mir abwandte, wollte ich nur noch sterben.

Die Welt schien in ihren Grundfesten erschüttert zu sein, die Scham wurde immer größer, drohte mich zu überwältigen, und ich schluchzte verzweifelt.

Großvater nahm mich in den Arm, wofür er sich etwas unbequem drehen musste, außerdem war er kleiner als ich. Doch das war egal. Ich lehnte mich an ihn. Spürte seine Wärme, roch seinen ganz besonderen Geruch. Er strich mir über die Haare.

»Na, na, so schlimm ist es auch wieder nicht.«

Ich würgte. »Doch.«

Er nahm meine Hand. Seine war braungebrannt und sehnig. Damals kannte ich nur zwei Arten Hände – die von Kindern und die von alten Leuten. Ich dachte, dass alle erwachsenen Hände wie die meines Großvaters aussahen.

Ich weiß nicht, wie lange wir so dasaßen und ich weinte. Lange. Irgendwann beruhigte ich mich ein wenig.

»Hat dieser Junge etwas zu dir gesagt? Oder warum bist du so wütend geworden?«

Ich nickte. Schniefte. »Mm.«

»Und was?«

Ich schwieg lange, dann erzählte ich alles. »Er hat gesagt, ich wäre gestört und dass meine Mutter verbrannt ist.«

Großvater versteifte sich. »Das hat er gesagt?« Er holte tief Luft und stieß sie zischend wieder aus. Das machte er sonst nie. »Da verstehe ich, dass du so wütend geworden bist.«

Seine Stimme war rau und zitterte leicht. Er war auch aufgebracht.

Wir schwiegen. Ich wurde etwas ruhiger, schämte mich nicht mehr so sehr, die Welt kehrte in ihre Fugen zurück. Vielleicht war doch nicht alles im Arsch. Ich wischte mir die laufende Nase mit dem Handrücken ab.

»Moment, ich hole dir was.«

Großvater ging zur Toilette und kam mit einem Papierhandtuch, einem dieser groben, ungebleichten, zurück. Ich putzte mir die Nase, das Papier kratzte auf der Haut.

»Ich spreche mit dem gegnerischen Trainer, er muss wissen, was Viggo gesagt hat. Kommst du erst mal allein zurecht?«

»Ja.«

»Aber schlagen darf man trotzdem niemanden, das ist dir klar?«

»Ja. Tut mir leid.«

Großvater lächelte und zerzauste meine Haare, bevor er die Tür öffnete. Rufe drangen herein, das Geräusch, wenn der Ball getreten wurde. Applaus und Anfeuerungen vom spärlichen Publikum.

Das Spiel ging weiter, als sei nichts passiert. Irgendwie tröstete mich das. Die Welt würde sich trotzdem weiterdrehen, auch wenn ich Viggo eins aufs Maul gegeben hatte.

Die Tür fiel ins Schloss, wieder herrschte Stille. Ich legte den Kopf nach hinten an die Betonwand und schloss die Augen. Öffnete sie irgendwann wieder. An der Wand gegenüber, zwischen zwei Kleiderhaken, war ein Aufkleber, ich glaube, vom Halmstad BK. Ich blickte zur Decke, an der ein paar Kautabakpfropfen klebten.

Da wurde die Tür geöffnet, und mein Vater kam herein.

Kapitel 8

Obwohl ich ihn seit bestimmt sieben Jahren nicht mehr gesehen hatte, erkannte ich ihn sofort.

Eigentlich hätte ich völlig schockiert sein müssen, dass er auf einmal an einem Sonntagabend in der Umkleide in Lunneberg vor mir stand. Doch das war ich nicht. Vielleicht, weil ich ihn unterbewusst schon vor Spielbeginn an der Seitenlinie erkannt hatte.

Er nahm die Sonnenbrille ab und steckte sie in die Brusttasche seines Jacketts. »Hallo«, sagte er. »Kennst du mich noch?«

Damals fiel es mir nicht auf, aber mittlerweile weiß ich, dass ich nach meinem Vater komme. Er war groß und athletisch, hielt sich gerade, mit breiten Schultern. Blonde Locken quollen unter der nach hinten gedrehten Baseballkappe hervor. Sein Gesicht war tief gebräunt.

Seine Kleidung war komisch, zumindest fand ich das damals. Er trug einen Anzug aus einem groben Stoff, aus dem sonst Arbeitshosen bestanden. Blau, mit weißen, auffälligen Nähten. Das Jackett lag eng am Oberkörper an und betonte seine Muskeln. Das weiße Hemd war bis zur Brust aufgeknöpft, um den Hals schmiegte sich ein Tuch aus hellgrauem, leicht glänzendem Stoff. Seine Füße steckten in Sneakers mit den dicksten Sohlen, die ich je gesehen hatte. Sie sahen fast schon albern aus.

Und dann die Baseballkappe. Blau und so ausgeblichen, dass sie fast grau wirkte.

Leute in seinem Alter trugen keine Baseballkappen, zumindest nicht so eine, nicht in diesem Teil von Småland. Und auch kein so elegant um den Hals gebundenes Tuch.

Mein Vater lächelte. Seine Augen leuchteten blau.

Ob ich ihn noch kannte?

»Ja«, antwortete ich.

»Ich habe einen Moment gebraucht«, sagte er. »Auch wenn ich wusste, dass du auf dem Platz sein würdest. Aber dann kam mir der blonde Riese in der Verteidigung doch irgendwie bekannt vor.«

Das war mir ein bisschen peinlich, und ich sah auf meine Hände.

»Wie geht es jetzt weiter? Mit dir, meine ich«, fragte er.

»Äh …« Ich verstand nicht genau, worauf er hinauswollte.

»Wirst du jetzt gesperrt?«

»Wahrscheinlich, ja.«

Mein Vater nickte und schwieg.

»Er hat was zu dir gesagt, hm?«

»Ja.«

»Was?«

Das war zu persönlich. Sieben Jahre hatte ich nichts von ihm gehört, und jetzt tauchte er plötzlich hier in der Umkleide auf und wollte mit mir reden, als wäre er immer da gewesen.

Echt nicht.

Schweigend sah ich zu Boden. Da sagte mein Vater etwas, das mich total überraschte.

»Das war ein schöner rechter Haken, den du ihm da verpasst hast.«

Es klang, als lächelte er, aber das konnte nicht sein, oder? Ich blickte auf, und doch, er grinste breit. Nicht tröstend oder so, nein, sondern offen und ehrlich. Mein Vater sah fröhlich aus. Und stolz.

Ich hatte einen Gegner auf dem Platz übel gefoult, und mein Vater war stolz auf mich.

»Und als du ihn umgegrätscht hast … richtig cool.«

Ich war zu verblüfft, um etwas zu erwidern.

Schließlich ging mein Vater vor mir in die Hocke. »Sie werden dir Vorwürfe machen, sagen, dass du falsch gehandelt hast«, sagte er leise, aber klar und deutlich. »Dass du dich schämen sollst. Vielleicht hast du jetzt schon das Gefühl, dass du dich vor allen zum Idioten gemacht hast. Aber ich sage dir: Scheiß drauf. Wie hast du dich währenddessen gefühlt? Verdammt gut, nicht wahr?«

Ich schwieg. Mein Vater legte seine große Hand auf mein Knie.

»Du hast nicht einmal darüber nachgedacht, du hast es einfach getan«, fuhr er fort. »Wenn man etwas tut, ohne darüber nachzudenken, ist man ganz man selbst. Heute Abend hast du gezeigt, wer du wirklich bist. Lass dir das nicht nehmen.«

In diesem Augenblick kam Großvater zurück in die Umkleide.

Schock zeichnete sich auf seinem Gesicht ab. Widerwillen, fast schon Hass. Als hätte er ein Gespenst gesehen.

Mein Vater sah ihn an und sagte kalt: »Hallo.«

Er hockte immer noch vor mir, mit der Hand auf meinem Knie. Eine trotzige Geste. Er wusste, dass Großvater nicht begeistert war von dem Anblick, und es war ihm egal.

»Was machst du hier?«, fragte Großvater. In seiner Stimme klang weniger Wut und Widerwille mit, sondern etwas, das er zu verbergen versuchte: Angst.

Erinnert ihr euch noch an das erste Mal, dass ihr eure Eltern ängstlich erlebt habt? Das erste Mal, dass sie eine Situation nicht völlig im Griff hatten, oder sich selbst? Vielleicht erlebt man es nie. Aber wenn, jagt es einem selbst unglaubliche Angst ein. Vor allem, wenn man noch jung ist und die Eltern alles können sollten.

Ich wäre nie auf die Idee gekommen, dass Großvater jemals Angst haben könnte. Bis jetzt.

»Fußball schauen«, erwiderte mein Vater. »Und meinen Sohn trösten.«

Immer noch in der Hocke, die Hand auf meinem Knie.

»Du kannst nicht einfach so hier auftauchen.«

»Doch, das kann ich.« Mein Vater richtete sich auf. Seine Stimme klang kalt und kontrolliert. »Oder habe ich Besuchsverbot?«

Großvater schüttelte nur den Kopf.

»Habe ich das, Anders? Darf ich ihn nicht sehen? Falls ja, zeig mir die offizielle Anordnung.«

Großvater streckte mir die Hand hin. »Komm, Isak.«

Manchmal kommen einem die verrücktesten Ideen. Und ich weiß noch, dass mir durch den Kopf schoss, ich könnte jetzt einfach die Hand meines Vaters nehmen. Was dann wohl passiert wäre?

Doch ich stand auf und ging zu Großvater, der mir den Arm um die Schultern legte. Ich spürte, wie er zitterte.

»Wir wollen, dass du jetzt gehst.«

»Wir?«, erwiderte mein Vater. »Wir sollten Isak vielleicht fragen, was er möchte.«

»Bitte, Fredrik.«

Mein Vater wandte sich an mich. »Willst du, dass ich gehe?«

Ja, das wollte ich. Ich wollte, dass diese peinliche Situation vorbei war. Es war echt ätzend, mitten in einem Machtkampf zwischen Großvater und meinem Vater zu stecken. Aber ich starrte nur schweigend zu Boden.

Die Stille schien eine Ewigkeit anzudauern.

Schließlich sagte mein Vater zu mir: »Vergiss nicht, was ich dir gesagt habe, Isak. Lass dir nicht von ihnen einreden, dass du dich schämen musst. Schon gar nicht von ihm.«

»Geh jetzt einfach«, sagte Großvater.

Mein Vater verließ die Umkleide und verschwand wieder aus meinem Leben.

Wir blieben noch eine ganze Weile so stehen, und Großvater hielt mich fast schon krampfhaft fest. Dann gab er mich plötzlich frei und sank mit einem tiefen Seufzer auf die Holzbank. Seine sehnigen, alten Hände zitterten.

Wenn ein großer Bär zu uns in die Umkleide gekommen wäre, an uns geschnuppert und sich wieder verzogen hätte, hätte Großvater wohl ähnlich reagiert. Es war, als wären wir beide gerade so noch mal mit dem Leben davongekommen.

Kapitel 9

Als wir an jenem Abend nach Hause kamen, schien Großvater schon fast vergessen zu haben, dass ich Viggo niedergeschlagen hatte. Während ich duschte, toastete er Sandwiches und kochte Tee, und dann aßen wir am Küchentisch, ich im Bademantel und mit feuchten Haaren. Großvater fragte, was mein Vater zu mir gesagt hatte. Und ich erzählte es ihm. Großvaters Miene verfinsterte sich. Hungrig nahm ich einen großen Bissen von meinem Sandwich mit Schmelzkäse, Schinken und Ketchup.

»Ich … will auch nicht, dass du dich schämst«, sagte er schließlich. »Ich habe ja gesehen, wie geknickt du bei der roten Karte warst. Das hat mir in der Seele weh getan. Aber ich glaube, dass wir uns aus einem bestimmten Grund schämen. Die Scham lehrt uns, unsere Fehler nicht zu wiederholen. Wie …« Großvater suchte nach den richtigen Worten. »Wie wenn man sich an einer heißen Herdplatte verbrennt. Man erinnert sich an den Schmerz und legt die Hand nie wieder auf eine rotglühende Platte. Oder? Und wenn man andere Menschen verletzt, soll man sich schämen. Man muss sich elend fühlen, damit man es nicht noch mal macht. Verstehst du?«

Ich nickte. »Glaube schon.«

Dann schwiegen wir. Großvater trank einen Schluck Tee.

»Aber … mich wundert nicht, was Fredrik gesagt hat. Er ist niemand, der sich ohne Not schämt. Ich glaube sogar, er hat sich noch nie für irgendetwas geschämt.«

Mit zwei großen Bissen verschlang ich den Rest von meinem Sandwich. Großvater sah mich an.

»Hat er dich angerufen?«

»Nein«, erwiderte ich verwundert und mit vollem Mund.

»Ganz sicher?«

»Ja.«

»Ich frage mich, woher er wusste, dass du in Lunneberg spielen würdest.«

Dieselbe Frage stellte ich mir auch.

Großvater wirkte nachdenklich und sagte schließlich: »Wenn er dich anruft, legst du sofort wieder auf, redest kein Wort mit ihm. Verstanden?«

»Mhm.«

»Oder wenn er eine Nachricht schickt oder dir eine Voicemail hinterlässt. Du reagierst nicht darauf.«

»Okay.«

»Und du musst es mir erzählen, wenn er Kontakt aufnehmen will. Versprichst du mir das?«

»Ja.«

Großvater nahm meine Hand und lächelte. Nicht fröhlich, sondern tröstend und beruhigend.

Schon komisch, wenn man genauer darüber nachdenkt. Die Erwachsenen sagen einem ständig, was richtig und was falsch ist. »Freundschaftsregeln« nennt man das im Kindergarten. »Grundwerte« dann später als Erwachsene. Im Prinzip bezeichnet es die offiziellen Regeln des Miteinanders. Die können alle Kinder im Schlaf aufsagen. Das hier ist gut, das ist schlecht, das ist böse, das ist nett, das ganze Programm. Aber sie wissen auch, ohne dass man es ihnen extra beigebracht hätte, dass es noch andere Regeln gibt. Und auf die kommt es viel mehr an. Woher wissen das alle? Ist das angeboren?

Stark. Aggressiv. Hübsch. Geradeheraus. Sprachlich gewandt. Einigermaßen lustig. Wenn man so ist, hat man recht. Dann ist man der King. So ist es auf jedem Schulhof. Das ist das Gesetz des Dschungels.

In der Welt der Erwachsenen ist es ein bisschen besser. Den offiziellen Regeln folgen mehr, doch ganz ehrlich, genauso viele halten sich insgeheim an die anderen Regeln.

Ich spielte auch in der nächsten Saison Fußball, erreichte mein Niveau aber nicht mehr. Vielleicht machten die anderen auch schnellere Fortschritte, keine Ahnung. Doch bei den Spielen konnte ich nicht mehr hundertprozentig in die einzelnen Situationen hineingehen. Setzte meine Körperkraft nicht mehr so ein wie vorher. Ich glaube, ich fürchtete, wieder die Kontrolle zu verlieren. Großvater war immer noch bei jedem Match dabei, und ich sah mich die ganze Zeit durch seine Augen, konnte nicht abschalten. Nach dem Sommer sagte ich ihm dann, dass ich mit dem Fußball aufhören wollte.

Das alles ging mir auf der Fahrt zurück in die Stadt durch den Kopf, an jenem Dienstagabend nach Mittsommer. Es fühlte sich gut an, eine Entscheidung getroffen zu haben. Ich würde meinen Vater aus meinem Leben heraushalten.

Das war ein schöner rechter Haken, den du ihm da verpasst hast.
Sein anerkennender Blick.

Zu Hause kam mir Madde entgegen, und ich sah sofort, dass etwas passiert war. Sie wirkte besorgt, verwirrt.

»Ich soll dich von Großvater grüßen«, sagte ich und streifte die Schuhe ab.

»Danke«, erwiderte Madde. »Du, da hat jemand angerufen. Er hat gesagt, er wäre dein Vater.«

Kapitel 10

Schritte nähern sich vor der Zelle, mehrere Personen. Das helle Klappern von Sorayas Absätzen auf dem Beton höre ich sofort heraus.

Ich setze mich auf dem Bett auf, die Tür wird geöffnet, Per lässt meinen Besuch herein und schließt die Tür wieder.

»Hallo«, begrüßt mich Soraya. »Wie geht's?«

Wie immer sieht sie mich eindringlich an, als wolle sie erforschen, was in meinem Kopf vor sich geht. Zuerst hat es mich irritiert. Nie ein Lächeln, keine Wärme in der Stimme, sie wirkte wie ein gefühlloser Roboter auf mich. Doch jetzt empfinde ich es anders, aufrichtig. So ist sie einfach.

Geradeheraus. Das ist eigentlich eine ziemlich gute Art für eine Anwältin.

»Ganz okay«, antworte ich.

»Kommen Sie mit Per zurecht?«

»Ja, er ist in Ordnung.«

Soraya könnte sich ans Fußende des Bettes setzen, doch sie bleibt stehen.

»Da Sie noch in Untersuchungshaft sind, dürfen Sie nicht mit den anderen in der Werkstatt arbeiten. Aber Sie dürfen allein Aufgaben übernehmen. In der Wäscherei zum Beispiel.«

»Mhm.«

»Denken Sie darüber nach. Sie kämen dann mal aus der Zelle, könnten etwas tun. Eine Weile an etwas anderes denken.«

»Mhm.«

»Sie wissen doch, wie man eine Waschmaschine bedient? Von Ihrer Arbeit in der häuslichen Pflege?«

»Klar.«

»Natürlich. Sie sind sicher ein absoluter Waschexperte.«

Soraya sieht mich ausdruckslos an, und ich muss leicht lächeln.

»Sie müssen sich nicht jetzt entscheiden«, fährt sie fort. »Aber denken Sie darüber nach.«

Soraya geht auf und ab.

»Der Staatsanwalt will ein psychiatrisches Gutachten anordnen.«

»Aha?«

»Nachdem Sie gestanden haben, ist das jetzt schon möglich.«

Ein psychiatrisches Gutachten. Doch, ich verstehe, wie der Staatsanwalt darauf kommt.

»Wenn dabei festgestellt wird, dass Sie zum Tatzeitpunkt an einer ernsthaften psychischen Störung litten, kommen Sie nicht ins Gefängnis, sondern werden in einer geschlossenen psychiatrischen Einrichtung untergebracht.«

»Okay.«

»Jetzt erwartet Sie eine sogenannte Paragraph-Sieben-Untersuchung, im Grunde nur ein Gespräch mit einem Psychiater oder einer Psychiaterin. Ein Screening, sozusagen, von etwa einer Stunde.«

Ich nicke, ich habe verstanden.

»Es soll nur zeigen, ob darauf die richtige Evaluierung folgen sollte. In dem Fall würden Sie nach Huddinge gebracht werden und dort einige Wochen bleiben. Aber darüber reden wir, falls es dazu kommt.«

»Ja.«

»Sobald ich den Termin weiß, melde ich mich.«

Sorayas schweres, exotisches Parfüm hält sich noch lange in der Zelle, nachdem sie gegangen ist. Ich bekomme davon leichtes Kopfweh.

So, wie sie von dem psychiatrischen Gutachten gesprochen hat, ist mir klar, dass das für viele eine große Sache ist.

Einerseits ist es wohl nicht so toll, als Psycho abgestempelt zu werden. Andererseits klingt eine Klinik weniger übel als Gefängnis. Vielleicht kann man daraus leichter vorzeitig entlassen werden.

Oder auch nicht.

Ob Gefängnis oder psychiatrische Einrichtung spielt für mich keine große Rolle.

Ich werde mich sowieso so bald wie möglich verpissen.

Kapitel 11

Madde und ich setzten uns im Wohnzimmer aufs Sofa. Ich hatte ihr einiges zu erklären.

»Stimmt das?«, fragte sie mit gedämpfter Stimme. »Dein Vater lebt?« Sie klang nicht böse, eher traurig. Sie saß mir zugewandt, die Füße unter sich gezogen, einen Ellbogen auf der Rückenlehne, den Kopf in die Hand gestützt. Ich schaute nach vorn, konnte sie nicht ansehen.

Natürlich schämte ich mich. Wir waren seit bald einem Jahr ein Paar, wohnten zusammen. Ich hatte sie belogen, gesagt, mein Vater sei tot. Jetzt schwieg ich. Wusste nicht, wo ich anfangen sollte. Ich musste etwas sagen, doch meine Zunge war wie gelähmt. Steif. Ich konnte kaum atmen.

Es roch immer noch nach gebratenen Fleischbällchen. Jemand ging durchs Treppenhaus.

»Hey«, sagte Madde weich. »Ich bin nicht böse auf dich.« Sie berührte meinen Arm. »Aber es wäre schön, wenn du es mir erzählen könntest.«

Ich holte tief Luft und antwortete: »Ja. Er lebt.«

So. Das Schwerste war geschafft. Ich hatte die Lüge zugegeben.

Madde strich mir über den Arm. Ich starrte weiter vor mich hin. Sie wartete und sagte schließlich: »Lebt deine Mutter auch noch?«

»Nein.«

Wieder Stille.

»Warum hast du keinen Kontakt zu deinem Vater?«

»Er ist abgehauen, als ich klein war.«

Es gäbe noch viel, viel mehr zu sagen. Aber wenn ich jetzt anfing, wo sollte ich dann aufhören? Auf keinen Fall konnte ich ihr alles erzählen. Der verängstigte Sechsjährige von damals war seit langem tot und begraben, und so sollte es auch bleiben.

»Und seither hat er sich nie gemeldet?«

»Nein.«

Noch eine Lüge. Eine kleine zwar, aber trotzdem.

Maddes Hand auf meinem Arm, ihre weiche Stimme. »Hat er gesagt, warum er mit dir reden will?«

»Nein.«

»Okay. Mir hat er es gesagt. Er hat Krebs. Einen Hirntumor. Er hat nicht mehr lange zu leben.«

»Aha.«

»Er würde dich gern sehen.«

Ich schwieg.

Madde nahm meine Hand. »Willst du ihn nicht anrufen?«

»Nein. Wir haben uns nichts zu sagen.«

Wir schwiegen.

Dann sagte Madde: »Doch ... das habt ihr schon.«

»Ich bin ihm nichts schuldig.«

»Nein.« Madde ließ meine Hand los, drückte sich aber weiter an mich. »Aber du solltest vielleicht um deiner selbst willen mit ihm reden.«

Ich reagierte nicht.

»Du scheinst wütend auf ihn zu sein.«

»Nein, ich bin nicht wütend. Aber ich scheiße auf ihn. Ich will ihn nicht in meinem Leben haben.«

»Ich an deiner Stelle wäre wütend auf ihn. Er hat dich doch verlassen, oder?«

Aber du bist nicht ich, dachte ich. Du weißt nicht, was ich fühle. Wieso erlaubst du dir dazu eine Meinung?

Es war das erste Mal, dass ich mich richtig über Madde ärgerte, doch ich schwieg. Bisher hatten wir nicht ein einziges Mal gestritten. Natürlich waren wir uns nicht immer einig, hatten Lust auf unterschiedliche Dinge. Doch bisher hatte immer jemand von uns eingelenkt, »Du, wir können gern das machen, was du möchtest, kein Problem«. Meistens entschieden wir uns für das, was Madde wollte. Doch ich hatte zumindest immer die Möglichkeit, mich durchzusetzen, und das gab mir Sicherheit.

Ich hatte eine unglaubliche Angst vor Konflikten. Vor Madde hatte ich ein paar Freundinnen gehabt, aber nie mit ihnen gestritten. Großvater und ich stritten auch nie. Ich wusste einfach nicht, wie das ging. In der Schule oder damals auf dem Fußballplatz war das etwas anderes, da konnte ich mich behaupten. Aber in einer Beziehung? Was wäre nach einem Streit? Wie würde es enden? Würde Madde erkennen, was für ein Idiot ich war, und mich verlassen?

Ich wollte auf keinen Fall etwas in Gang setzen, von dem ich keine Ahnung hatte, wie ich es wieder beenden sollte. Deshalb hielt ich den Mund. Der Ärger brodelte in mir, doch ich biss die Zähne nur noch fester aufeinander. Madde musste meine Wut gespürt haben, sie drehte sich weg und rückte ein kleines Stück von mir ab.

Die Stille füllte den Raum wie eine zähe, dicke Masse. Man konnte sich kaum darin bewegen.

»Ich glaube, du wirst es bereuen, wenn du älter bist«, sagte Madde schließlich.

Ich brauche keine verdammte Psychologin, dachte ich. Davon hatte ich als kleines Kind genug gehabt.

»Großvater meint, ich soll ihn nicht anrufen.« Sofort bereute ich meine Worte. Wie alt war ich denn? Acht? Jetzt wirkte ich total unselbstständig und als würde ich nur das tun, was mein Großvater mir sagte.

»Warum nicht?«, fragte Madde.

»Du kennst meinen Vater nicht.«

»Aber warum?«

»Oder Großvater.«

»Ich finde nur, dass das ein komischer Rat ist.«

»Ich gehe noch mal raus.« Ich sprang auf und machte mich auf den Weg zur Diele.

»Isak ...« Madde stand ebenfalls auf. »Tut mir leid.«

Ich schlüpfte in die Regenjacke und zog mir Schuhe an. Zog die Kapuze meines Hoodies über den Kopf.

Madde kam in die Diele. »Ich weiß, das geht mich nichts an. Tut mir leid.«

»Nein, nein, schon gut. Ich ... Ich muss nur nachdenken.«

Madde legte die Arme um mich und sah mich forschend an, ob ich nicht doch böse war. Ich lächelte schwach.

»Ich liebe dich«, sagte sie leise.

»Ich dich auch.« Wir küssten uns, ein wenig pflichtschuldig. Dann öffnete ich die Wohnungstür und hatte das Gefühl zu fliehen.

Kapitel 12

In der Nacht träumte ich von Madde.

Ich lag im Dunkeln in unserem Bett und hörte, wie sie im Bad herumhantierte. Wahrscheinlich schminkte sie sich ab. Sie brauchte ewig, aber ich wusste ja, dass sie irgendwann kommen würde. Ich sehnte mich nach ihr.

Schließlich kam sie ins Schlafzimmer, ich hielt die Bettdecke hoch, und sie legte sich zu mir. Ich nahm sie in die Arme und fühlte mich ein bisschen wie das Biest aus die *Die Schöne und das Biest*, keine Ahnung warum. Es war jedenfalls kein schlechtes Gefühl.

Ihr Gesicht war kühl und immer noch leicht feucht, nachdem sie es gewaschen hatte. Meine Augen hatten sich an die Dunkelheit gewöhnt, und ich sah sie so, wie niemand sonst. Ungeschminkt war sie genauso schön, aber anders. Ungeschützt irgendwie, ich sah das kleine Mädchen in ihr. Mir wurde ganz warm innerlich, so sehr liebte ich sie. Ich schob die Hände in ihre Haare, hielt ihren Kopf, als sei er das Kostbarste auf der Welt. An ihrer Schulter atmete ich ihren wunderbaren Geruch ein. Meine Haut hatte sich nach ihr gesehnt.

Dann wachte ich in meiner Zelle auf. Es war mitten in der Nacht, alles war dunkel und still. Doch ich hatte das Gefühl, als hätte Madde gerade noch in meinen Armen gelegen. Ich hatte ihren Duft in der Nase, spürte ihre Körperwärme an meinen Händen. Schloss die Augen und versuchte, sie zurückzulocken. Wollte zurück in den Traum, mit ihr verschlungen einschlafen.

Doch ich lag wach.

Dachte daran zurück, wie wir im Winter mit ein paar alten Freunden von mir im Ritz waren. An dem Abend hatte ich ihnen Madde vorgestellt, und sie hatte sie um den kleinen Finger gewickelt. Sie war nett und lustig und sah umwerfend aus. Ich selbst weckte auch das Interesse des anderen Geschlechts, um es mal so auszudrücken, bei den Frauen in unserer Runde, aber auch bei flüchtigen Bekannten, die kurz bei uns stehenblieben und ein paar Worte wechselten. Einige zeigten mir deutlich, was sie wollten. Als Madde das bemerkte, reagierte sie fast schon unfreundlich und machte klar, dass ich zu ihr gehörte. Dabei wurde mir ganz warm.

Wenn es an dem Abend ein Power-Couple im Ritz gab, dann Madde und mich.

Als wir durch den Schneematsch nach Hause stapften, waren wir beide ziemlich betrunken. Ich hatte den Arm um sie gelegt und fragte sie, was sie eigentlich an mir fand.

Klar, ich war auch ein wenig auf Komplimente aus. An dem Abend fühlte ich mich stark und gutaussehend. Doch die Frage hatte ich mir wirklich schon öfter gestellt. Warum war sie aus Stockholm weggezogen, um mit mir in diesem Kaff zu wohnen, was es in ihren Augen ja sein musste? War ich wirklich so außergewöhnlich?

»Ja, wegen der vier S«, sagte Madde.

»Vier S?«

»Ja. Du bist supergroß, superstark, superhübsch und superlieb.«

»Aha. Die vier S.«

»Und weil ich so bescheiden bin, reicht mir das.«

Wir küssten uns etwas ungeschickt im Gehen.

»Ich habe supersexy vergessen. Fünf S.«

Wir blieben stehen und küssten uns noch einmal. Leidenschaftlich, erregt.

Beim Gedanken an diesen Kuss brach ich in Tränen aus.

Kapitel 13

An jenem Abend, nachdem ich Madde in der Wohnung zurückgelassen hatte, um nachzudenken, ging ich durch die Stadt. Es regnete immer noch, leicht, aber kalt und beständig. Die Erde in den Grünanlagen war feucht und dunkel, das Grün der Büsche und Bäume trat kräftig hervor. Der Asphalt glänzte, das Wasser gurgelte in den Gullys. Ich kam an einem Kindergarten mit Spielplatz vorbei. Ein buntes Klettergestell mit einer kleinen Rutsche. Drei kleine Beton-Nilpferde, die sich im Regen duckten.

Ich hatte mir nur die Kapuze meines hellgrauen Baumwollhoodies übergezogen, und die wurde allmählich richtig nass. Die Regenjacke hatte auch eine Kapuze, aber ich wollte die Nässe spüren.

Ich kam zum Herrmanns-Park. Keine Ahnung, nach wem er benannt war, aber Großvater und ich waren oft hier, als ich klein war. Den Eisstand und die Minigolfanlage von früher gab es nicht mehr, doch die wasserspeiende Skulptur in der Parkmitte stand noch. Die Grasflächen waren frisch gemäht, die Schotterwege sauber. Die Stadt kümmerte sich gut um den Park. Die großen Trauerweiden hüteten nach wie vor ihre Geheimnisse. Ich hatte sie immer gemocht. Unter den Zweigen war es fast wie in einer Grotte.

Das Handy vibrierte in meiner Tasche.

Mein Magen verkrampfte sich.

Rief mein Vater wieder an?

Ich zog das Handy heraus. Großvater. Erleichtert nahm ich das Gespräch an.

»Hallo«, sagte ich.

»Hallo«, erwiderte Großvater. »Bist du gerade beschäftigt?«

»Nein, ich gehe ein bisschen spazieren.«

»Bei dem Regen?«

»Ja.«

»Du hast doch was Vernünftiges an, oder?«

Ich lächelte. »Nein, die Thermohosen habe ich gerade nicht gefunden.«

»Mit einer Sommererkältung ist nicht zu spaßen.«

»Mach dir keine Sorgen.«

»Doch ...« Großvater schwieg, ich hörte seine Atemzüge.

»Was ich vorhin gesagt habe, war zu voreilig. Du solltest Fredrik anrufen und fragen, was er will.«

Ich zögerte.

»Vielleicht«, sagte ich schließlich.

»Ich habe immer noch vor Augen, wie er früher war. Verrückt war er damals, richtig verrückt. Aber das ist lange her.«

»Ja.«

»Und auch wenn er sich nicht geändert haben sollte, du bist jetzt erwachsen. Du kommst damit klar, das weiß ich.«

Ich schwieg.

»Ich vergesse immer, dass du kein kleiner Junge mehr bist.« Großvater lachte, und ich lachte auch, leicht verlegen.

»Nein, das bin ich nicht mehr ...«

»Du tust, was du für richtig hältst. Aber ich finde, du solltest ihn anrufen.«

»Ich denke darüber nach.«

Ich versprach, ihm zu sagen, für was ich mich entschieden hatte, dann beendeten wir das Gespräch.

Eine Weile stand ich noch unter der Trauerweide und wusste nicht ein noch aus.

Eigentlich hatte ich beschlossen, meinen Vater nicht zurückzurufen, ihn nicht wieder in mein Leben zu lassen. War erleichtert, als Großvater mir auch davon abgeraten hatte. Die Vergangenheit sollte vergangen bleiben. Doch jetzt waren die beiden Menschen, die mir am meisten im Leben bedeuteten – die einzigen, die mir überhaupt etwas bedeuteten –, der Meinung, ich solle mich bei meinem Vater melden.

Sie hatten ja recht. Ich sollte mit ihm reden, bevor es zu spät war. Aber ich hatte Angst. Und ich war stolz. Vor allem bei Madde. Ihr gegenüber wollte ich nicht unentschlossen wirken.

Der Baum hielt Regen und Licht einigermaßen ab. In der grünen Grotte war ich von der Welt abgeschirmt, und genau das brauchte ich in dem Moment.

Wenn ich ihn anrufen wollte, musste ich es jetzt tun. Madde durfte dabei nicht zuhören. Doch allmählich wurde mir kalt, Hoodiekapuze und Hose waren feucht. Bald würde ich vor Kälte schlottern.

Ich überlegte, wie das Gespräch verlaufen könnte. Wollte mich auf alles vorbereiten, alles durchdenken, was ich sagen würde. Doch das war unmöglich, wurde mir bald klar. Stattdessen hielt ich mich an dem Gedanken fest, dass ich ihn anrufen und ihm einfach zuhören könnte. Ich musste nichts sagen oder ihm antworten, könnte einfach auflegen, über alles nachdenken, ihn zurückrufen. Oder seine Nummer blockieren. So würde ich die Kontrolle behalten. Zumindest redete ich mir das ein.

Wenn man sich selbst immer wieder sagen muss: »Du hast alles unter Kontrolle, du hast alles unter Kontrolle, du hast alles unter Kontrolle«, dann ist eigentlich das Gegenteil der Fall. Oder?

Doch ich hatte eine Entscheidung getroffen.

Ich scrollte durch die Anrufliste, fand die Nummer, die mich angerufen hatte, während ich bei Birgit gewesen war. Mein Herz schlug heftig, mein Mund war trocken. Hoffentlich zitterte meine Stimme nicht. Aber ich musste es tun. Ich holte tief Luft, tippte auf die Nummer und hielt das Handy ans Ohr.

Stille. Dann läutete es. Einmal, zweimal, dreimal, ein viertes Mal.

Was, wenn er sich nicht meldet?, dachte ich. Zumindest hatte ich es dann versucht. Verzweifelt hoffte ich, dass ich das Gespräch noch aufschieben konnte und es nicht meine Schuld war.

Da klickte es.

»Hallo, Isak«, sagte mein Vater und räusperte sich.

Bebte seine Stimme kaum merkbar? War er genauso nervös wie ich?

»Hallo«, antwortete ich. Neutral, fast schon kalt. Er sollte nicht merken, welche Gefühle er in mir aufgerührt hatte und dass ich innerlich zitterte.

»Schön, dass du zurückrufst.«

Ich schwieg. Mein Vater räusperte sich wieder.

»Wie geht es dir?« Jetzt klang seine Stimme fester, wie früher.

»Gut.«

»Was machst du gerade?«

Ich zögerte, dann fragte ich: »Was willst du?«

Mein Vater seufzte. »Hast du mit deiner Freundin gesprochen?«

»Mhm.«

»Wie heißt sie noch mal, Malin?«

Das kann dir verdammt noch mal egal sein, wie sie heißt, dachte ich und schwieg. Mein Vater merkte, dass ich darauf nicht antworten würde.

»Wie auch immer«, sprach er schließlich weiter, »ich mache es kurz. Ich bin krank und werde bald sterben. Davor würde ich dich gern sehen und dir einiges erklären. Aber vor allem möchte ich mich entschuldigen.«

Schritte näherten sich auf dem Schotterweg bei der Trauerweide. Die Person erschrak sich garantiert, wenn plötzlich eine Stimme aus dem Baum kaum. Hielt mich sicher für einen Perversen oder Drogensüchtigen. Also schwieg ich.

Warum kümmerte mich überhaupt, was ein völlig fremder Mensch von mir denken könnte? Der mich nicht sah, nicht wissen würde, zu wem die Stimme gehörte. Immerhin befand ich mich mitten in einem Telefonat, das ich für den Rest meines Lebens nicht vergessen würde.

Schon seltsam, was man alles einfach automatisch macht. Zumindest ich.

»Isak?«, fragte mein Vater. »Bist du noch dran?«

Die Schritte kamen noch näher und entfernten sich dann in die andere Richtung.

»Ja, ich bin noch dran«, sagte ich leise.

»Was hast du für den Sommer geplant?«

Ich wollte schon sagen, dass wir nächste Woche in den Urlaub fliegen würden, aber ich musste hart bleiben. Je weniger er von mir wusste, desto besser.

»Du, Isak?« Jetzt klang er fast schon bittend. »Was machst du nächste Woche? Musst du arbeiten?«

»Nein, ich habe Urlaub«, erwiderte ich. »Madde und ich fliegen in die Türkei.«

Knickte ich jetzt ein? Hielt ich seinen Fragen nicht stand? Ein bisschen vielleicht. Aber ich wollte ihm unmissverständlich klarmachen, dass ich ihn nächste Woche nicht sehen konnte. Unmöglich.

»Ich erstatte dir die Kosten für die Reise, wenn du stattdessen hierher kommst. Nach Gotland.«

»Nein.«

»Du kannst deine Freundin gern mitbringen. Ich wohne am Meer, da ist es schön. Es wäre wie Urlaub für euch, nur dass du und ich auch miteinander reden. Und ihr könnt dann später im

Sommer noch eine Woche ins Ausland fahren. Wohin ihr wollt. Wenn ich tot und begraben bin.«

»Nein. Wir fliegen nächste Woche in die Türkei.«

Wohin ihr wollt – was meinte er damit?

Mein Vater schwieg. Dann fragte er: »Hast du Swish?«

Ich antwortete nicht.

»Natürlich hast du Swish«, fuhr er fort. »Wenn du nicht willst, Isak, dann respektiere ich das. Aber frag doch bitte wenigstens deine Freundin, was sie davon hält.«

Ich konnte keinen klaren Gedanken fassen. Jetzt hatte er es doch geschafft und mich aus dem Gleichgewicht gebracht. Ich schluckte angestrengt.

»Ich muss jetzt aufhören«, sagte ich und hörte selbst, wie jämmerlich es klang.

»Isak, bitte, hör mir zu.« Da war er wieder, der flehende Unterton. »Ich verstehe, dass du böse auf mich bist.«

Jetzt klang mein Vater jämmerlich. Sogar richtig traurig.

»Tschüss«, sagte ich und beendete das Gespräch. Ich kam mir knallhart vor, eiskalt. Ein herrliches Gefühl. Zumindest für den Moment.

Ich schob das Handy in die Tasche und trat zwischen den Zweigen der Trauerweide hervor. Hinein in den dämmrigen Sommerabend.

Zu Hause streifte ich in der Diele die nassen Sneakers ab. Aus der Wohnung war kein Laut zu hören, was mich etwas enttäuschte, weil ich mir vorgestellt hatte, wie Madde mir entgegenkommen würde, sobald sie die Tür hörte. Sie würde mich gleichzeitig liebevoll und besorgt ansehen und immer noch Schuldgefühle haben, weil sie sich in meine Angelegenheiten eingemischt hatte. Würde mich umarmen, bestürzt sein, wie nass ich war. Fragen, ob sie mir einen Tee kochen sollte.

Doch nichts davon geschah.

»Hallo«, rief ich.

»Hallo«, antwortete sie aus dem Wohnzimmer. Leise und neutral, zumindest kam es mir so vor.

War Madde jetzt sauer auf mich?

Ich hängte die Regenjacke auf und schob die feuchte Hoodiekapuze nach hinten, die kühl im Nacken lag. Dann ging ich ins Wohnzimmer. Madde saß auf dem Sofa, vor ihr auf dem Tisch stand eine Tasse Tee. Sie sah mich an, abwartend, fragend.

»Ich habe ihn angerufen«, sagte ich und setzte mich neben sie. Ihre Miene wurde weicher, sie strich mir durchs Haar. »Du bist ja ganz nass.«

»Er will mich sehen.«

Madde nickte. »Das dachte ich mir.«

Ihre Hand war warm an meinem kalten, feuchten Kopf. Ein schönes Gefühl.

»Aber ich habe gesagt, dass ich nicht kann.«

»Okay?«

»Er wollte, dass ich nächste Woche nach Gotland fahre. Aber ich habe gesagt, dass wir unseren Türkei-Urlaub gebucht haben.«

Ich erwähnte nicht, dass mein Vater sie auch eingeladen hatte. Noch eine halbe Lüge.

Madde wirkte leicht verwirrt und nahm ihr Handy. »Ich habe eine Nachricht bekommen.«

»Hat er dir geschrieben?«

»Ja.«

»Wann?«

»Gerade eben. Vor einer Viertelstunde, höchstens.« Madde rief die SMS auf und las sie vor. »Hallo, war nett mit dir zu reden. Sag Isak, er soll auf sein Swish-Konto schauen. Grüße, Fredrik.«

Er versuchte, mich über Madde unter Druck zu setzen. Dieser Wichser.

Jetzt musste ich ihr erzählen, was ich gerade noch verschwiegen hatte: Dass sie gern nach Gotland mitkommen könne und dass er uns angeboten hatte, die Kosten für die stornierte Türkei-Reise zu übernehmen. Madde hörte schweigend zu, wirkte aber nachdenklich. Und mir war natürlich klar, was sie dachte. Warum hatte ich nicht gleich erzählt, dass sie auch eingeladen war? Warum hatte ich gesagt, dass mein Vater nur mich treffen wollte?

Eigentlich war es ja keine Lüge. Mein Vater wollte vor allem mich sehen. Aber es war eben auch nicht die ganze Wahrheit.

Ich hätte mich entschuldigen und erklären sollen, dass ich kein gutes Gefühl dabei hatte, meinen Vater einfach so wieder in mein Leben zu lassen. Dass das Ganze alte Wunden aufriss und ich Zeit brauchte, um nachzudenken. Doch ich starrte nur wie ein Trottel den Couchtisch an.

Schließlich seufzte Madde schwer und sagte: »Was ist, checkst du jetzt dein Swish-Konto, oder was?«

Ich zog das Handy aus der Tasche und öffnete die Swish-App. Tippte auf »Letzte Aktivitäten«.

»Äh ...«

»Was ist?«

Ich starrte auf das Display.

»Das muss ein Fehler sein«, sagte ich.

Fredrik Barzal hatte mir hunderttausend Kronen überwiesen.

Kapitel 14

Hatte er eine Null zu viel getippt? Hatte er mir eigentlich zehntausend Kronen schicken wollen?

Ich zermarterte mir das Gehirn nach einer Erklärung, die geöffnete Swish-App vor mir.

»Was ist los?«, fragte Madde.

Er hatte gesagt, er würde uns die Kosten für die Türkei-Reise erstatten, wenn wir nach Gotland kämen. Doch ihm musste ja klar sein, dass man für zehntausend Kronen keine Reise für zwei Personen in die Türkei bekam.

»Hey.« Madde runzelte die Stirn und drehte meine Hand zu sich, damit sie aufs Handy schauen konnte. »Nicht dein Ernst.«

Nein, es konnte kein Fehler sein. Mein Vater hatte mir absichtlich hunderttausend Kronen überwiesen.

Madde starrte immer noch aufs Display.

»Wow«, sagte sie schließlich.

Mein erster Impuls war: Dieser Wichser. Jetzt will er mich mit seinem Reichtum kontrollieren. Ich wollte das Geld schon zurückschicken. Doch dann dachte ich: Hunderttausend Kronen. Verdammt viel Kohle.

Dass ein paar Zahlen auf einem Handydisplay so unterschiedliche körperliche Reaktionen hervorrufen konnten. Ein erwartungsvolles Kribbeln im Magen, das Herz schlägt schneller, der Atem geht flacher. Denn Geld ist nicht einfach nur Geld, sondern Dinge, von denen man träumt und nach denen man sich sehnt und die plötzlich und unerwartet in Reichweite sind. Da darf man schon ein wenig aufgeregt sein, oder?

Madde und ich lebten im Grunde von meinem Gehalt, und ich vermutete, dass sie ab und zu etwas von ihrem Vater bekam. Wir schwammen nicht gerade im Geld. Hunderttausend Kronen würden einen Unterschied für uns machen. Einen großen Unterschied.

Die Reise in die Türkei hatte etwa fünfundzwanzigtausend gekostet. Was kosteten wohl Fährtickets nach Gotland? Nicht mehr als ein paar Tausend Kronen, vermutete ich. Blieben uns also siebzigtausend für andere Sachen.

Das alles schoss mir in wenigen Sekunden durch den Kopf, während ich die Felder in der App ausfüllte, um das Geld zurückzuüberweisen.

»Ist dein Vater reich?«, fragte Madde.

Ich schwieg, tippte »100 000« ein. Die Telefonnummer meines Vaters stand bereits im Empfängerfeld. Ich ging auf »Senden«, und meine Bank-App öffnete sich. Madde fragte, was ich da machte.

»Ich schicke das Geld zurück«, sagte ich und gab meinen sechsstelligen Code ein. Mit jeder Ziffer wurde ich ein wenig langsamer.

Doch dann war ich fertig, mein Daumen schwebte über dem »Bestätigen«-Button. Drückte ich ihn, war das Geld auf dem Weg zurück zu meinem Vater.

»Warte«, sagte Madde und griff nach meiner Hand. »Warte. Überleg dir das gut.«

Ich werde es ihr gegenüber nie zugeben, kann es mir selbst kaum eingestehen. Doch als sie mich zurückhielt, war ich erleichtert. Madde rettete meine Selbstachtung. Und das Geld.

Um den Schein zu wahren, wehrte ich mich noch ein wenig. Sagte, mein Vater wolle mich bestechen, glaubte wohl, sich in mein Leben zurückkaufen zu können. Madde strich mir über die Wange, sagte weich, sie verstünde mich, doch vielleicht wollte

Fredrik mich wirklich vor seinem Tod unbedingt noch einmal sehen. Das Geld könnte ein Zeichen sein, wie wichtig ihm die Versöhnung mit mir war. Natürlich, es sei keine Wiedergutmachung dafür, dass er mich als Kind verlassen hatte. Aber in gewisser Weise stand das Geld mir ja zu.

Madde beschrieb mir, was ich damit alles anfangen könnte. Es gehörte ja mir, ich könnte alles damit machen, was ich wollte, ich solle dabei nicht an sie denken. Ich könnte mir ein besseres Auto kaufen. Oder nach New York fliegen, um die Rangers im Madison Square Garden Eishockey spielen zu sehen, wovon ich schon als kleiner Junge geträumt hatte, als Henrik Lundqvist der King von New York war. Ich könnte auch ein paar Freunde mitnehmen. Oder ich könnte Großvater eine Freude machen, ihm vielleicht etwas Schönes für das Sommerhaus kaufen? Oder mit ihm in den Urlaub fahren, an irgendeinen exotischen Ort, den er immer schon mal hatte sehen wollen?

Ich könnte das Geld auch einfach ans Rote Kreuz spenden, dort wäre es gut aufgehoben. Sicherlich viel besser als bei Fredrik.

Bei Madde klang es so, als wäre die einzig unmoralische Reaktion, meinem Vater das Geld zurückzuschicken. Sie zeigte mir einen Ausweg auf.

Ich sagte, *wenn* ich das Geld behalten würde, wenn, dann würde ich es für uns beide ausgeben. Für eine richtig coole Reise oder etwas Schönes für die Wohnung. Mir war wichtig, dass auch Madde etwas davon haben würde.

»Okay«, meinte sie, »wenn dir das so wichtig ist.«

Was für eine Scharade. Wir durchschauten einander, spielten das Spiel aber trotzdem weiter. Eigentlich ziemlich lustig, wenn man genauer darüber nachdenkt.

Doch schon bald waren wir ehrlich und stellten uns vor, was wir mit dem Geld machen könnten. Eine Woche auf den Seychellen? Ein neues Doppelbett von Hästens? Eine italienische Kaffeemaschine?

Seht mir in die Augen und sagt, dass ihr anders gehandelt hättet.

Das Geld für die Türkei-Reise war verloren, da wir sie nicht stornieren konnten. Dann war es gar nicht so einfach, Tickets für die Gotlandfähre zu bekommen, zumindest, wenn man das Auto mitnehmen wollte. Sie fuhr viel seltener, als ich gedacht hatte. Doch am Ende hatten wir unsere Plätze gebucht.

Ich berichtete Großvater, dass ich mit meinem Vater gesprochen hatte, dass er krank war und mich und Madde nach Gotland einlud. Und dass wir hinfahren würden. Großvater nickte, schwieg aber lange. Schließlich lächelte er schwach.

»Ich glaube, du tust das Richtige«, sagte er. Doch sein Gesichtsausdruck erzählte etwas anderes.

In der Nacht vor unserer Abreise konnte ich nicht einschlafen. Madde atmete laut neben mir, aber ich lag wach und starrte an die Decke. Es war nicht nur die übliche Aufregung vor einer Reise. Nein, ich machte mir Sorgen, worauf ich mich da eingelassen hatte. Ein Grund war auch Großvaters zurückhaltende Reaktion. Wir waren uns sonst immer einig, sodass ich sofort unruhig wurde, wenn ich etwas tat, das seinen inneren Frieden durcheinanderbrachte.

Doch das war nicht meine größte Sorge.

Ich hatte meinen Vater seit zwölf Jahren nicht mehr gesehen, und davor auch viele Jahre nicht. Ich hatte Angst, welche Dämonen aus meiner Kindheit die Begegnung zum Leben erwecken würde. Mir war klar, dass ich mit meinem Vater reden musste, bevor es zu spät war. Aber ich wusste nicht, ob ich es schaffen würde. Fürchtete, zusammenzubrechen.

Fahr nicht, hatte Klara im Traum gesagt. *Fahr nicht.*

Panik stieg in mir auf, und am liebsten hätte ich alles abgesagt. Vorgegeben, ich wäre krank geworden oder was auch immer. Das Geld zurückgeschickt. Wäre am liebsten zu Großvater gefahren, um die Ruhe und Geborgenheit dort zu spüren. Aber was würde Madde dann von mir denken?

Wir hatten im Grunde schon beschlossen, dass wir nach Gotland noch spontan irgendwohin fahren würden, auf die Seychellen oder nach Mauritius, nach Florida oder Mexiko, in ein schönes Luxusresort, wo wir es uns gutgehen lassen wollten.

Sie wäre so enttäuscht. Würde mich vielleicht sogar verlassen. Nein, das durfte nicht passieren.

Sie schlief immer noch friedlich neben mir und hatte keine Ahnung, was für Ängste ich gerade durchlitt. Und so sollte es auch bleiben.

Ich musste die CDs mitnehmen.

Ganz, ganz vorsichtig schlug ich die Decke zurück und setzte mich halb auf. Das Bett knackte, und ich vergewisserte mich, dass Madde nicht aufgewacht war. Ich setzte die Füße auf den Boden und stand langsam auf. Wieder knackte es, Madde wälzte sich herum und streckte den Arm nach meiner Bettseite aus, schlief jedoch weiter.

In welcher Ecke sollte ich anfangen?

Vorsichtig schlich ich zum Kleiderschrank neben dem Fenster, stellte mich auf die Zehenspitzen und schob die Hand unter einen dicken Strickpullover im obersten Fach. Ich berührte etwas Glattes, zog leise die CD hervor und legte sie ans Fußende meiner Bettseite.

Dann ging ich in die Ecke neben der Tür. Dort war ein Lüftungsschacht hoch oben an der Wand, mit einer runden Abdeckung, die sich abschrauben ließ und die zum Glück kein Geräusch machte. Hatte ich das Gewinde irgendwann mal geschmiert? Ich konnte mich nicht erinnern. Die CD hing noch an der Rückseite der Abdeckung. Ich nahm sie ab, legte sie aufs Bett und verschloss den Schacht wieder.

Die dritte CD lag in der Schublade meines Nachttischs, den ich in die Ecke geschoben hatte. Zwischen ihm und dem Bett klaffte ein Spalt von etwa dreißig Zentimetern. Als Madde einmal beim Putzen den Tisch ans Bett geschoben hatte, schlief ich diverse Nächte schlecht, bis ich ihn wieder diskret in die Ecke gerückt hatte.

Die letzte CD war am schwierigsten zu bergen. Als Madde einmal für ein paar Tage in Stockholm war, hatte ich alle in Ruhe versteckt. An der Wand neben dem Fenster, gleich an der Zimmerecke, hing ein Poster, eine Reproduktion eines alten französischen Werbeplakats für ein Ballett in Paris. Es war mit Reißzwecken an der Wand befestigt. Vorsichtig löste ich die linke Ecke und klappte das Plakat vor. Die CD klebte auf der Rückseite. Langsam und vorsichtig zog ich das Klebeband ab, bis ich an die CD kam. Dann heftete ich die Plakatecke wieder an die Wand.

Ich schlich hinaus in die Diele und verstaute die CDs im Innenfach meiner Reisetasche, alles so leise wie möglich. Holte tief Luft und atmete aus. Jetzt war ich schon sehr viel ruhiger.

In der Küche trank ich etwas Wasser. Die Dämmerung zog bereits über dem Innenhof auf. Ein Vogel zwitscherte, ein anderer antwortete aus dem Wald.

Ich kroch zurück ins Bett und schlief bald ein.

Teil 2

wenn du den Aufbruch in dir spürst
wie einen Riss oder einen Gedanken
wenn du dich auf deiner Reise danach sehnst
dich zu verändern
wie eine unreife Frucht auf dem Transport,
im Bauch eines Schiffes, auf dem Meer,
unter dem Kreuz des Südens,
eine Schiffshaut aus Wasser.

wenn es so ist und nicht anders,
wenn es so ist
dann hast du bereits alle Lichter im Haus gelöscht
und bist auf dem Weg

Eva Ström, aus: *De yttre hebriderna,* 1979

Kapitel 15

Am nächsten Tag standen wir in Oskarshamn am Hafen in der Schlange zur Gotlandfähre. Das Wetter hatte umgeschlagen, es war hochsommerlich warm geworden. Die Sonne brannte auf unseren kleinen Nissan Micra hinab. Trotz der heruntergelassenen Fenster war es drückend heiß. Abgase, der Geruch nach Öl und verfaulenden Abfällen drang ins Wageninnere. Die Autos warteten in zehn Reihen, wenn nicht sogar mehr. Die Fähre wirkte riesig, trotzdem war es kaum vorstellbar, dass alle Wagen darin Platz haben sollten.

In der Schlange neben uns stand ein Volvo-Kombi, auch mit heruntergelassenen Fenstern. Ein kleiner Terrier schaute heraus und schnupperte. Er thronte auf dem Schoß einer blonden Frau mit großer Sonnenbrille, die die Haare mit einer Klammer hochgesteckt hatte. Sie sah missmutig aus. Hinter dem Steuer saß ihr Mann, auch er mit Sonnenbrille, und auf dem Rücksitz die drei Kinder. Der Kofferraum war bis zum Dach vollgepackt. Taschen, Kissen, Decken, Stiefel, Paddle-Schläger, ein einziges Chaos. Ich stellte mir vor, wie alles in einer wahren Sturzflut herausfallen würde, sobald jemand die Klappe öffnete.

Die Verantwortung für eine Familie war bestimmt anstrengend. Madde und ich mussten nur an uns selbst denken, und unser sehr viel kleineres Auto war nicht mal annähernd vollgeladen. Ein Koffer und eine Tasche mit unseren Kleidern, Badesachen und Schuhen. Das war im Prinzip alles.

Madde stützte einen Fuß gegen das Armaturenbrett und

rauchte. Sie trug Sandalen und schwarze Samtshorts. Die Sonne brannte durch das offene Fenster auf ihr nacktes Bein, sodass man den feinen goldfarbenen Flaum auf ihrer gebräunten Haut sah. Ich mochte ihn. In einem einfachen weißen Oberteil und einer Sonnenbrille von Gucci sah Madde aus wie ein Filmstar. Auch wenn die Brille eine Fälschung war. Sie würde die hübscheste Frau auf der Fähre sein, und sie war meine Freundin.

Ich selbst sah wohl auch nicht übel aus, in meinen Jeansshorts und einem aprikosenfarbenen Polohemd. Converse an den nackten Füßen, eine Pilotenbrille von Ray-Ban – echt –, die mir Großvater zum zwanzigsten Geburtstag geschenkt hatte. Ich liebte die Brille und hütete sie wie meinen Augapfel. Dazu trug ich eine ausgeblichene beigefarbene Baseballkappe.

Madde setzte sich auf und sah auf die lange Schlange vor uns. »Es bewegt sich was«, sagte sie.

Die Rücklichter des Wagens vor uns leuchteten auf. Ich drehte den Schlüssel in der Zündung, und wir rollten langsam voran, bis wir mit dem typischen Klappern über die Stahlrampe in den Bauch der Fähre fuhren. Nach der gleißenden Sonne empfing uns Dunkelheit, um uns herum das Dröhnen der Automotoren und das Quietschen der Reifen auf dem Boden. Männer in neongelber Arbeitskleidung wiesen uns ein, und als wir an unserem Platz standen, schaltete ich den Motor aus.

»Darf man während der Fahrt zum Auto gehen?«, fragte Madde und schob die Sonnenbrille in die Haare.

»Keine Ahnung«, sagte ich, »aber ich glaube nicht. Am besten nehmen wir alles mit nach oben, was wir brauchen könnten.«

Ich griff nach meinen Sachen und stieg aus. Ich freute mich auf die Fahrt, auf das Restaurant, vielleicht später ein Eis oder Kaffee und Kuchen. Sich wie im Urlaub zu fühlen, noch nicht an das zu denken, was vor uns lag. Darum würde ich mich kümmern, wenn es so weit war.

Ich war so froh, dass Madde dabei war.

Wir gingen hinauf aufs Sonnendeck und sahen von der Reling aus zu, wie die Fähre ablegte. Das Wasser schäumte und wirbelte, während uns die Maschinen aus dem Hafen bugsierten. Ein paar Schäfchenwolken trieben über den leuchtend blauen Himmel. Bald wären wir auf dem offenen Meer. Die Fähre beschleunigte.

Wir gingen hinunter ins Restaurant und merkten, dass wir zu lange an Deck gestanden hatten. Die Warteschlange wand sich zwischen den Tischen hindurch und versperrte den Weg.

»Hast du großen Hunger?«, fragte ich. »Oder sollen wir uns eine Weile auf unsere Plätze setzen?«

Wir hatten Sessel in der Front Lounge gebucht. Madde zuckte mit den Schultern.

»Nein. Lass uns zu unseren Plätzen gehen.«

Neben dem Informationsschalter befand sich das Kinderkino, in dem sich Kinder im Alter von etwa zwei bis acht Jahren auf Bänken drängten. Sie starrten alle auf den Bildschirm, auf dem ein Zeichentrickfilm gezeigt wurde.

Bis auf die jüngsten.

Und Klara.

Sie saß in der zweiten Reihe, inmitten der anderen Kinder, zuerst sah ich sie gar nicht. Und im Gegensatz zu den anderen Dreijährigen saß sie ganz still da.

Sie sah mich an, mit den halb verbrannten Haaren, der schwarzen, aufgeworfenen Haut, dem nackten Fleisch, das in den Rissen sichtbar war.

Statt ihrer Augen starrten mich zwei leere, blutige Höhlen an.

Ah, da waren wir also.

Ich hatte das Gefühl, als würde sie mich vorwurfsvoll zur Rede stellen.

Ich habe dir doch gesagt, dass du nicht fahren sollst.

Rasch wandte ich den Blick ab, holte tief Luft. In meinen Ohren rauschte es, und ich musste mich vorbeugen, um nicht ohnmächtig zu werden.

»Was ist los?« Maddes Stimme schien von weit weg zu kommen. Ich war in meiner eigenen Welt. Sie stand in Flammen, drehte sich immer schneller.

In meinem Kopf sah ich, wie Madde die Hand auf meinen Rücken legte, doch es fühlte sich nicht wie mein Rücken an und auch nicht wie ihre Hand. Jemand stöhnte, und ich erkannte meine Stimme.

»Komm, wir setzen uns hierher«, sagte Madde und führte mich an eine Wand, an der ich auf den Boden sank. Lichtpunkte tanzten vor meinen Augen. Madde ging neben mir in die Hocke.

»Isak? Was ist los? Was ist mit dir?«

Andere Passagiere blieben vor uns stehen, sahen mich an, neugierig, forschend, besorgt. Zögernd, ob sie uns ihre Hilfe anbieten sollten.

Ich legte den Kopf zwischen die Knie. Mir war immer noch schwindelig und übel, hoffentlich musste ich mich nicht übergeben.

»Plötzlich hat sich alles gedreht«, sagte ich leicht verwaschen.

Eine Frau fragte Madde, was passiert sei und ob sie uns helfen könne.

Madde zögerte.

»Es geht gleich wieder«, sagte ich. »Ich fühle mich schon besser.« Ich blickte auf und lächelte schwach, Madde wirkte jedoch nicht überzeugt.

»Sicher?«

»Mhm.«

Ich legte wieder den Kopf zwischen die Knie, und bald hatte ich mich tatsächlich etwas gefasst. Mein Blick klärte sich, und das Rauschen in den Ohren wurde leiser. Mein Gesicht war schweißnass.

»Himmel, du bist ja leichenblass«, sagte Madde, als ich wieder zu ihr aufsah.

Kapitel 16

Ich liege auf meinem Bett und starre an die Decke.

Denke daran zurück, wie ich Klara auf der Gotlandfähre sah.

Wobei es sicher nicht Klara war, sondern ein kleines Mädchen, das ihr ähnlich sah, das vielleicht an dem Tag Geburtstag gehabt und sich eine Gruselmaske beim Kinderschminken gewünscht hatte. Sich verzückt vor sich selbst im Spiegel gruselte und sich kaum wiedererkannte.

Möglich. Ich hatte ja nur ganz kurz hingesehen, dann keinen weiteren Blick gewagt.

So hätte es schon gewesen sein können.

Aber ich weiß es besser.

Schritte nähern sich auf dem Flur, dann wird dreimal schnell hintereinander angeklopft.

»Hallo, Isak«, sagt Per.

»Hallo.« Ich setze mich auf.

Per ist groß, wenn auch etwas kleiner als ich. Fleischige, tätowierte Arme und ein breiter Stiernacken, der Bauch drängt ein wenig über den Gürtel. Kurzer Bart und eine Brille mit schmalem Stahlgestell. Vielleicht zehn Jahre älter als ich.

»Sie haben jetzt einen Termin, richtig?«

»Ja.«

Zeit für meine psychiatrische Begutachtung.

Kapitel 17

Die Sonne brannte immer noch vom Himmel, als wir auf Gotland von der Fähre rollten, und wir tasteten gleichzeitig nach unseren Sonnenbrillen. Meine hing im Halsausschnitt meines Polohemds, und da ich hinter dem Steuer saß, half Madde mir, sie aufzusetzen.

Rechts von uns glitzerte das Meer, links von uns erhob sich Visby. Vor der Küste lag ein großes Kreuzfahrtschiff vor Anker. Langsam wand sich die Autoschlange durch das Hafengelände, eine lange Anhöhe hinauf und in einem weiten Bogen um die Stadt.

Das Sommerhaus meines Vaters lag auf Fårö, einer kleinen Insel an der Nordspitze von Gotland. Madde navigierte mich über Google Maps auf ihrem Handy durch Kreisverkehre und an Einkaufszentren vorbei, bis wir auf die schöne Landstraße nach Fårösund kamen. Die Landschaft war flach, weite Äcker erstreckten sich zu beiden Seiten der Straße, vereinzelt waren Bauernhöfe inmitten dicht belaubter Bäume zu sehen. Hier und dort fuhr ein Traktor über ein Feld. Am Straßenrand wuchsen himmelblaue Blumen. Alles war grün und gelb und blau, bis auf ein paar vereinzelte rote Mohnblumen. In einem winzigen Dorf stand eine riesige alte Steinkirche.

»Wie schön es hier ist«, sagte Madde. »Wie in Österlen.«

»Mhm.«

Ich nahm die traumhafte Sommerlandschaft zwar wahr, konnte sie aber nicht genießen. Der Schock auf der Fähre, als ich Klara in dem Kinderkino gesehen hatte, hatte eine mahlende

Unruhe zurückgelassen. Außerdem machte ich mir Sorgen, wie es wäre, meinen Vater nach zwölf Jahren wiederzusehen.

Ich fühlte mich ein bisschen wie in einer Achterbahn, wenn der Wagen langsam hinauffährt und man nicht mehr aussteigen kann. Man sieht nach oben und dann nach unten, auch wenn man weiß, dass man das nicht tun sollte. Verdammt, ist das hoch, da wird einem ja ganz schwindelig.

Dieses Gefühl, nur viel schlimmer. Mein Magen war ein einziger Knoten, und ich biss die Zähne so fest zusammen, dass sie schmerzten.

Die lange Autoschlange löste sich auf, als immer mehr zu ihren Sommerhäusern abbogen. Wir kamen an Lärbro vorbei. Die Landschaft veränderte sich allmählich. Die weiten Ackerflächen wichen kargen Böden und dichten, dunklen Wacholdergebüschen und Kiefernwäldern. Von schmalen Kalksteinschotterwegen stieg Staub in der brennenden Sonne auf.

Wir erreichten Fårösund, den größten Ort, den wir seit Visby gesehen hatten. Dort gab es eine Tankstelle und einen ICA-Supermarkt. Wir fuhren direkt hinunter zum Fähranleger. Die Schlange war nicht lang und die Fähren fuhren oft, wir würden also nicht lange warten müssen. Madde nutzte die Gelegenheit, sich ein Eis zu kaufen. Ich wollte keins.

Bald legte eine Fähre an. Sie war voll besetzt mit Autos, Wohnmobilen und ein paar Lastwagen. Fårö sollte schöne Strände haben, weshalb jetzt am Nachmittag sicher mehr Leute nach einem Tag am Meer zurückfuhren als andersherum. Wir rollten an Deck, und als die Fähre ablegte, war sie nur halb voll.

Ich setzte meine alte beige Baseballkappe auf, und wir stiegen aus. Der Wind kühlte angenehm, als wir auf die Meerenge hinausfuhren. Der Geruch des Meeres vermischte sich mit dem Dieselgestank der Fähre. Madde legte die Arme um meine Taille und zog mich an sich.

»Wie geht es dir? Bist du nervös?«

»Vielleicht nicht gerade nervös, aber …«

»Du bist ziemlich schweigsam.«

»Stimmt. Na ja, ich bin wohl etwas angespannt.«

Madde strich mir über die Wange, drückte ihre Lippen auf meinen Hals.

»Ich bin da.«

Ohne dich wäre ich gar nicht hier, dachte ich. Aber das sagte ich ihr nicht. Sie könnte auf die Idee kommen, dass sie unentbehrlich war für mich. Aber ihr warmer Körper, ihre Lippen an meinem Hals, die Zärtlichkeit in ihrer Stimme, durch all das besserte sich meine Stimmung.

Ich legte meinen Arm um sie und dachte, dass schon alles gutgehen würde.

Bald kamen der Hafen auf der anderen Seite der Meerenge sowie die dort wartenden Wagen in Sicht. Wir stiegen wieder ins Auto, die Fähre legte an, und wir rollten in Fårö an Land.

Die Landschaft unterschied sich nicht so sehr vom Norden Gotlands, doch die Vegetation war noch karger und windgepeitschter. Die Landstraße führte geradewegs durch einen Wald aus geduckten Kiefern und Wacholder. Äcker waren keine zu sehen, nur von Steinmauern oder Zäunen umgebene Weiden. Große Schafherden streiften umher.

Hier und da standen altmodische Scheunen aus Stein oder Holz mit spitzen Dächern, die mit getrocknetem Schilf gedeckt waren. Fårö hieß uns grimmig willkommen. Ein alter, knurriger Onkel.

Wir kamen an einer Kirche vorbei, und kurz darauf war die Straße zu Ende. Das Meer erstreckte sich vor uns, mit glitzernden Wellen, blendend weißem Sandstrand und ebensolchen Felsen. Es roch nach Seetang.

Mein Vater hatte uns angewiesen, die Hauptstraße nach

Norden über die Insel zu nehmen und an den Ausfahrten nach Sudersand und Ava vorbeizufahren. Für das letzte Stück hatte er mir eine detaillierte Wegbeschreibung geschickt. »Google Maps funktioniert hier oben nicht«, hatte er geschrieben.

Bei Sudersand säumten Sommerhäuser und Bungalows die Straße. Wir sahen Schilder für ein Feriendorf und einen Campingplatz. Bald fuhren wir durch Fichtenwälder, deren niedrige Bäume dicht an dicht standen.

Da war die Ausfahrt nach Ava. Jetzt war es nicht mehr weit. Ich spürte ein Kribbeln im Bauch und gab Madde mein Handy, damit sie die Wegbeschreibung vorlesen konnte.

»Nach einer langen Rechtskurve seht ihr auf der rechten Seite ein Haus, ein Stück im Wald. Kurz danach biegt ihr rechts in einen kleinen Schotterweg ab.«

Das Haus war gar nicht so leicht zu finden, und schließlich landeten wir auf einer geraden Straße.

»Wenn ihr auf einer geraden Straße herauskommt, seid ihr zu weit gefahren.«

Seufzend bremste ich, wendete, und wir fuhren zurück Richtung Ava und Sudersand. »Dort irgendwo muss es gewesen sein«, sagte Madde.

»Wegbeschreibungen sind nicht gerade seine große Stärke.«

Nach einer Weile sahen wir einen unbefestigten Pfad, der nach links führte. Und da war auch ein Haus zwischen den Bäumen.

»Könnte es das hier sein?«, fragte ich.

»Versuchen wir es«, sagte Madde. »So viele Möglichkeiten haben wir ja nicht.«

Ich bog in die Schotterstraße ein, die sich im Wald gabelte. Die eine Seite sah aus, als wäre sie erst kürzlich angelegt worden.

»Nach links, richtig?«

»Ja, nach links.«

Der Weg wand sich über hügeligen Untergrund, knorrige Kiefern lösten die dicht stehenden, aufrechten Fichten ab. Die Bäume lichteten sich. Ich spürte mehr, als dass ich es sah, dass wir uns dem Meer näherten.

»Jetzt müssten wir gleich da sein«, murmelte ich.

Die Straße mündete auf einen Schotterplatz, der weiß in der Sonne leuchtete. Dahinter stand das Haus meines Vaters. Ajkeshorn.

Ein breites, niedriges Gebäude, dessen moderne Architektur von Sanddünen inspiriert war und daher unterschiedlich hohe Flügel hatte. Es sah irgendwie »pixelig« aus, wenn ihr versteht, was ich meine. Ohne Rundungen. Alles war kantig, als hätte jemand den ersten Entwurf eines richtig schlechten Grafikprogramms genommen und nachgebaut.

Das Ganze hatte etwas von Minecraft an sich.

Madde war sprachlos.

»Wow«, sagte sie schließlich.

Neben dem Hauptgebäude befand sich ein weiterer niedriger Bau. Die Garage. Woher ich wusste, dass es sich um die Garage handelte? Nun, weil davor ein Lamborghini und ein Koenigsegg parkten.

Ich stellte den Wagen am Rand des Wendeplatzes ab, und wir stiegen aus. Madde sah mich an.

»Wer zur Hölle ist dein Vater eigentlich?«

Die Tür ging auf, und ein Mann trat breit lächelnd ins Freie. Mein Vater.

Kapitel 18

»Willkommen! Habt ihr gut hergefunden?«

Er kam uns entgegen, in schwarzen Leinenshorts und einem eng anliegenden schwarzen T-Shirt. Seine Füße steckten in Birkenstock-Sandalen. Er war tief gebräunt.

»Ging so«, meinte Madde. »Aber jetzt sind wir ja da.«

»Hallo, ich bin Fredrik.« Mein Vater streckte ihr die Hand entgegen, und sie begrüßten sich. Auf der Innenseite des Unterarms hatte mein Vater eine Tätowierung aus seltsamen Zeichen.

»Madeleine, kurz Madde. Schön, dass wir hier sein dürfen.«

Er ließ Maddes Hand los und wandte sich zu mir. Lächelte, doch sein Blick war etwas unsicher.

»Darf ich?«, fragte er und breitete die Arme aus.

Ich kam ihm halb entgegen, und wir umarmten uns.

Er war dünner, als ich ihn in Erinnerung hatte. Keine Ahnung, ob das an der Krankheit lag oder er einfach schlank für sein Alter war. Er müsste jetzt siebenundfünfzig sein, dachte ich. Die blonden Haare waren dunkler und dünner, kürzer geschnitten. Sein Körper war sehnig, aber muskulös. Er roch gut nach einem teuren Rasierwasser.

»Wie schön, dass du gekommen bist«, sagte er leise.

Bebte seine Stimme etwa leicht?

Wir lösten uns voneinander, und mein Vater räusperte sich.

»Also, was wollt ihr machen? Sollen wir erst einen Kaffee trinken, dann zeige ich euch danach euer Zimmer?«

»Ein Kaffee wäre großartig«, meinte Madde.

»Hast du Besuch?«, fragte ich mit Blick auf die Sportwagen vor dem Haus.

»Nein, die gehören beide mir. Wir können morgen gern eine Spritztour machen.«

Ich hatte distanziert bleiben wollen. Nicht unfreundlich, aber auch nicht herzlich. Hatte keine Gefühle zeigen wollen. Doch bei der Vorstellung, eine Runde mit einem dieser Autos zu drehen, musste ich lächeln.

Autos hatten mich schon immer fasziniert. Und jetzt standen ein Lamborghini Aventador und ein Koenigsegg Regera vor mir, zwei der extremsten Supersportwagen, die je hergestellt wurden.

Zufrieden registrierte mein Vater meine Reaktion. Himmel, ich konnte mich wirklich schlecht verstellen. *Reiß dich zusammen, Isak.*

»Okay, dann trinken wir erst mal einen Kaffee auf der Terrasse«, sagte er.

Er ging zur Tür, und wir folgten ihm.

»Das Haus ist unglaublich«, sagte Madde.

»Das freut mich zu hören«, antwortete mein Vater. »Nachher zeige ich euch alles.«

Die massive Haustür war hoch und breit und vermutlich aus Eiche. Von dem kleinen Eingangsbereich gingen drei verwinkelte Flure mit verschiedenen Treppen ins Haus ab. Durch ein großes Deckenfenster fiel Licht in die Diele mit den hellgrauen Steinfliesen.

»Behaltet die Schuhe ruhig an.«

Wir folgten meinem Vater durch den Flur, der direkt von der Haustür wegführte. Die Wände waren in einem angenehmen cremeweißen Farbton gestrichen. Hier und dort hingen Gemälde, vielleicht seine eigenen. Vor allem fielen mir aber die Lampen an den Wänden auf, die aussahen, als wären sie aus den Überresten eines Flugzeugabsturzes angefertigt. Das Blech um die Glühbirne war verfärbt und halb geschmolzen, als hätte man es in Säure getaucht oder so.

Ja, die Dinger sahen schrecklich aus. Warum man sich so was an die Wand hängen wollte, war mir nicht klar. Aber natürlich wunderte es mich bei meinem Vater auch nicht.

Links und rechts gingen in unregelmäßigen Abständen Türen ab. Wir kamen an einer Schiebetür aus Glas vorbei, die zu einem kleinen Innenhof führte, der an drei Seiten vom Haus und an einer von einer Sanddüne eingerahmt wurde. Zwischen einer gekrümmten Kiefer und einem Holzpflock war eine Hängematte befestigt, die im Schatten der Baumkrone lag.

»Wow«, sagte Madde. »Wie schön.«

Nach ein paar Treppenstufen gelangten wir in eine große, moderne Küche mit riesigem Herd, einer Kücheninsel mit schwarzer Marmorplatte und einem Esstisch mit Platz für zehn Personen. Der Boden war aus geschliffenem und gewachstem Beton oder Stein. Was Reiche eben gern in ihrer Küche haben. Zurückgenommen und »minimalistisch«, wie man so schön sagt, alles in gedämpften Farben. Mein Vater drehte sich zu uns.

»Was möchtet ihr? Normalen Kaffee oder Espresso?«

»Ein Flat White mit Hafermilch wäre toll, danke«, sagte Madde und sah meinen Vater unschuldig an.

Er wirkte überrumpelt. Nach drei Sekunden unbehaglichem Schweigen lächelte sie.

»Das war ein Witz. Kaffee ist super.«

»Für mich auch«, sagte ich.

»Sicher? Sonst mache ich auch gern Espresso. Ich glaube, ich habe sogar Sojamilch da.«

»Nein, nein«, sagte Madde. »Im Ernst, Kaffee ist absolut in Ordnung.«

»Okay. Geht schon mal auf die Terrasse, ich komme dann gleich.«

Madde und ich gingen durch die gläserne Schiebetür an einer Küchenwand hinaus auf die Terrasse mit Meerblick. Sie war riesig und mit denselben Steinfliesen wie in der Diele gepflastert. In einer Ecke stand ein Esstisch mit acht Plätzen, in der anderen eine große Sitzgruppe mit Ecksofa, ein paar Sesseln und einem lächerlich niedrigen Couchtisch in der Mitte. Der größte Sonnenschirm, den ich je gesehen hatte, spendete Schatten. Eine niedrige Steinmauer mit Öffnungen zu beiden Seiten und nach vorn verlief um die Terrasse herum.

Wir blickten zum Meer. Eine Steintreppe führte hinunter zu einem leicht abfallenden Weg, der sich zwischen Sanddünen mit Gräsern und lila und gelb blühenden Blumen hindurchwand. Knorrige Kiefern ragten zu beiden Seiten auf. In etwa fünfzig Metern Entfernung sahen wir einen blendendweißen Strand, dahinter das türkisfarbene Meer, das am Horizont dunkelblau wurde und von weißen Schaumkronen bedeckt war.

Stumm bewunderten wie den Ausblick.

»Wow«, sagte Madde schließlich. »Einfach nur wow.«

»Mhm.«

»Ich darf nicht ständig wow sagen.«

»Ja.«

»Wie oft habe ich das jetzt schon gesagt, seit wir hier sind?«

»Vier- oder fünfmal?«

»Peinlich.«

»Genau. Jetzt reicht es aber mal wirklich.« Ich lächelte und legte den Arm um sie.

»Aber ist dieses ganze Anwesen nicht einfach unglaublich?«

»Mhm ... Nicht so ganz mein Stil.«

»Nicht dein Stil?« Madde sah mich an.

»Wirkt es nicht ein bisschen wie im Museum oder so?«

»Mir gefällt es.«

»Ja, es macht schon was her.«

»Und die Aussicht. Über die kann man sich wirklich nicht beschweren.«

»Nein.«

»Dein Vater muss doch steinreich sein. Ich hätte nicht gedacht, dass man als Künstler so viel verdient.«

Mehr hatte ich Madde noch nicht über meinen Vater erzählt. Nur dass er ein zeitgenössischer Künstler war. Unruhe machte sich in mir breit wegen der Dinge, über die mein Vater und ich in den nächsten Tagen würden reden müssen. Madde lehnte sich an mich.

»Nachher müssen wir noch baden.«

Der Strand und das Meer sahen fast schon übertrieben einladend aus. Nach der glühend heißen Fahrt in unserem Nissan Micra ohne Klimaanlage wäre ein Bad sicher erfrischend. Ich zwang mich, den Moment zu genießen. Um alles andere konnte ich mich danach kümmern.

Mein Vater kam mit einem Tablett mit Kaffee, Milch und ein paar Keksen aus der Küche.

»Wir setzen uns in den Schatten, oder?«

Wir ließen uns in der Sitzgruppe nieder, und mein Vater stellte unsere Tassen vor uns ab.

»Hier ist Milch.«

Madde nippte an ihrem Kaffee und sagte: »Isak hat erzählt, dass du Künstler bist.«

»Mhm …« Mein Vater nickte und sah wieder mit diesem leicht fragenden, zurückhaltenden Blick zu mir. »Was hast du ihr gesagt?«

Ich trank von meinem Kaffee.

»Nur das«, antwortete ich schließlich knapp.

Die abweisende, wortkarge Fassade aufrechtzuerhalten, würde nicht einfach werden, das war mir jetzt schon klar. Nichts zum Gespräch beizutragen, ging gegen meine Natur. Aber ich musste mich anstrengen. Besonders jetzt, wo mich die Sportwagen, das Haus und die Strandlage doch etwas umgehauen hatten. Das durfte ich mir nicht anmerken lassen. Durfte nicht nach zwanzig Minuten schon weich werden. Musste die Kontrolle behalten. Mein Vater sah auf den Tisch, schien nachzudenken. »Dann erzähle ich die Kurzversion.«

Vor zwanzig Jahren hatte er seinen Durchbruch als Maler gehabt, als er von einem international tätigen Galeristen auf der Kunstmesse in Basel entdeckt wurde, der ihn dann nach London mitnahm. Zu der Zeit war die Stadt von steinreichen russischen Oligarchen bevölkert. Das Timing hätte nicht besser sein können, bemerkte mein Vater nüchtern. Nach den Russen hatten die Asiaten und Amerikaner ihn für sich entdeckt. Damals hatte er vor allem Privatkunden, doch dann meldeten sich auch immer mehr Institutionen. Heutzutage waren seine Arbeiten in vielen der berühmtesten Kunstmuseen der Welt ausgestellt. Er hatte einen Stab von fünf oder sechs festen Mitarbeitern. Sein Atelier befand sich in London, aber er hatte auch ein kleines hier auf Fårö. Gegenwärtig wurden seine Werke in Einzelausstellungen in Bilbao, Shanghai und Phoenix gezeigt.

»Normalerweise wohnen einige Leute mit mir hier. Doch jetzt haben alle über den Sommer frei, und es ist unsicher, ob sie im Herbst wiederkommen. Ich weiß nicht, ob es überhaupt einen Sinn hat.«

»Wissen sie, dass du krank bist?«, fragte Madde.

»Den engsten Mitarbeitern habe ich es gesagt. Für die anderen wird es eine unschöne Überraschung.«

Wir schwiegen. Während mein Vater erzählte, hatte Madde immer wieder Fragen gestellt. Jetzt überließ sie es mir, etwas zu sagen. Ich spürte, wie sie und mein Vater eine Reaktion von mir erwarteten. Doch ich trank nur von meinem Kaffee, blickte übers Meer. Der Wind rauschte leise in den Bäumen.

Uff, war das alles unangenehm.

Schließlich seufzte Madde und sagte: »Es ist wirklich wunderschön hier.«

Mein Vater nickte lächelnd. »Wollt ihr baden?«

Wir holten unser Gepäck aus dem Auto, und mein Vater zeigte uns unser Zimmer. Dabei kamen wir an einem anderen Flur vorbei, der mit Folie und Klebeband versperrt war. Mein Vater blieb stehen.

»Eigentlich solltet ihr in einem der Gästezimmer schlafen«, erklärte er. »Aber in dem Gebäudeteil gab es einen Wasserschaden, das Dach ist undicht. Ich warte auf die Handwerker, damit der Schaden behoben wird.«

»Okay«, sagte Madde.

Mein Vater schüttelte den Kopf. »Architekten … haben immer irgendwelche genialen Ideen, die vorher niemand ausprobiert hat. ›Hm, am besten neigt sich das Dach zur Mitte hin, damit wir bei Regen einen Wasserfall im Haus erzeugen können. Dann brauchen wir keine Regenrinnen und Rohre an der Außenseite. Was soll da schon schiefgehen?‹ Ganz schön viel, wie sich herausgestellt hat.«

Wir gingen weiter, bis zu einer Art Garderobenraum mit stabilen Kleiderständern aus Holz und Stahl, einer Eingangstür, einem Bad, einem Deckenfenster und demselben hellen Steinboden wie zuvor.

Doch vor allem fiel uns das Sofa an einer Wand auf. Ich weiß nicht genau, wie ich es beschreiben soll. So etwas Krankes hatte ich noch nie gesehen.

Die linke Hälfte sah aus wie ein typisches Wartezimmersofa, aus schwarzem Leder, mit hoher, gerader Rückenlehne, relativ flachen Polstern und in regelmäßigen Abständen eingesetzten Knöpfen. Wie man sie auf Flughäfen sieht. Doch zur rechten

Seite hin wölbte sich das Polster wie ein Teig, quoll über die Lehne die ganze Wand hinauf bis zur Decke, eine riesige schwarze Wolke aus Leder und Knöpfen, die drohend über den Raum wachte.

»Diesen Flügel habe ich für kleinere Vernissagen bauen lassen«, sagte mein Vater. »Einige meiner Privatkunden wollen gern eine Sonderbehandlung.«

Madde und ich starrten nur schweigend auf das Sofa.

»Schon sehr speziell, was?«, meinte mein Vater.

Madde nickte. »IKEA, oder?«

»Haha, genau.«

»Modell Mardröm. Ein echter Albtraum.«

»Auf einer Auktion hatte ich einmal ein italienisches Sofa aus den Siebzigerjahren ersteigert«, sagte mein Vater. »Damals waren riesige Sofas in Mode. Ich wollte es hier aufstellen. Dann dachte ich, dass ich es umändern und das Design ad absurdum führen könnte. Dann kam mir der Gedanke, eine ganz andere Designsprache zugrunde zu legen, nämlich die klaren, strengen Linien aus den Fünfzigern. Um eine größere Wirkung zu erzielen.«

»Also, ich weiß nicht, was ich sagen soll«, meinte Madde und drehte sich zu mir. »Sollen wir uns so eins für unsere kleine Zweizimmerwohnung anschaffen?«

»Lieber nicht«, sagte ich. »Es kann ja nur einer darauf sitzen.«

Mein Vater nickte. »Ja, eigentlich ist es ein Sessel.«

So ein Unsinn, dachte ich. Ein Sofa zu kaufen und es dann umzuarbeiten, sicher für viel Geld, damit nur eine Person darauf sitzen kann. Was für eine Verschwendung.

»Jedenfalls«, fuhr mein Vater fort, »ließ ich meine Leute das Sofa hier im Atelier nach meinem Entwurf umarbeiten, und gleichzeitig bekam ich Kopfschmerzen, die nicht besser wurden. Schließlich ging ich zum Arzt, und nach vielen Tests hat man einen Hirntumor festgestellt.«

Mein Vater verstummte. Wir warteten, dass er weitersprach. »Irgendwie wusste ich wohl unterbewusst, dass der Tumor unkontrolliert in mir wuchs. Und dass das Sofa meine Art war, mein Unterbewusstsein darzustellen.«

Wieder herrschte Schweigen. Madde und ich starrten immer noch das Sofa an.

»Unglaublich«, sagte Madde schließlich.

»Wenigstens müsst ihr nicht hier draußen schlafen«, sagte mein Vater und lächelte mich an. »Kommt.«

Am anderen Ende des Flurs befand sich eine Doppeltür, durch die wir in ein größeres Zimmer traten, das einem Ausstellungsraum in einem Museum ähnelte. Am hinteren Ende ging ein schmales Fenster aufs Meer hinaus, in der Raummitte befand sich ein kleineres Fenster in der Decke, durch das Tageslicht hereinfiel. Doch der größte Teil des Raumes lag im Halbdunkel, in dem sich seltsame Figuren abzeichneten.

Mein Vater drückte auf einen Schalter neben der Doppeltür, und dezente Lichtquellen, die in die Decke eingelassen waren, flackerten auf. Entlang der Wände standen Skulpturen aus Holz, Stein und Ton. Möglicherweise uralte Götterbilder irgendeiner ausgestorbenen Zivilisation. Lächelnde und grinsende Götter, manche männlich, manche weiblich. Einige mit Tierköpfen, andere mit Tierkörpern. An den Wänden hingen große Masken, wie Medizinmänner in eingeborenen Kulturen sie bei ihren Ritualen verwenden. Sie sahen wild aus, mit weit aufgerissenen Augen und Mündern, wütend oder voller Angst. Drachen, Tiger und Vögel, viele von ihnen bunt und mit Federn, Stroh und Blättern geschmückt.

In der Mitte des Raumes, direkt unter dem Oberlicht, stand ein großes Doppelbett mit einem Nachttisch an jeder Seite und zwei Stehlampen. Es war hoch, mit einem mehrstufigen Lattenrost und mit luxuriöser Bettwäsche bezogen.

»Das hier ist eigentlich mein Ausstellungsraum«, sagte mein

Vater. »Doch ich nutze ihn im Moment als Lager. Ich sammle alte Skulpturen und Masken, vielleicht erinnerst du dich daran?«

Er sah mich an.

»Ja«, antwortete ich. Ich wusste noch, dass er damals einige Statuen und Masken in seinem Atelier in Stockholm gehabt hatte, wo Klara und ich ihn manchmal besucht hatten.

»Die Sammlung ist ein bisschen gewachsen, seit du klein warst«, fuhr mein Vater fort. »Aber ich hoffe, es macht euch nichts aus. Das hier ist das schönste Zimmer im ganzen Haus. Die Klimaanlage ist die beste, die man für Geld kaufen kann.«

Das stimmte. Der Raum fühlte sich kühl und angenehm an im Vergleich zum Rest des Hauses. Madde ging zum Bett und strich mit der Hand über die Decke.

»Hier werden wir wie Könige schlafen«, sagte sie lächelnd und stellte ihre Tasche ab.

»Durch das Deckenfenster kann man den Sternenhimmel sehen«, sagte mein Vater. »Oder falls ihr es dunkel haben wollt …«

Er drückte auf einen anderen Schalter an der Wand, und eine waagrechte Jalousie schob sich leise surrend vor das Fenster.

»Perfekt«, sagte Madde.

Mein Vater sah mich an, und jetzt war sein Blick etwas herausfordernder. »Okay? Glaubst du, du kannst es hier aushalten?«

Ich meinte, einen leicht säuerlichen, ungeduldigen Unterton in seiner Stimme zu hören. *Warum bist du überhaupt hierhergekommen, wenn du nur mürrisch herumstehst?*, so ungefähr. Vielleicht bildete ich es mir aber auch nur ein.

Ich nickte jedenfalls und antwortete: »Klar.«

»Das Bad im Flur habt ihr gesehen?«

»Ja.«

»Also.« Mein Vater sah auf seine Uhr. »Wollen wir uns um … sechs zu einem Drink auf der Terrasse treffen und danach zu Abend essen?«

»Perfekt«, sagte Madde.

»Cool«, meinte ich.

Mein Vater nickte und lächelte breit. »Schön, dass ihr hier seid.«

Er verschwand durch die Doppeltür und schloss sie leise hinter sich. Madde lauschte auf seine Schritte, die sich über den Flur entfernten. Als sie nicht mehr zu hören waren, warf sie sich rücklings auf das Bett.

»Wohoo!«, rief sie.

Ich lachte, stellte meine Tasche ab und legte mich zu Madde. Die Baseballkappe rutschte mir vom Kopf, als sie mich in ihre Arme zog und wir uns küssten und herumrollten.

»Was für ein schönes Bett«, sagte sie. »Das müssen wir unbedingt einweihen.«

»Wirklich?« Sie lag unter mir und drückte meine Pobacken.

»Ja, wirklich.«

Ich küsste sie auf den Hals, schob die Hände an ihrem warmen Rücken unter das Oberteil.

»Stell dir vor, du liegst hier und siehst heute Nacht den Sternenhimmel«, murmelte Madde. »Moment.«

Ich rollte zur Seite, und sie krabbelte aus dem Bett. An der Doppeltür suchte sie nach dem richtigen Schalter, drückte ihn, und die Jalousie vor dem Deckenfenster fuhr zurück. Ich legte mich auf den Rücken und sah durch die relativ dicke Zimmerdecke hinauf zu einem geradezu unwirklich blauen Quadrat.

»Cool«, sagte ich und wartete darauf, dass Madde wieder zurück zu mir kam. Doch jetzt war ihr Forscherdrang geweckt. Sie ging an den Statuen entlang und berührte gelegentlich eine leicht mit den Fingerspitzen.

»Was sind das für Typen?«

»Ich weiß es nicht. Alte Götter, vielleicht.«

»Der hier sieht nicht besonders fröhlich aus.« Madde betrachtete eine Skulptur aus schwarzem Holz. Sie war nur wenig kleiner als sie selbst und hatte die Hände über der Brust gekreuzt. Die Augen blickten starr, der Mund war weit aufgerissen, die Zähne gefletscht.

Madde fasste die Statue am Ohr.

»Sei vorsichtig.«

Ich wollte Madde schon bitten, die Skulpturen nicht anzufassen, irgendwo im Hinterkopf lauerte die Erinnerung, dass wir sie als Kinder nie hatten berühren dürfen. Doch ich schwieg. Es war mir egal, was mit seinen alten Statuen geschah.

Madde ging weiter und betrachtete die Masken, die hinter den Statuen an der Wand hingen. Besonders eine weckte ihr Interesse. Vorsichtig nahm sie sie herunter.

Es war eine große schwarze Vogelmaske.

»Äh, ich weiß nicht, ob du …« Ich verstummte.

Madde schob sich wieder zwischen den Statuen hindurch und betrachtete die Maske völlig fasziniert. »Schau dir das an.«

Die Maske war wirklich fantasievoll. Der Kopf des Vogels war etwa so groß wie der eines Menschen, mit einem langen gräulichen Schnabel und zwei glänzenden schwarzen Augen, die aus irgendeinem polierten Stein zu sein schienen. Der Kopf wirkte sehr naturgetreu. Das Gefieder war dicht, mit Sicherheit aus echten Federn und glänzte schwarz. Im Gegensatz zu einigen der anderen Masken sah diese hier fast neu aus.

Ich setzte mich auf den Bettrand. Mein Herz schlug schnell. Madde wog die Maske in den Händen.

»Sie ist schwer. Fühl mal.«

»Ich denke, du solltest sie zurückhängen.«

Madde schien mich nicht gehört zu haben. Sie war wie verzaubert. Jetzt drehte sie die Maske um.

»Madde. Nicht.«

Vorsichtig setzte sie sie auf. Das Federkleid bedeckte ihren

Hals und fiel ihr über die Schultern. Dann drehte sie den Kopf zu mir. Die großen schwarzen Augen starrten mich an.

Plötzlich legte der Vogel den Kopf schräg, fixierte mich aber weiter.

Mir wurde schwindlig und übel.

»Isak? Was ist los?«

Ich schaute auf den Boden, hörte, wie Madde die Maske abnahm.

»Ich habe wohl nur zu wenig getrunken«, murmelte ich. Madde legte die Maske auf das Bett, setzte sich neben mich und nahm mich in den Arm.

»Soll ich dir etwas Wasser holen?«

»Das wäre gut, ja. Wenn es nicht zu viel Mühe macht?«

Sie streichelte mir über den Rücken. »Natürlich nicht. Bin gleich wieder da.«

Ich nickte stumm.

»Und dann gehen wir baden, ja?«

»Ja.«

Madde küsste mich auf die Wange und stand auf. Aus ihrer Tasche holte sie eine Trinkflasche und ging nach draußen. Ich hörte das Wasser im Bad rauschen.

Ich spürte die Maske auf der Decke, ahnte ihre Anwesenheit im Augenwinkel, wagte es aber nicht, sie direkt anzusehen.

Was, wenn sie blinzelte?

Ich ertrage es nicht mitanzusehen, wie Vögel blinzeln. Diese Häute, die sich über das Auge und wieder zurück schieben. Gruselig.

Kapitel 19

»Wie geht es Ihnen gerade?«

Karin ist etwa Mitte vierzig. Hübsch. Sportlich. Blonder Pferdeschwanz, ein langärmeliger Funktionspullover mit kurzem Reißverschluss, enge Jeans, Birkenstock-Sandalen. Sie sieht nicht aus wie eine Psychiaterin, und das ist vermutlich auch Absicht.

»Gut«, sage ich.

Sie nickt. Sieht mich freundlich an, neutral. Vor ihr auf dem Tisch steht ein Laptop.

»Schlafen Sie gut?«

»Ja, doch.«

»Ich sehe, dass man Ihnen Beruhigungsmittel verschrieben hat.«

»Mhm.«

Karin liest etwas auf dem Laptop, dann fährt sie fort. »Wie ging es Ihnen, bevor Sie mit Ihrer Freundin zu Ihrem Vater gefahren sind?«

»Gut.«

»Sie hatten keine psychischen Probleme? Haben sich Hilfe wegen etwas geholt?«

»Nein. Das ist lange her.«

»Ich habe mit Ihrem Arbeitgeber in Småland gesprochen. Man bestätigt, dass Sie ein hervorragender Mitarbeiter sind und es keine Anzeichen für psychische Erkrankungen gegeben hat.«

»Nein.«

»Doch dann sind Sie und ... Madeleine?«

»Mhm.«

»Sie sind nach Fårö gefahren, um Ihren Vater zu besuchen.«

»Ja.«

»Wie ging es Ihnen dort?«

»Nicht so gut.«

»Warum?«

Ich winde mich etwas, sehe auf die Tischplatte. Spüre Karins Blick auf mir.

»Fällt es Ihnen schwer, darüber zu reden?«

»Ein bisschen.«

»Das verstehe ich. Können Sie mir trotzdem etwas dazu sagen?«

Ich bin so daran gewöhnt, meine Gedanken für mich zu behalten, zumindest in den letzten fünfzehn Jahren, dass sich alles in mir dagegen sträubt.

Bei den polizeilichen Vernehmungen in den ersten Tagen habe ich geredet. Ich war so unendlich erschöpft und konnte mir nicht überlegen, was ich preisgeben sollte und was besser nicht. Im Gegenteil, es fühlte sich gut an, alle Karten auf den Tisch zu legen.

So und so war es. Das und das ist passiert.

Doch jetzt ist mehr als eine Woche vergangen, und ich bin wieder mehr ich selbst. Ziehe mich in meinen Panzer zurück.

»Wie haben Sie bei Ihrem Vater geschlafen?«

»Nicht gut.«

»Haben Sie die ganze Zeit schlecht geschlafen?«

»Äh … fast. Die letzten Tage fast gar nicht.«

»Okay.«

»Und ich wurde auch unter Drogen gesetzt.«

»Sie haben sie nicht genommen, sondern sie wurden Ihnen gegen Ihren Willen verabreicht?«

»Ja.«

Ich blicke wieder auf die Tischplatte. Das ist fast richtig.

Kapitel 20

Madde und ich gingen mit unseren Handtüchern den Plankenweg hinunter zum Strand. Es war schon später Nachmittag, doch die Hitze war immer noch drückend, die Luft stand zwischen den Dünen. Spinnen sonnten sich träge auf den Holzplanken, eine große Libelle mit schimmernden Flügeln schwirrte lautlos an uns vorbei.

Am Strand ging ein leichter Wind, der jedoch auch nicht kühlte. Wir streiften unsere Flipflops ab und hüpften barfuß über den glühend heißen feinen Sand. Näher am Wasser war er glatt und feucht. Der Strand war lang, etwa hundert Meter, und sichelförmig. Wir waren ungefähr in der Mitte und allein, an den Enden sahen wir ein paar Familien und Jugendliche. Eine Gruppe war mit Surfbrettern in der Brandung zugange, vielleicht ein Kurs.

Oben im Haus hatten wir uns umgezogen, und nun ließ Madde ihr Handtuch in den Sand fallen und zog sich ihre Batiktunika über den Kopf. Darunter trug sie einen weißen Bikini mit dünnen Trägern, der viel von dem Körper zeigte, nach dem ich mich ständig sehnte. Ich legte Baseballkappe und Polohemd ab und knöpfte meine Shorts auf, wollte schnell ins Wasser.

Madde ging vor mir ans Ufer. Die erste Welle schwappte über ihre Füße.

»Aaahh«, stöhnte sie und zog die Arme an, »es ist eiskalt!« Sie trat wieder in den Sand.

Ich ging bis zu den Knöcheln ins Wasser, dann umspülte die nächste Welle meine Schienbeine.

Madde hatte recht, es war eisig.

»Na ja, so schlimm ist es auch nicht«, meinte ich und versuchte, unbeteiligt zu klingen.

»Machst du Witze? Es hat verdammte Minusgrade.«

»Los, wir schwimmen.«

Ich ging weiter ins Wasser, und als eine Welle meine Oberschenkel umspülte, stellte ich mich unwillkürlich auf die Zehenspitzen und zog den Bauch ein.

»Isak«, jammerte Madde.

Ich drehte mich zu ihr um und lächelte. »Komm schon, es ist super erfrischend!«

Eigentlich war ich keine Wasserratte. Wenn man im tiefsten Småland aufwächst und an Seen gewöhnt ist, wird man so. Das Wasser darf im ersten Moment gern erfrischen, aber dann muss es angenehm warm sein. Das Meer hingegen war viel zu kalt. Doch die Vogelmaske hatte meine Schwäche offenbart, als ich fast ohnmächtig geworden wäre. Dafür musste ich jetzt der Unerschrockenere von uns beiden sein.

Ich weiß schon, was ihr denkt. Total albern. Aber wenn ihr ganz ehrlich seid, habt ihr so etwas auch schon oft gedacht.

Madde wagte sich zögerlich wieder ins Wasser. Ich machte noch ein paar Schritte. Das Wasser reichte mir jetzt etwa bis zur Taille. Mir wurde klar, warum der Strand nicht voller Familien mit Kindern war, denn es war alles andere als seicht hier. Mein Körper schrie: Raus aus dem Wasser, das war doch Wahnsinn, doch ich konzentrierte mich darauf, wie ich in Maddes Augen aussah, und ging einfach ruhig weiter, bis mir das Wasser knapp über den Bauchnabel reichte, dann legte ich die Hände über dem Kopf zusammen und tauchte ein.

Scheiße, war das kalt. Ich strampelte, dann tauchte ich auf und stellte mich hin. Atmete flach und wischte mir das Wasser aus dem Gesicht.

»Kalt, was?«

»Nein, gar nicht … total schön.« Ich konnte kaum sprechen, klapperte fast mit den Zähnen.

Madde lachte.

Das hätte sie nicht tun sollen. Ich rannte platschend zu ihr.

»Na warte.«

»Nein«, kreischte Madde, aber zu spät, schon bespritzte ich sie mit zwei Handvoll eiskaltem Meerwasser.

»Hör auf!« Madde wollte zum Strand rennen, doch ich kam ihr nach, und schließlich drehte sie sich um und bespritzte mich ebenfalls. So ging es eine Weile, bis sie irgendwann stolperte und ins Wasser fiel. Sofort tauchte sie wieder auf.

»Verdammt, scheiße, ist das kalt!«

Sie ließ sich wieder ins Wasser sinken, und ich folgte ihr. Jetzt war die Kälte kein so großer Schock mehr. Ich schwamm zu Madde und nahm sie in die Arme.

»Das ist doch schön, oder?«

»Nein, überhaupt nicht.«

Wir küssten uns. Sie schmeckte nach Seetang und Salz.

Kurz darauf lagen wir nebeneinander auf unseren Handtüchern und ließen uns von der Sonne trocknen. Unsere Haut war immer noch kühl vom Meer, aber das war schön. Die Sonne brannte nicht mehr so stark wie zuvor, doch die Luft war stickig, der Sand glühend heiß. Unsere Füße und Unterschenkel waren von feinen Körnern bedeckt.

Madde drehte sich zu mir und legte ihr Bein über meines. Wir sahen uns an. Ich spielte mit einer ihrer Haarsträhnen, sie strich mir über die Brust, küsste mich unter dem Hals, bis hinunter zur Brustwarze. Ich wurde steif, und sie schob eine Hand in meine Badehose.

»Du …«, flüsterte ich. »Das geht hier nicht.«

Die nächsten Strandbesucher waren zwar weit weg, aber es konnte ja trotzdem jemand vorbeikommen.

»Nein, ich weiß«, murmelte Madde und zog ihre Hand zurück. »Wir müssen zurück in unser Zimmer.«

Kurz darauf stand ich auf, zog meine Shorts an, nahm Handtuch und Polohemd in die Hand, während Madde ihre Tunika und ihr Handtuch aufhob, dann gingen wir Arm in Arm zum Haus zurück. Wir schlüpften in unsere Flipflops. Madde blickte zu der Surfergruppe am Strand, die vergeblich versuchte, in einer Welle auf ihre Bretter zu steigen.

»Hast du schon mal versucht zu surfen?«

»Nein«, antwortete ich. »Das sieht ganz schön schwer aus.«

Wir liefen den Weg zum Haus hinauf, Madde voran und ich hinterher.

»Es ist auch echt schwer. Aber es ist ein bisschen wie Radfahren, wenn man es einmal gelernt hat, vergisst man es nicht mehr.«

»Kannst du es gut?«

Madde erzählte, dass sie das Surfen beim Interrail gelernt hatte, als sie eine Woche in Biarritz gewesen war. In den ersten zwei Tagen war sie ständig ins Wasser gefallen, doch am dritten Tag hatte ihr Körper kapiert, was er zu tun hatte.

An der Steintreppe zur Terrasse blieb sie stehen.

»Vielleicht hat dein Vater irgendwo ein Brett herumliegen«, sagte sie, während sie gleichzeitig mit einem Fuß über den Boden wedelte. Mir war nicht klar, was sie da tat. »Oder vielleicht können wir einen Tag Bretter mieten. Ich würde es dir gern zeigen.«

Jetzt hielt sie den anderen Fuß in die Luft, und ich sah, dass sich eine kleine Düse an der Treppe befand, etwa dreißig Zentimeter über dem Boden. Aus ihr sprühte Wasser auf Maddes Fuß. Als sie ihn zurückzog, versiegte der Strahl.

»Das ist ja clever«, sagte ich. Ich hielt einen Fuß hoch, und schon wurde der Sand abgespült. Jetzt sah ich den kleinen Sensor bei der Düse.

Madde ging schweigend die Treppe zur Terrasse hinauf, schien mich nicht gehört zu haben.

Zurück in unserem Zimmer rissen wir uns die Kleider vom Leib und trockneten uns gegenseitig ab, um das Bett nicht nass zu machen, doch das war gleichzeitig ein schönes Vorspiel. Madde legte sich aufs Bett, und endlich konnte ich in sie eindringen.

Bevor wir zum Strand gegangen waren, hatte Madde die Maske wieder an die Wand gehängt, und jetzt dachte ich nicht mehr daran.

Ich war zu erregt, um Angst zu haben. Sicher auch eine gesunde Reaktion.

Kapitel 21

Ein paar Stunden später tranken wir mit meinem Vater Frozen-Melonen-Daiquiris auf der Terrasse. Madde und ich saßen auf dem Sofa, mein Vater in einem der Sessel. Es war früher Abend, doch die gelegentlichen Windböen waren immer noch warm. Ich hatte mir ein hellgraues Polohemd und dunkelblaue Leinenshorts angezogen. Mein Vater trug ein enges schwarzes T-Shirt aus glänzendem Stoff, das seinen durchtrainierten Oberkörper betonte. Dazu weite schwarze Leinenhosen. Ich hatte noch nie verstanden, warum man bei Hitze schwarze Kleidung trug. Die zog die Wärme doch geradezu an.

Mein Vater entschuldigte sich, dass er vor dem Essen Daiquiris servierte.

»Eigentlich sind die ja zu süß und betäuben die Geschmacksnerven. Aber ich mag sie einfach so gern. Auf euer Wohl.«

Madde und ich hatten keine Einwände. Die Drinks schmeckten herrlich bei der Hitze. Frisch, und durch den Rum nicht allzu süß. Am besten aber war das kalte Melonenmus, das durch die Speiseröhre in den Magen rann.

»Wart ihr unten am Strand und habt gebadet?«

»Ja«, sagte Madde.

»Das Wasser war sicher schön warm?«

»Haha, nein.«

»Tja, so ist das hier. Ende August ist es im Meer normalerweise erst angenehm.«

Mein Vater erzählte, dass der Strand unterhalb des Hauses Ullasand hieß und den meisten Touristen unbekannt war. Das

Wasser wurde schnell tief und war damit ungeeignet für Familien mit Kindern. Bei Wind und hohen Wellen entstanden außerdem gefährliche Strömungen, die einen unter die Oberfläche ziehen konnten. Surfer liebten den Strand jedoch und hüteten das Wissen um ihn wie ihren Augapfel.

Wir betrieben weiter Smalltalk, und ich wurde entspannter. Die Drinks waren einfach zu lecker, das Sofa zu bequem, das Wetter zu schön und die Aussicht zu überwältigend. Ich fühlte mich Madde so nahe, liebte sie so sehr. Meine Mauern bekamen Risse.

Und wollte ich meinen Vater überhaupt auf Abstand halten? Warum war es sonst so schön gewesen, als er mich bei unserer ersten Begegnung vor ein paar Stunden so liebevoll angesehen und umarmt hatte?

Warum hatte sich das angefühlt wie etwas, nach dem ich mich lange gesehnt hatte, ohne es zu wissen?

Mein Vater schenkte uns aus einer beschlagenen Karaffe nach. Essensgeruch drang auf die Terrasse. Fleisch, Knoblauch und Gewürze, süßliche gegrillte Tomaten. Es klirrte in der Küche, und ich sah in die Richtung. Hinter der Glasscheibe bewegte sich jemand.

»Habt ihr Hunger?«, fragte mein Vater.

»Ja, ein bisschen«, antwortete ich.

»Dann setzen wir uns mal rein.«

Einen Moment war ich unsicher auf den Beinen, als ich aufstand. Niemand merkte etwas, ich spürte es eher. Aber ich hatte auch viel Daiquiri getrunken. Ich beschloss, mich beim Wein, oder was auch immer es dann beim Abendessen geben würde, zurückzuhalten. Noch betrunkener wollte ich nicht werden.

In der Küche wartete eine etwa siebzigjährige Frau auf uns. Steif stand sie da, fast in Habachtstellung. Sie trug ein tiefschwarzes, altmodisches Kleid, bodenlang und bis zum Hals geknöpft. Über einem Unterarm hing ein sauber gefaltetes Geschirrtuch.

»Das ist Barbro«, sagte mein Vater. »Barbro, das sind Madeleine und Isak.«

»Schön, Sie kennenzulernen.« Madde streckte die Hand aus, und Barbro ergriff sie, wobei sie sich leicht verbeugte. Dann schüttelte ich ihr die Hand. Ihre war klein und knochig, mit langen Fingernägeln, einer kratzte mich am Handgelenk. Wieder verbeugte sie sich leicht, was unterwürfig, aber auch mechanisch wirkte. Dann verschränkte sie die Hände vor dem Bauch.

»Barbro ist schon seit Jahren bei mir, sie ist fantastisch«, sagte mein Vater. »Allerdings ist sie stumm und kann euch nicht antworten.« Er lächelte, doch Barbros Gesicht blieb ausdruckslos.

»Oh, gut zu wissen«, sagte Madde.

»Was wollt ihr trinken? Es gibt Lammfilet.«

»Was du trinkst.«

»Ich nehme Rotwein. Und du, Isak? Es gibt Roten, Weißen, Rosé, Lager, IPA ...«

»Äh ... tut mir leid ... Ich trinke auch Rotwein.«

Ja, ich war zerstreut, denn ich musste immer wieder Barbro anschauen. Eigentlich sah sie bis auf das altmodische Kleid ganz normal aus. Ihr Gesicht war fast schon nichtssagend. Aber vielleicht lag es genau daran. An ihrer völligen Ausdruckslosigkeit. Sie strahlte weder Wärme noch Kälte aus, weder Freude noch Ärger. Einfach gar nichts.

Wir setzten uns an den großen Esstisch, der mit Servietten aus dickem Leinenstoff und schwerem, modernem Besteck gedeckt war. Gläser standen neben jedem Teller aufgereiht, und ich brauchte dringend eine Anleitung, welches Glas für welchen Gang gedacht war. Doch zum Glück servierte Barbro die Getränke. Sie schenkte Madde einen Schluck Rotwein ein, die ihn sorgfältig kostete und dann strahlend nickte.

»Sehr gut.«

Barbro goss uns allen Wein ein, und mein Vater hob sein Glas.

»Prost. Und noch einmal willkommen.«

Wir tranken. Ja, der Wein schmeckte ganz gut, war aber auch ziemlich sauer. Vielleicht hatten die Melonen-Daiquiris meine Geschmacksnerven tatsächlich verdorben. Doch so ging es mir immer: Je teurer der Wein, desto saurer schmeckte er meiner Meinung nach.

Barbro holte Töpfe vom Herd und Formen aus dem Ofen, Lammfilet mit mehr Beilagen, als wir zählen konnten. Gegrillte neue Kartoffeln und Pflaumentomaten, eine Sauce béarnaise und noch ein paar Sachen, die ich nicht ganz identifizieren konnte. Auf jeden Fall war es lecker. Verdammt lecker.

Mein Vater erzählte, dass das Essen aus einem Restaurant auf Gotland kam, das ein Bekannter von ihm führte. Für einen besseren Koch müsste er schon jemanden aus London einfliegen lassen, sagte er.

Für mich klang das ein bisschen angeberisch. Als ob es tatsächlich realistisch gewesen wäre, wegen uns einen Koch einfliegen zu lassen. Ich hatte immer noch nicht ganz verstanden, in was für einer Welt mein Vater lebte.

Ich trank einen Schluck Wein.

Hoppla. Was war das denn?

Zusammen mit dem Essen schmeckte der Wein völlig anders. Säuerlich und süß und salzig, weich und schwer, wie eine mächtige Welle strömte er durch den Mund. Er hatte einen Anfang, eine Mitte und ein Ende. So etwas hatte ich noch nie zuvor getrunken.

Vorsicht, dachte ich. Trink nicht zu viel.

»Also«, sagte mein Vater. »Wie habt ihr euch kennengelernt?«

Kapitel 22

Wir erzählten abwechselnd.

Letztes Jahr im Sommer hatten wir beide unabhängig voneinander in derselben Woche eine Reise nach Antalya gebucht. Ich war mit Freunden aus der Schulzeit in der Türkei, Madde allein. Sie hatte gerade eine gescheiterte Beziehung hinter sich und wollte nur eine Woche in Ruhe am Strand verbringen. Und ganz bestimmt niemand Neues kennenlernen. Bei mir standen Sonne und Strand am Tag auf dem Programm, Essen und Party am Abend und nachts. Madde spazierte abends durch die Altstadt, aß etwas in einem gemütlichen einheimischen Restaurant und ging früh ins Bett. Wenn die Bässe nach Mitternacht zu laut von der Freiluftdisco am Strand heraufdröhnten, schloss sie die Balkontür und schlief mit Ohrstöpseln.

Meine Freunde und ich aßen immer in einem kleinen Restaurant in der Nähe des Hotels, bevor wir tanzen gingen. Eines Abends saß Madde dort allein in einer Ecke und las in einem abgegriffenen schwedischen Taschenbuch. Sie hatte schon gegessen, ihr Weinglas war aber noch halb voll. Meine Freunde und ich bestellten, und ich musste immer wieder zu ihr sehen. Einmal trafen sich unsere Blicke. Im Gegensatz zu vielen anderen Frauen in Antalya flirtete sie nicht mit mir, ihr Blick war eher … erwachsen. Sie ging nicht auf meinen leicht herausfordernden, überlegenen Aufreißerblick ein. Ich fühlte mich wie ein alberner Sechzehnjähriger. Ertappt.

Als ich das meinem Vater erzählte, lachte Madde und legte ihre Hand auf meinen Arm. »Daran kann ich mich überhaupt nicht erinnern. Ich war so in mein Buch vertieft und habe dich gar nicht wahrgenommen, als ich mal aufgeschaut habe.«

»Wie nett.«

»Aber wie gut, dass ich es getan habe. Es hat ja schließlich einen Eindruck hinterlassen.«

Im Restaurant in Antalya wandte ich zuerst den Blick ab. Meine Freunde und ich aßen, tranken Bier und planten den restlichen Abend. In welchen Club sollten wir gehen? Denselben wie gestern? Oder in einen anderen?

Als ich das nächste Mal zu Madde sah, saß ein Typ in meinem Alter an ihrem Tisch. Das Tottenham-Trikot spannte über dem Bauch, sein Gesicht war knallrot von zu viel Sonne, die Sonnenbrille hatte er in die Haare geschoben. Er redete laut und etwas verwaschen, war offenbar Engländer. Sein Kumpel, der etwas nüchterner wirkte, stand neben ihm.

Der Typ lachte laut und legte Madde den Arm um die Schultern. Sie schüttelte ihn ab, doch er ließ sie nicht in Ruhe. Also stand ich auf und ging zu ihrem Tisch. Dankbar sah sie mich an.

»Macht er Probleme?«, fragte ich.

»Ja.«

Ich wandte mich an den Engländer. »Hör mal, sie will allein sein«, sagte ich auf Englisch.

Der Engländer blickte verwirrt und etwas undeutlich zu mir. »Ach ja?« Er klang trotzig, war offenkundig auf Streit aus.

»Na los, Eddie, gehen wir«, rief sein Kumpel. »Lass uns verschwinden.« Er zog seinen Freund vom Stuhl.

Als Eddie merkte, dass er mir nur bis zu den Schultern ging, gab er sich geschlagen. Etwas unsicher auf den Beinen sagte er laut zu Madde: »Have a good life! Enjoy life! That's … life!«

Madde nickte, als wäre diese Weisheit ein großes Geschenk.

Eddie schnappte sich sein halbvolles Bierglas und schwankte mit seinem Kumpel zum Ausgang, während Madde mich ansah und erleichtert lächelte. Das erste Lächeln, das ich an ihr sah.

»Danke. Darf ich dir einen Drink spendieren?«

»Das ist nicht nötig«, meinte ich.

»Dann setz dich doch wenigstens kurz zu mir.«

Ich holte mein Bier und nahm Platz. Sie bestellte eine Karaffe roten Hauswein. Als meine Freunde weiterziehen wollten, fragte ich Madde, ob ich noch eine Weile bei ihr bleiben dürfte.

»Sehr gern.« Sie berührte kurz meinen Arm.

Wir blieben noch ein paar Stunden im Restaurant, bestellten irgendwann Kaffee. Wir witzelten, dass wir uns Eddies Abschiedsworte auf die Arme tätowieren würden: »Have a good life – Enjoy life – That's life«, und lachten Tränen. Jedes Mal, wenn einer von uns von der Bar oder der Toilette zurück an den Tisch kam, saßen wir ein wenig enger nebeneinander.

Danach brachte ich sie zu ihrem Hotel. Die Straßen und Gassen waren voller feiernder junger Menschen. Lüsterne Blicke, verschwitzte Körper, hämmernde Bässe aus den Clubs, Stimmengemurmel und Geschrei. Ein trunkenes Chaos. Einmal mussten wir uns durch eine Menschenmenge drängen, und ich nahm Maddes Hand.

Sie legte ihre andere Hand auf mein Handgelenk.

Lass mich nicht los. Lass mich nie mehr los.

Ihr Hotel lag in einem ruhigeren Viertel. Eine kühle Brise wehte durch die Gassen. Nach dem Gedränge und dem Lärm im Zentrum war die Stille pure Erholung für unsere Ohren. Vor dem Hotel stellte sie sich auf die Zehenspitzen, legte mir die Arme um den Hals und küsste mich. Wir entdeckten, dass unsere Körper wie füreinander geschaffen waren. Ich war überrascht, sie war überrascht, wir jubelten wortlos und gleichzeitig. In der Sekunde verliebten wir uns ineinander.

Zumindest bei mir war das der Fall.

Es ist wie eine Kernreaktion. Das eine führt zum anderen, man erlebt einen Verlust von Verstand und Kontrolle, was wunderbar ist. Es ist ein ähnliches Gefühl wie das, das mir als Kind solche Angst gemacht hat. Alles scheint aus den Fugen zu geraten, immer schneller und schneller, droht zu explodieren. Wenn man verliebt ist, könnte dieses Gefühl nicht schöner sein. Aber nur in diesem speziellen Fall.

Ich wäre gern mit auf ihr Zimmer gekommen, doch Madde sagte, dass ich sie dann morgen vielleicht nicht mehr sehen wollen würde. Unsinn, sagte ich, natürlich würde ich sie morgen wiedersehen wollen, und wir küssten uns noch eine Weile, bis Madde sich schließlich von mir löste. Wir tauschten Telefonnummern und versprachen uns gegenseitig, am nächsten Vormittag anzurufen. Sie ging hinein, und ich schwebte zu meinem Hotel.

Während ich noch unterwegs war, schickte sie mir eine SMS mit einer Reihe von Herzen. Ich schrieb zurück: »Have a good life!!! Enjoy life!!! That's life!!!«, gefolgt von Kuss-Emojis. Sie antwortete mit drei Tränen lachenden Emojis.

Am nächsten Morgen frühstückten wir in der Altstadt. Dann fragte sie, ob ich ihr Hotelzimmer sehen wolle. Da schliefen wir zum ersten Mal miteinander.

»Du hattest immer noch ein paar Croissant-Krümel im Mundwinkel«, sagte ich und trank mein Weinglas aus. Madde lachte.

Auch wenn mein Vater die Geschichte hatte hören wollen, schien er mittlerweile das Interesse daran verloren zu haben. Vielleicht hatten wir zu ausführlich erzählt, er wirkte jedenfalls etwas abwesend.

Barbro räumte den Tisch ab, und mir fiel auf, dass sie einen Tick hatte – sie drehte ständig den Kopf zur Seite, wie wenn man einen steifen Nacken lockern und die Halswirbel zum Knacken bringen will. Nach ein paar Sekunden drehte sie ihn wieder zurück. Eigentlich nicht bemerkenswert, doch nachdem ich es einmal bemerkt hatte, wartete ich die ganze Zeit darauf.

Die Dämmerung zog herauf. Laternen leuchteten in den Bäumen um das Haus und verbreiteten ein warmes Licht.

Barbro servierte goldgelben, sehr süßen Dessertwein, der nach frischen Erdbeeren roch, sowie kleine Gläser mit Parfait aus Milchschokolade und irgendeiner Art von Beeren, Himbeeren oder Brombeeren, glaube ich. Jedenfalls schmeckte es sehr gut.

Ich war satt und genau richtig betrunken. Die Uhr zeigte kurz nach zehn. War es zu spät, um Großvater anzurufen? Nein. Er wollte sicher hören, wie unser erster Tag gewesen war. Ich stand auf.

»Entschuldigt mich, ich muss mal kurz telefonieren.«

Mein Vater sah mich nicht an, sondern sagte nur trocken: »Richte Grüße aus.« Dann leerte er sein Glas.

Ich ging hinaus auf die Terrasse. Die Luft war immer noch warm. Ich zog das Handy aus der Tasche und drückte auf Großvaters Nummer. Er meldete sich fast sofort, als hätte er auf meinen Anruf gewartet.

»Hallo«, sagte er.

»Hallo. Wie geht's?«

»Alles in Ordnung. Wie ist es bei euch?«

Ich beschrieb ihm ausführlich, wie wir nach Ajkeshorn gesucht hatten, erzählte ihm von den zwei Rennwagen und wie besonders das Haus war.

Madde unterhielt sich währenddessen mit meinem Vater. Sie hatte ein Knie angezogen und saß mit den Armen darum entspannt auf ihrem Stuhl. Ich entfernte mich ein paar Schritte und sprach mit gedämpfter Stimme weiter.

»Er hat einen Wasserschaden im Flügel mit den Gästezimmern, und wir wohnen in so einer Art Lager- oder Ausstellungsraum. Davor steht das verrückteste Sofa, das ich je gesehen habe.«

»Ach ja?«

»Du würdest deinen Augen nicht trauen. Aber wahrscheinlich hat ein zeitgenössischer Künstler eben so was zu Hause stehen.« Ich beschrieb ihm das Sofa in allen Einzelheiten, und Großvater lachte laut. Ich musste auch grinsen. Wir waren uns einig – so war mein Vater eben.

Ich erzählte ihm auch von Barbro, der stummen Haushälterin mit dem altmodischen Kleid.

Eine Windböe raschelte in den knorrigen Bäumen, die Laternen schwankten. Die ruhig ans Ufer rollenden Wellen waren deutlich zu hören.

»Aber der Tag war schön«, sagte ich. »Wir waren schwimmen, direkt unterhalb des Hauses ist ein traumhafter Strand. Und gerade haben wir sehr gut zu Abend gegessen.«

»Klingt, als hättet ihr eine schöne Zeit.« Großvater klang entspannt, und dadurch wurde ich auch ruhiger.

Wir beendeten das Gespräch, und ich sah zu Madde und meinem Vater, während ich das Handy in die Tasche schob. Hinter ihnen stand Barbro steif wie eine Statue an der Arbeitsfläche in der Küche.

Sie starrte in meine Richtung. Völlig ausdruckslos.

Mein Herz schlug doppelt so schnell wie sonst, die Nackenhaare stellten sich auf. Ich fühlte mich ertappt. Sie schien zu wissen, dass ich mit Großvater über sie gesprochen hatte, auch wenn das ja gar nicht sein konnte.

Ich war wie gelähmt, konnte den Blick nicht abwenden. Barbro starrte weiter zu mir, bis sie sich schließlich wegdrehte und den Bann brach.

Ich ging ein paar Schritte auf und ab, schaute aufs Meer.

Dieser Blick.

Ein normaler Mensch sieht sofort weg, wenn er dabei erwischt wird, wie er heimlich jemanden beobachtet. Barbro jedoch nicht. Vielleicht wollte sie mir etwas mitteilen. *Ich weiß, dass du über mich herziehst.* Doch ich hatte eher den Eindruck, dass ihr gar nicht bewusst war, wie ihr Blick auf andere Menschen wirkte.

Dass das, was sich zwischen uns abspielte, nicht völlig menschlich war.

Kapitel 23

»Grüße von Großvater«, sagte ich, als ich in die Küche zurück-
kam, auch wenn er mir gar keine Grüße ausgerichtet hatte.
»Geht es ihm gut?«, fragte Madde.
»Ja«, antwortete ich. »Alles in Ordnung.«
Mein Vater lächelte neutral. »Möchtet ihr Kaffee und einen
Kognak oder so?«, fragte er.
Ich hatte eigentlich genug. Ich war müde und wollte mich mit
Madde auf unserem Bett ausstrecken. Doch einen Schlummer-
trunk konnte ich ja nehmen.
»Gern«, sagte ich daher.
»Ich zeige euch dann was«, erklärte mein Vater.

Kurz darauf folgten wir ihm über die Terrasse und die Steintreppe hinunter. In einer Hand trug er eine Thermoskanne mit
Kaffee, in der anderen drei Flaschen: einen Single Malt, einen
Calvados und einen Amaretto. Ich trug drei Whiskygläser und
zwei Kaffeetassen, Madde eine kleine Tasse mit Espresso.
Wir gingen über einen anderen Plankenweg, der sich zwischen den Dünen hindurchwand, parallel zum Strand. Er war
zwar beleuchtet, doch die Sommernacht war immer noch hell.
Bald kamen wir zu einer Holztreppe, die am knorrigen Stamm
einer ungewöhnlich großen Kiefer entlang hinaufführte. Mein
Vater stellte die Thermoskanne auf einer Stufe ab und ging mit
den Flaschen hinauf bis zu einem Baumhaus. Ich reichte ihm die
Gläser und Tassen, und Madde kam uns mit der Thermoskanne
und ihrem Espresso hinterher.

Das Baumhaus war groß genug für vier kleine selbstgebaute Sessel und eine umgedrehte Holzkiste, die als Tisch diente. Alles war aus unbearbeiteten Brettern gezimmert, bunte Laternen spendeten Licht. Über uns wölbte sich die Baumkrone wie ein Dach.

Alles sah aus, als hätten ein paar Zwölfjährige ein bisschen Treibholz zusammengenagelt, doch mir war klar, dass mein Vater genau diesen Eindruck erwecken wollte. Ein wahr gewordener Kindheitstraum.

Ich könnte mir schlimmere Orte vorstellen, um an einem lauen Sommerabend einen guten Single Malt zu trinken.

»Auch wenn ich mich jetzt wiederhole«, sagte Madde, »wow.«

Wir ließen uns in den erstaunlich bequemen Sesseln nieder, auf Polstern, die aussahen wie von alten Motorbooten, dunkel, mit weißen Kanten und ebensolchen Knöpfen.

Mein Vater schenkte mir und Madde Whisky ein und nahm selbst einen Calvados.

»Ein Baumhaus ist etwas Besonderes«, sagte er. »Man fühlt sich so geborgen, nicht wahr?«

Dazu hatte er eine Theorie: Vor Millionen von Jahren, als unsere Vorfahren in der Savanne lebten und die Beute von Löwen und anderen Raubtieren waren, konnte man sich oben in einem Baum leichter verteidigen. Und man lief weniger Gefahr, von giftigen Schlangen oder Spinnen gebissen zu werden.

Keine Ahnung, ob seine Theorie stimmte, aber gemütlich war es jedenfalls, unter der Baumkrone zu sitzen und sich im Laternenschein zu unterhalten, während man dabei einen samtweichen Whisky auf der Zunge rollen ließ. Das Meer sahen wir von hier aus nicht, doch wir hörten es. Ein Riese, dessen Brust sich unter ruhigen Atemzügen hob und senkte.

»Ihr werdet morgen ausschlafen wollen, schätze ich«, sagte mein Vater. »Aber danach könnten wir mit den Autos eine

Spritztour über Gotland machen. Ihr wart ja noch nie hier, oder?«

Nein, das war unser erster Besuch.

»Es gibt eine Menge zu sehen. Das wird nett. Morgen soll auch schönes Wetter sein.« Er verzog das Gesicht und veränderte seine Position, während er tief Luft holte. Madde fragte, ob er Schmerzen hatte, und mein Vater nickte.

»Sie werden stärker. Ich habe heute Abend meine Medikamente nicht genommen, weil ich beim Essen etwas trinken wollte. Doch das rächt sich jetzt.«

Wir schwiegen. Nur die Wellen und das leise Rauschen der Baumkronen waren zu hören. Im sanften Schein der Laternen sah mein Vater älter aus. Die Furchen auf seiner Stirn waren tiefer, die Wangen eingefallener.

»Wir sollten wohl langsam ins Bett gehen«, sagte ich. »Aber es war ein schöner Abend.«

»Absolut«, sagte Madde. »Magisch.«

Mein Vater warf mir ein zugleich dankbares und trauriges Lächeln zu. »Das freut mich, Isak.«

Der Raum vor unserem Zimmer lag im Dunkeln, das Sofa ragte unheimlich und wie eine drohende Wolke über mir auf. Nachdem ich das Licht eingeschaltet hatte, war mir wohler.

Nachdem wir uns die Zähne geputzt hatten und wieder in unserem Zimmer waren, ließ Madde die Jalousie vor das Deckenfenster fahren, während ich die Vorhänge vor dem anderen Fenster zuzog. Dann fielen wir ins Bett. Madde drehte mir den Rücken zu und kuschelte sich an mich, ich legte den Arm um sie. Sie griff nach meiner Hand.

»Gute Nacht, Schatz«, murmelte sie schläfrig.

»Gute Nacht.«

Ich küsste ihren Nacken, ließ die Lippen auf ihrer Haut

verweilen. Eng aneinandergeschmiegt lagen wir da, Körper an Körper. Und bald war ich eingeschlafen.

Ich wachte auf, weil mir warm war, und rollte mich auf meine Bettseite. Auch Madde rückte von mir ab, ohne aufzuwachen. Ein schmaler Lichtstreifen fiel am Rand der Jalousie über mir in den Raum. Die Götterfiguren standen in Doppelreihen an den Wänden. Dunkle Umrisse, die miteinander verschmolzen. An den Wänden die Masken, wie riesige Insekten.

Ich dachte an das Sofa. Als ich mit Großvater am Telefon darüber gesprochen hatte, war es mir grotesk und lächerlich vorgekommen. Doch jetzt im Dunkeln empfand ich es als bedrohlich. Ich dachte an den Schauder, der mich überlaufen hatte, als ich an dem riesigen Pilz aus Leder und Polsterung vorbei zum Lichtschalter gegangen war.

Warum entwirft jemand ein solches Sofa?

Warum entwirft jemand so etwas Krankes? Etwas, das immer weiter wächst, außer Kontrolle gerät.

Barbros Blick zu mir. Ausdruckslos und doch wissend. Bedrohlich, so wie die Natur es sein kann. Ein steiler Abgrund oder eine brodelnde Stromschnelle. Totale Gleichgültigkeit, ob man lebt oder stirbt.

Ich wollte Großvater anrufen, seine ruhige und vertraute Stimme hören. Über alltägliche, unbedeutende Dinge mit ihm reden. Aber es war mitten in der Nacht, ich konnte ihn jetzt nicht stören. Ich wusste, dass er sich immer noch Sorgen um mich machte. Aber ich war erwachsen, verdammt noch mal, und musste das hier allein schaffen.

Wenn ich als Kind nicht schlafen konnte oder einen Albtraum hatte, tapste ich ins Schlafzimmer meiner Eltern und stupste meine Mutter an.

»Mama, ich kann nicht schlafen«, flüsterte ich.

Meinen Vater durfte ich nicht anstupsen, das hatte ich gelernt. Entweder wachte er nicht auf, oder er sagte nur wütend, ich solle wieder ins Bett gehen.

Meistens war meine Mutter allerdings allein im Schlafzimmer. Sie hob dann die Bettdecke an, und ich durfte ins warme Bett klettern und mich an sie kuscheln. Sie legte einen Arm um mich, und ich fühlte mich sicher in ihrer weichen Umarmung. Es war so gemütlich, dass ich noch wachbleiben wollte, doch ich schlief immer sofort ein.

Nach dem Unglück zog ich zu meinen Großeltern. Das Feuer wütete Tag und Nacht in mir, und das Einzige, was die Flammen löschen konnte, war, in Großvaters Armen in seinem alten Schaukelstuhl zu sitzen und seinem leisen Summen zuzuhören, während wir vor und zurück wippten, vor und zurück. Nächtelang saßen wir so da, Stunde um Stunde, bis ich irgendwann einschlief.

Ich weiß noch, wie unglaublich es mir vorkam, dass Großvater überall und jederzeit einschlafen konnte. Im Herrmanns-Park zum Beispiel schaffte ich es gerade mal zu den Schaukeln, da saß er schon auf einer Parkbank und schlief.

Kein Wunder. Ich hielt ihn ja auch ständig nachts wach.

Von Großmutter weiß ich nur noch, dass sie oft im Bett lag und ich leise sein sollte, weil sie müde war. Jetzt ist mir natürlich klar, dass sie nach dem Verlust ihres einzigen Kindes und ihrer Enkelin schwer depressiv war. Sie schaffte es nicht einmal zur Beerdigung. Ein paar Jahre später starb sie dann.

Ich erinnere mich an eine Szene bei meinen Großeltern in der Küche, nach der Beerdigung wohl, denn Großvater trägt einen schwarzen Anzug, in dem ich ihn nur zu dieser Gelegenheit gesehen habe. Ich stecke in Hemd und guten Hosen. Habe beim Kaffee nach dem Begräbnis zu viel Kuchen und Kekse gegessen. Ich verstehe, dass etwas sehr Trauriges geschehen ist, denn viele Gäste haben geweint. Auch Großvater. Alles ist sehr beängstigend gewesen, ich habe auch geweint. Verstehe aber den Grund nicht. Was ist denn eigentlich passiert?

»Wann kommt Mama zurück?«

»Sie kommt nicht zurück. Sie schläft jetzt. Im Himmel.«

»Was ist mit Klara?«

»Sie kommt auch nicht zurück. Aber sie ist an einem richtig schönen Ort.«

»Was ist mit Papa?«

»Deinem Vater geht es im Moment nicht so gut. Deshalb bleibst du eine Weile bei mir und deiner Großmutter. Aber er wird zurückkommen.«

Meine Gedanken drehten sich immer schneller, ein unzusammenhängender Strom aus Kindheitserinnerungen und Dingen, die sich am vergangenen Tag ereignet hatten.

Wenn das so weiterging, würde ich kein Auge zumachen und morgen bei unserem Ausflug mehr tot als lebendig sein. Würde ich es überhaupt schaffen, einen der Rennwagen zu fahren? Hellwach und angespannt setzte ich mich im Bett auf. Ich wusste, was ich zu tun hatte.

Vorsichtig schlug ich die Bettdecke zurück und stellte die Füße auf den Boden. Dummerweise stand meine Tasche auf Maddes Seite. Leise ging ich um das Bett herum. Madde lag mit dem Gesicht dicht an der Kante und schlief zum Glück tief und fest.

Vorsichtig zog ich den Reißverschluss des Seitenfachs meiner Tasche auf, in dem die CDs lagen.

Plötzlich setzte sich Madde neben mir im Bett auf und schnappte nach Luft. Ich erstarrte und sah zu ihr.

»Ganz ruhig«, flüsterte ich. »Ich bin's nur.«

Madde atmete aus. »Gott, hast du mich erschreckt.«

»Tut mir leid. Ich … brauche eine Kopfschmerztablette.«

Madde ließ sich wieder auf das Bett sinken, drehte mir den Rücken zu und zog die Decke über sich. Ich tat so, als würde ich in der Tasche nach den Tabletten suchen. Am besten spielte ich die Scharade noch ein bisschen weiter.

Ich verließ das Zimmer, ging an dem Sofa vorbei, doch jetzt war ich hellwach, das bedrohliche Gefühl, das ich immer hatte, wenn ich nachts aufwachte, war verschwunden. Das Sofa war grotesk. Weder komisch-grotesk noch widerlich-grotesk, sondern einfach nur grotesk. Das war ein Fortschritt.

Ich ging ins Bad, füllte Wasser in ein Glas und stellte es neben das Waschbecken. Holte die Kopfschmerztabletten aus meinem Kulturbeutel und ließ zwei ins Wasser fallen. Konnte ja nicht schaden, dachte ich, während sich die Tabletten sprudelnd auflösten. Ich klappte den Toilettendeckel hoch und pinkelte.

Dann ging ich mit dem Glas in der Hand zu unserem Zimmer. Warf dem Sofa einen Blick zu und trank ein paar Schlucke. Sah vom normalen Ende zum anderen, an dem es so absurd in die Höhe wucherte.

Ich trank noch einen Schluck und dachte darüber nach, wie das Sofa wohl hergestellt worden war. Mein Vater hatte die Entwürfe mit allen Abmessungen gezeichnet. Jemand in seinem Atelier hatte den Bedarf an Leder und Polsterung ausgerechnet. Die eigentliche Herstellung hatte sicher viele Tage Arbeit von geschickten Händen erfordert. Dann hatte man es noch hier aufstellen müssen.

Schon war es gleich viel weniger bedrohlich. Ich trank das Glas aus, brachte es zurück ins Bad und ging wieder ins Bett. Madde schlief. Ich sah an die Zimmerdecke und war jetzt viel ruhiger. Das Licht, das durch den Spalt über mir hereinfiel, war heller. Es dämmert früh, dachte ich, aber vielleicht bildete ich es mir auch nur ein.

Ich drehte mich auf die Seite und schlief bald ein.

Als ich aufwachte, lag ich auf dem Bauch, den Kopf im Kissen vergraben. Aus den Augenwinkeln nahm ich eine Gestalt neben dem Bett wahr. Ich wollte den Kopf heben, doch ich war wie gelähmt. Bei Bewusstsein, aber gefangen in einem leblosen Körper.

Dem Umriss nach zu schließen musste eine der Holzstatuen dicht neben dem Bett stehen. Und nicht nur eine.

Die alten Götter hatten sich um mich versammelt und blickten nun auf mich herab.

Ich wollte schreien, doch meine Stimme gehorchte mir nicht.

Madde war nirgends zu sehen.

Standen die Statuen auch auf der anderen Bettseite? Hinter meinem Rücken? Ich versuchte noch einmal, den Kopf zu heben, mich aufzusetzen, doch genauso gut hätte ich versuchen können, mit meinen Gedanken einen Tisch oder ein Auto verrücken zu wollen.

Gefangen in mir selbst. Einer Zelle, in der ich mich nicht bewegen konnte. Panik stieg in mir auf, nackte Angst.

Was wollte die stumme Götterschar von mir? Wer hatte sie ans Bett gestellt? Oder hatten sie sich durch irgendeine längst vergessene Kraft selbst dorthin bewegt?

Vielleicht schlummerte etwas in diesen toten Gegenständen, das wir nicht verstanden.

»Madde!«, schrie ich stumm. »Madde!«

Stille. Nicht einmal das Meer war zu hören.

Aus den Augenwinkeln sah ich, wie sich eine Gestalt bewegte.

Kapitel 24

Karin liest etwas auf ihrem Bildschirm, klickt, scrollt.
»Sie sagen, dass ein Opfer erbracht werden sollte. War das das Tatmotiv? Haben Sie es deshalb getan?«
Ich blicke weiter schweigend auf die Tischplatte. Wie soll ich das nur erklären? Hat es überhaupt Sinn, es zu versuchen?
Karin lehnt sich auf ihrem Stuhl zurück. »Isak, wie Sie wissen, habe ich Zugang zu den Akten der Kinder- und Jugendpsychiatrie und des Jugendamtes. Ich weiß, was Sie als Kind durchgemacht haben. Kinder reagieren auf ein solches Trauma manchmal mit etwas, das wir Dissoziation nennen. Wenn die Wirklichkeit unerträglich wird, erschafft man zum Schutz seine eigene Wirklichkeit. Das kann in Form von Halluzinationen passieren, man sieht und hört Dinge, die gar nicht da sind. Auch Paranoia kann auftreten, man glaubt, man würde verfolgt, manipuliert. Glaubt an Magie, hat vielleicht auch zwanghafte Gedanken. Hatten Sie bei Ihrem Vater das Gefühl, dass Gedanken und Vorstellungen aus Ihrer Kindheit zurückkamen? Verstehen Sie, was ich meine?«
»Mhm.«
Ja, ich verstehe genau, was sie meint. Doch ich schweige, und Karin spricht weiter.
»Unter anderem haben Sie ausgesagt, dass die Gemälde Ihres Vaters über magische Kräfte verfügen. Möchten Sie dazu mehr sagen?«
Ich möchte schon.
Nur erklären kann ich es nicht.

Ein Bild sagt mehr als tausend Worte, heißt es ja. Und es sagt nicht nur mehr, sondern auch etwas anderes.

Kapitel 25

Das nächste Mal wachte ich davon auf, dass Madde sich von hinten an mich drückte und den Arm um mich legte. Ihre Haare kitzelten mich, als sie mich zwischen den Schulterblättern küsste. Ich zuckte zusammen und riss den Kopf hoch. Ja, jetzt konnte ich mich bewegen. Das Zimmer lag noch im Halbdunkel, doch helles Tageslicht stahl sich an den Gardinen vorbei herein. Die alten Götter standen an ihren Plätzen, in Zweierreihen an den Wänden. Die Masken hingen an ihren Haken. Ich ließ den Kopf zurück aufs Kissen sinken.

Was war das heute Nacht eigentlich gewesen?

»Guten Morgen, Schatz«, flüsterte Madde.

»Guten Morgen.« Ich drehte mich zu ihr und umarmte sie. Wir küssten uns, kuschelten uns aneinander.

»Das Wetter scheint super zu sein«, sagte sie. »Wollen wir vor dem Frühstück einen Spaziergang am Strand machen?«

»Ich glaube, ich bleibe noch ein bisschen liegen.«

»Okay. Warst du übrigens nachts mal auf?«

»Ja, warum?«

»Ich bin aufgewacht, und du warst nicht da.«

»Ich musste zur Toilette.«

Madde stand auf und nahm frische Kleidung aus ihrer Tasche. »Dann sehen wir uns in der Küche.«

»Genau.«

Sie schlüpfte in ihre Sandalen und ging zum Bad. Nach ein paar Minuten hörte ich, wie sich ihre Schritte entfernten. Zur Sicherheit blieb ich noch etwas liegen. Und weil es so gemütlich war.

Dann ging ich zum Fenster und schob die Gardinen zurück. Der Himmel war immer noch blau, doch hier und da waren dünne Schleierwolken aufgezogen. Die dunkelgrünen Kronen der Kiefern ragten still über die Sanddünen, die in der gleißenden Sonne so blendend weiß waren, dass man sie kaum ansehen konnte. Das Meeresrauschen war leiser als am Abend zuvor. In der Nacht hatte ich das Meer überhaupt nicht gehört. Dann war es wohl wirklich nur ein Traum gewesen.

Vor einer der Statuen ging ich in die Hocke. Sie schien aus Teak oder einem ähnlichen Holz geschnitzt zu sein. Das Holz war abgeflammt, die Maserung schwarze Linien. Der Mund mit den aufgeworfenen Lippen dominierte das Gesicht, die Augen waren geschlossen. Statt einer Nase hatte die Figur zwei Löcher über dem Mund. Es war schwer zu sagen, ob sie einen Menschen oder einen Affen darstellen sollte. Vielleicht einen Affengott.

Ich schaute vor mir auf den Boden. War die Figur vielleicht verrückt worden? Ich kniete mich hin, beugte mich vor, bis mein Gesicht fast den Boden berührte.

Tatsächlich, da war ein leichter Kratzer zu sehen. Die Skulptur war verschoben worden. Aber was bewies das schon? Der könnte von letzter Nacht sein, von letzter Woche oder von vor fünf Jahren.

Ich richtete mich auf und ging zu den Schaltern neben der Tür, um die Jalousie vor dem Deckenfenster zurückzufahren. Nahm die CDs aus dem Seitenfach meiner Tasche und verteilte sie im Raum. Drei Ecken waren schnell erledigt, ich musste die CDs nur zwischen Wand und eine Statue schieben. Die vierte Zimmerecke war schwieriger, da sie kein Versteck bot. Wenn ich sie einfach auf den Boden legte, würde Madde sie bemerken und vielleicht sogar meinen Vater fragen, warum da eine alte CD der Dire Straits herumlag. Aber dann sah ich eine Rolle Abdeckpapier für Malerarbeiten, die ich in die Ecke stellte. Die CD schob ich dahinter. Hoffentlich fiel Madde die Rolle nicht auf, aber das Risiko musste ich eingehen.

Ich holte frische Unterwäsche aus meiner Tasche, wollte eine lange, heiße Dusche nehmen und dann in der Küche frühstücken. Plötzlich berührte ich etwas, das ich nicht einordnen konnte. Es war klein, rund und hart. Ich zog es aus der Tasche. Ein dünnes schwarzes Plättchen, ein paar Zentimeter im Durchmesser, vielleicht aus einer Muschel. Im Licht schimmerte es leicht.

Woher kam das denn?

Mein Puls erhöhte sich. Mein Mund fühlte sich trocken an.

Mit dem Plättchen in der Hand ging ich zu den Skulpturen, folgte langsam der langen Reihe stummer Gesichter, betrachtete jedes aufmerksam. Aber nirgends sah ich solche kleinen Plättchen.

Bis ich die Ecke erreichte.

Die Figur war recht klein und aus schwarzem Holz. Sie stellte eine Frau mit abgewinkelten Beinen dar, die gerade ein Kind auf die Welt brachte. Die Stirn und zwei kleine Augenbrauen des Babys waren zu sehen. Hintern und Brüste der Frau waren grotesk groß im Verhältnis zum Rest des Körpers. Selbst diese Figur hatte die Augen geschlossen, und man konnte ein friedvolles Lächeln erahnen.

Wahrscheinlich war sie eine Art Fruchtbarkeitsgöttin.

Die großen schwellenden Brüste waren mit kleinen runden, schwarzen Platten bedeckt, die im Licht schimmerten und den Blick noch mehr auf sich zogen.

Plättchen wie das in meiner Hand.

Ich beugte mich vor. Ja, mehrere Plättchen fehlten. Fast hätte ich meine kleine Scheibe eingepasst, behielt sie dann aber doch.

Wenn jemand die Statue in der Nacht ans Bett gestellt hatte, hätte sich das Plättchen lösen und in meine Tasche fallen können.

Es war kein Traum gewesen.

Doch was hatte das alles zu bedeuten?

Auf dem Weg zur Küche roch ich schon von weitem frisch gebackenes Brot und gerade aufgebrühten Kaffee. Mein Vater stand an der Arbeitsfläche und füllte Zutaten in einen großen Mixer. Der Tisch war mit einem Korb voll frischer Croissants und Brötchen gedeckt, frisch gepresstem Saft, gekochten Eiern, Käse und Wurst, Gurkenscheiben und Paprikaringen. Nicht schlecht. Ein richtiges Hotelfrühstück.

»Guten Morgen«, sagte mein Vater fröhlich und lächelte. »Wie war die Nacht?«

»Gut«, antwortete ich.

»Hast du Hunger?«

»Ja.«

»Perfekt«, sagte er und warf den Mixer an, der die Zutaten mit lautem Getöse zu einer grünen Masse zerkleinerte.

Mein Vater sah müder aus als am Tag zuvor. Als er uns an der Haustür empfangen hatte, war ihm das Alter noch nicht so deutlich anzusehen gewesen. Jetzt traten die Falten im Gesicht stärker hervor, die zerzausten Haare verdeckten nicht mehr die kahle Stelle am Hinterkopf, die Leberflecken auf den Händen waren deutlich zu sehen.

Die Schiebetür zur Terrasse war geöffnet, die Sonne stand schon hoch am Himmel. Das grelle Licht fiel auch in die Küche.

Mein Vater schaltete den Mixer aus und fuhr fort: »Wir können draußen sitzen, wenn du möchtest, aber es ist jetzt schon sehr heiß.«

»Drinnen ist okay.«

»Ist Madeleine unterwegs?«

»Sie macht einen Strandspaziergang. Aber wir können schon anfangen.«

Mein Vater nickte. »Was für einen Kaffee möchtest du? Milchkaffee?«

Madeleine. So habe ich sie nie genannt. Es hörte sich komisch an.

Ich genoss das Frühstück, musste aber ständig an diese Fruchtbarkeitsgöttin denken. Sie musste irgendwie bei meiner Tasche gewesen sein.

Aber wer hatte sie dorthin gebracht? Und warum?

Mein Vater bemerkte meine Wortkargheit und fragte, ob ich nicht doch etwas schlecht geschlafen hätte. Was nicht verwunderlich wäre, fuhr er fort, er selbst würde nach zu viel Alkohol auch immer unruhig schlafen. Und heute Nacht hatte er Schmerzen gehabt, bevor die Tabletten zu wirken begannen.

Bald sahen wir Madde über die Steintreppe auf die Terrasse kommen. Leicht außer Atem und erhitzt betrat sie die Küche.

»Guten Morgen«, sagte sie zu meinem Vater. »Ist das schon heiß.«

Sie zog das enge Oberteil vom Bauch weg und fächelte sich Luft zu. Dann legte sie den Arm um mich und gab mir einen Kuss. Sie schmeckte salzig, verschwitzt. Mein Vater stellte ein Glas Smoothie aus dem Mixer vor ihr ab und bereitete dann noch einen Milchkaffee zu.

Ich fragte mich, wo Barbro war. Sie schien heute Morgen frei zu haben.

Eine Stunde später waren wir bereit zur Abfahrt. Der Lamborghini und der Koenigsegg warteten vor dem Haus auf uns. Vorfreude kribbelte in meinem Bauch. Vielleicht war ich auch ein klitzekleines bisschen nervös.

Mein Vater kramte in der Tasche seiner weißen Leinenshorts, dann hielt er mir die offene Handfläche hin, auf der zwei Autoschlüssel lagen.

»Welchen willst du?«, fragte er.

Auf dem einen Schlüssel war ein kleines dreieckiges goldenes Symbol. Ich nahm ihn.

Der Lamborghini.

Der Wagen war unglaublich niedrig, das Dach reichte mir kaum bis zur Taille. Ich drückte auf den Schlüssel und hörte ein Klicken.

»Bist du schon mal mit so einem Auto gefahren?«, fragte mein Vater.

»Haha, nein.« Ich grinste so breit, dass ich mich richtig uncool fühlte.

»Das ist schon etwas anderes als ein Nissan Micra«, sagte er. »Die Tür öffnet man so.« Er zog am Griff, und die Tür schwang nach hinten hoch. Der Fahrersitz erinnerte an das Cockpit eines Kampfjets, mit schwarzem Leder und silberfarbenen Details. Ich schob mich vorsichtig in den Sitz und hatte das Gefühl, als säße ich direkt auf der Straße. Meine Baseballkappe berührte das Dach, das Lenkrad drückte gegen meinen Bauch. Dieses Auto war nicht gerade für Menschen meiner Größe gebaut. Doch mein Vater zeigte mir, wie ich Sitz und Lenkrad verstellen konnte.

In der Zwischenzeit hatte Madde sich auf den Beifahrersitz gesetzt und wollte ihre Tasche auf den Rücksitz legen, den es nicht gab. Sie lachte.

Mein Vater streckte ihr die Hand entgegen. »Soll ich die nehmen?«

»Gern.«

Er öffnete die Motorhaube und legte die Tasche in einen Hohlraum. Dann kam er zu mir und wollte etwas sagen, doch ich betätigte den roten Regler an der Mittelkonsole, und der Motor brummte leise. Dann stellte ich als Fahrmodus »Corsa« ein, und der Motor klang gleich ungeduldiger, aggressiver, fast schon bedrohlich. Gleichzeitig änderte der digitale Tacho seine Farbe von einem kühlen und erfrischenden Blau zu einem flammenden Orange-Rot.

»Verdammt, was für ein Lärm«, rief Madde fröhlich.

Ich sah zu meinem Vater auf und versuchte, cool zu wirken, was mir auch fast gelang.

»Du wolltest etwas sagen?«

»Du hast so einen Wagen also schon mal gefahren?«

Ich musste lachen. »Haha ... Nein, aber es gibt so etwas namens YouTube, weißt du.«

»Okay.«

»Ich habe ungefähr hundert Clips mit Testfahrten von solchen Wagen gesehen. Deshalb kenne ich die Konsole.« Ich schaltete den Fahrmodus zurück auf »Strada«, und der Motor brummte wieder leise.

»Dann weißt du auch, dass du mit diesen Schaltwippen schaltest«, sagte mein Vater und deutete auf zwei kleine Hebel an den Lenkradseiten.

»Ja.«

»Na dann. Los geht's. Folgt mir einfach.«

Er ging zum Koenigsegg und stieg ein. Die Rücklichter leuchteten auf, der Motor brummte laut, als mein Vater im Leerlauf Gas gab. Ich zog die Tür herunter. Der Koenigsegg fuhr geschmeidig an, und wir folgten ihm.

Ich fuhr einen Lamborghini.

Kapitel 26

Immerhin hat man im Gefängnis genügend Zeit für Tagträume. Ich dachte eigentlich, ich hätte die Fähigkeit seit meiner Kindheit verloren, doch wie sich zeigt, war ich nur ein wenig eingerostet. Ich denke an meine Mutter. Nach dem Unglück hatten mir Großvater und die Psychologen natürlich gesagt, dass meine Mutter tot war, doch das konnte oder wollte ich damals noch nicht begreifen. Ich dachte, dass sie irgendwo anders lebte und bald wieder zurückkommen würde. In meinen Tagträumen malte ich mir aus, was für Gründe sie hatte, sich verborgen zu halten, oder wie es nach ihrer Rückkehr sein würde.

Jeden Nachmittag nach der Schule aß ich ein paar Brote und trank ein Glas Milch. Dann setzte ich mich im Wohnzimmer in einen der Drehsessel. Es war still in der Wohnung. Großvater würde erst in ein paar Stunden aus der Arbeit kommen. Großmutter schlief. Ich ließ meine Gedanken wandern. Das war die schönste Zeit des Tages.

Als Teenager machte ich das immer noch, auch wenn ich mich dafür schämte, es kindisch fand. Ich wollte damit aufhören, doch es gelang mir nicht. Und nachdem mein Vater plötzlich bei dem Fußballspiel aufgetaucht war, bekamen die Träume neue Nahrung. Wenn er auf einmal aus dem Nichts auftauchen konnte, warum dann nicht auch meine Mutter?

Dann vergingen die Jahre, und irgendwann wurde mir bewusst, dass ich schon lange keine Tagträume mehr gehabt hatte und mich auch nicht an das letzte Mal erinnern konnte.

Im Sommer nach dem Abitur arbeitete ich als Briefträger. Versuchte mich daran zu gewöhnen, morgens um halb fünf aufzustehen, hatte keine Ahnung, was ich mit meinem Leben anfangen sollte. Das Freiheitsgefühl war fast schon beängstigend. Alles war möglich, nichts war sicher.

Eines Tages saß ich mittags auf einer Parkbank, um mein Sandwich zu essen, das Großvater mir mitgegeben hatte. Zwei dicke Scheiben Sauerteigbrot mit Kruste, mit Butter, Kaviar und Radieschenscheiben. Ich dachte daran, wie sehr meine Mutter Radieschen gemocht und dass sie sich das sicher von Großvater abgeschaut hatte.

Aber wie sie ausgesehen hatte, das wusste ich nicht mehr. Ich hatte kein Bild mehr von ihr vor Augen.

Da bekam ich Panik.

Ich wusste ja, dass ihr Bild irgendwo in meinen Hirnwindungen sein musste, doch je angestrengter ich versuchte, ihr Gesicht heraufzubeschwören, desto verschwommener wurde es.

Mein Herz raste, ich zitterte und konnte nicht weiteressen.

»Ganz ruhig«, sagte ich zu mir. »Ganz ruhig. Denk an was anderes. Dann fällt es dir wieder ein.«

Ich versuchte, mich auf die Arbeit zu konzentrieren. Sprang aufs Mofa und machte weiter mit meiner Runde. Doch im Hinterkopf suchte ich ständig nach dem Gesicht meiner Mutter. An dem Nachmittag landeten sicher einige Briefe im falschen Briefkasten.

Zu Hause stürzte ich zu der Kiste im Bücherregal, in der wir alle alten Fotos und Dias aufbewahrten, riss einen dicken Umschlag auf und durchwühlte den Inhalt, bis ich ein Foto von ihr gefunden hatte. Natürlich. Da war sie ja.

Und dann kamen alle Erinnerungen zurück. Hunderte Bilder im Kopf, Tausende. Die ganze Sammlung.

Ich fand auch die Passfotos, die sie ein paar Jahre vor ihrem

Tod hatte machen lassen, und schob sie in meinen Geldbeutel. Lange Zeit betrachtete ich sie mehrmals am Tag, fast schon zwanghaft.

Seither habe ich das Gesicht meiner Mutter nie wieder vergessen.

Kapitel 27

Es war später Nachmittag und die verwinkelten Gassen in Visby nach einem Tag glühend heißer Sonne stickig warm. Mein Polohemd klebte am Rücken. Schiefe, alte Holzhäuser mit riesigen Rosenbüschen an den Türen säumten die Straßen. Plötzlich standen wir an einem Aussichtspunkt, und die ganze Stadt erstreckte sich unter uns. Hinter dem Hafen glitzerte das dunkelblaue Meer.

Mein Vater ging voraus, Madde und ich folgten ihm Hand in Hand. An einem Eisstand kaufte ich mir einen Affogato, einen doppelten Espresso mit einer Kugel Vanilleeis darin, und mein Vater eine Kugel Pistazie im Becher. Er fragte, ob wir noch mehr von Visby sehen wollten. Madde warf mir einen Blick zu.

»Mir reicht es eigentlich«, sagte sie. »Was meinst du?«

»Mir auch. Es ist ganz schön warm.«

Mein Vater nickte. »Dann fahren wir zum Restaurant eines Freundes von mir und essen dort zu Abend. Es liegt etwas südlich von Visby, am Meer. Dort weht ein Wind.«

Wir gingen zu den Autos zurück und fuhren die Landstraße entlang nach Süden. Gelegentlich konnten wir einen Blick aufs Wasser erhaschen.

Auf Fårö hatten wir das Naturreservat Langhammars mit den Rauken besucht, bis zu zehn Meter hohe Säulen, die das Meer aus dem weichen Kalkstein geformt hatte. Dutzende dieser faszinierenden Formationen standen am Strand. Auf mich wirkten sie wie diese riesigen Steinköpfe auf den Osterinseln. Uralte Götter, die in die Ferne blickten.

Zu Mittag hatten wir in einem Fischerdorf an der Westküste gegessen, etwa dreißig Kilometer nördlich von Visby. Natürlich gab es noch viel mehr zu sehen, aber der lange Tag in der Sonne, mit viel frischer Luft und vielen Eindrücken, machte sich bemerkbar. Außerdem war der Lamborghini nicht für knapp zwei Meter große Menschen gedacht.

Mein Vater bog rechts ab, und wir folgten ihm. Die Straße schlängelte sich durch einen Kiefernwald. Bald eröffnete sich ein herrlicher Blick über das Meer, und dort befand sich unser Ziel, das Restaurant Granath. Ein großes, modernes Gebäude am Hang, mit einem Parkplatz auf dem Dach und riesigen Terrassen auf zwei Stockwerken.

Wir parkten die Autos nebeneinander, stiegen aus und gingen auf den Eingang zu.

»Was für eine Aussicht«, sagte Madde.

Mein Vater lächelte breit. »Nicht wahr? Aber vor allem ist die Küche hier ausgezeichnet. Das habt ihr gestern ja gemerkt. Peppe wurde vor zehn Jahren beim Bocuse d'Or mit Silber ausgezeichnet.«

Das Gebäude war kastenförmig und mit grauschwarzem Schiefer gedeckt. Wir gingen durch eine offen stehende Doppeltür aus Rauchglas hinein. Der Eingangsbereich bestand ebenfalls aus Schiefer, der Boden war etwas heller als die Wände. Nach dem gleißenden Sonnenschein mussten sich die Augen erst an das Dämmerlicht gewöhnen.

Nur ein Gemälde an einer Wand war beleuchtet und zog daher beim Eintreten alle Blicke auf sich. Es war groß, vielleicht zwei Meter breit und eineinhalb Meter hoch, wie ein großer Teppich.

Ich sah sofort, dass mein Vater es gemalt hatte.

Ein Feuerinferno war darauf zu sehen. Wirbelnd, wütend. Die Farbpalette reichte von tiefem Rot über Orange bis hin zu strahlendem Weiß. Was da brannte, war schwer zu erkennen, die Flammen verdeckten das meiste. Vielleicht ein Gebäude, vielleicht aber auch Menschen. Irgendwo glaubte ich, eine Hand zu sehen. Wie verzaubert näherte ich mich der großen Leinwand, sah, wie dick die Ölfarben aufgetragen waren. Das Bild schien in einem Wutanfall gemalt worden zu sein.

Mir wurde Himmelangst. Ohne Übertreibung. Ich hatte es selbst erlebt. Als Kind war ich in diesem Gemälde gewesen.

»Fredde!«, hörte ich eine fröhliche Stimme, und endlich konnte ich meinen Blick von der Leinwand losreißen. Ein großer Mann in den Vierzigern kam auf uns zu. Die dunklen Haare waren nach hinten gekämmt, und er trug einen gepflegten kurzen Vollbart. Er hatte ein rundliches Gesicht mit kleinem Doppelkinn und einen dicken Bauch, den er mit einem dünnen Jeanshemd über hellen Leinenhosen kaschierte. Lachend breitete er die Arme aus. »Schön, dich zu sehen!«

Auch mein Vater lächelte und umarmte seinen Freund. »Gleichfalls! Alles gut?«

»Sehr gut.« Mein Vater drehte sich zu mir und Madde um. »Das ist Isak. Mein Junge.«

Peppe streckte mir die Hand entgegen. »Peppe, freut mich. Willkommen!«

Wir schüttelten uns die Hand.

»Danke, schön, hier zu sein«, murmelte ich. Ich war immer noch erschüttert von dem Gemälde, brachte aber so etwas wie ein Lächeln zustande.

Mein Vater fuhr fort: »Und das ist Madde, seine Freundin.«

Madde und Peppe begrüßten sich ebenfalls.

»Mein Junge.« Er hatte »mein Junge« gesagt. Ich fühlte mich unwohl dabei.

Peppe sah mich an und sagte: »Ich habe gesehen, wie du das

Bild angeschaut hast. Das ist wirklich etwas Besonderes, nicht wahr?«

»Mhm.«

»Ich habe Peppe ein wenig mit Kunst ausgeholfen«, erklärte mein Vater.

»Nicht schlecht.«

»Wenn ich Kunden von London oder Tokio einfliegen lasse, dann will ich sie auch irgendwo zum Abendessen einladen können«, sagte er zu mir und Madde. »Wo es repräsentativ aussieht. Deshalb habe ich zu Peppe gesagt, dass ich ihm bei der Auswahl von ein paar Kunstwerken helfen kann.«

Peppe grinste. »Und?«

»Ich habe einfach meine eigenen Bilder hier aufgehängt.«

Peppe berührte meinen Vater am Arm. »Und darüber bin ich sehr froh. Aber das hier …« Peppe blickte zu der großen Leinwand. »Manchmal wage ich es kaum anzusehen, wenn ich nachts allein hier bin und abschließe.«

Ich nickte stumm. »Es ist irgendwie etwas anderes, es nachts zu sehen als tagsüber.«

Ich begegnete dem Blick meines Vaters, der mich forschend ansah. Er ahnte sicher, was das Bild für Gefühle in mir aufwühlte.

»Was möchtet ihr trinken? Champagner? Ich habe ein paar Kisten Jacques Selosse da.«

»Ja, fangen wir damit an«, stimmte mein Vater zu.

Wir machten uns auf den Weg in den Gastraum, der etwas heller als der Eingangsbereich gehalten war. Die Stühle waren mit cognacfarbenem Leder bezogen, die Tische mit cremeweißen Tüchern gedeckt. Personal eilte zwischen den noch leeren Tischen hin und her und bereitete alles vor. An den Wänden hingen weitere Kunstwerke meines Vaters, aber kleiner und weniger auffallend wie das im Eingangsbereich.

Peppe führte uns durch große Glasschiebetüren hinaus auf die Terrasse.

Erst jetzt wurde mir bewusst, wie angenehm kühl es im Haus gewesen war. Aber der Blick auf das Meer war umwerfend, und jeder Tisch wurde von einem großen Sonnenschirm beschattet. Wir ließen uns in einer Sitzgruppe am rechten Rand der Terrasse nieder. Peppe sagte, der Champagner sei bereits unterwegs, er wünschte uns einen schönen Abend und verschwand dann wieder im Gebäude. In einer anderen Sitzgruppe saßen zwei Männer und eine Frau, alle etwa Mitte fünfzig, die sich unterhielten. Teure Sonnenbrillen, rosa Hemden, Leinenshorts. Gleichmäßige Sonnenbräune. Die Frau hatte gepflegte Haare und war elegant geschminkt. Goldene Uhr am Handgelenk. Ihr wisst schon.

Das war die Welt meines Vaters, unter solchen Menschen bewegte er sich. Madde und ich waren nur zu Besuch. Ich fühlte mich klebrig und unwohl nach dem langen heißen Tag im Auto und in Visby und fragte mich, ob ich nach Schweiß roch oder meine Füße stanken. Ich widerstand dem Drang, an meiner Achselhöhle zu schnuppern.

Ein Kellner kam auf uns zu, etwa fünfundzwanzig, schmächtig, mit kurzen dunklen Haaren und perfekt getrimmtem Schnurrbart. Er brachte einen Eiskübel mit einer Flasche Champagner darin und drei große Gläser. Als er Madde sah, strahlte er und sagte: »Hallo, wie schön, dich zu sehen!«

Es wurde totenstill. Madde wirkte völlig verwirrt. Mit geschickten Bewegungen stellte der Kellner den Kübel ab und platzierte die Gläser vor uns. Dann merkte er, dass Madde nicht reagierte, und sah sie an, immer noch breit lächelnd.

»Kennen wir uns?«, fragte Madde. Sie klang aufrichtig verwirrt.

Das Lächeln des Kellners verblasste, und er wirkte ratlos. »Äh …«, sagte er.

»Ich bin zum ersten Mal hier«, erklärte Madde.

Der Blick des Mannes zuckte, bevor er die Champagner-flasche mit geübten Bewegungen öffnete.

»Tut mir leid«, sagte er dabei leise. »Ich habe Sie wohl mit jemandem verwechselt. Entschuldigung.« Er errötete.

»Schon gut«, erwiderte mein Vater und überschlug die Beine. »Kein Problem.«

Wieder legte sich unangenehme Stille über den Tisch. Der Kellner schenkte meinem Vater einen Schluck ein, der sein Glas nahm und probierte.

»Arbeiten Sie auch in Stockholm?«, fragte Madde den Kellner schließlich.

»Ja«, antwortete er. »Im Winter. Hier bin ich von Mai bis September.«

»Ich habe früher in Stockholm gewohnt. Wahrscheinlich haben Sie mich da mal gesehen.«

»Natürlich«, sagte er. »Das ist gut möglich. Ich bitte nochmals um Entschuldigung.« Der Kellner wirkte immer noch zutiefst verlegen.

Anschließend servierte er uns den Champagner, ohne einen Tropfen zu verschütten.

»Bitte verzeihen Sie, ich hätte Ihnen ja genauer beschreiben müssen, was ich Ihnen da serviere. Heute scheint nicht mein Tag zu sein«, sagte er dann nervös und stellte die Flasche zurück in den Eiskübel auf dem Tisch. »Aber ich hoffe, Sie haben einen schönen Abend.« Er lächelte entschuldigend und ging zurück in den Gastraum.

Madde atmete aus. »Mein Gott … Das war jetzt ein bisschen seltsam.« Sie lachte und legte ihre Hand auf meine.

Mein Vater schüttelte lächelnd den Kopf. »Ganz schön nervös, der Junge.«

»Warum hat er so eine große Sache daraus gemacht? Wegen dir?«

»Vielleicht.«

»Ich brauche eine Zigarette.«

»Zuerst trinken wir. Zum Wohl!«

Er hob sein Glas, und wir prosteten uns zu.

Der Champagner schmeckte säuerlich. Wie Champagner eben so schmeckt.

»Schmeckt er nicht unglaublich?«, fragte mein Vater.

»Ja, absolut«, sagte ich. »Unglaublich.«

»Wirklich sehr lecker«, sagte Madde. »Darf ich jetzt eine rauchen?«

Mein Vater wollte mir nachschenken, doch ich hob abwehrend die Hand.

»Für mich nichts mehr.«

»Wirklich? Hat er dir nicht geschmeckt? War er zu süß?«

»Nein, aber ich muss noch fahren.«

»Mach dir darüber keine Gedanken«, sagte mein Vater. »Ich habe mir etwas überlegt.« Er schenkte erst mir nach, dann Madde und sich selbst. Obwohl nur sein Glas leer gewesen war.

Wir rauchten und tranken Champagner, während die Sonne am Himmel unterging.

Kapitel 28

Nach einer Weile gingen wir nach drinnen. Der Gastraum hatte sich gefüllt, nur noch wenige Tische waren unbesetzt. Unserer stand am Fenster, mit fantastischer Aussicht aufs Meer. Und es war kühler als im Freien. Das Beste aus beiden Welten. Mein Vater zog den Stuhl für Madde heraus, wir setzten uns.

Dann wurde uns ein sieben- oder achtgängiges Menü serviert, mit einigen kleineren Speisen dazwischen, wie zum Beispiel einem Minzsorbet aus kleinen weißen Kugeln, die zu einer Miniaturschneeleuchte gestapelt waren. Die Gerichte waren zum Glück recht klein, sonst hätten wir sicher nicht alles geschafft. Danach war ich trotzdem mehr als satt.

Jedes Gericht sah aus wie ein kleines Kunstwerk, und oft wollte ich gar nicht meine Gabel hineinstechen. Es fühlte sich verrückt an, etwas zu ruinieren, in das jemand so viel Zeit und Energie gesteckt hatte. Zu jedem Gericht gehörte auch ein eigenes Getränk, ein kleines Glas nur. Reisbranntwein, Weizenbier, Weißwein, Rotwein. Portwein, Brandy aus Georgien.

Ich hatte beschlossen, mich mit dem Alkohol zurückzuhalten, aber probieren wollte ich trotzdem alles und war nach einer Weile doch ein wenig beschwipst. Madde ging es ähnlich.

Mein Vater hingegen trank bei jedem neuen Gang sein Glas schnell aus und verlangte oft noch nach mehr. Am Abend zuvor hatte er sich zurückgehalten und uns viele Fragen gestellt. Jetzt führte er das Wort, lauter und nachdrücklicher als bisher. Vielleicht wollte er aber auch nur das Stimmengemurmel im Gastraum übertönen.

Er sprach über die Rolle des Künstlers in der Gesellschaft. Alle Menschen hätten eigentlich ständig verrückte Gedanken und Ideen, sagte er, so funktionierte der Verstand. Als Kind würde man sie umsetzen – ein Bild malen, eine Geschichte erzählen, einem Erwachsenen Fragen stellen. Doch später würde man diese Gedanken und Ideen nicht mehr wertschätzen, man wäre von der Schule und dem Arbeitsleben darauf gedrillt, ein Rädchen im Getriebe der Gesellschaft zu sein. Man würde dem ständigen Fluss an Gedanken und Ideen keine Aufmerksamkeit mehr schenken. Der Künstler hingegen würde weiter spielen wie als Kind. Und damit allen anderen zeigen, dass eine andere Welt möglich wäre. Man könne ausbrechen, müsse kein unbedeutendes Rädchen mehr sein. Die Kunst schenke Freiheit.

So ungefähr drückte er es aus.

Plötzlich erhob er sich und fragte, ob wir eine Weile allein zurechtkommen würden. Er wischte sich mit der dicken Leinenserviette das gerötete Gesicht ab. Mittlerweile war es auch im Gastraum warm geworden. Er ging davon, ohne unsere Antwort abzuwarten.

Lächelnd streckte ich Madde die Hand hin. »Ich bin so satt.«

Sie lächelte zurück und nahm meine Hand. »Halte durch, nur noch zwei Gänge«, sagte sie kichernd.

»Woher weißt du das?«

»Was soll denn jetzt noch kommen? Käse und Dessert, oder?«

Ich rückte meinen Stuhl neben Madde, sodass ich meinen Arm um sie legen konnte. Sie lehnte sich an mich und legte mir die Hand aufs Bein. Wir küssten uns. Dann ließ sie die Stirn an meinem Hals ruhen.

»Ich könnte mich jetzt hinlegen und eine Weile schlafen«, sagte sie.

Ich warf einen Blick zur Bar. Mein Vater stand hinter dem Tresen und sprach mit dem Barkeeper, einem sehnigen Mann in kurzärmeligem Hemd und mit dunklen Haaren, einem ordentlich gestutzten Bart und tätowierten Armen. Er hörte meinem Vater zu und nickte, während er etwas in einem Glas zerkleinerte.

Ich trank den letzten Schluck eines sehr guten Weißweins, der uns vor drei Gängen oder so serviert worden war. Er schmeckte salzig und säuerlich und war immer noch kühl. Mein Arm hing locker über Maddes Schulter, sie nahm meine Hand. Wir küssten uns wieder, tiefer, leidenschaftlicher. Kein Kuss für ein Restaurant. Aber das war uns egal.

Ich hörte, wie jemand an unseren Tisch kam, und wir blickten auf. Mein Vater ließ sich schwer auf seinen Stuhl fallen, und Madde und ich ließen voneinander ab. Er warf mir einen aggressiven Blick zu, den ich so bisher noch nicht an ihm gesehen hatte. Wollte er mir signalisieren, dass er es unpassend fand, in einem edlen Restaurant Zärtlichkeiten auszutauschen? Schämte er sich, weil ich nicht wusste, wie man sich zu benehmen hatte?

Möglich. Oder vielleicht hatte er auch nur zu viel getrunken.

Er holte tief Luft und lächelte. »Was für ein Abend, was?«

»Ja«, sagte Madde, »was für ein Abend.«

»Möchtet ihr noch Wein? Habt ihr Durst?«

»Nein danke«, erwiderte ich.

Mein Vater fächelte sich mit dem Hemdsaum Luft zu. »Heiß hier drin, oder?«

»Ja.«

»Hallo? Können wir noch etwas Wasser bekommen?« Mein Vater drehte sich um und hob die Hand.

Kurz darauf kam eine Bedienung mit einer großen Karaffe aus rostfreiem Stahl. Sie füllte zuerst mein und Maddes Glas und fragte dann: »Möchten Sie auch noch Mineralwasser?«

»Sehr gern«, sagte mein Vater.

»Kommt sofort«, sagte die Frau fröhlich, die etwa Mitte dreißig war und etwas mollig. Sie trug schwarze Jeans und wie die anderen Bedienungen ein kurzärmeliges schwarzes Leinenhemd. Sie ging um den Tisch herum, um meinem Vater nachzuschenken.

»Tut mir leid«, sagte er und griff nach dem Hemd der Kellnerin, das über ihre Hose hing. Dann wischte er sich mit dem Saum die verschwitzte Stirn ab. »Es ist einfach so heiß hier.«

Die Kellnerin versteifte sich, aber mein Vater machte weiter, rieb sich über die Wangen.

»Tut mir leid«, wiederholte er, ließ das Hemd los und richtete sich auf. »Tut mir leid.«

Das alles hatte nur wenige Sekunden gedauert. Die Bedienung biss sich auf die Lippe und wirkte erschüttert, drehte sich dann aber um und ging wortlos davon. Mein Vater lächelte uns zu.

»Gleich kommt der Käse«, sagte er.

Aus den Augenwinkeln ahnte ich, dass Madde wie erstarrt dasaß, und auch ich hatte mich versteift. Als wollten wir dadurch die Distanzlosigkeit meines Vaters kompensieren.

Wie kam er dazu, sich das Gesicht am Hemd eines anderen Menschen abzuwischen?

»Ich glaube, wir bekommen auch noch einen Amarone«, fuhr mein Vater fort. »Und Marmelade. Versucht mal gleichzeitig Amarone, Marmelade und Käse. Ich verspreche euch, das haut euch um.«

Madde starrte meinen Vater an. Ihr Blick war voller Verachtung.

»Warum hast du das getan?«

»Warum? Mir war heiß.«

»Trotzdem macht man das nicht.«

»Nein, aber ich habe euch hier sitzen und knutschen sehen, und da dachte ich, dass man hier drin wohl tun und lassen kann, was man will. Oder was habt ihr euch gedacht?«

Er klang fast eifersüchtig. Oder war er neidisch und konnte es nicht ertragen, zwei junge Verliebte zu sehen, die das ganze Leben noch vor sich hatten, während er selbst alt war und Schmerzen hatte und bald sterben würde?

Madde sah mich nur an.

Was ist dein Vater eigentlich für ein Idiot?

Ich schüttelte fast unmerklich den Kopf.

Unsere Blicke bildeten ihren eigenen kleinen Raum, zu dem nur Madde und ich Zutritt hatten. Mein Vater musste draußen bleiben. Er holte eine Packung Zigaretten aus seiner Tasche.

»Na gut, das war nicht sehr nett ihr gegenüber …« Er deutete in Richtung Bar und steckte sich eine Zigarette zwischen die Lippen. »Ich werde mich nachher entschuldigen. Und ihr so viel Trinkgeld geben, dass sie mir bei meinem nächsten Besuch von ganz allein ihren Hemdzipfel hinhält und mich bittet, mein Gesicht daran abzuwischen.« Er grinste.

Verdammter geschmackloser Scherz. Die Entschuldigung war garantiert nicht ehrlich gemeint.

Mein Vater fuhr fort: »Aber lassen wir das doch jetzt, ja? Gehen wir raus und rauchen. Ich sehe doch, dass ihr Lust darauf habt und meine Zigaretten nicht aus den Augen lassen könnt.«

Mein Vater stand auf, und irgendwie taten Madde und ich es ihm nach. Immerhin hatten wir ihm ja vermittelt, dass wir sein Verhalten nicht gut fanden. Zumindest Madde hatte etwas gesagt. Außerdem wollten wir wirklich eine rauchen, das hatte mein Vater ganz richtig erkannt.

Wir überquerten die voll besetzte Terrasse und gingen eine Treppe nach unten. Es war fast zehn Uhr abends, die Sonne ging spektakulär rotglühend unter. Ein paar Schleierwolken leuchteten noch rosa, nachdem sie im Meer versunken war. Es war ungeheuer kitschig.

Wir gingen wieder zurück an unseren Tisch, wo man kleine Teller mit Käsehappen, Marmelade und Datteln serviert hatte. Die Kellnerin, deren Hemd mein Vater als Handtuch missbraucht hatte, kam nicht mehr zu uns.

Als Dessert gab es Mokka-Parfait mit einer säuerlichen Beerensauce und Streuseln. Es war gut, doch eine Kugel Langnese-Eis mit Erdbeersoße und etwas Knuspermüsli darauf hätte sicher mindestens genauso gut geschmeckt.

Vom Dessertwein trank ich nur einen Schluck. Allmählich wurde ich unendlich müde. Was man mir wohl auch ansah, denn mein Vater fragte, ob ich etwa schwächelte.

»Ja«, antwortete ich.

Mein Vater hob die Hand, bis ein Kellner auf ihn aufmerksam wurde.

»Wie kommen wir nach Hause?«, fragte ich.

Er antwortete nicht, also fuhr ich fort.

»Du meintest, du hättest dir etwas überlegt.«

Mein Vater nickte. »Stimmt. Ich dachte mir Folgendes …« Er hielt beide Zeigefinger in die Luft, als wolle er etwas ganz Besonderes verkünden. »Wir nehmen die Autos und fahren damit nach Ajkeshorn.«

Ich konnte über seinen Scherz nicht einmal lächeln. Ich war zu müde.

»Im Ernst jetzt.«

»Im Ernst. Wir fahren mit den Autos nach Hause.«

Ich seufzte. Spürte, wie ich gereizt wurde. »Bitte, das schaffe ich nicht.«

»Was schaffst du nicht?« Er war ganz ruhig, kein bisschen irritiert oder herausfordernd.

»Wir haben getrunken, da können wir uns doch nicht hinters Steuer setzen.«

»So viel haben wir nicht getrunken.«

»Hör auf damit.«

»Warum können wir nicht selbst nach Hause fahren?«

»Warum?«

»Ja? Erklär es mir. Warum können wir nicht mit den Autos nach Hause fahren.«

Er ist irre, dachte ich. Wollte er diesen Witz den ganzen Abend durchziehen? Doch irgendetwas an seinem Ton sagte mir, dass es für ihn kein Scherz war.

»Meinst du das jetzt ernst?«, fragte ich.

»Absolut«, sagte er.

Ich drehte mich zu Madde um und suchte in ihren Augen nach dem Konsens von zuvor, unserem eigenen Raum ohne meinen Vater, doch sie wandte den Blick ab.

»Er hat recht, wir haben alle getrunken«, sagte sie, aber es klang nicht überzeugend, sondern eher unentschlossen.

»Isak soll es erklären«, beharrte mein Vater. »Warum können wir nicht mit den Autos nach Hause fahren?«

In meiner Welt war es absolut verboten, betrunken Auto zu fahren. Das tat man einfach nicht. Und nachdem das so selbstverständlich war, wusste ich auch nicht, wie ich es rechtfertigen sollte.

»Weil …«, begann ich stotternd, »man nicht Auto fährt, wenn man getrunken hat.«

»Und warum nicht?«

»Weil es verboten ist.«

»Du meinst, man könnte erwischt werden?«

»Ja.«

»Um diese Zeit an einem Wochentag sind keine Polizisten auf Gotland unterwegs. Wir müssen nur Visby meiden.«

»Das spielt keine Rolle.«

»Das Risiko, erwischt zu werden, existiert quasi nicht.«

»Nein.«

»Ja.«

»Ich werde mich nicht hinters Steuer setzen.«

»Nein, okay, das habe ich kapiert. Aber warum? Nenn mir ein Argument. Du sagst: ›Wir könnten erwischt werden‹, und ich sage dir: ›Nein, das werden wir nicht.‹ Solange du auf den Nebenstraßen bleibst.«

»Es gibt einen Grund, warum es verboten ist«, sagte ich und hörte, wie meine Stimme leicht zitterte. Ich wusste, dass ich recht hatte, fühlte mich trotzdem unterlegen. Mein Vater war so ruhig und so selbstsicher, er konnte so gut reden und war sicher schon oft in dieser Situation gewesen. Argumentieren um des Argumentierens willen. Er schien es zu genießen. Ich hingegen fühlte mich unwohl, fand es unangenehm und ärgerte mich, dass ich meine Stimme nicht ruhig halten konnte.

Madde hatte mir die Hand auf den Arm gelegt.

Warum sagte sie nichts?

»Und wie lautet dieser Grund?«, fuhr mein Vater fort.

»Na ja, das ist doch … offensichtlich.« Ich spürte, wie mir der Schweiß ausbrach. »Wenn man getrunken hat, leidet das Urteilsvermögen, und das Risiko, einen Unfall zu verursachen, ist größer.«

Mein Vater vermittelte mir das Gefühl, ein langweiliger Moralapostel zu sein, und ich hasste es so sehr.

»Um diese Zeit sind keine Menschen auf der Straße. Wir werden also niemanden anfahren.«

»Das weißt du doch gar nicht.«

»Doch, das weiß ich. Statistisch gesehen war es für uns viel gefährlicher, tagsüber hierher zu fahren, als der Verkehr stärker war.«

Ich schüttelte den Kopf.

»Egal.«

Ich suchte wieder Maddes Blick, die ihn neutral erwiderte. Nicht zweifelnd, aber auch nicht besonders unterstützend.

»Alles im Leben birgt Risiken, nicht wahr?«, meinte mein Vater. »Und die muss man auch eingehen, wenn man ein spannendes Leben führen will.«

Gerne hätte ich erwidert, dass mein Leben schon spannend genug gewesen war, ich als Kind fast gestorben wäre und außerdem meine Mutter und meine kleine Schwester verloren hatte. Aber ich schwieg. Wollte nicht zeigen, wie aufgewühlt ich war. Stattdessen stand ich auf und sah meinen Vater aufgebracht an.

»Du kannst tun, was du willst. Aber ich werde mich nicht hinters Steuer setzen. Ich nehme ein Taxi und übernachte in Visby.«

Ich wandte mich an Madde. »Kommst du mit?«

Sie sah mich flehend an, nahm meine Hand. »Hey, beruhige dich …«

»Aber wie lange soll ich mir diesen Scheiß noch anhören?«

»Wenn du den Lambo nach Hause fährst, schenke ich ihn dir.«

Mein Vater sah mich fest an. Aus den Augenwinkeln nahm ich wahr, dass unsere Auseinandersetzung die Aufmerksamkeit der Gäste um uns herum auf sich gezogen hatte.

»Hör endlich auf.«

»Du fühlst dich nicht mehr betrunken, stimmt's? Dieses Gespräch hat dich ernüchtert.«

Er hatte recht. Und vielleicht hatte er das auch von Anfang an beabsichtigt.

»Fahr den Lamborghini nach Ajkeshorn, und er gehört dir.«

Peppe kam an den Tisch und legte eine Mappe mit Ledereinband vor meinem Vater ab.

»Maestro«, sagte er. »Ich hoffe, du und deine Begleiter hattet einen schönen Abend.«

»Ganz wunderbar, wie immer«, antwortete mein Vater lächelnd. Er nahm eine goldfarbene Kreditkarte aus seiner Brieftasche und gab sie Peppe, ohne einen Blick auf die Rechnung zu werfen. »Schlag Trinkgeld wie immer drauf. Und da war eine Bedienung, die uns das Wasser gebracht hat, ein wenig rundlich ... Gib ihr einen Tausender.«

Peppe nickte unterwürfig, verbeugte sich fast.

»Wird erledigt.«

Er wollte schon gehen, da hielt mein Vater ihn auf.

»Könntest du mir bitte einen Bogen Papier bringen, ganz normales DIN A4?«

»Natürlich«, sagte Peppe. »Kommt sofort.«

Peppe verschwand in Richtung Bar. Mein Vater drehte sich zu mir.

»Ich werde das schriftlich festhalten, damit du weißt, dass ich mich nicht über dich lustig mache. Wenn du ablehnen willst, respektiere ich das voll und ganz. Aber denk wenigstens erst darüber nach.«

Er klang aufrichtiger, nicht mehr spöttisch und herausfordernd, was mich zuvor so wütend gemacht hatte. Madde hielt noch immer meine Hand.

Ich setzte mich wieder hin. Mein Vater lächelte.

»Du liebst dieses Auto, Isak. Das habe ich dir gestern schon bei eurer Ankunft angesehen.«

»Und?«, sagte ich. »Man fährt aber nicht, wenn man getrunken hat.«

Peppe kam mit einem Lesegerät, einem Stift und einem weißen Blatt Papier zurück. Die Kreditkarte steckte bereits im Lesegerät, mein Vater gab seine PIN ein, und der Beleg wurde ausgedruckt. Er schob seinen Teller beiseite und schlug das Tischtuch zurück. Peppe reichte ihm den Kartenbeleg und sah lächelnd zu mir und Madde.

»Hat alles geschmeckt?«, fragte er gedämpft, als wolle er meinen Vater nicht stören, der das Blatt Papier auf die Tischplatte gelegt hatte und schrieb.

»Fantastisch«, antwortete Madde. »So gut habe ich noch nie gegessen.«

Ich nickte zustimmend.

Peppe zwinkerte mir zu. »Wie schön.«

Mein Vater setzte mit energischen Bewegungen seine Unterschrift auf das Blatt Papier und sah zu Peppe auf.

»Würdest du das bitte bezeugen?«

»Sicher.«

»Und einer deiner Angestellten soll auch unterschreiben, dann haben wir zwei Zeugen.«

Peppe nahm den Stift. Eigentlich sollte er ja nur die Unterschrift meines Vaters bestätigen, doch er las auch den Passus durch, den mein Vater aufgesetzt hatte. Er biss sich auf die Lippe und räusperte sich leise. Dann fügte er seinen Namen und seine Unterschrift hinzu, ohne noch einmal auf die obere Hälfte des Blattes zu blicken.

Er richtete sich auf und winkte einen Kellner zum Tisch, denjenigen, der Madde erkannt zu haben glaubte. Auch er bezeugte die Echtheit der Unterschrift meines Vaters mit seiner Signatur. Falls er den dazugehörigen Text las, zeigte er es nicht. Ohne uns einen Blick zuzuwerfen, entfernte er sich rasch wieder vom Tisch.

Mein Vater stand auf und umarmte Peppe herzlich, und beide versprachen, bald wieder voneinander zu hören. Peppe ging davon, und mein Vater legte mir das Blatt Papier hin.

»Ich gehe auf die Toilette. Denk in Ruhe darüber nach.«

Er entfernte sich. Am liebsten hätte ich das Blatt zerknüllt, es vielleicht sogar in kleine Stücke gerissen. Das wäre am aufrechtesten gewesen.

Wäre Madde beeindruckt? Oder würde sie mich für verrückt halten? Und was würde Großvater denken, wenn er hier wäre? Einerseits gab es wohl nichts auf der Welt, was es in seinen Augen rechtfertigen würde, sich mit Alkohol im Blut hinters

Steuer zu setzen. Andererseits war es auch sein Grundsatz, nie aus einem Impuls heraus zu handeln und alles erst einmal zu durchdenken.

Ich werde nie wissen, was Madde oder Großvater von einer solchen Aktion gehalten hätten. Denn ich zerknüllte das Blatt Papier nicht, sondern las, was mein Vater geschrieben hatte.

»Unter der Bedingung, dass Isak Andersson (mein leiblicher Sohn) heute Abend, am 6. Juli 2023, meinen Lamborghini Aventador mit dem Nummernschild FUG 79R vom Restaurant Granath in Ygne zu meinem Haus in Ajkeshorn, Fårö, fährt, erhält er das Auto als Geschenk. Eine etwaige Schenkungssteuer wird von mir oder meinem Nachlass übernommen. Ygne, 06.07.2023.«

Unterzeichnet von Fredrik Barzal, Unterschrift beglaubigt von zwei Zeugen.

»Dein Vater spinnt«, sagte Madde leise und hastig. »Aber ich denke, du solltest das Auto nehmen.«

»Vergiss es.« Entschieden schüttelte ich den Kopf. »Vergiss es.«

Instinktiv sprach ich auch leise, als sollte uns niemand hören.

»Wie viel ist das Auto wert?«

»Das spielt keine Rolle. Betrunken fahre ich nicht.«

»Vier Millionen? Oder fünf?«

»Hey, bist du schwerhörig?« Aufgebracht sah ich Madde an, die mir beruhigend über den Arm strich.

»Isak, Isak, hör zu ... Du kannst doch ganz langsam fahren. Wir nehmen kleine Nebenstraßen. Hier steht ja nicht, wann du ankommen musst, oder? Wir können auch fünf Stunden brauchen. Das Restaurant gibt uns sicher eine Thermoskanne Kaffee mit. Wir können alle halbe Stunde Pause machen. Sogar eine Weile schlafen, falls nötig.«

Ich wand mich unbehaglich auf dem Stuhl, sagte aber nichts.

Madde fuhr fort: »Es wird eine beschissene Nacht werden,

aber wenn du morgen aufwachst, könntest du um vier Millionen reicher sein. Vier Millionen, Isak! Und das nur, weil dein Vater betrunken, dumm und stur ist. Lass ihn die Verantwortung übernehmen, verdammt.«

»Soll ich etwa in einem Lamborghini zur Arbeit kommen? Die Leute werden denken, ich wäre komplett durchgeknallt.«

So einfach war es, von einem klaren »Nein« zum Nachdenken über die Konsequenzen eines »Jas« gebracht zu werden. Madde merkte, dass ich schwankte, und gab nicht nach.

»Dann verkauf den Wagen. Spende drei Millionen an das Rote Kreuz und behalte eine Million für dich. Glaubst du nicht, Anders wäre stolz auf dich?«

Das ähnelte unserem Gespräch, nachdem mein Vater mir vor einer guten Woche die Hunderttausend überwiesen hatte. Und auch jetzt hatte ich gemischte Gefühle. Vier Millionen Kronen, das war eine unglaubliche Menge Geld. Eine solche Summe könnte mein Leben wirklich verändern, und die Aussicht war berauschend. Aber gleichzeitig schämte ich mich dafür, dass ich so leicht zu kaufen war. Zuerst beharrte ich noch darauf, dass ich niemals mit Alkohol im Blut fahren würde, und in der nächsten Sekunde dachte ich doch ernsthaft darüber nach.

Und warum? Wegen Geld. Ich war einfach gierig.

Mein Vater hatte mich schon einmal gekauft, und jetzt passierte es wieder.

Scheiße, war ich schwach.

Aber vier Millionen, das war echt viel Geld.

»Du musst keinen Lamborghini haben«, sagte Madde, »aber du musst auch nicht in einem Nissan Micra aus den Neunzigern herumfahren. Du kannst dir einen 2002er Nissan Micra kaufen oder so. Gönn dir was.«

Sie versuchte, einen Witz zu machen, doch ich sah nur schweigend zur Bar. Mein Vater kam erwartungsvoll auf uns zu.

»Also … haben wir eine Entscheidung getroffen?« Er lehnte sich gegen die Rückenlehne seines Stuhls.

»Eine Frage noch«, sagte Madde. »Kann er mich als Fahrerin engagieren?«

»Nein, er muss selbst fahren«, erwiderte mein Vater.

Ich starrte nur auf den Tisch und auf das verdammte Blatt Papier.

»Also …«, meinte Madde vorsichtig. »Wie sieht es aus? Du hattest doch noch mal überlegt?«

Ihr Blick brannte auf meiner Wange. Der meines Vaters ebenso. Mein riesiger Körper hatte dichtgemacht, ein großes, unhandliches Ding, völlig unbrauchbar. Ich wollte aus mir selbst fliehen. Klein und unbedeutend sein.

Ich dachte daran, wie ich mich morgen früh beim Aufwachen in Ajkeshorn fühlen würde. Nachdem wir mit einem Taxi oder so dorthin gefahren waren. Nachdem ich vier Millionen ausgeschlagen hatte.

Mein Vater klatschte in die Hände.

»Also abgemacht«, sagte er energisch, faltete das Blatt Papier sorgfältig zweimal und hielt es mir hin.

Ich sah ihm nicht in die Augen, als ich es entgegennahm.

Kapitel 29

Als wir aus dem Restaurant kamen, war es kurz nach Mitternacht. Es war nicht stockfinster, aber dunkel genug. Zum Glück, denn niemand sollte mein Gesicht sehen. Das Zirpen der Grillen mischte sich mit dem leisen Stimmengemurmel aus dem Restaurant. Es hatte abgekühlt, und ich sehnte mich nach einer Dusche.

Wir liefen über den Parkplatz zu den Autos. Mein Vater legte mir den Arm um den Rücken.

»Du fühlst dich wie ein Gewinner und ein Verlierer, nicht wahr? Du hast einen Lamborghini gewonnen, aber ein Stück von dir selbst verloren. Habe ich recht?«, sagte er vertraulich. »Dir ist ja sicher mittlerweile klar, dass ich viel Geld verdient habe. Ich habe mir ausgerechnet, was die Welt haben will, und dann gibt man immer mehr von sich selbst auf, bis man der ist, den die Welt haben will. So läuft es. Gib dich auf, und du wirst belohnt. Die Welt ist ein einziger Puff. Was wiederum nicht der schlechteste Ort ist.«

Ich schwieg. Ich wollte seinen Lamborghini, nicht seine Lebensweisheiten. Gut, ein-, zweimal hatte er mich jetzt gekauft, aber ich würde nie so werden wie er.

Trotzdem ließ es mir keine Ruhe, dass er sich selbst auch verkauft hatte, wie er sagte. Wollte er deshalb unbedingt andere Leute kaufen? Um zu zeigen, dass sie genauso charakterlos waren wie er selbst?

Ich zog den Schlüssel für den Lamborghini aus der Tasche und entsperrte den Wagen. Die Lichter blinkten zweimal schnell hintereinander, als wolle er seinen neuen Besitzer willkommen heißen.

Aber zuerst musste ich ihn durch die Nacht bis nach Fårö fahren. Mit ganz schön viel Alkohol im Blut.

»Fahr vorsichtig«, sagte mein Vater fröhlich und öffnete die Tür des Koenigsegg. »Wir sehen uns zu Hause. Da können wir dann noch einen Absacker trinken.«

Madde und ich stiegen ein, ich setzte mich hinters Steuer. Als ich den Motor anließ, leuchtete das Armaturenbrett in einem kühlen Blau auf. Mein Vater fuhr vom Parkplatz, seine Rücklichter waren auf der kurvigen Straße die Klippe hinauf bald verschwunden. Wahrscheinlich würden wir ihn erst wieder in Ajkeshorn sehen. Madde blickte mich an.

»Was hast du vor?«

»Mit dreißig Stundenkilometern über Nebenstraßen schleichen. Wie wir es gesagt haben.«

»Du willst also nicht, dass ich stattdessen fahre?«

»Nein, das geht schon.«

Eigentlich war das Risiko, dass mein Vater von unserem Fahrerwechsel erfuhr, minimal. Aber vielleicht versteckte er sich doch irgendwo auf der Strecke, die wir vermutlich nehmen würden, und überraschte uns dann mit eingeschalteten Scheinwerfern.

Dass ich dann unsere Abmachung gebrochen hätte und den Wagen nicht bekäme, wäre nicht das Schlimmste. Sondern bei einer Lüge ertappt zu werden, bei einem Betrug. Die Scham, die ich dabei empfinden würde.

Und ich wollte Madde aus einem weiteren Grund nicht fahren lassen: meinem Stolz. Meinem männlichen Stolz, wenn man so will. Ich wollte mich nicht wie ein Feigling fühlen.

Madde rief Google Maps auf ihrem Handy auf und fand eine Route, die uns über Nebenstraßen nach Norden führte. Ich fuhr vom Parkplatz und folgte der schmalen Asphaltstraße. Mit dreißig Stundenkilometern.

Was unerträglich langsam war. Wer fährt schon dreißig, wenn fünfzig erlaubt ist? Mit einem Lamborghini? Wir würden nur auffallen. Ich sollte besser mit einer annähernd normalen Geschwindigkeit fahren. Ich beschleunigte auf fünfzig.

Madde sagte, den Blick auf Google Maps gerichtet: »Also, wenn wir Visby umfahren wollen, wird das ein ganz schöner Umweg. Zuerst müssen wir nach Süden, in die entgegengesetzte Richtung.«

»Es hilft ja nichts«, meinte ich.

Madde schwieg und verlagerte ihre Position. Mir war klar, was gleich kommen würde.

»Was ist, wenn wir über die Ringstraße an Visby vorbeifahren …«

»Nein«, fiel ich ihr ins Wort. »Das werden wir nicht.«

Ich in einem Lamborghini, die Polizei hält mich an, ich muss einen Alkoholtest machen. Werde wegen Trunkenheit am Steuer verurteilt, man entzieht mir den Führerschein. Bekomme eine Geld- oder vielleicht sogar eine Freiheitsstrafe? Sicher auf Bewährung, aber trotzdem. Arbeiten kann ich erst wieder, wenn ich den Führerschein zurückbekomme.

Die Schande, die Schande, die Schande.

Es ärgerte mich, dass Madde mich die ganze Zeit überreden wollte, entgegen unserer Absprache zu handeln. So fühlte es sich zumindest an. Sie hatte zuerst gesagt, ich könne ja mit dreißig Stundenkilometern fahren, Pausen machen, wir hätten ja die ganze Nacht. Sie hatte mich überredet. Jetzt saß ich hinter dem Steuer, und auf einmal war das alles nicht mehr von Bedeutung.

Was ist, wenn wir die Ringstraße …

Nein. Auf gar keinen Fall.

»Lass mich mal die Karte sehen«, sagte ich.

Madde hielt mir das Handy hin und zeigte mir, wie wir fahren mussten, um Visby zu umgehen. Sie hatte recht, es war ein Riesenumweg. Aber da ließ sich nichts machen.

Wir kamen zur Landstraße, und ich verlangsamte das Tempo. Ich ließ ein paar Autos auf dem Weg nach Süden vorbeifahren und bog dann nach rechts ab, beschleunigte auf siebzig Stundenkilometer. Nach einer Weile bogen wir nach links auf eine schmale, einsame Asphaltstraße ab. Hin und wieder flatterte ein Nachtfalter im Licht der Scheinwerfer und wurde sofort wieder von der Dunkelheit verschluckt. Ich hielt den Blick fest auf die Straße gerichtet.

Im Restaurant hatte ich mich über Madde und meinen Vater geärgert, die mich zu etwas überreden wollten, was ich verweigerte. Doch die Aussicht, einen Lamborghini zu besitzen, hatte mich durchaus gereizt. Plötzlich reich zu sein. Aber das Gefühl war schnell verflogen. Jetzt kam es mir gar nicht mehr wie etwas Besonderes vor, viel mehr empfand ich ein vages Unbehagen, fast schon Abscheu. Ein so teures Auto einfach zu verschenken, betrunken nach einem üppigen Abendessen … Das war so völlig anders als die Welt, in der ich aufgewachsen war, und die Werte, die sie mir vermittelt hatte. Man sollte sparsam leben, Dinge sorgsam behandeln. War man verschwenderisch, schadete man sich selbst. Mir wurde fast übel, als ich darüber nachdachte.

Vielleicht war ich auch nur müde nach einem langen Tag in der Sonne mit vielen Eindrücken und einem umfangreichen Abendessen mit Wein und Schnaps. Ich gähnte. Madde fragte, ob ich müde sei.

»Nein, es geht schon«, sagte ich. »Ich fahre noch ein bisschen weiter.«

Natürlich hätten wir zu dem Zeitpunkt anhalten und tauschen sollen.

Wir kamen in ein kleines Dorf. Die wenigen Häuser und Bauernhöfe waren dunkel. An der Friedhofsmauer ragten Bäume hoch in die Luft, die Kronen hoben sich schwarz gegen den tiefblauen Himmel ab. Dahinter konnte man den drohenden Umriss einer alten Steinkirche erkennen. Alles war still, die Welt schlief. Maddes Gesicht spiegelte sich im Licht des Handy-Displays in der Windschutzscheibe.

Die Uhr am Armaturenbrett verriet mir, dass wir etwa eine Stunde unterwegs waren. Ich blieb am Straßenrand stehen. Im Leerlauf klang der Motor ungleichmäßig und holprig, ich hatte das Bild eines Topfes mit kochendem Wasser im Kopf, von dessen Boden abwechselnd kleine und große Blasen aufstiegen.

Madde zeigte mir, wie weit wir gekommen waren. Wir waren ein gutes Stück nach Osten gefahren und befanden uns etwa in der Mitte der Insel, waren aber immer noch ungefähr auf Höhe von Visby.

Und wir waren schon fast eine Stunde unterwegs.

Verdammt.

Die Müdigkeit drohte mich zu überwältigen. Meine Augen brannten. Als wir vom Restaurant aufgebrochen waren, hatte ich mich nicht betrunken gefühlt, doch jetzt bekam ich hämmernde Kopfschmerzen. War das schon der Kater? Außerdem tat mir der Rücken vom gekrümmten Sitzen weh.

»Das geht so nicht«, murmelte ich. »Das dauert viel zu lange.«

Madde sah mich eine Weile schweigend an. Wollte sich wohl vergewissern, dass sie mich richtig verstanden hatte, weil sie Angst hatte, dass ich mich wieder unter Druck gesetzt fühlen würde.

»Sollen wir auf eine größere Straße fahren?«

»Ja. Das machen wir.«

Sie deutete auf die Karte. Wir könnten recht schnell auf die 147 kommen und dann über Slite nach Lärbro fahren, wo es dann auf die 148 nach Fårösund ging.

»Wie spät ist es jetzt? Eins? Es herrscht kein Verkehr, da schaffen wir es in einer Stunde bis nach Fårösund.«

»Mhm. Das klingt gut«, sagte ich.

Sie legte mir die Hand auf den Arm.

»Sag mir Bescheid, wenn ich dich ablösen soll.« Ihre Stimme klang weich und fürsorglich.

»Nein, es geht schon.«

Bald erreichten wir die 147. Ich bog rechts ab und erhöhte die Geschwindigkeit. Hier konnte ich neunzig fahren. Ich fühlte mich wieder wacher, optimistischer. Verlagerte das Gewicht, um den Rücken zu entlasten. Wir hatten die Straße ganz für uns allein.

Madde probierte an den Knöpfen der Mittelkonsole und schaffte es schließlich, das Radio einzuschalten. Sie stellte »Vaken« auf P3 ein, das Nachtprogramm des Senders.

»Damit du nicht einschläfst, Schatz«, sagte sie.

Ich lächelte und legte meine rechte Hand auf ihr Knie.

Wir näherten uns Slite, und die Zementfabrik ragte vor uns auf, außerdem eine weitere Steinkirche, die größer war als alle, die wir bisher gesehen hatten. Vielleicht ein Tempel für einen anderen Gott. Mir war etwas unwohl. Slite war immerhin ein größerer Ort. Hier fuhr doch bestimmt nachts eine Streife Patrouille auf der Suche nach ungewöhnlichen Vorkommnissen. Zum Beispiel einem Lamborghini, der sich möglichst unauffällig an den Häuserreihen entlangdrückte. Aber wir hatten Glück, die Straße führte nicht direkt in den Ort. Bald waren wir wieder auf dem Land, und ich beschleunigte.

Schließlich kamen wir zur 148 und rollten durch ein ruhig daliegendes Lärbro. Auf einer langen Anhöhe gab ich Gas, wollte aber nicht schneller als neunzig fahren. Jetzt dauerte es noch etwa zwanzig Minuten bis nach Fårösund. Auf der Fähre könnte ich mir die Beine vertreten und Luft schnappen. Und dann noch eine halbe Stunde bis nach Ajkeshorn.

Das war zu schaffen.

Ich war auf dem besten Weg zum Millionär.

Jetzt war sie wieder da, die Aufregung, die ich im Restaurant gespürt hatte. So viele Stunden schien das schon her zu sein. Seltsam.

Die Straße verlief jetzt schnurgerade durch einen dichten Wald. Über den Kiefern war der Himmel heller. Vor uns beleuchteten die Scheinwerfer die Straße, im Wageninneren verbreitete das bläuliche Armaturenbrett eine gemütliche Stimmung. Madde und ich waren zusammen, und es war eigentlich egal, ob wir in einem Lamborghini oder einem alten Nissan saßen. Ich war glücklich.

Man sollte öfter nachts fahren, dachte ich.

Etwas Helles flackerte am Straßenrand auf.

Mit aller Kraft trat ich auf die Bremse, aber es war zu spät.

BUMM!

Ein lauter Knall, Madde schrie laut auf, wir wurden beide nach vorne geschleudert. Die Reifen quietschten, das Heck brach aus, wir rutschten über den Asphalt und blieben schließlich stehen.

Stille. Als wäre auch die Welt stehen geblieben.

Das helle Flackern. Das war ein Sommerkleid gewesen.

Kapitel 30

Der Schock holte mich nach ein paar Sekunden ein. Eiskalt durchlief es mich, das Herz stockte, und mir brach der Schweiß aus.

Scheiße Scheiße Scheiße.

Mühsam löste ich die gekrümmten Finger vom Lenkrad. Schnallte mich ab und stieg aus. Nur das leise Blätterrauschen aus dem Wald und das Zirpen der Grillen war zu hören. Ich trat vor das Auto und sah auf die vom Scheinwerferlicht erhellte Straße. Als ich nichts entdeckte, ging ich in den Graben und stapfte dort durch das hohe Gras.

Madde stieg ebenfalls aus. Nachdem auch die Suche im Graben erfolglos war, kletterte ich zurück auf die Straße. Vielleicht hatte ich dort doch etwas übersehen. Madde wollte mich am Arm festhalten, doch ich ging weiter.

»Isak?«

Ich drehte den Kopf in alle Richtungen, rutschte in den anderen Graben hinunter und suchte dort im hohen Gras.

»Isak, was machst du da?«

»Du hast doch gesehen …«

Madde kam zu mir und packte meine Oberarme. »Isak! Jetzt beruhige dich mal«, sagte sie fest.

»Wir haben etwas angefahren.«

»Ja«, sagte sie. »Ich habe den Aufprall gehört. Das war sicher ein Dachs oder so.«

Nein, wollte ich erwidern. Es war größer. Etwas hatte geflattert, ein Sommerkleid. Ich hatte zwei dünne weiße Beine gesehen, die vor dem Auto vorbeigerannt waren. Einen Kopf mit kurzen dunklen Haaren.

Klara.

Aber das konnte ich ja schlecht sagen. Deshalb schwieg ich.

Ja, es war sicher ein Dachs gewesen.

Ich atmete hektisch und flach, bekam nicht genug Luft. Mein Herz schlug so schnell wie bei härtestem Training im Studio. Vor meinen Augen tanzten Funken.

Madde schlug vor, sich ans Steuer zu setzen, und dagegen konnte ich kaum etwas sagen. Wir fuhren weiter Richtung Fårösund.

Der Schock und die Angst klangen ab, ruhiger wurde ich jedoch nicht. Ein anderes Gefühl machte sich bemerkbar.

Wut.

Ich hatte überhaupt nicht fahren wollen, es rundweg abgelehnt. Ich hatte wirklich zu viel getrunken. Doch sie hatte mich dazu gedrängt, mein Nein nicht akzeptiert. Schließlich hatte ich nachgegeben, sie hatte ihren Willen bekommen.

Und dann war es passiert.

Der Schock, die Angst – das war alles Maddes Schuld.

Die Straßen in Fårösund waren verlassen. Der Supermarkt geschlossen, der Parkplatz leer. Ein einsames Auto wartete am Hafen auf die Fähre. Eine Leuchtanzeige mit durchlaufendem Text informierte uns, dass das nächste Boot um zwei Uhr nachts gehen würde, auf Zuruf. Mir war nicht ganz klar, was das bedeutete, doch da kam schon ein Mann aus einem Haus am Kai und ging an Bord einer der Fähren. Die Lichter leuchteten auf, der Schlagbaum hob sich. Madde rollte an Bord.

Wir stiegen aus, und eine leichte Brise kühlte unsere Gesichter. Im Osten zog die Morgendämmerung auf. Plötzlich war ich todmüde, mir fielen beinahe die Augen zu.

Madde legte mir die Arme um die Taille und gähnte.

»Himmel, bin ich erledigt«, sagte sie.

»Mhm.«

»Schaffst du das letzte Stück zu fahren?«

Nein, dachte ich. Ich schaffe es nicht, will nicht, kann nicht. Aber ich schwieg. Madde strich mir über die Wange. »Wir lassen das Radio laufen. Und jetzt ist es ja nicht mehr weit.«

Wieder stieg Wut in mir auf. *Sprich nicht mit mir wie mit einem kleinen Kind.*

»Okay?«

»Ich bin auch verdammt müde«, sagte ich.

»Ja, das ist mir klar ...« Madde schwieg, sah immer noch mit ihrem warmen, einfühlsamen Blick zu mir auf, als ob sie wirklich wüsste, wie es mir ging.

Doch eigentlich dachte sie nur über ihr nächstes Argument nach.

»Aber«, begann sie zögernd, »ich glaube, wir müssen uns abwechseln. Und jetzt bin ich ja ein Stück gefahren ...«

»Jaja«, unterbrach ich sie barsch. »Ich fahre ja schon.«

»Ganz sicher, dass es dir recht ist?«

Warum fragst du denn, wenn du die Antwort nicht hören willst?, dachte ich, machte mich von ihr los und setzte mich hinters Steuer. Madde merkte natürlich, dass ich sauer war. Sie blieb noch eine Weile an Deck stehen, verschränkte die Arme vor der Brust und zog die Schultern hoch, als sei ihr kalt. Der Wind spielte in ihren Haaren.

Als die Fähre in Fårö anlegte, setzte sich Madde schweigend neben mich. In drückender Stille waren wir zusammen in dem Wagen eingeschlossen. Die Schranke öffnete sich, und ich rollte an Land.

Die Fahrt nach Ajkeshorn dauerte etwa dreißig Minuten, die wir schweigend verbrachten. Meine Gedanken drehten sich im

Kreis, und ich wurde immer wütender. Als Madde gefahren war, hatte sie nicht müde gewirkt. Auch nicht, als ich davor gefahren war. War es nur ein Vorwand? Wollte sie, dass ich bei unserer Ankunft in Ajkeshorn hinterm Steuer saß, damit wir meinem Vater sagen konnten, dass ich den ganzen Weg gefahren war?

Damit ich den Wagen bekam. Die vier Millionen, von denen sie garantiert auch etwas haben würde.

Sie hatte mich manipuliert und gedacht, ich würde es nicht merken. Ich umklammerte das Lenkrad und biss die Zähne aufeinander.

Vor dem Haus stellte ich den Lamborghini neben dem Koenigsegg ab und schaltete den Motor aus, der noch knackte, während er abkühlte. Wir stiegen aus, ich versperrte den Wagen, und wir gingen zur Haustür. Madde legte mir die Hand auf den Rücken.

»Das letzte Stück ging doch jetzt gut.«

Ja, dachte ich, dank dir bin ich jetzt hellwach, verdammt.

Machte sie sich über mich lustig?

Es war nicht abgeschlossen, und wir gingen ins Haus. Das Licht brannte, mein Vater kam uns aus der Küche entgegen.

»Ihr habt ganz schön lange gebraucht«, sagte er. »Ist etwas passiert?«

»Wir haben ein Tier angefahren«, antwortete Madde. »Aber nicht weiter schlimm.«

»Dann saß sie ein Stück am Steuer«, fuhr ich fort. »Wir haben uns abgewechselt.«

Madde sah mich an. Alle schwiegen. Mein Vater wirkte verblüfft.

»Ich will das verdammte Auto nicht«, sagte ich und gab ihm die Schlüssel. »Ich gehe schlafen.«

Ohne auf Madde zu warten, marschierte ich davon.

Kapitel 31

Soraya ist wieder da und sieht mich mit ihrem steinernen Gesichtsausdruck an, ihrem felsenfesten Blick.

»An Ihrer Stelle würde ich mir keine Gedanken machen, dass Sie jemanden angefahren haben könnten.«

Ich nicke erleichtert.

Gestern habe ich sie gefragt, ob in der Woche zuvor ein kleines Mädchen auf Gotland angefahren oder vermisst gemeldet wurde. Habe ihr von der Nacht erzählt, in der ich den Lamborghini nach Fårö gebracht habe. Von dem Sommerkleid im Scheinwerferlicht.

»Sie wissen ja«, hat sie da gesagt. »Wegen der Untersuchungshaft darf ich Ihnen keine Nachrichten mitteilen.«

Ich verstehe ihre Bemerkung daher so, dass sie nach einem entsprechenden Vorfall recherchiert und nichts gefunden hat. Vielleicht hat sie auch bei der Polizei nachgefragt. Mittlerweile wäre ein Unfall mit Fahrerflucht ja sicher gemeldet worden, wenn ich tatsächlich ein kleines Mädchen erwischt hätte.

»Haben Sie noch mal über die Arbeit in der Wäscherei nachgedacht?«, fragt Soraya.

Ich sitze auf meinem Bett. Winde mich, seufze. »Nein, darauf bin ich nicht so wild.«

»Ich glaube, es würde Ihnen helfen.«

Ich antworte nicht. Mein Schweigen sagt genug. Soraya kann mich nicht zwingen, das weiß sie.

Nachdem sie gegangen ist, lege ich mich auf die Pritsche und überlege, was ich da eigentlich angefahren haben könnte.

Madde hat es für einen Dachs gehalten, aber das glaube ich nicht. Diese weißen, dürren Beine. Vielleicht ein Lamm? Die hauen doch manchmal von ihren Weiden ab, oder?

Das Sommerkleid wäre dann das weiße Fell gewesen.

Wenn ich es mir ganz fest einrede, kann ich glauben, dass ich ein Lamm angefahren habe.

Um sieben etwa bringt Per mir mein Abendessen. Panierter Fisch, Kartoffelbrei, ein Zitronenschnitz, grüne Erbsen, ein Glas Wasser. Ich esse alles auf, hebe mir nur fünf Erbsen und das Wasser auf. Dann übe ich. Nehme eine Erbse in den Mund, einen Schluck Wasser, versuche, die Erbse zwischen Wange und hinteren Backenzahn rutschen zu lassen. Das ist schwerer, als es klingt. Probiert es selbst, wenn ihr mir nicht glaubt. Ich wage es nicht, zu viel mit der Zunge nachzuhelfen, das würde auffallen. Und das Wasser geht bald zur Neige. Bei den ersten vier Erbsen habe ich keinen Erfolg, bei der letzten versuche ich es ohne Wasser. Bewege die Zunge und hoffe, dass man es mir nicht anmerkt.

Als Per mit Tee und Butterbroten zurückkommt und meine Tabletten mit etwas Wasser mitbringt, schlägt mein Herz schnell. Soll ich es wagen, auch wenn meine Versuche bisher erfolglos waren? Wird er misstrauisch werden, und dann habe ich meine Chance vertan?

Bevor ich noch weiter überlegen kann, muss ich schon die starke Schlaftablette schlucken. Ich nehme einen großen Schluck Wasser, und dann bewegen sich Mund und Zunge wie von selbst. Die Tablette schiebt sich zwischen Wange und Backenzahn.

»Mund auf«, sagt Per, und ich gehorche.

»Zunge hoch.« Auch das tue ich.

Schau nur. Da ist nichts.

Er nickt und lächelt knapp.

»Schlafen Sie gut, Isak. Bis morgen.«

»Bis morgen.«

Seine Schritte entfernen sich über den Gang. Ich warte noch ein wenig, dann hole ich die Tablette aus dem Mund. Die Umhüllung ist ein wenig aufgeweicht, man sieht, dass sie nicht direkt aus der Packung kommt. Doch der Wirkstoff sitzt sicher tiefer.

Wie viele brauche ich, damit ich auch bestimmt sterbe? Zwanzig? Dreißig?

Dreißig dürften reichen, denke ich.

Ein Monat.

Kapitel 32

Ich ging an dem bedrohlichen Sofa vorbei zum Bad. Betrachtete mich im Spiegel über dem Waschbecken. Mein Gesicht war von der vielen Sonne gerötet und glänzte. Ich sah genauso verklebt aus, wie ich mich fühlte. Unter den Augen hatte ich tiefe Schatten.

Ich muss duschen, bevor ich schlafen gehe, dachte ich. Wenn ich es schaffe.

Ich war völlig erledigt.

Warum kam Madde denn nicht? Redete sie immer noch mit meinem Vater über mich? Sagte, ich würde mich seltsam verhalten?

Meine Stimmung verdüsterte sich wieder.

Dann näherten sich ihre Schritte im Flur, und sie kam zu mir ins Bad. Ich starrte immer noch in den Spiegel, unsere Blicke trafen sich.

»Was ist denn eigentlich los, warum bist du sauer?«

»Ich bin nicht sauer.«

»Ach nein? Und was war das gerade mit deinem Vater? ›Ich will das verdammte Auto nicht‹?«

»Nein, ich will es nicht«, sagte ich. »Ich scheiß drauf.«

»Isak ...«

»Was?« Wütend drehte ich mich zu ihr.

Madde überlegte, wie sie reagieren sollte. Ein letzter Versuch, alles zu beruhigen.

»Ich finde nur ... dass du gerade sehr unfreundlich warst.«

»Aha.«

»Du hast ein Tier angefahren, und das hat dich erschüttert. Das ist verständlich. Aber seitdem hast du eine schreckliche Laune ...«

»Ja, die habe ich«, fiel ich ihr ins Wort, »weil du nicht fahren wolltest.«

»Wie bitte? Das stimmt doch nicht ...«

»Doch, verflucht! Auf der Fähre.« Ich sprach lauter, und auch Madde hob jetzt die Stimme.

»Ich habe gesagt, dass ich müde bin. Durfte ich das etwa nicht?«

»Ich war auch müde, schließlich bin ich schon den ganzen Tag gefahren!«

»Weil du es wolltest!«

»Ja? Und?«

»Oder habe ich dich etwa gezwungen zu fahren?«

»Du willst den Lamborghini viel mehr als ich«, sagte ich. »Du bist richtig geil auf das Auto.«

»Fahr zur Hölle«, knurrte Madde und ging aus dem Bad. Ich folgte ihr, wollte sie nicht so leicht davonkommen lassen.

»Warum hast du mich dann dazu überredet, obwohl du gespürt haben musst, dass ich es nicht wollte?«

Madde marschierte in den Ausstellungsraum, ich eilte ihr nach.

»Ich wollte, dass du darüber nachdenkst!«, rief sie aufgebracht und drehte sich im Gehen halb um.

»Ach was«, entgegnete ich. »Du hast mich so lange genervt, bis ich zugestimmt habe.«

Der erste Streit. Jetzt ging es los. Es hatte etwas Befreiendes, endlich sagen zu können, was ich empfand, ohne an die Konsequenzen zu denken.

»Und das letzte Stück wolltest du nicht fahren, weil ich das Auto dann ja nicht bekommen hätte.«

Bei unserem Bett angekommen, drehte Madde sich um und funkelte mich wütend an.

»Ich versuche dir zu helfen, kapierst du das nicht?«

»Nein, das kapiere ich nicht.«

»Dein Verhältnis zu deinem Vater ist so krass gestört …«

»Davon hast du doch k…«

»Lässt du mich bitte ausreden?«, zischte sie, und ich gehorchte. »Er stirbt bald und will sich mit dir versöhnen, und ich weiß ganz sicher, dass du es später bereust, wenn du seine ausgestreckte Hand jetzt nicht nimmst. Aber du bringst mir nichts als Misstrauen entgegen, und ich habe es so satt, auf Zehenspitzen um dich herumzuschleichen!«

»Dann tu es auch nicht.« Meine Stimme bebte, so aufgebracht war ich. »Sondern hör mir zu! Manipulier mich nicht ständig, rede nicht dauernd auf mich ein …«

Madde schüttelte den Kopf und lachte bitter.

»Ich manipuliere dich?«

»Und du hast keine Ahnung, was mein Vater und ich für ein Verhältnis haben, also halt bitte einfach den Mund.«

»Du bist völlig paranoid, das ist dir schon klar, oder?« Madde sah mich fassungslos an und sprach dann weiter. »Ich manipuliere dich also, und dein Vater will dir irgendetwas Böses. Hör dir doch mal zu. Du merkst selbst, wie gestört das klingt, oder?«

Ja, das war mir klar, aber der Streit war ein Erdrutsch, unter uns stürzte alles zusammen, und da konnte ich genauso gut die Dämme brechen lassen.

Sollte doch alles zum Teufel gehen.

»Warum hat dich der Kellner heute wiedererkannt?«

»Wie bitte?«

»Im Restaurant! Er hat dich begrüßt, als wärt ihr alte Freunde.«

»Er hat mich verwechselt! Ist das so schwer zu verstehen?«

»Warst du schon mal hier?«

Madde schnappte nach Luft, als könne sie ihren Ohren nicht trauen. »Jetzt hör aber auf!«

»Antworte einfach auf meine Frage. Warst du schon mal hier?«

»Nein! Also, das ist doch wirklich total durchgeknallt ...«

»Woher wusstest du von der Düse, um sich die Füße abzuspülen?«

Madde schlug die Hände vors Gesicht.

»Als wir gestern vom Strand kamen. Wir haben über etwas anderes geredet, und du hast dir plötzlich die Füße an der kleinen Düse abgespült. Bevor wir auf die Terrasse gegangen sind. Woher wusstest du davon?«

Madde senkte die Hände, schloss die Augen und holte tief Luft. »Isak ...«

»Los, erklär's mir, denn ich verstehe es nicht. Die Düse war so winzig, ich hätte sie nie gefunden. Aber du bist ganz automatisch hingegangen.«

Madde biss sich auf die Lippe, kämpfte gegen die Tränen, die ihr in die Augen stiegen.

»Es war ein Fehler, hierherzukommen«, sagte sie mit bebender Stimme. »Ich hatte ja schon manchmal die Vermutung, dass mit dir etwas nicht stimmt. Aber dass du so sein würdest ...« Sie schüttelte den Kopf.

»Na, wie gut, dass du es jetzt weißt«, sagte ich kalt, auch wenn ich mich innerlich ganz klein und nackt und wertlos fühlte. »Dann teilen wir uns am besten auf. Ich fahre nach Hause, und du bleibst hier. Schließlich findest du hier ja sowieso alles so toll. Alles ist einfach nur *wow*. Du passt besser zu meinem Vater als ich.«

Madde rannte aus dem Zimmer und durch den Flur davon.

Es war vorbei. Alles war vorbei.

Kapitel 33

Wieder stand ich im Bad vor dem Spiegel und hatte einen Kloß im Magen. Mir war schlecht und schwindelig.

So also trennte man sich.

Ich bereute so vieles von dem, was ich gesagt hatte. Die Anschuldigungen, die paranoiden Fragen. Dass Madde besser zu meinem Vater passen würde. Die Andeutung, dass sie aufs Geld aus sein könnte. Das war wirklich gemein gewesen. Ich hatte nach der erstbesten Waffe gegriffen und einfach zugeschlagen.

Aber vor allem bedauerte ich, dass ich mich entblößt hatte, dass ich Madde einen Blick in meinen Kopf hatte werfen lassen, und sie hatte die richtige Schlussfolgerung gezogen. *Er ist völlig gestört.*

Warum konnte ich es nicht einfach für mich behalten?

Ich begann, mir die Zähne zu putzen. Madde war das Beste in meinem Leben, und das hatte ich jetzt einfach weggeworfen. Doch das Schlimmste war, dass ich irgendwie die ganze Zeit gewusst hatte, dass es passieren würde. Niemand, der wusste, wer ich wirklich war, wollte mich. Ich war zu beschädigt.

Ich fing an zu weinen. Spuckte die Zahnpasta aus und lehnte mich gegen das Waschbecken. Schluchzte wie ein kleines Kind.

Ich hörte Schritte auf dem Flur und hielt inne. Eigentlich hatte ich ja nichts mehr zu verlieren, doch ich hatte es so sehr verinnerlicht: Was würde Madde denken, wenn sie mich hier heulend vor dem Spiegel sehen würde? Ich überlegte, schnell abzusperren, doch das würde sie hören und ihr auch etwas mitteilen.

Die Schritte gingen in den Ausstellungsraum. Ich musste mir keine Sorgen machen.

Trotzdem gelang es mir dadurch, mich zu fassen. Ich putzte mir die Zähne fertig und stieg unter die Dusche. Drehte das Wasser auf, hielt das Gesicht in die Strahlen.

Ich befürchtete, dass wir gleich weiterstreiten würden. Mir war klar, dass ich mich entschuldigen sollte, doch etwas sträubte sich in mir, auch wenn ich den Grund dafür nicht richtig verstand. Weil ich versuchte zu verdrängen, was für ein Idiot ich war? Oder weil ich vor ihr keine Schwäche zeigen wollte?

Ich trocknete mich ab, schlang das Handtuch um die Taille und ging mit noch feuchten Füßen in unser Zimmer. Es war dunkel, Madde lag zusammengekauert auf dem Bett und drehte mir den Rücken zu. So leise wie möglich suchte ich in meiner Tasche nach frischer Unterwäsche, dann ging ich wieder Richtung Tür.

»Haust du jetzt einfach ab?«, fragte Madde traurig, ohne sich zu bewegen.

Ich blieb stehen und drehte mich um. Wir schwiegen.

»Ich weiß nicht, was ich sagen soll«, antwortete ich schließlich. »Du hast ja recht, ich bin gestört.«

Madde lag regungslos auf dem Bett, ich stand wie erstarrt da und wagte kaum zu atmen.

Schließlich sagte Madde leise: »Ich glaube nicht, dass du gestört bist. Ich war nur so verdammt wütend.«

Ich holte tief Luft. Langsam ließ ich mich auf die Bettkante sinken.

»Du weißt ja, dass ich gesagt habe, dass meine Eltern bei einem Brand umgekommen wären. Aber ... ich war dabei.« Meine Stimme war etwas brüchig, doch das war mir egal. »Großvaters Sommerhaus hat gebrannt. Ich wäre fast gestorben. Ich hatte eine kleine Schwester, die in den Flammen gestorben ist. Sie war drei.«

Ich hörte, wie Madde sich hinter mir umdrehte.

Und so erzählte ich weiter.

Von meinem Vater, der noch in Stockholm war, als das Feuer ausbrach. Der daraufhin einen Zusammenbruch erlitt und sich nicht um mich kümmern konnte. Von dem Umzug zu Großvater und Großmutter nach Småland, dem Schulanfang in einer neuen Stadt, in einer neuen Klasse, in der ich niemanden kannte und keine Freunde fand, weil ich so seltsam war und immer für mich blieb. Von den Zeichnungen von brennenden Häusern. Wie ich auf dem Spielplatz so getan hatte, als sei ich Feuerwehrmann und würde das Spielhaus mit einem Wasserschlauch löschen. Wie die anderen Kinder neben mir gespielt hatten, aber irgendwie auch nicht richtig da waren, weil sie den Brand nicht sahen, der mir doch so deutlich vor Augen stand.

Willkommen in der Klasse, »Feuerwehrmann«.

»Komm«, sagte Madde leise hinter mir. Ich drehte meinen Kopf, sie streckte mir die Hand entgegen.

Ich legte mich neben sie, sie vergrub ihr Gesicht an meinem Hals und schlang die Arme um mich.

Ich erzählte ihr von den Kinderpsychologen, zu denen ich jahrelang ging. Von Großvater, der als Einziger das Feuer in mir beruhigen konnte.

Und ich erzählte ihr von meinem Vater, der den Brand für seine Kunst nutzte und große schreckliche Bilder davon malte. Wie das im Restaurant, nur noch größer, noch brutaler, noch schrecklicher, noch schöner. Damit hatte er seinen Durchbruch als Künstler, so wurde er bekannt. Mit meinem Trauma machte mein Vater ein Vermögen.

»Er hat sich nie gemeldet. Kein einziges Mal. Doch, einmal. Als ich dreizehn war, tauchte er plötzlich bei einem Fußballspiel auf. Und dann verschwand er wieder.«

Madde und ich lagen eng aneinandergeschmiegt da, unsere

Nasen berührten sich. Sie sah mir tief in die Augen und strich mir über die Wange.

»Himmel. Es tut mir so leid. Das wusste ich nicht«, flüsterte sie.

»Du konntest es nicht wissen«, murmelte ich.

»Anders hat dich also adoptiert?«

»Ja.«

Wir lagen eine Weile schweigend da.

Was war das für ein Wunder, was gerade geschehen war? Eben noch war ich sicher gewesen, alles verloren zu haben, und jetzt waren wir umhüllt von unserer großen Liebe und Verbundenheit. Der Streit hatte uns getrennt, uns aber dann zu einer Einheit zusammengeschweißt.

Madde drehte sich um, ich legte meinen Arm um ihre Taille, ich immer noch in Unterwäsche, sie vollständig angezogen. Sie hatte nicht geduscht, aber das machte nichts, sie roch nur stärker nach ihr selbst. Mehr Madde.

»Ich will das mit der Wasserdüse erklären«, sagte sie.

»Nicht nötig.« Ich küsste ihren Hals.

»Ich möchte es aber«, erwiderte sie. »Wir haben so eine im Sommerhaus.«

Das Sommerhaus ihrer Eltern befand sich in einem luxuriösen kleinen Badeort an der Côte d'Azur, so viel hatte sie mir schon gesagt. Es hatte einen direkten Zugang zu einem Privatstrand. Alle Häuser in der Reihe hätten so eine Düse, um sich den Sand von den Füßen zu waschen, bevor man die Terrasse betrat.

Wir schwiegen.

Dann sagte sie: »Ich versuche, dich dazu zu bringen, die Hand deines Vaters zu ergreifen. Und weiß gleichzeitig nicht, ob ich es bei meiner Mutter schaffen würde.«

»Nein.«

Ich wusste, dass Madde ein schlechtes Verhältnis zu ihrer Mutter hatte. Doch jetzt erzählte sie etwas mehr.

»Sie kann mich nicht leiden. Das weiß ich, seit ich klein bin.« Madde wischte sich eine Träne unter dem Auge weg.

»Na, na«, sagte ich und drückte sie fest an mich.

»Doch, so ist es.« Sie lachte leise und verlegen. »Keine Ahnung, warum ich weine. Die meisten Leute hatten eine schlimmere Kindheit als ich. Ich bin verdammt privilegiert, das weiß ich.«

Ich dachte, dass es für ein Kind wohl kaum ein schlimmeres Gefühl geben kann, als vom eigenen Vater oder der eigenen Mutter nicht gemocht zu werden. Völlig egal, ob man die Ferien in einem Sommerhaus am Mittelmeer verbringt. Doch ich hielt sie nur fest und strich ihr über die Haare.

Schließlich löste sich Madde aus meiner Umarmung und ging duschen. Ich wusste nicht, ob ich mich wachhalten konnte, bis sie zurückkam. Wieder dachte ich, dass die Holzfiguren nur darauf warteten, dass ich die Augen schloss, um sich dann ans Bett zu schleichen. Aber jetzt hatte ich ja die CDs versteckt. Die Vorstellung beruhigte mich.

Ich musste eingenickt sein, denn plötzlich stand Madde neben dem Bett. Sie trocknete sich die nassen Haare und roch frisch geduscht. Sah zu den alten Göttern.

»Ein bisschen gruselig sind sie ja schon.«

»Ja. Ich hatte letzte Nacht einen verdammt seltsamen Traum.«

Plötzlich war da der Impuls, ihr davon zu erzählen. Vielleicht war es ein Zeichen dafür, dass wir uns in dieser Nacht nähergekommen waren. Ich erzählte, dass ich aufgewacht war und die Statuen um das Bett herum gestanden hatten.

Sie kicherte. »Mein Gott … Da stellen sich einem ja die Haare auf.«

»Das Seltsamste hast du noch gar nicht gehört.«

Ich berichtete, dass ich am Morgen eine kleine runde Scheibe in meiner Tasche gefunden hatte und dass sie zu einer der Statuen gehörte. Wie sie in meiner Tasche gelandet war, war mir ein Rätsel. Es sei denn ...

»Sie muss zu der Maske gehören«, sagte Madde.

Daran hatte ich gar nicht gedacht. Madde hatte ja die große Vogelmaske aufgesetzt und sie dann aufs Bett gelegt.

»Aber ich habe genau dieselben Plättchen an einer der Statuen gefunden. An der Vogelmaske allerdings nicht.«

Madde wollte sich selbst überzeugen. Eifrig schaltete sie das Licht ein, ich gab ihr das Plättchen, und sie ging zu der Vogelmaske.

»Doch, hier sind auch solche kleinen Scheiben«, sagte sie. »Komm und sieh es dir an.«

Ich ging zu ihr, und sie zeigte auf den Schnabel. Auf einer Seite, auf der Hälfte zwischen der Spitze und dem Kopf, befand sich eine kleine schwarze Platte, die das Loch darstellen sollte, das viele Vögel in ihrem Schnabel haben. Das Plättchen sah nicht so aus wie das aus meiner Tasche, die Form war etwas anders, und auch das Material war nicht das gleiche. Doch auf der anderen Schnabelseite saß keine Scheibe. Gut möglich also, dass die aus meiner Tasche ursprünglich dort geklebt hatte.

Wir hatten das Rätsel wohl gelöst.

Madde schaltete das Licht aus, und wir gingen ins Bett. Bald hörte ich an ihren ruhigen Atemzügen, dass sie eingeschlafen war.

Aber ich dachte an Großvater und die CDs und daran, wie alles angefangen hatte.

Kapitel 34

Raben waren als Kind meine erste große Angst, sogar noch vor dem Unglück, vor dem Brand. Sie lebten im Wald um das Sommerhaus herum und waren groß und schwarz, frech und hatten vor nichts Angst. Sie hatten schnell gelernt, dass es bei Menschen etwas für sie zu holen gab. Wenn Klara und ich badeten, hüpften sie oft am Strand herum, ganz in unserer Nähe, legten den Kopf schräg und musterten mich mit ihren kalten Augen.

Das Unglück und alles, was danach geschah, verringerte meine Angst vor Raben nicht gerade.

Im Sommer nach dem Brand wohnte ich bereits bei meinen Großeltern in Småland. Großvater und ich waren viel am See und räumten auf der Brandstelle auf. Sobald ich einen Raben sah, rannte ich panisch zum Auto und schloss mich dort ein. Er musste nur hoch oben über das Grundstück hinwegfliegen, von Baumwipfel zu Baumwipfel. Deshalb hängte Großvater alte CDs in die Bäume und Büsche. Er sagte, die Raben mochten es nicht, wenn die Scheiben im Sonnenlicht glänzten und aufblitzten, und kamen nicht her.

Es funktionierte, die Raben hüpften nicht mehr um uns herum. Ich wurde ruhiger. Sie segelten nur noch ab und zu über das Grundstück, doch ich bekam nicht mehr solche Panik. Ich wusste, dass sie sich nicht heranwagen würden. Die glänzenden CDs schützten uns.

Weil ich oft Albträume hatte, fragte ich Großvater eines Tages, ob wir auch in meinem Zimmer CDs aufhängen könnten. Vielleicht würden sie wie die Raben auch die bösen Träume verjagen? Großvater fand, wir sollten es versuchen. Er holte ein paar alte CDs von den Dire Straits, Imperiet, Monica Z und Miles Davis und verteilte sie in den vier Ecken meines Zimmers. Er sagte, gerade erst hätte er in der Zeitung gelesen, dass vor allem die Dire Straits Albträume extragut abhalten würden. Das kam mir zwar seltsam vor, doch Großvater war völlig ernst, und ich glaubte ihm schließlich. Bei so etwas würde er nicht lügen.

Ich weiß noch, dass ich am nächsten Morgen aufwachte und fast die ganze Nacht durchgeschlafen hatte. Die CDs hatten geholfen! Einfach magisch.

Natürlich hatte ich trotzdem noch Albträume, aber viel seltener. Damals, mit sieben Jahren, war ich felsenfest davon überzeugt, dass die CDs dafür verantwortlich waren. Wahrscheinlich hatte ich mich einfach mit der Zeit erholt. Doch sie hatten mir dabei geholfen, ein Denkmuster zu durchbrechen, und das war ein wichtiger Schritt.

Brothers In Arms von den Dire Straits, *Blå Himlen Blues* von Imperiet, *Waltz For Debby* von Monica Z und *Milestones* von Miles Davis. Diese vier CDs hatte ich jetzt in Maddes und meinem Zimmer auf die Ecken verteilt. Sie hielten die Holzgötter in Schach.

An so etwas dachte ich, während Madde neben mir schlief. Und an Essen.

Hungrig hatte ich noch nie schlafen können, konnte dann an nichts anderes denken. Jetzt malte ich mir aus, was sich im Kühlschrank in der Küche befand. Eiskalter Orangensaft. Butter, Leberpastete, Käse, Marmelade. Und irgendwo das helle Sauerteigbrot, das wir zum Frühstück gegessen hatten. Nichts Besonderes, doch ich würde nicht aufhören können, daran zu denken.

Leise stand ich auf und ging mit dem T-Shirt in der Hand nach draußen. Im Flur, unter der drohenden Aschewolke des Sofas, zog ich es über.

Auf dem Weg zur Küche wurde ich schon ruhiger. Durch das Dachfenster fiel ein wenig Licht, und ich konnte mich gut orientieren. Am Flur, der zu den unbewohnbaren Gästezimmern führte, blieb ich stehen.

Sollte ich mich mal umsehen?

Hunger hatte ich immer noch, doch die Küche lief nicht davon. Ich fühlte mich seltsam frei, als Einziger wach in diesem großen Haus. Ging es euch auch schon mal so? Ich konnte mich in meiner kleinen Ecke der Welt bewegen, ohne gesehen zu werden oder irgendwem Rechenschaft ablegen zu müssen.

Ich zog das Klebeband ab, das den Zugang versperrte, und schob mich an dem Plastikvorhang vorbei.

Auch dieser Flur war verwinkelt, mit Treppen und Dachfenstern, durch die die Morgendämmerung hereinfiel. Türen gingen zu beiden Seiten ab, die vermutlich zu Gästezimmern führten.

Nirgendwo waren Anzeichen für einen Wasserschaden zu sehen. Alles sah tadellos aus. Es roch sogar neuer als im restlichen Haus.

Ich weiß nicht, was ich erwartet hatte. Große tropfende Flecken an der Decke, Eimer auf dem Boden? Nein. Aber zumindest irgendeinen Hinweis, dass hier renoviert wurde. Folie auf dem Boden, eine Trittleiter, ein Baulüfter, so etwas.

Nichts davon war zu sehen.

Ich warf auch einen Blick in ein paar Räume. In den größeren standen mehr Betten. Elegante, aber nüchterne Einrichtung. Fast ein wenig wie bei Star Trek. Hier wohnte die Besatzung in ihren Arbeitsuniformen.

Und nirgends Anzeichen für Feuchtigkeitsschäden.

Entweder verstand ich zu wenig davon, was natürlich auch möglich war, oder es lag an der superspeziellen Architektur des Hauses, von der mein Vater erzählt hatte.

Oder er wollte aus irgendeinem Grund nicht, dass wir hier schliefen.

Ich ging zurück und befestigte das Klebeband wieder sorgfältig an der Flurabzweigung.

Die Küche war dunkel, nur ein wenig Morgenlicht fiel durch die große Fensterwand an der Terrasse herein.

Ich machte mir ein Brot mit Käse und Marmelade und schenkte mir ein Glas Milch ein.

Das Brot schmeckte genauso fantastisch, wie ich es mir ausgemalt hatte. Gab es etwas Besseres als einen nächtlichen Snack?

Ich aß im Stehen, war zu wach und aufgekratzt, um mich hinzusetzen. Madde und ich hatten uns wieder vertragen, das Brot schmeckte köstlich, und später würde ich himmlisch schlafen.

Ich schob die große Glastür auf und sah zum Meer. Ein Lichtstreifen am Horizont.

Ich nahm mir vor, auszuschlafen. Doch wie würde es dann weitergehen? Bleiben oder nach Hause fahren? Ich wusste es nicht. Doch das Wichtigste war, dass Madde und ich es zusammen entscheiden würden.

Ich aß den letzten Bissen und wollte mir gerade noch ein Brot machen, als mir in der Küche ein Umriss auffiel, den ich zuvor nicht bemerkt hatte. Ein Möbelstück weit weg von den Fenstern, tief im Dunkeln.

Zuerst dachte ich an so etwas wie einen Weber-Grill, der mit einer langen Haube abgedeckt war. So ungefähr sah der Gegenstand aus.

Doch nein, das war kein Grill. Es war ein Mensch, der dort hockte, die Arme um die Knie geschlungen, den Kopf von mir weggedreht.

Barbro. Es sah aus, als ob sie schlief.

Kapitel 35

Per gibt mir das Glas und die Tablette, und ich gebe vor, sie zu schlucken. Manövriere sie dabei zwischen Wange und den hinteren unteren Backenzahn und werfe Per einen dankbaren Blick zu. Öffne den Mund, zeige ihm, dass er leer ist.

Ich werde immer besser.

Oder?

Per sieht mich nachdenklich an.

Ich halte die Hand auf. »Was ist mit der nächsten?«

»Ach, kommen Sie schon«, sagt er. Nicht unfreundlich. *Lassen wir das doch. Ich weiß, was Sie treiben.*

Ich sehe ihn verschämt an, weiß nicht, was ich sagen soll.

Er tippt an meine Wange, ziemlich genau an die Stelle, an der ich die Tablette versteckt habe.

Verdammt.

Ergeben schiebe ich die Tablette zurück auf die Zunge und schlucke sie mit Wasser.

Per mustert mich immer noch. »Denken Sie wirklich, ich kenne den Trick nicht?«

»Einen Versuch war's wert«, murmele ich.

»Ich bekäme ganz schön Probleme, wenn es Ihnen gelänge. Ich bin für Sie verantwortlich.«

»Mhm.«

»Wollen wir uns darauf einigen, dass Sie solchen Mist lassen, solange Sie bei mir sind? Dann könnte ich nachts besser schlafen.«

»Okay.«

Er gibt mir die nächste Tablette. Sie ist weiß und rund und harmlos, gegen Magenbeschwerden.

»Mir ist klar, dass Sie denken, Ihr Leben sei vorbei. Doch meine Erfahrung sagt, dass es irgendwie weitergeht. Auch für Sie. Versprochen.«

Bald darauf liege ich auf meiner Pritsche im Dunkeln und warte darauf, dass die Schlaftablette mich in die Bewusstlosigkeit entführt.

Hauptsache weg.

Ob Per wohl an Gott glaubt? Er flucht zwar oft, aber vieles von dem, was er sagt, klingt verdächtig nach Gnade, auch wenn er das Wort nicht verwendet.

Die Tablette wirkt, mein Gehirn wird träger. Ein schönes Gefühl.

Sie sind so nett, Per und Soraya. Fast als wäre ich genauso viel wert wie sie. Als wäre ich ein ganz normaler Mensch.

Diese Güte macht mich nur noch trauriger.

Denn ich verdiene sie nicht.

Ich bin kein Mensch, sondern ein Monster.

Ein ganz normales Monster.

Kapitel 36

Ich wachte davon auf, dass Madde mich anstupste.

»Los, aufstehen!« Sie stand neben dem Bett, beugte sich lächelnd zu mir herunter und küsste mich. »Hast du keinen Hunger?«

»Doch.«

Ich gähnte und stützte mich auf einen Ellbogen. »Du? Ich würde trotzdem heute gern heimfahren.«

Madde sah mich überrascht an. Und etwas enttäuscht, auch wenn sie es zu verbergen versuchte. Schließlich nickte sie. »Okay.«

»Das gestern … Das war nicht in Ordnung.«

Madde setzte sich auf die Bettkante. »Nein.«

»Und mir ist klar, dass eher ich das Problem bin und nicht mein Vater. Er will sich versöhnen, das verstehe ich. Gut. Aber ich glaube nicht, dass …« Ich überlegte, wie ich weitersprechen sollte. »Ihn einfach nur zu sehen und hier zu sein, holt so viel Scheiße in mir hoch. Das schaffe ich nicht.«

»Nein, das verstehe ich.« Madde streckte sich und nahm meine Hand. »Dann fahren wir nach Hause.«

Nach meinem nächtlichen Ausflug in die Küche hatte ich beschissen geschlafen. Die schlafende Barbro in der Ecke hatte mich zu Tode erschreckt. Ich hatte mich davongeschlichen, mich wieder ins Bett gelegt und mich gefragt, was ich da eigentlich gesehen hatte. Konnte ich mich geirrt haben? Wer kauert denn schon in der Küche und schläft, voll bekleidet?

Und ich hörte immer noch den Aufprall, als ich auf dem Weg hierher etwas angefahren hatte. Sah das flatternde Sommerkleid vor mir.

Nachdem wir uns wieder versöhnt hatten, wollte ich Madde nichts von Barbro erzählen. Ich hatte sie in meine Sorgen und meine Albträume eingeweiht, jetzt wusste sie, wer ich war, aber das hatten wir hinter uns gelassen. Zumindest fühlte es sich so an. Sollte ich da gleich am nächsten Morgen mit dem nächsten Irrsinn ankommen?

Ach übrigens, ich habe heute Nacht in der Küche ein Brot gegessen, und da saß Barbro schlafend in der Ecke.

Auf gar keinen Fall. Madde würde gleich wieder den Glauben an mich verlieren. Den Glauben an uns.

Es war fast zehn, als wir in die Küche kamen. Das Wetter war wieder fantastisch.

Irgendjemand hatte schon das Frühstück vorbereitet, mein Vater oder Barbro. Ich warf einen raschen Blick in die Ecke, in der ich sie in der Nacht gesehen hatte. Sie war leer. Mein Vater ging auf der Terrasse auf und ab und telefonierte auf Englisch. Ich schenkte mir ein Glas Smoothie ein, belegte ein paar Brote mit Käse, Gurke und Paprika und balancierte alles zusammen mit einer Tasse Kaffee hinaus auf die Terrasse, wo ich mich an einen Tisch unter einem Sonnenschirm setzte. Madde folgte mir.

Mein Vater bemerkte uns und beendete sein Gespräch. Dann setzte er sich zu uns.

»Guten Morgen. Wie geht's?«

»Gut«, antwortete Madde knapp und biss in ihr Brot.

Heute sah mein Vater abgezehrt aus. Er hielt sich anders, und jede Bewegung schien ihn viel Kraft zu kosten.

Ich trank einen großen Schluck Smoothie und sagte: »Wir wollen heute nach Hause fahren.«

Er sank noch mehr in sich zusammen, stützte sich mit den Ellbogen auf den Tisch. Trotz der Sonnenbrille sah ich ihm die Enttäuschung an.

»Isak«, sagte er bittend.

Rasch sprach ich weiter, sagte ungefähr das, was ich auf dem Bett zu Madde gesagt hatte. Dass ich nicht böse auf ihn wäre, aber auch nicht bereit, in der Vergangenheit zu wühlen, das sei zu schmerzhaft.

Das stimmte nicht ganz. Ich war böse auf ihn, weil er am Abend zuvor Grenzen überschritten hatte. Doch da ich nie wieder Kontakt zu ihm haben würde, sah ich mich nicht in der Verantwortung, ihm das zu sagen.

Mein Vater nahm die Sonnenbrille ab. Sein Gesicht war abgezehrt, die Falten tiefer, die Ringe unter den Augen größer und dunkler. Jetzt sah er nicht mehr jünger als sein tatsächliches Alter aus, im Gegenteil. Eher wie ein alter, trauriger Mann.

»Das mit gestern tut mir leid«, sagte er mit leicht rauer Stimme. »Ich hatte zu viel getrunken. Zusammen mit den Schmerzmitteln wegen des Krebses ist das keine gute Kombination.«

Madde strich mir leicht über den Rücken. Mein Vater sprach weiter.

»Aber … es war doch ein schöner Tag, bis …« Er verstummte und sah mich an. »Ich habe dir noch so viel zu sagen.«

Am liebsten wäre ich gegangen, hätte mich in unseren alten Wagen gesetzt und wäre weggefahren. Egal wohin, weg von Ajkeshorn und meinem Vater und Mama und Klara und mir als kleinen Jungen. Weg vom Feuerwehrmann.

»Zum Beispiel möchte ich mich entschuldigen«, fuhr er fort. »Nicht wegen gestern, meine ich.«

Er und Madde warteten darauf, dass ich etwas sagte, das spürte ich wie einen heißen Scheinwerfer im Gesicht. Ich verlagerte das Gewicht.

»Mhm. Wie gesagt, ich … vergebe dir. Aber mehr nicht.« Ich drehte mich zu Madde. »Wir sollten mal schauen, wann die Fähre geht.«

»Ja.« Sie nahm ihr Handy und tippte darauf herum.

Mein Vater setzte die Sonnenbrille wieder auf, während er aufs Meer blickte.

»Ihr wollt nach Oskarshamn, oder?«

»Ja.«

»Um 16 Uhr geht eine, um 19.15 Uhr und um 23.50 Uhr.«

Madde recherchierte nach Tickets, ich biss in mein Käsebrot mit Paprikaringen und versuchte, so leise wie möglich zu kauen.

»Der Lambo gehört auf jeden Fall dir«, sagte mein Vater leise.

»Egal, was du davon hältst.«

Dieses verdammte Auto.

»Spende das Geld lieber«, erwiderte ich.

Die Fähre um vier war ausgebucht, doch auf der um Viertel nach sieben war noch Platz. Ich sagte zu Madde, sie solle uns zwei Sitze in der Achter-Lounge buchen.

Mein Vater nahm die Sonnenbrille wieder ab und sagte nachdenklich: »Viertel nach sieben. Da habt ihr ja trotzdem noch den ganzen Tag auf Gotland.«

»Ja.«

»Eine Sache hatte ich für heute geplant. Und die würden wir immer noch schaffen.«

»Okay …«, meinte ich zögernd.

»Du wärst rechtzeitig wieder da, versprochen.«

Warum sprach er nur von mir? Sollte Madde nicht mitkommen? Ich zögerte.

»Bitte«, sagte er.

Ein paar Stunden später fuhren wir zum Flughafen von Visby. Ich hatte kein gutes Gefühl bei dem Ganzen.

Madde saß am Steuer unseres Nissan Micra, ich neben ihr, und mein Vater hatte sich auf den kleinen Rücksitz gequetscht. Wir hatten schon gepackt und unsere Taschen im Auto verstaut. Madde würde in Visby bleiben, während mein Vater und ich unseren »Ausflug« machten, wie er es nannte. Sie hatte klaglos akzeptiert, dass sie nicht mitkommen würde. Aber vielleicht war es ihr auch ganz recht, einen Tag allein in der Stadt zu verbringen.

Mein Vater hatte mir seine Pläne nicht verraten, aber ich sollte mich ein wenig schick machen, falls ich so etwas dabei hatte. Ich hatte helle Chinos und einen dunkelbraunen, dünnen, kurzärmeligen Pullover aus Lammwolle mit Kragen und kurzem Reißverschluss angezogen, in dem ich mich wie ein italienischer Gigolo und nicht besonders wohl fühlte. Doch Madde gefiel er an mir. Dazu hatte ich Sneakers aus hellbraunem Leder an. Mein Vater trug ein enges schwarzes T-Shirt, schwarze Leinenhosen und ein schwarzes Leinensakko, dazu grellbunte Basketballstiefel, die alle Blicke auf sich zogen, was vermutlich auch Absicht war.

Der Abflugterminal kam in Sicht. Mein Vater wies uns den Weg.

»Fahr am Terminal vorbei bis zu dem Tor da drüben.«

Madde gehorchte. Das Flugfeld war von einem hohen Maschendrahtzaun umgeben. Das Tor wurde mit Kameras überwacht, an der Seite war eine kleine Sprechanlage. Madde blieb davor stehen.

Mein Vater legte mir die Hand auf die Schulter. »Sag, Fredde sei da.«

Ich bewegte mich nicht.

»Bitte«, sagte mein Vater und drückte meine Schulter.

»Wenn wir nicht rechtzeitig für die Fähre zurück sind …«

»Doch, das sind wir. Ganz sicher, Isak. Garantiert.«

Ich sah zu Madde, die mich anlächelte.

»Ihr habt genug Zeit.«

Ich seufzte und stieg aus, ging zu der Sprechanlage und drückte einen Knopf.

»Fredde ist da.«

Es knackte, dann rollte das Tor langsam auf. Ich stieg wieder in den Wagen, und Madde fuhr aufs Flugfeld.

Mein Vater deutete nach links.

Dort stand ein Privatjet.

Kapitel 37

Wir saßen uns in der kleinen Kabine gegenüber. Auf der anderen Seite des schmalen Mittelgangs befanden sich zwei weitere Sitze. Ich sah aus dem Fenster. Tief unter uns glitzerte die dunkelblaue Ostsee. Von meinem Platz aus konnte ich den Piloten sehen, der etwa Mitte vierzig war.

»Zum Wohl«, sagte mein Vater laut, um das Dröhnen des Motors zu übertönen, und hob sein Kristallglas mit Champagner. Ich trank einen Schluck von meiner kalten Cola.

»Gehört das Flugzeug dir?«

»Nein.« Er schüttelte den Kopf. »Einem Freund, der eine Computerfirma auf Gotland betreibt. Aber ich darf es mir ausleihen, wenn es nicht benötigt wird. Dafür darf er mich dann ein paarmal im Jahr nach London auf eine Galerietour begleiten.«

Ich nickte. Das Flugzeug war klein und laut, ganz anders als die Privatjets aus dem Fernsehen. Ganz neu war es auch nicht mehr. Trotzdem war es ein tolles Gefühl, in einem Privatflugzeug zu fliegen. Was ich natürlich nicht zeigte, denn mir war klar, dass dieser Trip nur ein weiterer Versuch meines Vaters war, mich um den Finger zu wickeln. Doch das würde ihm nicht gelingen.

Die Flugbegleiterin, eine kleine schlanke Frau in meinem Alter, brachte uns das Essen. Ein Stück Fleisch, etwas Kartoffelbrei, Brokkoli, Soße und als Nachtisch ein Stück verpackten Karottenkuchen. Allzu verlockend sah es nicht aus, doch ich hatte seit dem Frühstück nichts mehr gegessen und verschlang alles. Als ich den Karottenkuchen auspackte, verlor das Flugzeug an Höhe. Wir flogen bereits über Land.

»Wo sind wir?«, fragte ich.

»Auf dem Weg nach Riga.«

Bei der Landung applaudierte mein Vater ironisch und lachte. Der Pilot zeigte ihm den gestreckten Mittelfinger, ohne den Blick von der Landebahn zu nehmen. Als das Flugzeug zum Stehen gekommen war, wurde eine Treppe an unsere Tür gerollt. Mein Vater redete mit dem Piloten, den er gut zu kennen schien. Ich lächelte der Flugbegleiterin zum Abschied zu und verließ gebückt das Flugzeug. Es war genauso heiß wie auf Gotland und roch nach Benzin.

Ein paar Meter entfernt stand ein brandneuer E-Mercedes mit getönten Scheiben. Ein Mann mit kurz geschorenen Haaren, schwarzem Anzug, weißem Hemd und Krawatte winkte uns zu. Er war etwa Mitte dreißig. Wir gingen zu ihm.

»Mr. Barzal?«, fragte er auf Englisch.

»Ja.«

»Willkommen.«

Wir setzten uns auf den Rücksitz, der Fahrer hinter das Lenkrad. Weich rollte der Wagen an, und wir fuhren auf eine Schnellstraße.

Es war angenehm kühl und still und roch nach neuem Leder. Kleine blaue LED-Lampen leuchteten diskret um die Türgriffe herum. Obwohl ich hinter dem Fahrer saß, hatte ich genügend Platz für meine langen Beine. Ich legte den Kopf zurück und schloss die Augen.

Plötzlich merkte ich, wie müde ich war. Am liebsten wäre ich für immer so weitergefahren.

»Wir sind ungefähr zwanzig Minuten unterwegs, du kannst also ein bisschen schlafen«, sagte mein Vater.

»Okay«, murmelte ich.

Ich hatte keine Ahnung, wohin wir fuhren, aber das war mir

egal, ich holte tief Luft und ließ mich tiefer in das weiche Leder sinken.

Mit steifem Nacken und offenem Mund wachte ich auf und sah verschlafen durch das getönte Seitenfenster. Wir fuhren durch einen Vorort mit grauen Mietshäusern, rissigem Asphalt und abblätternder Farbe.

Ich hatte das Gefühl, in einem Raumschiff zu sitzen und auf einem fremden Planeten gelandet zu sein.

»Ah, du bist wach. Genau rechtzeitig«, sagte mein Vater.

Das Auto bog in einen Hof zwischen drei Wohnblöcken ein. Die Häuser waren heruntergekommen, doch es gab einen großen Spielplatz mit neu aussehenden Schaukeln und Klettergestellen. Kleine Kinder spielten, beaufsichtigt von Frauen in rosa Westen.

Der Wagen hielt vor einem Eingang, an dem uns drei Frauen erwarteten. Eine trug ein dunkles Kostüm und winkte uns lächelnd zu. Mein Vater öffnete die Tür, winkte zurück und drehte sich zu mir.

»Willkommen in Skirotava.«

Skirotava stellte sich als Waisenhaus heraus. Die Frau im Kostüm hieß Galina und war die Vorsteherin dieses und noch anderer Kinderheime, die zwar staatlich waren, von meinem Vater aber mit hohen Spenden unterstützt wurden.

Galina führte uns herum und erklärte uns alles in perfektem Englisch. Die anderen Frauen, deren Namen ich gleich wieder vergessen hatte, folgten uns stumm. Nur wenn Galina das Wort an sie richtete, sprachen sie.

Dank der großzügigen Beiträge von Mr. Barzal habe man das Heim instand setzen und den großen Spielplatz anlegen können, berichtete Galina.

Ich sah zu meinem Vater, der so tat, als hätte er seinen Namen gar nicht gehört. Er wirkte ernst, gleichzeitig aber so, als hätte er eine Maske aufgesetzt. Was sich dahinter verbarg, war schwer zu erraten.

Doch dann strahlte er und ging zu einem Mädchen im Rollstuhl, das offenbar an spastischer Lähmung erkrankt war und im Teenageralter sein musste.

»*Sveika,* Tatjana«, begrüßte er sie und nahm ihre gekrümmte Hand. Sie stöhnte zur Antwort. Eine der beiden Frauen, die uns stumm folgten, eilte zu Tatjana und sagte etwas auf Lettisch zu ihr.

»Dieses Mädchen ist unglaublich«, sagte mein Vater zu mir, während er immer noch Tatjanas Hand hielt. »Sie ist eine großartige Künstlerin.« Er wandte sich an Galina.

»Sollen wir uns den Kunstraum ansehen?«, fragte er sie auf Englisch.

»Ja, das ist eine sehr gute Idee«, antwortete sie und sagte etwas auf Lettisch zu der Frau beim Rollstuhl, die nickte.

Der Kunstraum war groß, hier konnten die Kinder malen und zeichnen, basteln und töpfern. Mein Vater hatte die Idee gehabt, und es war ganz offenbar sein Herzensprojekt. Auch Waisen und Kinder mit Behinderungen sollten sich künstlerisch ausdrücken können, vielleicht sogar vor allem sie.

Er zeigte mir ein paar Bilder, die Tatjana gemalt hatte, und erklärte, dass sie den Pinsel mit dem Mund und einer Hand führte. Ich konnte auf den Bildern nichts erkennen, für mich waren das nur irgendwelche Farbkleckse auf der Leinwand. Doch so ging es mir meistens mit moderner Kunst. Tatjana war sicher nicht schlechter als andere Künstler.

»Sehr schön«, lobte ich und lächelte ihr zu. »Wirklich unglaublich.«

Mein Vater erzählte, dass er bei jedem Besuch ein paar Bilder auswählte und sie an seine reichen Kunden auf der ganzen Welt verkaufte. Die Summe verdoppelte er dann und schickte sie an Galina.

Nach dem Rundgang brachten Galina und die anderen beiden Frauen uns zurück zum Wagen. Sie winkten uns nach, bis wir um die Ecke gebogen waren. Mein Vater sah auf die Uhr.

»Halb drei. Wenn wir um vier heimfliegen, sind wir zwei Stunden vor Abfahrt der Fähre in Visby.«

»Okay, das klingt gut.«

»Sollen wir in der Stadt ein Bier trinken? Besser, als am Flugplatz zu warten.«

Je näher wir dem Zentrum kamen, desto sauberer und repräsentativer wurden die Straßen und Häuser. Das Taxi setzte uns am Ende einer Kopfsteinpflasterstraße ab, und mein Vater bat den Fahrer, in der Nähe zu warten, wir wären in einer Stunde zurück.

Die ganze Stadt dampfte vor Hitze. Die Häuser sahen alt aus, waren aber frisch verputzt und gestrichen. Wie Gamla Stan in Stockholm, nur sauberer. Touristen bevölkerten Souvenirläden und Cafés.

Mein Vater ging mit mir zu einem Restaurant mit Außenbereich auf der Schattenseite der Straße. Hier gäbe es Rigas größte Bierauswahl, erklärte er, sogar die größte, die ihm je auf der Welt begegnet wäre. Beim Blick in die Karte wurde mir klar, dass er nicht übertrieben hatte. Etwa dreißig unterschiedliche Biere vom Fass und Hunderte Sorten in der Flasche.

Er empfahl mir ein deutsches Bockbier, das er bei einem früheren Besuch getrunken hatte, und wir bestellten es beide. Kurz darauf kam die Bedienung mit zwei Halbliterflaschen zurück, zwei eiskalten hohen Gläsern und einem großen Teller mit Salzbrezeln.

Ich hielt das Glas schräg und schenkte langsam das Bier ein, bis sich eine perfekte Schaumkrone bildete. Kleine Luftbläschen stiegen vom Glasboden auf.

Ich nahm den ersten Schluck.

Verdammt, war das lecker.

Die Bläschen kitzelten, die Kühle war erfrischend. Der Geschmack war bitter, aber auch leicht säuerlich und ein klein wenig süßlich. Ich hatte noch nie ein helles Bier getrunken, das nach so viel schmeckte.

Scheiße, war das Leben schön.

Das Bier war herrlich, die Brezeln salzig und knusprig. Im Schatten war es angenehm. Schon der erste Schluck Bier stieg mir zu Kopf, weil ich so müde war, ich ließ mich treiben, jemand anders sollte das Ruder übernehmen. War ein Ballon an einer Schnur. Alle Ängste waren verflogen, ich sah die Welt nur noch, wie sie sich mir in diesem Moment präsentierte, und sie war gut und schön.

Mein Vater bestellte die nächste Runde.

Ich fragte ihn, ob er noch andere Projekte unterstützte. Gelegentlich würde er ein Bild an Wohltätigkeitsauktionen abgeben, doch Skirotava sei sein Hauptprojekt, erklärte er.

»Jetzt fehlt nur noch eine Zigarette«, sagte er. »Du hast keine, oder?«

»Nein. Aber die kann man doch bestimmt hier kaufen? Ich würde auch eine rauchen.«

Mein Vater bestellte bei der Bedienung eine Packung Zigaretten, die kurz darauf mit einem Aschenbecher und einem Feuerzeug kam. Wir zündeten uns beide eine Zigarette an.

Genüsslich inhalierte ich den Rauch. Mein absolut perfektes Leben wurde noch etwas perfekter.

»Das mit der Wohltätigkeit …«, sagte mein Vater und ließ den

Rauch aus dem Mund aufsteigen, während er nachdenklich die vorbeiflanierenden Touristen betrachtete, »macht man auch nur zu seinem eigenen Vergnügen. Es ist auch nicht besser oder schlechter, als einen Lamborghini zu fahren.«

»Das sehen die Kinder in dem Heim sicher anders.«

»Aber die Welt ist so komplex, man kann gar nicht wissen, was für Auswirkungen das eigene Handeln langfristig hat. Vielleicht ist das Kinderheim total kontraproduktiv. Mehr Kinder werden jetzt weggegeben, weil es diesen Ort gibt, und führen ein unglücklicheres Leben.«

»Das glaube ich nicht.«

»Aber wissen kannst du es auch nicht. Genauso wenig wie ich. Ich werde Skirotava weiter unterstützen, weil es mir selbst auch guttut. Das ist dir sicher bei unserem Besuch aufgefallen.«

»Ja.« Ich dachte daran, mit welcher Begeisterung er von dem Kunstraum erzählt hatte.

»Aber ich mache mir keine Illusionen, warum ich es tue. Wir Menschen sind darauf angelegt, zu einer Gruppe zu gehören. Wegen so etwas wie dem Waisenhaus denken andere Menschen gut von mir, was mir wiederum ein gutes Gefühl gibt. Es ist also reiner Egoismus.«

Ich trank von meinem zweiten Bier und leckte mir den Schaum von der Oberlippe. »Hm«, meinte ich.

»Ich glaube nicht an Gut und Böse«, fuhr mein Vater fort. »Das ist ein alter Aberglaube, wie an Gott und den Teufel. Ich weiß nur das: Zuerst gab es den Urknall, dann vergingen dreizehn Milliarden Jahre, und dann kam ich auf die Welt. Jetzt werde ich bald sterben. Ungefähr sechzig Jahre hatte ich, bevor ich in alle Ewigkeit tot sein werde. Habe ich da nicht das Recht, das Beste aus meinem Leben zu machen? In der Millisekunde, die ich auf Erden bin?«

»Hm«, wiederholte ich.

Seine Gedankengänge wurden mir zu kompliziert, er war mir weit voraus.

Aufs Klo musste ich auch.

»Ich zumindest sehe es so«, fuhr er fort. »Es ist verdammt noch mal meine Pflicht.«

Wahrscheinlich kamen einem solche Gedanken, wenn das eigene Lebensende nahte.

Mein Vater sah mich an. »Versprich mir das. Denn wenn ich eins gelernt habe, dann tanzt man, wenn das Leben einen zum Tanz bittet. Okay? Hand drauf?« Mein Vater lächelte, ich tat ihm den Gefallen, und wir gaben uns die Hand.

Wenn das Leben einen zum Tanz bittet. Mir war nicht ganz klar, was das zu bedeuten hatte, aber es klang gut.

Das Taxi wartete auf uns, und wir stiegen ein. Dieses Mal setzte mein Vater sich nach vorn.

Ich war angenehm betrunken und sehnte mich nach Madde. In einer guten Stunde oder so wäre ich wieder bei ihr. Wahrscheinlich würde sich dann bereits ein leichter Kater melden. Aber wir würden in Oskarshamn auf die Fähre fahren, im Restaurant essen, und dann würde ich in meinem Ruhesessel eine Runde schlafen. Mit meiner Hand auf Maddes Knie.

Kurz darauf fuhren wir durch das Gittertor aufs Flugfeld. Ein Mann in Anzug und Warnweste kam uns entgegen. Der Wagen hielt, und mein Vater ließ sein Fenster herunter. Der Mann lächelte freundlich und beugte sich zu ihm.

»Guten Tag, Mr. Barzal, wie geht es Ihnen heute?«, fragte er auf Englisch.

»Danke, gut.«

»Wie schön. Das Flugzeug wird gerade für den Rückflug vorbereitet.«

»Wir haben es eilig und müssen bald starten.«

»Okay. Wir müssen nur noch ein paar Sachen überprüfen.«

»Oh, gibt es ein Problem mit dem Flugzeug?«

»Nein, nein, kein Problem. Wir haben nur die Vorgabe, ein paar Sachen zu überprüfen.«

Der Mann lächelte immer noch, mein Vater hingegen stieg sichtlich irritiert aus dem Wagen.

Ich sah auf die Uhr. Zehn nach vier. Wir hatten noch genügend Zeit. Selbst wenn wir erst in einer Stunde abfliegen konnten, würden Madde und ich die Fähre noch schaffen.

Der Fahrer schaltete seufzend den Motor aus, was ich nur merkte, weil ein diskretes Surren durch ein anderes ersetzt wurde.

Mein Vater und der Flughafenangestellte diskutierten ein Stück entfernt weiter, mein Vater klang aufgebracht, und der Mann versuchte, ihn zu beruhigen.

Ich ließ mich tiefer in den Sitz sinken. Sah durch das getönte Seitenfenster hinaus. Die Sonne brannte auf die Startbahn, die Luft flimmerte über dem Asphalt.

Die Klimaanlage schaltete sich ein. In meinen Ohren rauschte es.

Kapitel 38

»Isak? Isak?«

Mein Vater schüttelte leicht meine Schulter.

Verwirrt wachte ich auf. Ich saß immer noch auf dem Rücksitz des Taxis.

Offenbar war ich eingeschlafen. Mist. Ich richtete mich auf, mit steifem Nacken und trockenem Mund.

Mein Vater reichte mir sein Handy durch die offene Autotür.

»Madde will mit dir sprechen.«

»Moment.«

Steif stieg ich aus, streckte mich und gähnte. Dann nahm ich das Telefon.

»Hallo?«

»Hallo, Schatz. Hast du geschlafen?«

Diese Stimme. So süß und weich wie Vanille.

»Ja.«

»Fredrik sagt, dass es ein Problem mit dem Flugzeug gibt.«

»Ja.«

»Und dass ihr es vielleicht nicht rechtzeitig zurück zur Fähre schafft.«

Plötzlich war ich hellwach.

Wie lange hatte ich eigentlich geschlafen? Ich warf einen Blick auf die Uhr. Zehn nach sechs. Was zur Hölle? Ich sah zu meinem Vater.

»Warum hast du mich nicht geweckt?«

»Das Flugzeug ist immer noch nicht fertig.«

»Immer noch nicht?«

»Es tut mir wirklich leid, Isak. Ich habe mich schon beschwert. Keine Ahnung, ob es wirklich ein Problem mit dem Flugzeug gibt oder ob man mich nur irgendwie schikanieren will. Bitte entschuldige.«

Ich schüttelte angespannt den Kopf. »Du hattest versprochen, dass wir rechtzeitig zurück sind.«

»Ich weiß. Es tut mir wirklich leid. So etwas ist mir noch nie passiert, das schwöre ich. Einfach typisch.«

Maddes Stimme drang aus dem Handy. »Isak? Isak, hör zu …«

Seufzend hielt ich das Telefon wieder ans Ohr. »Mir reicht es, ganz ehrlich.«

»Ganz ruhig. So etwas passiert. Auf eine Nacht mehr oder weniger kommt es nicht an. Nehmt euch ein Hotelzimmer, schlaft euch ordentlich aus, und dann sehen wir uns morgen.«

»Aber wo wirst du übernachten?«

»Ich fahre wieder nach Ajkeshorn.«

Madde allein in diesem verdammten Haus, mit den alten Masken und Götterfiguren. Und mit Barbro. Ich hatte kein gutes Gefühl dabei.

»Später am Abend geht doch auch noch eine Fähre, oder? Sollen wir nicht lieber die nehmen?«

»Die ist um drei morgens oder so in Oskarshamn, und dann müssen wir noch zwei Stunden fahren. Das schaffe ich nicht.«

»Mhm.«

»Und du bist doch auch ganz schön müde. So wirkt es zumindest.«

Das stimmte. Mein Gehirn arbeitete in Zeitlupe, ich wollte mich nur auf einem Bett ausstrecken und schlafen. Müde rieb ich mir die Augen.

»Mhm.«

»Du klingst echt müde. Fahrt ins Hotel, schlaf dich aus. Dein Vater hat sicher schon was im Auge.«

»Okay.«

»Dann sehen wir uns morgen, fit und erholt.«

»Ja. Du hast wahrscheinlich recht.«

»Reden wir später noch mal?«

»Das machen wir.«

»Gut. Hab dich lieb.«

»Ich dich auch.«

Ich beendete das Gespräch und gab meinem Vater das Handy zurück.

»Es tut mir wirklich leid«, sagte er. »Das ist mir so unangenehm.«

»Dann müssen wir wohl hier übernachten.«

Mein Vater nickte und tippte auf seinem Handy herum. »Ja. Ich kümmere mich darum.«

Wir stiegen wieder ins Taxi und fuhren zurück ins Zentrum. Der Fahrer setzte uns vor einem liebevoll restaurierten Jahrhundertwendehaus ab. Ein Portier in dunkelgrünem Mantel und Zylinder hieß uns mit einer leichten Verbeugung willkommen. Wir betraten die luxuriöse Hotellobby, die mit dicken Teppichen, großen Sofas und goldgerahmten Spiegeln eingerichtet war. Stuck verzierte Säulen und Wände wie Sprühsahne.

Mein Vater ging zur Rezeption, wo uns eine hübsche junge Frau begrüßte. Sie trug eine Uniform, einen eleganten Seidenschal und hatte die dunkelbraunen Haare zu einem perfekten Dutt geschlungen. Mein Vater sagte, er habe zwei Zimmer auf den Namen Barzal gebucht und erklärte, wir benötigten außerdem ein paar Dinge: Zahnbürsten, Zahnpasta, Einwegrasierer und Rasierschaum sowie frische Socken, Unterwäsche und T-Shirts für den nächsten Tag. Er trug seine Wünsche vor, als sei es das Natürlichste auf der Welt, während die Empfangsdame beflissen nickte, selbstverständlich würde man sich um alles kümmern.

Die Welt der Reichen. Keine Probleme, keine Scham, nur Möglichkeiten.

»Welche Kleidergrößen brauchen Sie?«, fragte die Empfangsdame auf Englisch.

»Large für mich«, sagte mein Vater und schaute zu mir. »Für ihn ... Extra Large?«

Ich nickte. Die Empfangsdame musterte mich von oben bis unten und schürzte die Lippen. »Hm, ich würde sagen, XXL.« Leise lächelnd sah sie auf ihren Bildschirm.

Unsere Zimmer lagen im zweiten Stock auf demselben Flur. Mein Vater schlug vor, dass wir uns in ein paar Stunden in der Lobby treffen sollten.

Ich nickte stumm, ohne seinen Blick zu erwidern. Ich war immer noch wütend auf ihn.

Ich öffnete die Tür und trat in das größte Hotelzimmer, in dem ich je gewesen war. Wie in der Lobby herrschten auch hier Cremeweiß, Braun und Gold vor. Ein weicher Teppich bedeckte den Boden, es war Platz für ein riesiges Doppelbett, einen Schreibtisch, sogar eine ganze Sitzecke. Das Badezimmer war voll gefliest, Dusche, Badewanne und Waschbecken im Vintage-Stil. Ein kleiner Balkon ging zur Straße hinaus.

Auf dem Kissen lag ein kleines Stück Zartbitterschokolade, das ich sofort aß. Dann hatte ich immer noch Lust auf etwas Süßes und suchte nach der Minibar. Ich fand sie in einem Schrankfach des Schreibtischs und verschlang innerhalb weniger Minuten eine Packung gesalzene Cashews sowie ein Snickers und trank ein San Pellegrino mit Orangengeschmack. Danach ging es mir ein wenig besser.

Ich zog die schweren Vorhänge zu und streckte mich im Dunkeln auf dem Bett aus. Es war bequem, die Matratze nicht zu hart, nicht zu weich. Das Kissen hingegen war zwar hoch und breit, aber viel zu dünn. Ich faltete es einmal zusammen und schob es mir unter den Kopf.

Ich schloss die Augen. Ein Leben im Luxus.

Nach einer guten Stunde wachte ich auf, lag noch eine Weile dösend im Dunkeln. Lauschte auf die gedämpften Geräusche im Hotel und auf der Straße. Schritte auf dem Flur. Stille. Eine Tür wurde geöffnet und geschlossen. Stille. Eine Vespa fuhr unter dem Fenster vorbei. Stille.

Schließlich stand ich auf und zog die Vorhänge zurück. In einer ledergebundenen Mappe auf dem Schreibtisch fand ich das Wifi-Passwort. Überflog die Websites der großen Abendzeitungen nach Berichten über ein angefahrenes oder vermisstes kleines Mädchen. Rief eine Seite mit lokalen Nachrichten aus Gotland auf, auch hier fand ich nichts. Danach fühlte ich mich ein wenig ruhiger.

Nachdem ich mir das Gesicht gewaschen hatte, ging ich nach unten in die Lobby, wo mein Vater auf mich wartete und fragte, ob ich Hunger hatte.

»Das Restaurant hier ist anständig. Sie haben Burger, Steak, was du möchtest.«

Das hörte sich doch gut an. Wir gingen durch eine gläserne Doppeltür neben der Rezeption und betraten den Barbereich. An den Fenstern zur Straße standen hohe Tische mit Hockern, dort setzten wir uns hin. Die Speisekarten lagen bereits auf dem Tisch. Ich bestellte einen Bacon-Burger und ein Bier vom Fass.

Nach wenigen Minuten klopfte es ans Fenster.

Davor standen zwei junge Frauen, die geradewegs von einer Modenschau in Paris zu kommen schienen. Beide waren Anfang zwanzig, schlank und groß, die eine mit krausen dunklen Haaren, die ihr über die Schultern fielen, die andere mit kurzen blonden Haaren, vermutlich gefärbt, die ein perfektes Gesicht einrahmten.

Die Dunkelhaarige lachte fröhlich und winkte. Sie hatte ans Fenster geklopft. Mein Vater sah überrascht zu ihr und winkte erfreut zurück, stand auf und bedeutete den beiden, hereinzukommen.

Kapitel 39

Ich frage Soraya, ob sie etwas wegen des psychiatrischen Gutachtens gehört hat, doch sie verneint. Ich weiß immer noch nicht, ob ich nach Huddinge fahren muss, für die umfangreiche Untersuchung. Karin hat gesagt, dass Dissoziation eine Folge eines solchen Traumas sein kann, wie ich es als Kind erlebt habe. Man erschafft sich seine eigene Wirklichkeit. Und sie hat von Paranoia gesprochen.

Ich hätte mehr von dem Trip nach Riga erzählen können.

Das köstliche Bier, das so stark war.

Das Flugzeug, das nicht abheben durfte.

Die jungen Frauen, die zufällig gerade an unserem Hotel vorbeikamen.

Alles bis ins letzte Detail geplant.

Und Karin würde mich für paranoid halten.

Aber was ist, wenn sich herausstellt, dass ich die ganze Zeit recht gehabt habe? Bin ich dann immer noch paranoid?

Kapitel 40

Die Dunkelhaarige hieß Mascha, die Blonde Elena, und vor allem Mascha begrüßte meinen Vater überschwänglich mit Umarmungen und Wangenküssen, während Elena etwas zurückhaltender war. Die beiden sahen aus, als wären sie auf dem Weg zu einer exklusiven Party. Mascha trug ein hautenges weißes Kleid aus dünnem Stoff, das ihr bis zu den Knien ging. Gehalten wurde es von einem goldenen Reif um den Hals. Ihre goldbraunen Arme und Schultern waren nackt. Elena trug ein schwarzes Top und die engste schwarze Jeans, die ich je gesehen hatte. Dazu Sandalen mit hohen Absätzen. Ihre Ohrringe funkelten blau und betonten ihre eisblauen Augen.

Nachdem sie sich zu uns an den Tisch gesetzt hatten, Mascha neben mich und Elena neben meinen Vater, bestellte er Champagner und sagte auf Englisch: »Das ist Isak, mein Sohn.«

»Wirklich? Du hast einen Sohn?« Mascha klang, als sei das die beste Nachricht, die sie je gehört hatte. Sie lachte und streckte mir die Hand entgegen. »Schön, dich kennenzulernen, Isak! Ich bin Mascha.«

»Hallo, Mascha, freut mich auch.« Dann streckte ich Elena meine Hand hin. »Hallo. Isak.«

»Elena. Schön, dich kennenzulernen.« Elenas Hand war kühl, und sie erwiderte meinen Blick. Ihr Gesichtsausdruck war ein wenig schüchtern, aber neugierig. Herausfordernd, aber auch einladend. Sie lächelte leicht, als wollte sie eine Verbindung zu mir aufbauen, ein stummes gegenseitiges Verständnis.

Ich weiß, was hier vor sich geht. Du weißt es auch, oder? So in etwa.

»Und was machst du so?«, fragte Mascha mich auf Englisch.

»Bist du auch Künstler?«

»Nein«, erwiderte ich. »Ich beschäftige mich mit der ... wie sagt man ... Pflege für alte Menschen.«

»Oh, wie schön! Das ist ja toll!«

Mascha beugte sich leicht zu mir und legte die Hand auf meinen Arm. Ihre üppigen Haare berührten meine Wange. Sie roch wunderbar nach einem schweren Parfüm.

Mein Vater erklärte, dass Mascha und Elena in Riga Kunst studierten und er sie in Skirotava kennengelernt hatte. Sie hatten auch in seinem Atelier auf Fårö gearbeitet und kannten Ajkeshorn daher gut.

Ein Kellner kam mit einer Flasche Champagner und vier Gläsern. Wir stießen an und tranken. Er schmeckte mir nicht, doch ich ließ mir nichts anmerken.

»Weißt du, dein Vater ist ein Genie«, sagte Mascha.

»Okay«, antwortete ich neutral, worauf Elena lachte. Jetzt hatte ich verraten, wie wenig ich von Kunst verstehe, aber Elenas offenes Lachen war es wert.

Mascha fuhr fort: »Doch, das ist er. Das schwöre ich bei Gott.« Sie sah meinen Vater an. »Einiges von dem, was er gemalt hat ... das geht richtig tief, ist eine unglaubliche Erfahrung.«

»Jaja, schon gut.« Mein Vater hob abwehrend die Hand.

»Ich weiß nicht viel über Kunst«, sagte ich.

»Wie gefällt dir das Sofa?«, fragte Elena und sah mich an, während sie an ihrem Champagner nippte. Mir kam sie ein klein wenig betrunken vor.

»Das Sofa in Ajkeshorn? Das nach oben ...« Ich machte eine ausgreifende Geste.

»Ja.«

»Äh … Ich würde es nicht in meiner Wohnung haben wollen.«

»Es ist ganz schön hässlich, was?«

Mein Vater sah Elena an. »Du findest es hässlich?«, fragte er gespielt beleidigt.

»Ja, Frederic. Es ist hässlich und gruselig.« Elena ließ es wie eine unwiderlegbare Tatsache klingen.

»Dieses Sofa hat mich ein Vermögen gekostet.«

»Tut mir leid, du bist ein Genie, aber es ist mir unheimlich.«

Mein Vater sah mich an und schüttelte den Kopf. »Ich hasse Kunststudenten mit eigener Meinung.«

Auch Elena sah mich an und sagte: »Es ist doch gruselig, oder?«

»Ja. Auf jeden Fall. Ich würde mich nicht darauf setzen.«

Elena hielt mir ernst ihr Glas hin, und wir stießen mit einem hellen Klirren an, wieder einer Meinung.

Das Essen kam, und mein Vater und ich aßen hungrig. Von dem Bier und dem Champagner auf nüchternen Magen war mir schwindelig. Die Frauen hatten schon gegessen und waren eigentlich auf dem Weg zu einer Party, doch Mascha meinte, es sei so nett mit mir und »Frederic«, sie würden noch ein wenig bleiben. Mein Vater bestellte noch eine Flasche Champagner.

Mascha wollte wissen, wie mir Riga gefiel. Ich erklärte, dass ich noch nicht viel von der Stadt gesehen hatte, sie mir bisher aber gut gefiel. Mascha sagte, dass Riga nachts aufleben würde. Hier gäbe es Clubs, die man sonst nur in London oder auf Ibiza fand.

Als die Frauen nach draußen gingen, um zu rauchen, beobachtete ich sie durch das Fenster. Elena erwiderte meinen Blick.

»Nette Mädchen, was?«, sagte mein Vater und sah mich mit einem leichten Lächeln an.

»Hm.« Ich blickte auf meinen Teller, auf dem nur noch ein paar rote Zwiebelringe und ein Salatblatt lagen. Aus dem kleinen Metallkorb daneben fischte ich die letzten Pommes heraus.

Nette Mädchen.

Etwas an der Art, wie er es sagte, bereitete mir Unbehagen. Ich sah auf die Uhr. Es war schon kurz vor zehn, und ich sollte Madde anrufen, bevor es zu spät war. Doch dann kamen Mascha und Elena zurück, wir tranken und redeten weiter, und ich vergaß den Anruf.

Statt eines Desserts entschieden mein Vater und ich uns für Kaffee, Kognak und ein paar Schokotrüffel. Ich wollte danach nichts mehr bestellen.

Mein Vater reichte seine Pralinen an Elena weiter, die sich eine auf die Zunge legte und sie dann zerbiss. Vermutlich, um ihren Lippenstift nicht zu verschmieren. Ich bot Mascha meine Pralinen an, und sie schlug vor, sie zu teilen. Sie nahm eine und biss sie mit ihren perfekten weißen Zähnen in der Mitte durch.

»Mm ...«, sagte sie genießerisch. »Unglaublich gut.« Sie kaute.

Im Lauf des Abends war Mascha immer näher zu mir gerückt, und jetzt saß sie so dicht bei mir, dass wir uns ständig berührten.

Sie hielt mir die andere Pralinenhälfte an den Mund. In der weichen Schokoladenmasse waren ihre Zahnabdrücke zu sehen. Sie lehnte sich noch näher heran und legte ihre Hand auf meinen Oberschenkel.

»Mach den Mund auf. Sei ein braver Junge.«

Ich gehorchte, und sie schob mir die halbe Praline in den Mund.

Ihr Gesicht war so nah an meinem.

Ich warf einen Blick über den Tisch. Elena sah uns an, und ihr Blick hatte sich verdunkelt.

»Warte«, sagte Mascha, »du hast ein bisschen …« Sie strich mit der Spitze ihres Zeigefingers über meine Unterlippe.

Elenas Blick. Das dunkle Brennen in ihren blauen Augen. Begierde.

Er gehört mir.

Ist euch klar, was das bei mir auslöste?

Ich trank den Kognak aus, und als mein Vater und die Frauen noch etwas trinken wollten, hätte ich mich ins Bett verabschieden und ihnen einen schönen Abend wünschen sollen. Doch stattdessen sagte ich: »Ich nehme einen Gin Tonic.«

Mascha saß dicht neben mir, ihre Hand lag immer noch unter dem Tisch auf meinem Oberschenkel. Elena sah immer wieder zu mir. Ich weiß nicht mehr, worüber wir sprachen, aber wir lachten viel und hatten Spaß. Ich wusste nicht mehr, wann ich eigentlich das letzte Mal richtig nüchtern gewesen war. Gestern? Vorgestern? Jetzt war ich wieder genau richtig betrunken, ich fühlte mich stark und sexy und eloquent.

Wir tranken weiter. Caipirinha, Moscow Mule, Snowball. Elenas Lieblingsgetränk, Black Russian. Wodka mit Kaffeelikör. Die Zeit verging wie im Flug, und plötzlich war es draußen dunkel.

Ich weiß nicht mehr, wer zuerst die Idee hatte, dass wir weiterziehen sollten. Ich jedenfalls war es nicht. Doch mein Vater und die Frauen waren sich einig, dass es ein Skandal wäre, wenn ich Rigas Nachtleben nicht kennenlernen würde.

Ich schaute auf die Uhr. Es war schon nach Mitternacht. Zum ersten Mal seit Stunden dachte ich an meinen mittlerweile gescheiterten Plan, früh ins Bett zu gehen. Diffuse Schuldgefühle machten sich im Alkoholnebel bemerkbar. Doch ehrlich gesagt waren sie nicht besonders stark.

»Hm, ich weiß nicht«, sagte ich.

Elena nahm meine Hand.

»Isak, du musst mitkommen. Bitte. Du wirst es nicht bereuen.«

Diese eisblauen Augen.

Was hatte mein Vater gesagt?

Wenn das Leben einen zum Tanz bittet.

Ich lächelte.

»Na gut, aber nur, weil du so nett fragst«, sagte ich. »Gehen wir.«

»Ins Daugava, ja?« Mein Vater sah Mascha und Elena fragend an, und sie nickten.

»Ja. Auf jeden Fall ins Daugava.«

Kapitel 41

Mein Vater bestellte ein Taxi, und schon bald rollten wir durch die Straßen von Riga. Der Wagen war eine Art Limousine, in der die Sitze einander zugewandt eingebaut waren. Viele Menschen waren unterwegs, vor allem junge Leute, die lautstark durch die Bars zogen. Doch der Lärm war im Wagen kaum zu hören, und die getönten Scheiben schirmten uns von der Außenwelt ab.

Mascha drückte sich an mich, meine Hand lag auf ihrem Oberschenkel. Elena saß mit überschlagenen Beinen da, und ihr nackter Fuß in der hochhackigen Sandale wippte über meinen ausgestreckten Beinen. Der Absatz schabte an meiner Hose. Ich dachte nicht mehr daran, wo das alles noch hinführen würde. Mein Vater hatte seinen Arm um Elena gelegt, und es schien sie nicht zu stören.

Nach nur wenigen Minuten hatten wir Rigas beeindruckendes Stadtzentrum hinter uns gelassen und fuhren durch einfachere Viertel. Heruntergekommene Wohnhäuser wechselten sich mit leeren Grundstücken ab. Irgendwann rollten wir durch ein einsames Industriegebiet, und der Fahrer musste großen Schlaglöchern in der Straße ausweichen.

»Also, wo ist dieser Club? Ist es noch weit?«, fragte ich.

Mein Vater schüttelte den Kopf. »Nein, wir sind gleich da.«

Das Taxi bog nach rechts in eine schmale Nebenstraße ab, noch tiefer in das Industriegebiet hinein. Und plötzlich sah ich junge Menschen in Partykleidung, die in die Richtung liefen, in die wir fuhren. Ein Taxi begegnete uns, noch eins. Immer mehr

Menschen, große Gruppen steuerten lachend und redend auf ein bestimmtes Ziel zu.

Jetzt sah ich die Warteschlange. Oder zumindest das Ende. Sie war ein paar Meter breit und wurde ständig länger. Der Fahrer glitt langsam an der Schlange vorbei bis zu ihrem Anfang. Die Wartenden sahen mit einer Mischung aus Respekt und Verachtung in unsere Richtung. In diesem Moment war ich dankbar, dass sie auf eine getönte Scheibe starrten und mich nicht sehen konnten. Die da oben. Jetzt war ich einer von ihnen.

Der Wagen hielt hinter einem anderen Taxi, das auch gerade Fahrgäste ablieferte. Mein Vater gab dem Fahrer seine Kreditkarte. Die Seitentür öffnete sich von selbst, und der Puls der Nacht schlug uns entgegen. Stimmengewirr, Lachen und Rufe von Hunderten von Menschen, das Brummen von Automotoren, der Geruch von Parfüm und Diesel und warmem Metall.

Ich stieg aus und half erst Mascha und dann Elena heraus.

Der Himmel war tiefblau, Scheinwerfer und Handydisplays leuchteten in der dämmrigen Sommernacht. Ein leichter Wind wehte, und mir war fast ein wenig kühl.

Die Schlange endete an einer großen, baufälligen Lagerhalle aus Wellblech. Ein etwa fünfundzwanzigjähriger Mann im Anzug entschied, wer eintreten durfte. Neben ihm standen ein paar muskulöse Türsteher. Der Mann wirkte angespannt, doch als er Elena und Mascha erblickte, lächelte er strahlend.

»Guten Abend! Willkommen!«, sagte er auf Englisch.

»Hi, Stani! Schön, dich zu sehen!«

Wangenküsse, Umarmungen, Lachen. Stani packte mich leicht an den Oberarmen, sah mir tief in die Augen und lächelte.

»Viel Spaß.«

Ich fühlte mich geschätzt und willkommen, und nach einer Sekunde war es vorbei. Ein Vollprofi. Er ließ mich los und sah zu meinem Vater hinter mir.

»Mr. Barzal! Herzlich willkommen!«

»Long time no see, haha …«

Wir gingen in die alte Halle, in die nur ein wenig Nachtlicht durch die schmalen Fenster an der Decke fiel. Unsere Schritte hallten. Man kam sich vor wie in einer Kirche. Im Hintergrund erkannte ich die Umrisse eines hohen Quergangs, der wie ein riesiger Dinosaurier auf allen vieren aussah. Plötzlich öffnete sich eine Doppeltür vor uns, Licht strömte heraus, und die Menschen vor uns traten in den Aufzug.

Ein dumpfer Bass dröhnte unter uns. Unter der Erde.

Die Aufzugtüren schlossen sich, es wurde wieder dunkel.

Mascha sah mich erwartungsvoll an. »Es wird dir gefallen, du wirst sehen.«

»In den Siebzigerjahren haben die Russen angefangen, eine U-Bahn in Riga zu planen«, erzählte mein Vater. »Zwanzig Jahre hat man daran gearbeitet.«

Eine weitere Doppeltür öffnete sich, wir betraten den zweiten Aufzug mit ein paar anderen Gästen. Die Kabine war groß, mit getönten Spiegeln in Goldrahmen und Deckenlichtpaneelen. Der Kontrast zu dem heruntergekommenen Raum hinter uns hätte nicht größer sein können.

»In den Achtzigerjahren traten Probleme auf«, fuhr mein Vater fort. »Der Boden unter Riga war zu felsig, und den Sowjets ging das Geld aus. Deshalb hat man das Projekt eingestellt.«

Das Hämmern der Bässe wurde lauter. Mutter Erdes Herzschlag.

Ich nickte und schielte zu meinem Spiegelbild zwischen Elena und Mascha. Wir sahen so verdammt gut aus, wie auf einem Filmplakat. Das Licht war einfach perfekt.

»Aber«, sagte mein Vater, »eine Station haben sie tatsächlich fertiggestellt. Daugava.«

Der Aufzug hielt an, die Türen öffneten sich. Mir blieb der

Mund offen stehen. Elena und Mascha mussten mich aus dem Aufzug führen.

Vor uns erstreckte sich ein schmaler, langer Raum mit hoher gewölbter Decke. Der alte U-Bahnhof. Überall tanzten Menschen. Die Musik war ohrenbetäubend laut, ich spürte den Bass dumpf in der Brust, mein Herz schien zu vibrieren. An der Decke verliefen LED-Racks und tauchten den Raum in pulsierende Farben. Blau, grün, gelb, rot, lila, wieder blau, dann wurde plötzlich alles dunkel. Die Musik verstummte ein paar Sekunden, dann setzte der Bass wieder ein, und Stroboskopblitze zuckten durch den Raum.

Die Luft war warm und feucht von den vielen Menschen, es roch nach Parfüm, Schweiß und Pyrotechnik.

Bei diesem konzentrierten Angriff auf alle meine Sinne hatte mein Gehirn einen Kurzschluss, ich konnte nicht mehr denken. Es war brutal. Es war verrückt. Ich wusste nicht, ob ich im Himmel oder in der Hölle gelandet war.

Aber es war fantastisch.

Ich glaube, ich kicherte sogar hysterisch.

Elena nahm meine Hand und zog mich auf die Tanzfläche, mitten hinein in die verschwitzte, wogende Menge. Wir hoben die Arme und tanzten.

Ich bin eigentlich kein guter Tänzer, und in den ersten Minuten war ich noch steif und unsicher. Doch schon bald übernahm mein Körper die Kontrolle und bewegte sich von allein. So etwas hatte ich noch nie erlebt. Ich wurde eins mit der Musik, dachte an nichts mehr.

Euphorie. Ich blickte nach oben, grinste glückselig. Ein Feuerwerk explodierte an der Deckenwölbung, und so etwas Schönes hatte ich noch nie gesehen.

Laser schnitten wie Messer durch die Dunkelheit.

Mascha legte mir die Hand in den Nacken, stellte sich auf die

Zehenspitzen und küsste mich. Meine Hände lagen auf Elenas Hüften, wir tanzten dicht aneinander.

Ich wollte nie wieder damit aufhören, mich zu bewegen. Niemals. So sollte es für den Rest meines Lebens weitergehen. Dieser Augenblick sollte nie enden.

Mein Vater war eine Weile verschwunden gewesen, doch jetzt tauchte er wieder auf, legte mir die Hand auf die Schulter und sagte etwas an meinem Ohr.

Doch es war zu laut.

»Was?«, rief ich und neigte den Kopf zu ihm. Mein Vater wiederholte noch einmal lauter, was er gesagt hatte.

»… Räume«, brüllte er.

Ich verstand ihn immer noch nicht. Er sah meinen fragenden Gesichtsausdruck, hielt zwei Plastikkarten hoch und bedeutete mir mit dem Daumen, mitzukommen.

Er bahnte sich einen Weg durch das hüpfende Menschenmeer, und wir folgten ihm. Vorbei an Bars, an denen die Gäste fast übereinander kletterten, um zu bestellen, und an ein paar Säulen mit einem Plateau, auf dem spärlich bekleidete Frauen und Männer tanzten. Schließlich wurde es leerer, als wir auf dem alten Bahnsteig herauskamen. Auf den Gleisen standen einige alte U-Bahn-Waggons, die überhaupt nicht alt aussahen, sondern schwarz und goldfarben glänzten. Security überwachte, wer die Waggons betrat.

»Die VIP-Räume sehen hier ein wenig anders aus als sonst«, sagte mein Vater. Er gab mir eine der Plastikkarten und ging zum hintersten Waggon, der halb im dunklen Tunnel verschwand. Wie tief ging es eigentlich hinein? Wie weit war man gekommen, bevor das Projekt abgebrochen wurde? Dieser vollständig ausgebaute, aber nie benutzte U-Bahnhof war faszinierend und auch ein wenig unheimlich.

An unserem Waggon angekommen, hielt mein Vater seine

Karte an ein Lesegerät neben der Tür, die sich daraufhin wie eine ganz normale Waggontür öffnete.

Ein Teil der ursprünglichen Einrichtung war noch vorhanden. Sitze links und rechts vom Mittelgang. Trotzdem sah nichts aus wie in einer normalen U-Bahn. Alle Stahlrohre waren vergoldet, Sitze und Rückenlehnen mit Samt in verschiedenen gedeckten Farben gepolstert. Moosgrün, Burgunderrot, Graublau. Der Boden war mit einem dicken schwarzen Teppich bedeckt. Diskrete Beleuchtung. Außerdem große grüne Pflanzen, riesige Fici und etwas, das aussah wie Efeu, wucherten durch die Fenster herein, über Sitze und Boden.

Kennt ihr die Bilder von dieser Stadt bei Tschernobyl, die man direkt nach dem Atomunglück verlassen hat? So ein Gefühl hatte ich in dem Waggon. Als wolle sich die Natur etwas zurückholen. Mir war nicht klar, wie die Pflanzen unter der Erde so grün und lebendig aussehen konnten. Vielleicht wurden sie aber auch mit UV-Licht bestrahlt, wenn der Club geschlossen hatte. Oder sie waren künstlich. Dafür sahen sie allerdings verdammt echt aus.

Die Türen glitten hinter uns zu und dämpften den Lärm von der Tanzfläche zu einem dumpfen Rauschen. Mein Vater ging weiter zum hinteren Ende des Wagens. Er drehte sich um und sah mich an.

»Dieser Waggon gehört uns die ganze Nacht. Nur du und ich haben einen Schlüssel.« Er hielt die Plastikkarte hoch.

Das hintere Ende war mit niedrigen Sofas oder Diwanen um einen Couchtisch eingerichtet. Sollte man liegen oder sitzen? Überall lagen Kissen in unterschiedlichen Größen, und an der Decke war ein großer Spiegel angebracht. Ein Bordell. Oder die exklusivste Kuschelecke der Welt. Schwere Vorhänge in gedämpften Farben schirmten diesen Teil des Waggons vor neugierigen Blicken von draußen ab.

Auf dem Couchtisch standen Eiskübel mit Champagner, Wodka und Bierflaschen. Schalen mit Nüssen, Schokolade und anderen Süßigkeiten. Mein Vater machte sich daran, eine Champagnerflasche zu öffnen, und nickte lächelnd zu den Süßigkeiten.

»Siehst du, was das ist?«

»Sind das Zoo-Gummitiere?«

»Ja.« Mein Vater lächelte. »Die hast du als Kind am liebsten gegessen, weißt du noch?«

»Mm«, sagte ich und schob mir eine Handvoll kleiner roter Gummiäffchen in den Mund.

»Isak hat die als Kind geliebt«, erklärte er Mascha und Elena auf Englisch.

»Oh, das ist so süß«, sagte Mascha. Sie probierte von den Zoo-Tieren, während Elena uns Gläser von einem Regal holte. Mein Vater lockerte den Korken, der mit einem lauten Ploppen heraussprang, an der Waggondecke abprallte und auf die Kissen fiel. Er schenkte uns ein. Ich schwitzte immer noch nach meinem Ausflug auf die Tanzfläche, meine Stirn war schweißnass.

»Äh ...«, sagte ich und sprach weiter auf Englisch. »Ich glaube, ich muss erst mal ein bisschen Wasser trinken.«

»Klar.« Mein Vater deutete auf einen Kühlschrank, in dem Mineralwasser, Orangensaft und Cola standen. Ich nahm mir eine Flasche Wasser und trank sie fast in einem Zug aus. Die eiskalte Flüssigkeit strömte durch die Kehle in meinen Magen. Großartig. Ich hielt mir die Glasflasche an die Wange und schloss die Augen. Elena kam zu mir und gab mir ein Glas Champagner.

»Du Armer«, sagte sie. »Dir ist ja ganz heiß.«

Sie zog den Reißverschluss meines Pullovers so weit wie möglich herunter. Der Stoff klebte zwischen meinen Brustmuskeln an der Haut und war dunkel vor Schweiß. Elena zog ihn weg und fächelte mir damit Luft zu.

Sie war mir so nahe. Ich sah auf ihren Seitenscheitel hinab, die dunklen Haarwurzeln. Sie legte den Kopf in den Nacken, ließ den Blick über meine Augen gleiten, meine Nase, meinen Mund.

»Besser?« Sie fächelte weiter.

»Ja. Bitte hör nicht auf.«

Ein Schweißtropfen lief an meinem Hals hinab bis zum Brustbein. Elena fing ihn mit dem Zeigefinger auf und leckte ihn ab. Ihre andere Hand strich unter dem Pullover über meinen Bauch, glitt immer tiefer.

Ich wurde steif. Elena fixierte meine Lippen.

»Prost, Leute!« Der Ruf meines Vater riss uns aus unserer Verzauberung. Er und Mascha hatten ihre Gläser erhoben und grinsten breit. Elena ließ mich los und nahm ihr Glas vom Tisch. Wir stießen auf Riga an, auf den Club, auf neue Freundschaften und eine lange Nacht.

Der Champagner war kalt und säuerlich. Ich kann es nicht anders sagen. Doch komischerweise fand ich ihn auf einmal köstlich.

Es klopfte an der Tür am anderen Ende des Waggons, und mein Vater entfernte sich.

Mein Glas war bereits leer. Ich nahm die Flasche aus dem Eiskübel und schenkte mir nach. Elena und Mascha hatten noch zu trinken.

Die Türen glitten auseinander. Mein Vater sprach ein paar Worte mit jemandem, den ich nicht sehen konnte. Er nahm etwas entgegen, dann schlossen sich die Türen wieder.

Triumphierend lächelnd kam er zu uns zurück und zeigte uns seine Handfläche. Darauf lagen ein paar kleine Tütchen mit weißem Pulver.

»Willst du?«, fragte er mich.

»Ist das Kokain?«

»Ja.«

»Äh …« Auf einen Schlag war ich deutlich nüchterner.

»Es wird dir gefallen«, sagte mein Vater.

Mascha nahm meine Hand und drückte sie sanft. »Es ist toll.«

Mir war nur allzu bewusst, dass mich alle drei – mein Vater, Mascha, Elena – erwartungsvoll ansahen.

»Wisst ihr was?«, sagte ich schließlich. »Ich passe, aber macht ihr nur.«

Haltet ihr mich jetzt für einen Langweiler? Vielleicht war ich das in dem Moment ja. Aber ich hatte noch nie Drogen genommen, noch nicht mal Gras geraucht. Drogen waren ein absolutes No-Go für mich.

Klar hätte es Gelegenheiten gegeben. Sogar in meiner Kleinstadt haben sie auf den Partys gekifft. Meine Freunde haben auf unseren Sommerreisen wie nach Antalya auch gerne mal einen Joint geraucht. Kokain hatte man mir nie angeboten, aber auf den Partys früher gab es das bestimmt. Ab und zu waren unbekannte Typen aufgetaucht, hatten jemandem ungewöhnlich lange die Hand geschüttelt, waren wieder verschwunden. Und drei, vier Partygäste hatten sich dann eine Weile auf dem Klo eingeschlossen.

Wenn mir jemand Drogen anbot, lehnte ich immer ab. Nimmt man Drogen, ist man ein Junkie. Und dann ist man ganz unten, der Bodensatz der Gesellschaft.

Ich betrachtete mich mit den Augen meines Großvaters. Was wäre, wenn er herausfinden würde, dass ich trotz all seiner jahrelangen Ermahnungen und Bedenken doch schwach würde? Wir wohnten in einer Kleinstadt. Gerüchte verbreiteten sich schnell. Wahrheiten sogar noch schneller. Ich hatte keine Angst vor seinem Donnerwetter, sondern vor seiner Enttäuschung. Es würde ihm das Herz brechen.

Also: keine Drogen. Egal, in welcher Form. Das hatte ich mir immer wieder geschworen.

Mein Vater sah mich an. Er wirkte glücklich und ruhig, liebevoll. Berührte mich sanft am Arm. Seine Stimme war leise und vertraulich.

»Mir ist klar, dass du mich für einen Junkie hältst.«

»Nein, nein …«

»Doch, aber es ist okay, du musst dich nicht rechtfertigen.«

»Du auch nicht.«

»Haha, wie gut. Ein paarmal habe ich Kokain genommen, bei besonders feierlichen Anlässen. Vielleicht … sieben- oder achtmal, insgesamt?«

»Okay.«

»Ich will damit nur sagen … Egal, was du gehört hast, von einem Mal wirst du nicht gleich süchtig. So wirkt es nicht.«

Ich nippte an meinem Champagner. Er legte sich ganz schön ins Zeug, um mich doch zu überreden. »Okay.«

Mascha ließ meine Hand los. Sie und Elena lauschten den ruhigen Worten meines Vaters, die sie nicht verstanden. Zumindest nahm ich das an.

»Wie gesagt, ich habe es nur bei besonderen Anlässen genommen. Und heute ist so ein Anlass«, fuhr mein Vater vor. »Ein ganz besonderer Anlass. Weil wir alle zusammen sind, und weil …« Er verstummte, sah mir ruhig in die Augen. Lächelte traurig. »… ich heute zum letzten Mal feiern werde. Mein letzter Abend auf der Piste.«

»Mhm.« Ich wusste nicht, was ich sonst sagen sollte.

»Mein Hirntumor ist ungefähr so groß wie eine Clementine.« Seine Stimme klang dunkler, dumpfer. »Und er wächst weiter. Jeden Moment kann ich blind werden, vielleicht nicht mehr sprechen oder gelähmt sein.«

Ich legte ihm die Hand auf die Schulter. »Ich verstehe das. Wirklich. Wenn du etwas nehmen willst, mach nur. Es stört mich überhaupt nicht.«

Das war vielleicht etwas geschwindelt. Aber bei einem sterbenden Mann durfte man das wohl.

Ich holte mir noch ein paar Gummitierchen aus der Schale auf dem Tisch und lächelte Mascha und Elena entschuldigend zu.

»Ich bleibe am besten bei Champagner und Süßigkeiten. Eine echt gute Kombination.«

Schon bereute ich meine Worte. Was redete ich da für einen Mist? Weder Mascha noch Elena – oder mein Vater – lächelten.

Ich war so ein Trottel. Ein absoluter Langweiler. Ziemlich lange war es mir an diesem Abend gelungen, den Schein zu wahren, doch jetzt hatten die beiden Frauen mein wahres Ich gesehen. Meine Wangen glühten vor Scham. Ich trank einen Schluck und versuchte, mich hinter dem Glas zu verstecken.

Mein Vater ließ nicht locker. »Dir ist doch bestimmt klar, dass das hier die perfekte Gelegenheit ist, es mal zu probieren. Du bist in Gesellschaft von Freunden und kannst hier im Waggon bleiben, wenn dir das lieber ist.«

»Ja. Aber ... ich möchte wirklich nicht.«

Er nickte. »Ich werde dich nicht zwingen.« Er wandte sich an Mascha und Elena und sagte aufgekratzt: »Wer will als Erstes?«

Mascha strahlte, sodass sich ihre Augen zu Schlitzen verengten. »Ich! Ich! Ich!«

Mein Vater kniete vor dem Couchtisch und leerte vorsichtig den Inhalt eines Tütchens auf die Platte. Mit seiner Zugangskarte schob er das Kokain zu zwei geraden Linien. Mascha nahm einen Geldschein aus ihrer kleinen Handtasche und rollte ihn zu einem schmalen Röhrchen. Sie kniete sich ebenfalls an den Tisch, raffte ihre üppige Mähne im Nacken zusammen und schnupfte die beiden Linien in einem langen Zug.

»O mein Gott ...« Mascha stand auf, rieb ihre Nase und schniefte, um die letzten Kokainreste einzuatmen.

Elena lehnte sich zögernd an mich.

Können wir da weitermachen, wo wir vorhin aufgehört haben?

Ich legte die Hand auf ihre Hüfte und zog sie an mich. Sie war weich und warm, wir schienen wieder miteinander zu verschmelzen.

Mein Vater sah aus wie ein Betender in einem asiatischen Tempel. Demütig auf den Knien, den Kopf geneigt, vor dem Gott, den er anbetete. Ich sah die große kahle Stelle an seinem Hinterkopf, die normalerweise von den nach hinten gekämmten Haaren verdeckt wurde. Die sicherlich gefärbt waren, oder?

Wie Mascha beugte er sich mit dem gerollten Geldschein über das Kokain und saugte es in ein Nasenloch. Zischend atmete er ein, bewegte den Kopf leicht zur Seite.

Elenas Hand wanderte zu meinem Nacken, sie fühlte sich kühl an auf meiner heißen, feuchten Haut. Sie strich über meine Haare, legte den Kopf an meine Schulter und flüsterte: »Das wird der beste Sex sein, den du je hattest.«

Mein Vater erhob sich lachend. Rieb sich die Nase. »Verdammt, ist das geil!«

Elena flüsterte mir ins Ohr: »Und wahrscheinlich auch der beste Sex, den ich je hatte.«

Mein Vater grinste mir zu. »Du hast deine Meinung nicht geändert?«

Elena sah zu mir auf.

Wenn das Leben einen zum Tanz bittet.

Kapitel 42

Wir sind wieder auf der Tanzfläche.

Und plötzlich sehe ich es ganz klar vor Augen.

Wie unglaublich fantastisch die Welt ist und was für ein unglaublich fantastisches Leben ich habe. Und haben werde, bis in alle Ewigkeit.

Wie soll ich es erklären?

Vielleicht so: Meine Handykamera fokussiert manchmal nicht richtig, zoomt heran und wieder weg, das Bild bleibt verschwommen. Man muss dem Handy dann einen Klaps geben, und plötzlich ist das Bild rasiermesserscharf.

Dieselbe Wirkung haben die Drogen auf mich. Haben mir einen Klaps gegen den Kopf verpasst, und jetzt nehme ich meine Umgebung rasiermesserscharf wahr.

4K, Baby.

Ich fühle mich komplett nüchtern.

Alle Farben, alle Geräusche, alle Gerüche. Alles gleichzeitig. Fucking rasiermesserscharf.

Hunderte Menschen auf der Tanzfläche, ein wogendes Meer, doch ich sehe jeden Einzelnen. Ich sehe euch! Und ihr seid schön! Du bist schön, du bist schön, du bist schön!

Am schönsten ist Elena, die die Arme um meinen Hals gelegt hat und vor mir tanzt.

Und natürlich ist es kein Zufall, dass sich die schönste Frau auf der Tanzfläche an mich presst und jeder meiner Bewegungen folgt. Denn ich bin selbst total heiß und tanze verdammt gut.

Ich bin der König, und sie ist meine Königin, alle anderen hier sind unsere Untertanen, und wir werden sie mit viel Liebe und Güte regieren.

Himmel, ich könnte sie alle vögeln.

Jungs, Mädchen, seid ihr bereit?

Das ist der Wahnsinn.

Die Decke pulsiert golden, orange, rot. Lichtwellen rollen von einem Ende des Raums zum anderen. Das Herz pumpt Blut zwischen meine Beine.

Elena und ich küssen uns, verschlingen uns geradezu, ihre Zunge schmeckt etwas salzig.

Meine Erektion ist steinhart. Ich spüre die bewundernden Blicke derjenigen, die neben uns tanzen. Geil!!! Bewundert zu werden, ist immer geil.

Wir lassen einander nicht los, kleben aneinander wie Saugnäpfe, ich bin ihr Egel, sie ist meiner. Ich packe ihren Hintern, hebe sie hoch, sie ist federleicht, auf einem Arm trage ich sie durch die Menge, schiebe mit dem anderen unsere Untertanen zur Seite, alle gehorchen bereitwillig, beten uns an.

Ich halte meine Zugangskarte an das Lesegerät, Elena sitzt immer noch auf meinem Arm. Die Waggontüren öffnen sich, und ich trage sie hinein, sie knöpft meine Hose auf, und sie rutscht hinunter zu meinen Knöcheln. Ich schwanke, dann setze ich Elena auf einem Polster ab und entledige mich meiner Schuhe, Hose und Unterhose. Falle auf die Knie und ziehe ihr die Jeans und den schwarzen seidigen Stringtanga aus, der an einem Sandalenabsatz hängenbleibt. Egal, ich lasse ihn hängen. Vergrabe mein Gesicht zwischen ihren Beinen.

Elena hat ein Kondom im Mund und stülpt es mir über. Der beste Trick, den ich je gesehen habe.

Mein Vater wedelt mit neuen Tütchen. Wir fallen auf die

Knie, beten denselben Gott an. Mein Glaube ist fest, der Geist ist stark in mir. Amen.

Neue beschlagene Eimer mit Eis und Flaschen. Korken, die gegen den Deckenspiegel prallen.

Zurück auf der Tanzfläche. Wir sind so verdammt cool und sexy. Ich, Elena, Mascha, alle anderen. Die Decke ist hellblau, wie ein Sommerhimmel. Ein schwarzer Schatten breitet seine Flügel aus und gleitet durch den Raum, direkt aus meinen Träumen.

Mein Kopf ist wie vernebelt. Nur ein bisschen, aber ich spüre es. Bestimmt zu viel Champagner. Will zurück zu diesem rasiermesserscharfen 4K-Gefühl, Ultra-HD, und ich weiß, was ich dafür brauche. Ich frage meinen Vater, der lacht und mir die Hand auf die Schulter legt.
»So ist's gut.«

Rücklings auf dem Sofa, nackt. Mascha reitet mich, auch sie ist nackt. Elena ist hinter ihr, streichelt Maschas Brüste, ihren Bauch.
Was für ein geiler Lover ich doch bin.
Wer hätte gedacht, dass das in mir steckt.

Und noch ein Tütchen.

Die ganze Decke brennt, ein Meer aus Feuer, und ich weiß, es ist nur ein Bild, das über Tausende von Dioden läuft, die von einem Computer synchronisiert werden. Mit meiner rasiermesserscharfen Auffassungsgabe glaube ich, sehen und fühlen zu können, wie der Prozess abläuft, alles steht mir glasklar vor Augen. Alles wirkt so echt. Als würde die Decke tatsächlich brennen. Ich muss den Blick abwenden.

Die Müdigkeit zieht auf, wie dunkle Gewitterwolken an einem Strand, auf den noch die Sonne scheint. Langsam und unaufhaltsam. Elena gibt mir eine Flasche Mineralwasser aus dem Kühlschrank, und ich trinke sie in einem Zug aus. Auf dem Tisch steht eine Schale mit gesalzenen Mandeln, von denen ich mir welche in den Mund stopfe.

Ich wache auf, stütze mich auf den Ellbogen. Da drüben, bei den U-Bahn-Sitzen, nimmt mein Vater eine Frau von hinten, die auf allen vieren vor ihm kniet. Die langen Strähnen, die normalerweise seine kahle Stelle am Hinterkopf verbergen, hängen unordentlich herab, seine Hände liegen auf dem Hintern der Frau, doch er steht gebückt da wie ein alter Mann, der sich an der Tischkante festhält, um nicht umzufallen.

Sein Unterleib ist nackt, die Pobacken zwei verschrumpelte Ballons, die eine Woche nach einem Kindergeburtstag noch unter dem Tisch liegen.

Party is over. Aber so was von vorbei, Mann.

Ich lege mich wieder hin und schließe die Augen. Das hätte ich nicht unbedingt sehen müssen. Es hat dem Abend einen Dämpfer verpasst.

Vielleicht beginnt jetzt die Katerstimmung.

So viel Dreck. Ich will nicht daran denken.

Feuer vor der Windschutzscheibe. Menschen stehen um ein Ölfass herum. Keine Leuchtdioden, richtiges Feuer. Mein Vater sitzt neben mir auf dem Rücksitz.

»Du weißt … die Welt besteht aus denselben Elementen wie vor vier Milliarden Jahren. Hier wurden sie neu arrangiert. Warum sollte wichtig sein, ob gewisse Kohlenstoffe mehr ›leiden‹ als andere? Oder? Verstehst du? Isak?«

Nein, ich verstehe überhaupt nichts.

Am Strand bei Ajkeshorn. Die Sonne brennt vom Himmel, der Sand ist glühend heiß. Ich liege auf einem Handtuch. Mascha und Elena sitzen neben mir. Beide tragen Vogelmasken. Ich sehe zu ein paar Surfern am anderen Strandende, sie sind Anfänger und kippen die ganze Zeit von ihren Brettern. Alle tragen Vogelmasken, auch ihr Surflehrer.

Zwei kleine Kinder spielen mit Eimer und Schaufel in der Brandung. Auf dem Kopf Vogelmasken.

Ich auch? Ich befühle mein Gesicht, nein, es ist unbedeckt.

Ich bin der Einzige, der keine Maske trägt.

Mascha ist weggegangen. Elena neben mir nimmt ihre Maske ab, und darunter kommt Madde zum Vorschein.

»Hallo«, sage ich, doch sie scheint mich nicht zu hören, sieht nur nachdenklich aufs Meer.

Angst steigt in mir auf.

Mein Rücken ist kalt. Ich liege auf Moos, die Feuchtigkeit ist durch den Schlafanzug mit den Traktoren gedrungen. Es ist noch nicht Morgen, aber auch nicht mehr Nacht. Zwischen den Fichten wird es allmählich hell.

Ich höre ein seltsames Geräusch. Nein, mehrere, verschiedene. Ein Klicken, Picken. Ein Laut, wie wenn eine Katze sich abrupt schüttelt. Ein Schmatzen.

Benommen setze ich mich halb auf, und etwas flattert hinter mir. Erschrocken drehe ich mich um.

Der Rabe flattert zu einem Felsbrocken, ein paar Meter entfernt. Trippelt auf und ab im Moos. Starrt mich mit schiefgelegtem Kopf an, aufgebracht, weil ich ihn gestört habe. Er hat etwas im Schnabel. Etwas Blutiges, Schleimiges. Dann wirft er den Kopf zurück und verschlingt seine Beute.

Ich stehe unter einer der Trauerweiden im Herrmanns-Park und muss mich übergeben. So schlecht habe ich mich noch nie in meinem Leben gefühlt. Es ist Silvester, die ganze Welt dreht sich, immer schneller, ich will aus diesem Scheißkarussell aussteigen. Ich höre Böller und Raketen, der Park ist voller Jugendlicher, aber meine Freunde habe ich aus den Augen verloren.

Meine Füße sind eiskalt. Meine neuen Converse, die perfekt zu den schwarzen Jeans passen, sind klatschnass, und die Socken natürlich auch. Der Boden ist drei Zentimeter hoch mit Schneematsch bedeckt. Den ganzen Abend hat es immer wieder Schneeregen gegeben. Bei null Grad.

Ich bin siebzehn Jahre alt, und mir ist so schlecht, dass ich einfach nur sterben möchte.

Großvater hat gesagt, ich solle die Stiefel anziehen und die Converse mitnehmen, um sie dann bei der Party anzuziehen. Äh, nein. Ganz bestimmt nicht.

Als ich fertig gekotzt habe, rufe ich ihn an. Er hat gesagt, ich kann ihn anrufen, egal weswegen. Und er hat versprochen, nicht böse zu werden.

Er meldet sich sofort. »Hallo. Wie geht's dir?«

»Schlecht«, sage ich jämmerlich. »Richtig schlecht.«

»Ja, das hört man … Wo bist du? Soll ich dich abholen?«

»Ja … Ich bin im Herrmanns-Park.«

»Bin gleich da. Kannst du zur Dressmann-Ecke gehen?«

»Okay. Bringst du ein Handtuch mit?«

»Ein Handtuch?«

»Ich bin so nass … Ich will nicht, dass der … Autositz nass wird.«

»Junge, mach dir keine Gedanken. Ich bin gleich da.«

Da klopft es.

Kapitel 43

Beim Aufwachen wusste ich nicht, wo ich war. Es war dunkel, die Vorhänge, die vom Boden bis zur Decke reichten, waren vorgezogen. Ein breites Bett mit großen Kissen und kühlen Laken. Sessel, ein Tisch.

Ein Hotelzimmer, eindeutig. Doch was für ein Hotelzimmer? Und wo?

Es klopfte. Genau, da drüben war die Tür.

Riga. Ich war in Riga.

Ich konnte mich nicht erinnern, wie ich hierhergekommen war. Die Uhr am Flachbildfernseher an der Wand zeigte 10.24 Uhr an.

»Isak?«, erklang die Stimme meines Vaters vor der Tür. Er klopfte wieder. »Bist du wach?«

»Komme.«

Ich schlug die Decke zur Seite und setzte mich auf. Meine nackten Füße versanken im Teppich, als ich zur Tür ging und öffnete. Mein Vater und ein Hotelangestellter standen davor. Ich blinzelte in den hell erleuchteten Korridor.

»Guten Morgen«, begrüßte mich mein Vater fröhlich.

»Guten Morgen, Sir«, sagte der Mann vom Zimmerservice auf Englisch. »Möchten Sie Frühstück?«

Jetzt sah ich den Rollwagen mit Kaffee, Orangensaft, Brot, Käse, Wurst, Obstsalat und ein paar abgedeckten Stahlbehältern. Es roch nach gebratenem Speck.

»Äh … gern.« Ich rieb mir die Augen und trat zur Seite, damit der Angestellte den Wagen hereinrollen konnte. Mein Vater ging zum Fenster und zog die Vorhänge auf. In meinem Kopf wurde es innerhalb von zwei Sekunden Tag. Die Sonne schien auf die weiße Fassade des Gebäudes auf der anderen Straßenseite, und es war so hell, dass ich den Blick abwenden musste.

Der Angestellte platzierte den Rollwagen bei der Sitzgruppe und verbeugte sich leicht.

»Guten Appetit, Sir«, sagte er und verließ den Raum.

Mein Vater lächelte mich an. »Tut mir leid, dass ich dich geweckt habe, aber das Flugzeug wartet auf uns. Ich dachte, du willst bestimmt so bald wie möglich aufbrechen.«

»Mhm«, antwortete ich.

Mein Vater sah frisch und ausgeruht aus. Die Haare waren ordentlich zurückgekämmt, seine Haltung war athletisch. Er roch nach Duschgel und Rasierwasser.

»Wie geht es dir?«, fragte er.

Mein Vater zusammengesunken auf einem mit schwarzem Samt überzogenen U-Bahn-Sitz. Die Augen halb geschlossen, ein Speichelfaden im Mundwinkel. In der Armbeuge eine Spritze.

Hatte ich das wirklich gesehen?

»Wie es mir geht?«

»Ja. Hast du einen Kater?«

Ich horchte in mich hinein. Etwas müde war ich, ich hätte noch länger schlafen können. Aber einen Kater hatte ich eigentlich nicht. Keine Kopfschmerzen.

»Nein. Es geht mir ganz gut.«

»Haha, du klingst ja fast erstaunt. Aber das ist einer der vielen Vorteile von Koks.«

Ich stand immer noch in der Unterhose da und sah mich suchend nach meinem Polohemd um. Auf dem Schreibtisch entdeckte ich einen Stapel mit einem ordentlich gefalteten weißen T-Shirt, einer Unterhose und Socken. Die Kleider, die mein Vater am Tag zuvor an der Rezeption bestellt hatte.

»Gestern war der Hammer, vielen Dank«, sagte mein Vater. »Wie gesagt, ein spezieller Abend für mich. Es freut mich sehr, dass wir ihn gemeinsam verbringen konnten.«

Ich nickte, erwiderte aber nichts. Zog mir das frische T-Shirt über und setzte mich in einen Sessel. Schenkte mir Kaffee ein, sah in einen der Stahlbehälter, und richtig, gebratener Speck und Rührei wurden darin serviert. Ich begann gierig zu essen und merkte erst jetzt, wie hungrig ich war.

»Ich schätze ... dass du Madde vielleicht nicht so viel von gestern Abend erzählen möchtest«, sagte mein Vater.

Die Drogen. Ich, Elena und Mascha nackt auf dem Sofa. Plötzlich glaubte ich, nach Schweiß und Sex zu stinken, wie das ganze Zimmer. Scham überwältigte mich, und ich hatte das Gefühl, gleich ohnmächtig zu werden. Ich legte die Gabel auf den Teller und stöhnte leise.

Madde.

»Isak«, sagte mein Vater eindringlich, »du musst dich für nichts schämen. Gestern hast du das Leben gefeiert. Darauf kannst du stolz sein.«

Ich seufzte und rieb mir das Gesicht.

»Was du gestern getan hast, hat niemandem geschadet«, fuhr er fort und lächelte. »Im Gegenteil, du hast Elena und Mascha sehr glücklich gemacht. Erst wenn du Madde davon erzählst, verletzt du jemanden. Dafür müsstest du dich dann schämen.«

Er verstummte. Wollte sicher, dass ich etwas erwiderte. Ihm zustimmte oder widersprach. Doch mein Kopf war leer.

»Ich lasse dich mal in Ruhe frühstücken«, sagte er schließlich. »Wir treffen uns in der Lobby?«

»Ja«, antwortete ich.

Mein Vater verschwand durch die Tür, die langsam hinter ihm mit einem diskreten Klicken ins Schloss fiel.

Ich war allein mit meinen Gedanken.

Seltsam, dass ich als Letztes von Großvater und dem Silvesterabend geträumt hatte, an dem ich zum ersten Mal Alkohol getrunken hatte. Die Erinnerungen waren zurückgekommen, als ich zwischen Wachsein und Schlafen geschwebt hatte. Unglaublich lebendig.

Angst. Aber nicht wegen einzelner, konkreter Dinge, die ich am Abend zuvor getan hatte, wie sonst immer, wenn ich viel getrunken hatte. Das hier war viel mächtiger. Ein Gefühl, als würde der Boden unter mir aufreißen und ich in ein großes dunkles Loch gezogen werden.

Ich lehnte mich zurück, konnte nichts mehr essen.

Ekelte mich vor mir selbst.

Schwankend und holpernd hob das Flugzeug ab. Der Wind zerrte an der kleinen Maschine. So exklusiv ein Privatflieger auch war, man spürte jede Turbulenz. Auf dem Rückflug waren wir allein, nur mein Vater, der Pilot und ich, keine Flugbegleiterin, die uns Getränke servierte.

Ich sah aus dem Fenster auf das sonnenbeschienene Riga. Irgendwo da unten waren Elena und Mascha. Ich dachte an Elenas Blick in der Hotelbar, voll dunklem Begehren.

Finger weg. Er gehört mir.

Wir würden uns sehr wahrscheinlich nie wiedersehen.

Und ich dachte an das Daugava, an die Decke mit den vielen Farben, den Luxus in unserem Waggon, an den Champagner, das Koks, das Gefühl messerscharfer Freude und besinnungsloser Geilheit, das Gefühl, die Welt sein Eigen zu nennen.

Bereute ich wirklich, nicht einfach nur meinen Burger im Hotel gegessen zu haben und ins Bett gegangen zu sein?

Ja. Wenn ich an Madde und Großvater dachte, bereute ich es.

»Du wirkst so nachdenklich«, rief mein Vater, um das Dröhnen der Motoren zu übertönen.

»Ja. Ich habe die ganze Zeit das Gefühl, als würdest du mich manipulieren. Mich dazu bringen, Sachen zu tun, die ich eigentlich nicht tun will«, rief ich zurück. Ich war zu müde, um mir nicht in die Karten schauen zu lassen.

Mein Vater sah mich an, sein Blick war voller Liebe und Wärme. »Es tut mir leid, dass du so denkst«, sagte er, »aber es ist genau umgekehrt. Ich will, dass du Dinge tust, die du eigentlich tun willst. Wenn du an gestern denkst, bereust du sicher alles ganz furchtbar, aber gleichzeitig würdest du es heute Abend sofort wieder tun, wenn es möglich wäre.«

Er wartete auf meine Reaktion, doch ich schwieg. Also fuhr er fort.

»Ich weiß, dass Anders dir sehr viel bedeutet. Und das verstehe ich. Aber … wenn du etwas bereust, dann siehst du dich durch seine Augen. Wenn du das alles heute Abend noch einmal tun möchtest, dann siehst du dich durch deine Augen, hörst auf dich selbst.«

Mein Vater lehnte sich zurück.

Ich sah aus dem Fenster, dachte über alles nach. Wir waren jetzt über der Ostsee.

Das mit Großvater stimmte nicht. Ich bereute es wirklich und konnte nicht fassen, dass ich für eine durchfeierte Nacht alles aufs Spiel gesetzt hatte, was Madde und ich zusammen hatten, das Beste, was mir je passiert war. Was hatte ich mir dabei nur gedacht?

Trotzdem. Ich spürte immer noch, wie der Bass in meinem Körper vibrierte, wie ich eins war mit der Musik. Elena, die einen Schweißtropfen an meiner Brust auffing.

Weit unter uns lag das dunkelblaue Meer wie ein zerknittertes Laken. Ein winziges Segelboot kreuzte darüber, in der Ferne sah ich ein Containerschiff mit rotgrauem Rumpf.

Mein Vater sprach weiter. »Du kennst doch das Märchen von

Rapunzel, oder? Die von einer alten Hexe in einem Turm eingesperrt worden war.«

»Mhm.«

»Heute haben wir das Märchen auf den Kopf gestellt. Rapunzel will im Turm bleiben, denn da ist es sicher. Die Hexe ist gut
und schützt Rapunzel vor den Gefahren dieser Welt. Der Prinz,
der Rapunzel aus der Gefangenschaft retten will, ist böse. Er ist
der Verführer, er ist der Teufel.«

Ich versuchte, neutral auszusehen. Mein Vater holte tief Luft.

»Ich bin der Prinz, der dich aus dem Turm retten will. Dich
befreien will. Damit du das Leben voll auskosten kannst. Ich will
dir die Welt öffnen, Isak.«

»Aha.«

»Du bist ja nicht mein gesetzlicher Erbe. Das weißt du.«

»Ja.«

»Weil Anders dich adoptiert hat.«

»Ja.«

»Aber ich will dir mein Vermögen in meinem Testament hinterlassen. Das sind gut hundert Millionen.«

Hatte ich richtig gehört? Meine Gedanken rasten.

»Wenn du noch ein paar Tage bleibst, haben wir noch etwas
Zeit miteinander. Bist du einverstanden?«

Hundert Millionen.

»Sagen wir, drei Tage«, fuhr mein Vater fort. »Dann verdienst
du dreißig Millionen am Tag. Das ist doch eine anständige
Summe, oder?«

Ich schlug die Hände vors Gesicht. Schüttelte langsam den
Kopf.

»Oder? Was verdienst du beim Pflegedienst, mit Zuschlä-
gen?«

Das war einfach zu verrückt. Ich lachte hinter meinen Händen, wahrscheinlich vor lauter Schock. Freude empfand ich

jedenfalls nicht. Eigentlich war mir mehr nach Weinen zumute. Doch ich lachte immer weiter.

»Ich meine es ernst«, sagte mein Vater.

»Tut mir leid«, antwortete ich und holte tief Luft. »Tut mir leid. Das ist nur … ein bisschen viel.«

»Du bleibst also noch ein paar Tage?«

Sollte ich zuerst Madde fragen?

»Ja«, sagte ich. »Ich bleibe noch.«

Sie würde es verstehen.

Hundert Millionen.

Viel mehr sprachen wir nicht während des kurzen Fluges. Mein Vater fragte, ob ich auch mal hinters Steuer wollte. Er selbst hätte es mal versucht, und es sei ein großartiges Gefühl gewesen. Ich lehnte ab, erst einmal reichte es mir mit großartigen Gefühlen. Ich wollte einfach nur hier sitzen, mich an den Armlehnen festhalten und hoffen, dass der Schwindel sich legte. Wie wenn man an einem Hochhaus hinaufblickt.

Doch als ich die Augen schloss, sah ich mich im Cockpit des Flugzeugs, die Hände fest am Steuer. Ich zog es zu mir, und das Flugzeug flog nach oben, geradewegs in die Sonne, versuchte der Sonneneruption auszuweichen, gigantische Mengen brennendes Helium Hunderte Kilometer oben im All, wir sahen nur noch kochendes Gelb und Orange, und dann stürzten wir in ein Flammenmeer, das uns augenblicklich verschlang.

Kapitel 44

Das Taxi setzte uns vor Ajkeshorn ab. Meine gebrauchte Kleidung von gestern trug ich in einer Tüte aus dem Hotel mit mir. Auf dem Weg zur Haustür streckte mein Vater die Hand aus. »Gib mir das«, sagte er. »Barbro soll die Sachen waschen.« Rochen sie nach einem fremden Frauenparfüm? War das der Grund? Mir war gar nicht in den Sinn gekommen, dass das ein Problem sein könnte. Mein Vater dachte wirklich an alles. Ich gab ihm die Tüte.

Wir gingen in die Küche, wo Barbro das Mittagessen vorbereitete. Mein Vater hatte sie vom Flugplatz aus angerufen und unsere Ankunft angekündigt.

»Hallo, Barbro«, sagte er und legte ihr sanft die Hand auf den Rücken. Sie rührte weiter ein Dressing an. Riss wie immer kurz den Kopf zur Seite.

Wir gingen auf die Terrasse, auf der im Schatten mehrerer Sonnenschirme ein Tisch gedeckt war. Madde saß auf einem Stuhl und schaute zum Meer. Sie trug ihre Sonnenbrille. Als sie unsere Schritte hörte, drehte sie sich um.

»Hallo, Schatz«, sagte ich und lächelte.

Madde. Es fühlte sich an wie heimkommen. Erst jetzt wurde mir klar, wie sehr ich sie vermisst hatte.

»Hallo«, antwortete sie neutral und lächelte wenig begeistert.

»Tut mir leid, dass wir jetzt erst kommen«, sagte ich und beugte mich zu ihr hinunter, um sie zu küssen.

Sie erwiderte den Kuss. »Schon gut«, meinte sie. »Ich habe euch ja gesagt, ihr sollt in Riga bleiben.«

Doch sie nahm die Sonnenbrille nicht ab. Ich setzte mich neben sie, mein Vater uns gegenüber und schenkte uns allen Mineralwasser aus einer Flasche auf dem Tisch ein.

»Was habt ihr dann gestern Abend gemacht? Hattet ihr Spaß?«, fragte Madde.

Mein Vater und ich sahen uns an. Ich wünschte, ich hätte auch meine Sonnenbrille auf.

»Ach, wir haben uns ein Hotel gesucht und dann nur noch an der Bar etwas gegessen.«

»Mhm.« Madde sah mich an.

Ich biss mir auf die Lippe. »Genau.«

Ich wollte schon sagen, dass wir müde gewesen und danach ins Bett gegangen wären, doch mein Vater kam mir zuvor.

»Dann kamen noch ein paar Freunde vorbei und wollten in einen Club, und da sind wir mitgegangen.«

»Aha.«

»Ein richtig cooler Club, in dem war ich schon mal, in einer alten U-Bahn-Station. Beziehungsweise war sie nie in Betrieb. Da unten geht es richtig ab.«

Ich spürte, wie mir kalter Schweiß ausbrach. Was machte mein Vater da? Wollte er etwa alles erzählen?

»Wir haben ganz schön viel Champagner getrunken«, meinte mein Vater schief lächelnd.

»Was waren das für Freunde?«, fragte Madde ein wenig zu unbeteiligt.

»Ein lettischer Künstler, Andrejs«, antwortete mein Vater. »Und sein Partner. Die wissen, wie man feiert. Mit Koks und allem. Aber wir sind beim Champagner geblieben.«

Barbro kam aus der Küche und stellte eine große Schale mit Caesar Salat und einen Korb mit Sauerteigbrotscheiben auf den Tisch.

Ich nahm mir vom Salat und entspannte mich. Wie gut mein

Vater lügen konnte. Ich selbst hatte so weit wie möglich von der Wahrheit entfernt bleiben wollen. Doch er wusste, dass die glaubhafteste Lüge die war, die der Wahrheit am nächsten kam. Und wie er sie vorgebracht hatte. Hundert Prozent glaubwürdig. Mein Vater schluckte einen Bissen herunter, dann sagte er: »Isak hat beschlossen, noch ein paar Tage hierzubleiben.« Er spießte ein Stück Huhn auf und schob es sich in den Mund.

»Wenn es dir recht ist«, fügte ich rasch mit einem Blick zu Madde hinzu. Ich ärgerte mich ein wenig über ihn. Warum hatte er mich das nicht selbst mit meiner Freundin klären lassen?

Sie aß schweigend von ihrem Salat, trank etwas Wasser.

»Ich weiß, ich hätte dich erst anrufen sollen. Tut mir leid«, fuhr ich fort.

»Nein, nein, schon gut.«

»Aber wir ... Er hat den Vorschlag erst auf dem Rückflug gemacht.«

»Es ist okay.« Madde klang abweisend und sah mich nicht an. Der Salat war offenbar interessanter als ich.

Sie war sauer, ganz klar. Wahrscheinlich, weil ich es nicht mit ihr abgesprochen hatte. Und ich verstand sie. Wir waren später von Riga zurückgekommen als vereinbart, und jetzt wollte ich plötzlich noch ein paar Tage bleiben. Zu viele spontane Plan-änderungen.

Mein Vater legte sein Besteck auf den Teller und wischte sich den Mund mit einer Leinenserviette ab. Er sah mich an. »Am Nachmittag könnten wir den Stier bei den Hörnern packen.«

Ich ahnte, was er vorhatte, und mir war nicht wohl dabei.

Ein paar Stunden später gingen wir den Weg Richtung Baum-haus entlang. Die Sonne stand immer noch hoch am Himmel, kein Lüftchen regte sich. Die knorrigen Kiefern verströmten einen Geruch nach warmer Rinde. Grashüpfer sprangen davon, als wir uns näherten. Gelegentlich erhaschten wir zwischen den Bäumen einen Blick aufs Meer, das jedoch kaum zu hören war.

Wir kamen an der Abzweigung vorbei, die zum Baumhaus führte, und jetzt sah ich das Atelier zwischen den Bäumen. Ein relativ kleines, langgezogenes Gebäude, weiß gestrichen wie das Wohnhaus. Die Wand zum Strand hin bestand aus Glas, und ins Dach waren große Fenster eingelassen.

Mein Vater hob einen großen Blumentopf mit einem kleinen Olivenbaum an und holte einen Schlüssel darunter hervor. Dann schloss er die einfache Tür in der Mitte der Längsseite auf, und wir traten ein.

»Verdammt, ist das heiß«, sagte er. »Ich mache mal ein paar Fenster auf.«

Der Raum war wirklich wie eine Sauna. Er war sieben oder acht Meter lang und vielleicht vier Meter breit. In der Glaswand zum Meer hin waren in der oberen Hälfte zwei schmale horizontale Fenster eingelassen, die mein Vater jetzt kippte. Die Eingangstür ließen wir offen.

Helles Tageslicht durchströmte das Atelier. An den Wänden standen Bänke und Regale mit Farbdosen, Pinseln und Werkzeugen. Der Boden war mit Karton voller Farbflecken ausgelegt. Überall herrschte Unordnung. Auf einem Schreibtisch stand eine Thermoskanne aus Stahl, die auch voller Farbspritzer war. Es roch nach Farbe und Lösungsmittel und nach etwas anderem, das ich gerade nicht benennen konnte.

Mein Vater lächelte und sog die Luft durch die Nase ein.

»Riechst du das? Kohle. Holzkohle. Ich liebe diesen Geruch.«

Stimmt. Es roch nach Holzkohle.

An der zum Land ausgerichteten Schmalseite lehnte eine mehrere Meter hohe und breite und mit ein paar alten Laken abgedeckte Leinwand an der Mauer. Zumindest ging ich davon aus, dass es sich um ein Gemälde handelte.

Etwas Dunkles regte sich in mir bei dem Anblick. Etwas, das nicht an die Oberfläche kommen wollte.

»Das ist mein Spielzimmer«, sagte mein Vater. »Nicht einmal meine Assistenten dürfen sich hier aufhalten. Wenn wir größere Dinge erledigen müssen, benutzen wir den Ausstellungsraum, in dem ihr schlaft.«

Er erklärte, dass sein großes Studio in London immer voller Leben und Menschen war. Neben der zu planenden und zu realisierenden Kunst musste auch viel Verwaltungsarbeit erledigt werden. Kundenbesuche, Budgetmeetings, Mitarbeiterbesprechungen, E-Mails.

»Mit der Zeit habe ich das Atelier dann mit den ganzen Aufgaben verbunden, die dazugehören, wenn man ein weltweit aktiver Künstler ist. Ich meine, es ist großartig, begabte junge Menschen zu fördern, es ist kreativ, aber ... ich sehnte mich auch nach dem Gefühl, wie früher als Kind allein in meinem Zimmer zu basteln und alles um mich herum zu vergessen.«

Er ging zu dem Schreibtisch und nahm ein Modellbauauto aus Kunststoff in die Hand, einen alten Porsche aus den Siebzigern. Er war weiß, und am unteren Rand der Türen stand in Rot »Carrera«. Das Modell war nicht besonders sauber zusammengesetzt, getrockneter Leim klebte hier und da an den Kanten, und die Scheinwerfer saßen etwas schief.

»Das hier habe ich gebaut, als ich sieben war, glaube ich. Ich muss es nur anschauen, und es ... versetzt mich in eine besondere Stimmung. Verstehst du, was ich meine?«

Ich nickte. Ja, ich verstand ihn. Als ich klein war, hatte ich einen blau-schwarzen Plastikball, den ich über alles liebte. Seitdem gefällt mir die Farbkombination Blau-Schwarz. Es gibt zum Beispiel keine schöneren Fußballtrikots als die von Inter. Wenn ich nur die blau-schwarzen Streifen sehe, wird mir schon ganz warm ums Herz.

Auf dem Tisch stand eine kleine Statue. Sie schien aus Stein oder Ton zu sein und sah aus wie die großen Figuren im Ausstellungsraum. Sie war etwa zehn Zentimeter hoch, mit dreieckigem Kopf und Schlitzaugen. Die Hände hatte sie in die Hüften gestemmt, wie eine strenge Mutter, die spätabends ins Zimmer der Kinder kommt und schimpft, dass sie noch wach sind. Auf Bauch und Brust waren fremdartige Symbole zu sehen.

Ich erkannte sie. Mein Vater trug sie als Tätowierung auf dem Unterarm.

Außerdem hatte ich sie schon mal gesehen.

»Ich hätte nie gedacht, dass ich hier arbeiten würde«, fuhr mein Vater fort. »Es sollte nur der Entspannung dienen. Doch dann kamen mir immer mehr Ideen.«

Wir schwiegen. Ich konnte den Blick nicht von der Statue abwenden. Mein Vater bemerkte es und nahm sie in die Hand.

»Erkennst du sie wieder? Ich hatte sie schon in meinem alten Atelier in Stockholm. Als du noch klein warst.«

Ich nickte.

»Das ist die erste Götterfigur, die ich mir gekauft habe. Sie ist ungefähr sechstausend Jahre alt. Ist das nicht unglaublich?«

»Mhm.«

»Die Archäologen glauben, dass sie einen Feuergott darstellt. Diese Symbole hier auf der Vorderseite … Man glaubt, dass sie ›IchdasFeuer groß groß groß‹ bedeuten. In unsere heutige Sprache übersetzt heißt das ungefähr ›mein Feuer ist das größte‹. Das hat mir so gut gefallen, dass ich es mir habe tätowieren lassen.«

Er streckte mir seinen rechten Unterarm hin.

Mein Feuer ist das größte. Ich verstand nicht, was daran so toll sein sollte. Die Hitze im Atelier war fast unerträglich. Durch die geöffneten Fenster drang auch nur warme Luft herein, es ging kein Wind. Mein Vater stellte die Figur wieder auf den Tisch.

»Aber eigentlich wollte ich dir das zeigen.« Er nickte zu der großen verdeckten Leinwand und drückte auf einen Schalter neben der Tür. Spots an der Decke leuchteten auf und tauchten das dunklere Ende des Raums in Licht.

»Das ist das erste Bild, das ich von dem Brand gemalt habe. Ich habe es nie verkauft.«

Ich hatte es geahnt. Irgendwie hatte ich es gespürt. Mein Magen verkrampfte sich.

»Du entscheidest selbst, ob du es sehen willst. Wir können es auch sein lassen.«

Einmal hatte ich als Teenager im Internet ein Foto seiner Gemälde von dem Brand gesehen, und da war ich fast ohnmächtig geworden.

Wie wäre es dann erst, dieses Bild in Lebensgröße vor mir zu sehen?

Ich wollte meinem Vater nicht zeigen, wie aufgewühlt ich war. Versuchte, ruhig zu atmen. Wagte nicht, ihn anzusehen, starrte auf das abgedeckte Bild, oder besser gesagt, den Boden davor.

»Warum willst du es mir zeigen?«, fragte ich schließlich.

»Weil es zwischen uns steht. Ich kann mir vorstellen, was du über die Bilder denkst. Aber ich will es von dir selbst hören. Und dann will ich dir erzählen, wie ich dazu stehe.«

Wir schwiegen lange. Ich versuchte, durch die Nase zu atmen, nicht durch den Mund, denn sonst würde der Gefühlssturm in mir losbrechen. Doch es fiel mir immer schwerer, weshalb ich schließlich doch den Mund öffnete.

»Aber du musst dir das Bild nicht ansehen«, sagte mein Vater irgendwann. »Wir können auch so darüber reden.«

Ich konnte nicht länger still stehen. Mein Magen zog sich zusammen, wie wenn man sich gleich übergeben muss. Es graut einem davor, aber man will es auch hinter sich bringen. Verdammt, mich so damit zu überfallen, war wirklich nicht fair.

»Isak …«

»Du hast mich verlassen.«

Plötzlich brach es aus mir heraus. Natürlich gäbe es auch viel über seine Bilder zu sagen, doch darum ging es doch.

Er hatte mich verlassen.

Schlicht und ergreifend.

»Ja, das habe ich.«

»Ich war sechs Jahre alt, ich hatte meine Mutter verloren und meine kleine Schwester. Ich hatte nur noch dich.«

»Ich hatte einen Zusamm...«

»Aber du hast mich nie besucht.«

»Das tut mir leid. Aber ich war nicht stark genug. Ich hätte mich nicht um dich kümmern können.«

»Jeden Tag habe ich Großvater gefragt, wann du zurückkommst. Jeden Morgen, jeden Abend. ›Wann kommt Papa?‹ Und er hat immer gesagt, du wärst krank. Aber weißt du, was ich gedacht habe?«

Aufgebracht sah ich meinen Vater an. Es war mir egal, dass er mir meine Verletztheit anmerkte. Das war sogar gut, denn er sollte verstehen, wie ich damals gelitten hatte. Er erwiderte meinen Blick, die Kiefer angespannt.

»Ich dachte, du wärst böse auf mich. Und dass du deshalb nicht zurückkommst. Weil ich Mama und Klara nicht retten konnte. Das dachte ich. Dass es meine Schuld war, dass sie gestorben waren. Und dass du so böse warst und mich deshalb nicht mal sehen wolltest.«

»Aber so war es nicht, natürlich nicht.«

»Und du konntest mich nicht mal anrufen?«

»Isak, ich ...«

»Wenn du einfach nur angerufen und gesagt hättest: ›Es ist nicht deine Schuld, ich bin nicht böse auf dich, mir geht es nur gerade so schlecht, dass ich mich nicht um dich kümmern kann.‹ Aber nicht mal das hast du geschafft.«

»Hör zu …«

»Ich war ein Kind! Und du ERWACHSEN, verdammt noch mal! Da kann man sich doch wohl ein bisschen zusammenreißen!«

»Aber das habe ich doch getan. Ich habe angerufen. Oft. Anders hat mich nie mit dir sprechen lassen.«

Ich sah ihn nur schweigend an.

Er erwiderte meinen Blick.

»Es stimmt«, sagte er. »Das schwöre ich. Du kannst Anders fragen.«

Sagte er tatsächlich die Wahrheit?

Ich hätte so gern geglaubt, dass er log. So unheimlich gern.

Jetzt hatte er mich aus dem Konzept gebracht. Ich wandte den Blick ab, rieb mir das Gesicht.

»Verdammt«, murmelte ich.

»Ich war damals sehr wütend auf Anders«, fuhr mein Vater fort. »Aber jetzt in der Rückschau kann ich ihn auch verstehen. Er wusste, dass ich mich nicht um dich kümmern konnte. Da war es vielleicht das Beste, den Kontakt ganz abzubrechen. Damit du weiterleben konntest.«

Ich starrte zu Boden. Die Wut auf meinen Vater hatte sich gelegt, in mir war nur noch Leere. Ein ausgeräumtes Lager.

»Anders und ich können nicht miteinander«, sagte mein Vater. »Und das wusste ich schon bei unserem ersten Treffen. Er mag mich nicht. Und ich finde, er hindert dich daran, dein Leben voll auszukosten. Das meiste aus deiner kurzen Zeit auf Erden herauszuholen. Aber … ich weiß auch, dass er dachte, es sei das Beste für dich.«

Das Beste für mich, dachte ich. Wie konnte es das Beste für mich sein, nicht mit meinem Vater reden zu dürfen?

Unbewusst war mein Blick an dem verdeckten Gemälde hängen geblieben. Mein Vater sah ebenfalls in die Richtung.

»Möchtest du es sehen?«

Jetzt haltet ihr mich sicher für einen Schwächling. Aber ich war wirklich erschüttert, die Reise in die Vergangenheit hatte mich wieder den Schmerz und die Verzweiflung meiner Kindheit spüren lassen, sie hatte die Wut auf meinen Vater zum Leben erweckt, alle Gefühle, die ich in mir vergraben hatte. Und dann erfuhr ich auch noch, dass Großvater verhindert hatte, dass ich mit meinem Vater reden konnte. Falls es wirklich stimmte, traf mich das am meisten.

So viele Jahre hatte ich Angst vor den Bildern meines Vaters gehabt, vor den Flammen aus Ölfarbe. In meinem Kopf hatten sie fast schon magische Kräfte angenommen.

Also nein, ich fühlte mich nicht stark genug, mir das Bild anzusehen.

Ich schüttelte nur den Kopf und ging aus dem Atelier.

Die Baumwipfel rauschten leise, oder vielleicht war das Geräusch auch in meinen Ohren. Vom Strand hallte Kinderlachen herauf.

Mein Vater schaltete das Licht aus und schloss hinter sich ab. Wir machten uns auf den Weg zurück zum Haus.

»Du und Madeleine wollt sicher eine Weile für euch sein«, sagte er. »Treffen wir uns doch um sechs auf der Terrasse.«

Ich nickte stumm.

Das Bild an der Wand, unter den Bettlaken.

Es rührte etwas in mir auf, doch ich konnte es nicht greifen.

Kapitel 45

Ich liege auf dem Bett und träume mich fort.

Mittlerweile darf ich Besuch bekommen, und Per sagt, dass mich jemand sehen will. Jemand, der sich seit vielen Jahren nach mir sehnt. Ich habe keine Ahnung, wer das sein könnte, hoffe aber natürlich tief im Inneren. Als ich in den Besuchsraum komme, sitzt sie an einem Tisch, unsere Blicke treffen sich, und sie steht auf, während ihr die Tränen über die Wangen laufen. Sie sieht älter aus, aber nicht viel, und wir fallen einander in die Arme.

»Isak ... Mein lieber Isak ... Wie sehr hast du mir gefehlt. Aber jetzt ist alles gut. Alles ist wieder gut.«

Ich frage mich, ob die Chance, meine Mutter wiederzusehen, in diesem Leben oder im nächsten größer ist.

Wahrscheinlich ungefähr fifty-fifty.

Kapitel 46

Ich fand Madde unten am Strand. Sie lag in Ufernähe auf ihrem Handtuch, außer Reichweite der Wellen, aber nahe am kühlen Wasser. Bis auf eine Familie etwa fünfzig Meter entfernt war der Strand leer. Wahrscheinlich hatte ich eines der Kinder zuvor lachen hören.

Madde lag im Bikini auf dem Rücken, ein Arm über dem Kopf, ein Bein angezogen. Sonnenbrille auf der Nase.

»Hallo«, sagte ich und legte mein Handtuch neben ihres. Sie holte tief Luft und drehte sich träge zu mir. Vielleicht hatte sie geschlafen. Sie lächelte, ohne die Sonnenbrille abzunehmen.

»Hallo.«

»Hast du geschlafen?«

»Ein bisschen gedöst vielleicht.«

Ich sah zum Meer, das bis auf ein paar Kräuselwellen ruhig da lag.

»Ich muss erst mal ins Wasser, glaube ich. Kommst du mit?«

Madde stützte sich auf einen Ellbogen. »Vielleicht.«

Ich sah zu der Familie. Musste ich mich hinter meinem Handtuch verrenken, um mich umzuziehen? Nein. Niemanden würde es kümmern. Rasch streifte ich mein weißes T-Shirt ab und schlüpfte aus Hose und Unterhose. Ich wandte der Familie den Rücken zu, während ich nach meiner Badehose griff.

Madde sah mich hinter ihrer Sonnenbrille an. »Ich wusste gar nicht, dass das hier ein FKK-Strand ist.«

»Na ja.« Ich nickte zu der Familie. »Der da drüben rennt nackt herum, dann darf ich das wohl auch.«

»Er ist drei, Isak.«

»Na und?« Ich stieg in meine Badehose.

»Ich werde mich nie daran gewöhnen, wie sexy dein Körper ist.«

»Haha, hör auf.«

»Doch, im Ernst. Ein richtiger Michelangelo-Körper.«

»Jetzt komm.«

Ich zog Madde hoch, und wir gingen zusammen ins Wasser. Es war ein klein wenig wärmer als am ersten Tag, aber immer noch ein Schock. Nachdem wir ein paarmal untergetaucht waren, wurde es angenehmer. Wir umarmten uns, und ich entschuldigte mich, dass ich nicht zuerst mit ihr gesprochen hatte. Madde sagte, sie hätte Verständnis dafür, es sei in Ordnung und für sie sei am wichtigsten, dass wir zusammen waren, und dafür sei Ajkeshorn doch ein guter Ort … Aus der Umarmung wurde ein Kuss.

Hatte ich ein Kondom benutzt? Jedes Mal? Die ganze Nacht über?

Ich versteifte mich vor Scham, wurde unkonzentriert.

Zumindest erinnerte ich mich an nichts anderes. Andererseits konnte ich nicht genau sagen, was noch alles in der Nacht passiert war. Wusste zum Beispiel nicht, wie ich ins Hotel gekommen war.

Sicher konnte ich mir also nicht sein.

»Hey, was ist denn los?« Madde bemerkte meine Geistesabwesenheit.

»Nichts«, sagte ich. »Ich liebe dich so sehr.«

Ich redete mir ein, dass Elena und Mascha weniger high, dafür aber gewissenhafter gewesen waren als ich, und bestimmt waren sie auch gesund.

Wenn das Leben einen zum Tanz bittet. Dann tanzt man. Doch ich hatte immer noch ein schlechtes Gewissen.

Wie eine neugierige Nachbarskatze hatten sich die Lügen eingeschlichen. Ich hätte sie aus dem Haus jagen können, doch stattdessen nahm ich sie auf den Schoß. Sie schnurrte und rieb ihren Kopf an meiner Wange.

Später ließen wir uns auf unseren Handtüchern von der Sonne trocknen, und ich hielt Maddes Hand. Der schönste Augenblick ist der, wenn die Haut noch kühl vom Meer ist und die warme Sonne darauf scheint. Wenn man vom Kalten ins Warme kommt.

»Er sagt, dass er mir sein ganzes Vermögen vermachen will.«

Madde hob den Kopf und sah zu mir. »Was?«

»Hundert Millionen. Ungefähr.«

Sie nahm die Sonnenbrille ab und sah mich forschend an, ob ich sie vielleicht auf den Arm nahm. Sie wirkte so schockiert, dass ich lachen musste.

»Doch, es stimmt.«

»Nein. Du machst Witze.«

»Er hat es selbst gesagt.«

Madde ließ den Kopf wieder aufs Handtuch sinken und holte tief Luft.

»Ich fasse es nicht«, sagte sie schließlich leise.

»Nein. Das ist krass viel Geld.«

Ich erzählte, dass mein Vater mehr Kontakt zu mir wollte und ich deshalb eingewilligt hatte, noch ein paar Tage zu bleiben. Madde vermutete, dass das von Anfang an seine Absicht gewesen sei. Das würde auch erklären, warum ich ihn unbedingt hatte besuchen sollen.

Ihre Reaktion überraschte mich. Eigentlich hätte ich gedacht, sie würde sich für mich freuen, für uns beide. Würde sich mir jubelnd um den Hals werfen. Ich weiß, das war albern. Doch deshalb hatte ich so lange gewartet, es ihr zu erzählen. Ich hatte den perfekten Zeitpunkt abpassen wollen.

Doch es kam ganz anders. Madde wirkte nachdenklich, als hätte sie eine schlechte Nachricht erhalten, und ich war ein wenig enttäuscht.

»Dein Leben wird völlig anders werden«, sagte sie schließlich.

»Ja. Aber das hängt ja auch von mir selbst ab.«

Madde legte sich auf den Rücken und schaute in den Himmel, die Sonnenbrille wieder auf der Nase. Schließlich sagte sie: »Werde ich Teil dieses Lebens sein?«

»Aber natürlich, Schatz.« Ich schob mich zu ihr und legte den Arm um sie. »Ohne dich wäre ich doch gar nicht hier. Ich wollte ja nichts mit ihm zu tun haben.«

»Jetzt sagt sich das leicht.«

»Die Hälfte des Geldes gehört ja auch irgendwie dir.« Es hörte sich gut an und würde Madde sicher aufmuntern. Doch dann bereute ich meine voreiligen Worte. Würden sie mich irgendwann einholen?

Einen Moment überschattete dieser Gedanke alles.

Madde drehte sich zu mir und schmiegte sich an mich. Sie lag hier in meinen Armen, und ich liebte sie. Das war das Wichtigste.

Oder etwa nicht?

Wir sprachen darüber, wie es für mich nach dem Erbe weitergehen würde. Also, Madde redete, und ich hörte zu. Ich würde seinen Nachlass verwalten müssen, seine Kunst, seinen Namen. Würde mich mit seiner Welt bekannt machen müssen. Mich um seine Immobilien kümmern, die Ateliers und Wohnsitze in London und Stockholm. Ajkeshorn. Sicher würden auf einmal viele auftauchen und behaupten, enge Vertraute meines Vaters gewesen zu sein. Gegen eine entsprechende Vergütung würden sie mir gern helfen, das Erbe zu verwalten, glaubte Madde. Alle würden ein Stück von dem großen Kuchen haben wollen. Und wusste ich überhaupt, ob mein Vater noch andere Kinder hatte? Hatten wir darüber gesprochen?

Nein, das hatten wir nicht.

Ich sah wohl etwas blass aus, denn Madde strich mir über die Wange. »Tut mir leid. Ich wollte dich nicht erschrecken.«

»Nein, schon gut. Du hast ja recht. Ich hatte noch keine Zeit zum Nachdenken.«

»Ja, natürlich.«

»Aber … Es muss ihm doch klar sein, dass das für mich nicht so leicht sein wird. Wahrscheinlich bringt er vor seinem Tod noch so viel wie möglich in Ordnung.«

»Mhm.«

Was würde Großvater davon halten? Würde das Geld einen Keil zwischen uns treiben?

Der Boden unter mir bebte, wie heute Morgen hatte ich das Gefühl, dass sich unter mir ein dunkler Abgrund auftat und mich verschlang. Am liebsten hätte ich meinem Vater gesagt: Danke, aber ich will dein Vermögen nicht. Das Geld, deine Welt, das ist nichts für mich.

Warum hatte ich es Madde erzählt, bevor ich mir alles in Ruhe hatte durch den Kopf gehen lassen? Noch ein Fehler.

»Aber du hast sicher recht«, sagte Madde. »Dein Vater wird sich alles gut überlegt haben. Er wirkt nicht wie jemand, der irgendetwas dem Zufall überlässt.« Ich würde mich überall auf der Welt niederlassen können, fuhr sie fort. Ich würde nicht im finstersten Småland bleiben müssen.

Aber es gefällt mir dort, hätte ich fast erwidert.

Irgendwo hatte ich gelesen, dass Menschen, die viel Geld im Lotto oder beim Glücksspiel gewonnen hatten, dadurch nicht glücklicher wurden. Im Gegenteil. Ich konnte das jetzt schon nachvollziehen. So viele Entscheidungen, die man plötzlich treffen musste. Freiheit konnte auch zur Last werden.

Andererseits: An einem stockdunklen Novembermontag um fünf Uhr morgens aufstehen, sich ins kalte Auto setzen und acht

Stunden lang herumfahren und Windeln wechseln und vollgepinkelte Betten frisch beziehen. Tage, an denen der Winter vor der Tür stand, an denen es nie richtig hell wurde. Darauf könnte ich gut verzichten.

»Die Winter könnten wir in Thailand verbringen«, meinte ich. »Ich war noch nie da, aber es ist bestimmt schön. Dreißig Grad im Februar, oder?«

Madde stimmte mir zu und malte sich unser Leben aus. Ein luxuriöser Bungalow am Strand. Eine Runde Joggen und Yoga vor dem Frühstück. Dann ein Ausflug, vielleicht mit einem Boot oder Kanus. Siesta nach dem Mittag. Dann liebten wir uns und tranken danach einen Chai Latte.

Ich nickte. »Aber ich glaube, man muss irgendwie einen Sinn im Leben finden.«

»Ja.«

»So ein Luxusleben würde sich nicht richtig anfühlen.«

»Wenn irgendjemand es verdient hat, dann du. Nach allem, was du durchgemacht hast.«

Bei einem Vermögen von hundert Millionen Kronen sei es wohl das geringste Problem, einen Sinn im Leben zu finden, meinte sie. Es sei ja ein Kinderspiel, etwas Gutes zu tun. Ich könnte zum Beispiel eine Einrichtung unterstützen, wie mein Vater das Waisenhaus in Riga. Irgendetwas, das mit der Kunst meines Vaters zu tun hatte. Oder auch einfach achtzig Millionen ans Rote Kreuz spenden und mit den restlichen zwanzig ein schönes Leben führen. Da hätte ich dann immer noch sehr viel mehr Gutes getan als die meisten anderen Menschen.

Wenn sie es so formulierte, klang es ganz vernünftig.

»Lass das Geld etwas Gutes tun«, sagte Madde. »Deine Aufgabe ist es dann, das Leben zu genießen.«

Vielleicht hatte sie recht, dachte ich. Mein erster Gedanke war, dass ich mir neue Regenkleidung kaufen würde.

War das nicht verrückt? Regenkleidung, also echt.

Aber ich hatte mich schon lange danach gesehnt, ein richtig gutes Set aus Jacke und Hose zu kaufen, aus einem teuren Material, das den Regen abhielt, aber trotzdem atmungsaktiv war. Wasserdichte Reißverschlüsse an den Taschen, robuste Schnüre. Verschließbare Öffnungen zur Belüftung. Von Norrøna, Haglöfs oder sogar Arc'teryx. Eine Ausrüstung dieser Marken konnte gut bis zu zehntausend Kronen kosten. Vielleicht sogar zwölftausend. Völlig undenkbar. Zumindest bis jetzt.

Neue Regenkleidung. So viel zum Thema das Leben genießen.

Kapitel 47

Nach einer Weile gingen wir zurück in unser Zimmer, duschten den Sand ab und legten uns aufs Bett. Meine Hand lag auf Maddes Bauch, und ich schlief wie ein Baby.

Als ich aufwachte, war es früher Abend. Ich war immer noch hundemüde. Die lange Nacht holte mich ein. Aber mir war klar, dass Madde und mein Vater vermutlich auf der Terrasse mit dem Abendessen auf mich warteten. Also zog ich mir ein sauberes dunkelblaues Polohemd und beigefarbene Leinenshorts an.

Sie saßen tatsächlich schon auf der Terrasse, unter einem Sonnenschirm, was eigentlich unnötig war, nachdem das Haus um diese Tageszeit genug Schatten warf. Madde hatte ein Glas Weißwein vor sich stehen, mein Vater einen Drink mit Eis – wohl Whisky oder Kognak. Auf dem Tisch standen Schälchen mit verschiedenen Nüssen.

»Tut mir leid«, sagte ich. »Ich habe länger geschlafen, als ich eigentlich wollte.«

Mein Vater schien mich kaum zu bemerken. Er trug eine Sonnenbrille und sah zum Strand. Ich setzte mich neben Madde.

»Was möchtest du trinken?«, fragte mein Vater, ohne mich anzusehen. Ich hörte seine kurzen, flachen Atemzüge, fast, als wäre er gerannt.

»Äh, ein Bier, falls du das hast.«

»Barbro! Ein Bier!«, rief mein Vater, ohne den Blick vom Strand zu wenden.

Offenbar hatte er nicht gerade gute Laune. Madde und ich tauschten einen Blick.

Plötzlich verstand ich.

»Du hast Schmerzen, oder?«

Mein Vater atmete weiter flach und abgehackt.

»Papa?«

»Ja, ich habe Schmerzen.« Er trank einen großen Schluck aus seinem Glas. »Ich habe gestern meine Depottabletten nicht genommen. Das merke ich immer erst am Tag danach. Jetzt sind die Schmerzen richtig übel. Ich habe die Tabletten zwar genommen und auch noch ein paar andere, die schneller wirken sollen. Aber bisher spüre ich noch keinen Unterschied.«

Er beugte sich vor und rieb sich die Stirn mit der Hand. Auch wenn ich sein Gesicht nicht sah, war es bestimmt schmerzverzerrt.

Es war vielleicht keine so gute Idee, Whisky und zwei verschiedene Sorten Schmerzmittel gleichzeitig zu nehmen, dachte ich.

»Schaffst du das Abendessen?«, fragte ich. »Oder willst du dich lieber hinlegen?«

»Nein, es geht schon.«

Barbro kam mit einer Flasche Bier und einem Glas auf einem Tablett aus der Küche.

»Das hat aber lang gedauert«, beschwerte sich mein Vater.

Madde seufzte und verlagerte ihr Gewicht. Diese kleine Reaktion genügte, dass er nun auf sie losging.

»Was?« Er klang aufgebracht, als wolle er Streit anfangen. »Es kann doch wohl keine Viertelstunde dauern, bis man hier ein Bier bekommt?«

»Das hat es auch nicht.«

Barbro stellte lautlos Glas und Flasche vor mir auf den Tisch. Ich sah sie an und bedankte mich lächelnd. Sie verzog keine Miene.

Mein Vater sagte mit Nachdruck an sie gewandt: »Barbro, du bist völlig nutzlos. Ich weiß nicht, warum ich dich immer noch für mich arbeiten lasse.«

Ein rasches Lächeln, kalt wie Eis.

»Aber …«, sagte ich. »Das kann doch nicht dein Ernst sein.« Barbro zeigte nicht, ob sie sich über meinen Vater ärgerte oder verletzt war. Drehte nur wie immer abrupt den Kopf zur Seite. Aber vielleicht war genau das ihre Antwort auf seine Worte, dachte ich.

»So bist du echt keine gute Gesellschaft«, sagte Madde und trank einen großen Schluck Wein.

Mein Vater atmete schwer.

Ich war ein wenig schockiert, wie sie mit ihm redete. Sie kannte meinen Vater doch gar nicht, hatte ihn vor ein paar Tagen zum ersten Mal getroffen. Dafür war sie sehr direkt. Gegen meinen Willen schämte ich mich ein bisschen wegen ihr.

Und gleichzeitig war ich auch stolz auf sie. Madde hatte das gesagt, was ich mich nicht getraut hatte zu sagen. Aber ich schämte mich auch, weil mein Vater mich so schnell eingewickelt hatte. Meinen Vorsatz, ihn auf Distanz zu halten, hatte ich schon längst über Bord geworfen.

Wollte ich meinen Vater nicht verärgern? Aus hundert Millionen Gründen?

Sorgfältig schenkte ich das Bier ein. Es war hell und eiskalt, wie ich gehofft hatte. Während ich die wachsende Schaumkrone beobachtete, wartete ich darauf, wie mein Vater auf Maddes Worte reagieren würde. Würde er noch wütender werden? Herumbrüllen?

Er drehte den Kopf zu Madde und grinste plötzlich. »Botschaft angekommen.«

»Im Ernst. Wie benimmst du dich eigentlich?«

»Haha …«

Er lachte schallend. Ich trank von meinem Bier. Die bittere Flüssigkeit stillte meinen Durst.

Schließlich beruhigte sich mein Vater wieder. »Na dann, Prost.«

Wir tranken alle. Mein Vater stellte sein Glas ab und drohte Madde im Scherz mit dem Finger.

»Ich mag dich. Du bist lustig.« Er schüttelte eine Zigarette aus einer Packung und schob sie zwischen die Lippen. Zündete sie an und sagte: »Kannst du mir noch bei etwas helfen, Isak?«

Barbro und ich folgten ihm durch den verwinkelten Flur. Über ihrer normalen Kleidung trug sie eine große schwarze Schürze aus Leder, wie man sie in hochklassigen Küchengeschäften findet. Nur dass diese Schürze aussah, als wäre sie etwa hundert Jahre alt und als hätte man sie in einer Schlachterfamilie weitervererbt. Sie war abgewetzt und fleckig und schien bald auseinanderzufallen. Kurz vor dem Vorraum mit dem Gruselsofa öffnete mein Vater eine Tür zur Linken, die zu einer Art Werkstatt führte. Hier lagerten Autozubehör, Maschinen und verschiedene Gartengeräte. Er durchquerte den Raum und eine Tür am anderen Ende, durch die wir in die Garage kamen.

Trotz der Dunkelheit erkannte ich, wie groß sie war. In Anbetracht der Hitze im Freien war es hier fast überraschend kühl. Es roch nach Keller und feuchtem Beton.

Ein Schaf blökte.

Mein Vater drückte einen Schalter. Leuchtstoffröhren blinkten auf und tauchten die Garage in kaltes weißblaues Licht. Eine Wand bestand aus zwei Garagentoren und einer Tür. Dahinter musste sich der Wendeplatz befinden.

Mitten im Raum stand eine mobile Werkbank für Außenküchen aus rostfreiem Stahl und mit Rollen an einer Seite. Darauf stand eine große Schüssel, auch aus rostfreiem Stahl, daneben lag ein Fleischermesser und ein Malerkittel. Von der Decke hing ein Fleischerhaken mit eingetrocknetem Blut.

Neben der Werkbank stand ein Holzverschlag mit einem Lamm. Man hatte ihm das Fell abrasiert, die Rippen zeichneten sich unter der Haut ab, der Hals war sehnig und faltig. Es blökte jämmerlich und rutschte mit den Hufen über den Beton.

»Heute Abend gibt es Lammbraten«, verkündete mein Vater. »Deshalb brauche ich deine Hilfe.«

Mein Mund war trocken, ich konnte kaum sprechen.

»Äh, also, davon habe ich wirklich keine Ahnung.«

»Ganz ruhig«, sagte mein Vater. »Barbro nimmt es aus und häutet es und kümmert sich um alles andere. Du musst ihm nur die Kehle durchschneiden.«

Kapitel 48

Das Lamm schob seine kleine Nase zwischen die Latten und schnupperte. Vielleicht roch es den Geruch des Todes. Rief mit weit aufgerissenen Augen nach seiner Mutter.

Nein. Niemals.

Ich schüttelte den Kopf.

»Ich will das nicht.«

»Nein?«

»Tut mir leid.«

Mein Vater seufzte müde. »Ich bitte dich darum, Isak.«

»Nein.«

»Irgendjemand muss es tun. Das ist heute Abend unser Essen. Ich bitte dich um Hilfe, weil ich Schmerzen habe und müde bin, und das Lamm wiegt bestimmt dreißig Kilo, wenn nicht sogar mehr. Es ist harte Arbeit, bis es ausgeblutet ist und am Haken hängt. Aber du willst sie mir nicht erleichtern?«

Er wartete auf meine Antwort, doch ich wusste nicht, was ich sagen sollte. Schließlich sprach er weiter.

»Findest du das unangenehm?«

»Ja, natürlich.«

»Hast du schon mal Lamm gegessen?«

Ich beobachtete das Tier, das verängstigt in seinem Verschlag herumlief.

»Isak?«

»Ja, klar.«

»Und wie ist das Lamm wohl gestorben?«

Ich holte tief Luft und schüttelte nur den Kopf.

»Die meisten hatten ein sehr viel schlechteres Leben als dieses Lamm hier, und sie sind auf sehr viel quälendere Art gestorben. Wenn du Veganer wärst, dann würde ich es verstehen. Aber wenn du Fleisch isst ... dann hab wenigstens das Rückgrat, zu tun, was nötig ist.«

Ich hatte keine Argumente, stand nur stumm wie ein Trottel da. Fühlte mich klein, schwach und dumm.

Das Klappern der Lammhufe auf dem Betonboden hallte durch die Garage. Aus den Augenwinkeln sah ich, wie Barbro den Kopf zur Seite und wieder zurück drehte.

Mein Vater nahm den Malerkittel von der Werkbank und hielt ihn mir hin. Er lächelte.

»Zieh ihn an.« Seine Stimme war weicher als zuvor. »Wenn du es getan hast und mit dem Messer in der Hand dastehst ... dann fühlst du dich großartig. Garantiert.«

Er wedelte leicht mit dem Kittel, als wollte er mich locken.

Ich war wie gelähmt. Wollte wegrennen, doch meine Beine gehorchten mir nicht.

Mit einem Schlag wurde mein Vater ernst. Er trat einen kleinen Schritt auf mich zu, und das Licht fiel auf sein Gesicht, betonte die Falten und Unebenheiten in der Haut, seine Augen sahen plötzlich aus wie zwei tiefe schwarze Brunnen. Seine Stimme war hart und fordernd.

»Du machst das jetzt. Ich befehle es dir, Isak. Wenn du mein Geld willst, ist das *verdammt noch mal* nicht zu viel verlangt.«

Das Lamm blökte laut.

Meine Knie drohten unter mir nachzugeben.

Fünfzig Millionen ans Rote Kreuz.

Barbro trat näher und nahm die Schüssel.

Die Wintermonate an einem Strand in Thailand.

Die Klinge glänzte auf der Werkbank.

Bebende Nasenflügel, panisch dreinblickende Augen.

Regenkleidung von Arc'teryx, mit verdeckten Reißverschlüssen.

Ich trat einen Schritt vor und schob die Arme in den Malerkittel. Mein Vater half mir, ihn zuzuknöpfen. Ich ging zur Werkbank und nahm das große Messer.

Dann öffnete mein Vater den Verschlag. Das Lamm wollte fliehen, doch er packte es mit beiden Händen und trug es zu mir, wo er es mir in die Arme drückte.

»Halt die Hand unters Kinn, damit du den Kopf nach hinten biegen kannst.«

Er war außer Atem, und ich verstand ihn. Das Lamm war schwerer, als ich gedacht hätte. Es blökte und zappelte in meinen Armen, doch mein Vater hielt es fest.

Barbro kam mit der Schüssel zu uns. Wir standen dicht beieinander, vereint in unserer Aufgabe. Zwischen uns versuchte das Lamm immer noch, sich zu befreien. Vielleicht ahnte es, was ihm bevorstand.

Ich legte eine Hand unter sein Maul.

»Schneide unter dem Kiefer entlang, von einer Seite zur anderen«, wies mein Vater mich an. Er klang aufgeregt. Oder vielleicht war es auch nur die Anstrengung.

Ich packte das Messer fester, legte es dem Lamm an den Hals. Auch ich war ein wenig außer Atem von der Mühe, das Tier stillzuhalten. Atmete mit offenem Mund.

Mein Vater sah auf das Messer, dann auf das Lamm. Er grinste. »Wie der Hals eines alten Mannes.«

Das Lamm blökte, ich bog seinen Kopf noch ein Stück zurück, straffte die Haut am Hals und legte die Klinge an.

Sie war so scharf.

Das Messer schnitt mühelos durch die Haut, durch Sehnen und Knorpel und Muskeln, heißes Blut strömte über die Klinge und meine Hand in die Schüssel, spritzte Barbro in Haare und

Gesicht, und sie stieß ein zischendes Geräusch aus, das aber auch von dem Lamm kommen konnte. Ich machte weiter.

Der lange Schnitt am Hals klaffte auf. Es fehlte nicht viel, und ich hätte den Kopf vollständig vom Leib abgetrennt.

»Geschafft«, sagte mein Vater und sah mich triumphierend an. Etwas Blut war auch auf sein Gesicht gespritzt.

Das Lamm bewegte sich immer kraftloser und erschlaffte nach einem letzten Zucken des Hinterbeins in meinen Armen.

Adrenalin pulsierte durch meine Adern. Ich war aufgeregt, euphorisch.

Ich hatte ein Leben genommen. Wie einfach das gewesen war.

Barbro stellte die Schüssel auf den Boden, und ich legte das tote Lamm so darauf, dass das restliche Blut hineinfloss.

Mein Vater gab mir einen Klaps auf den Arm. Im selben Moment hörten wir Motorengeräusche und Reifenknirschen auf dem Wendeplatz vor der Garage. Überrascht blickte er auf und wischte sich mit der Handfläche das Blut von der Wange.

Das Auto blieb stehen, der Motor erstarb.

Und mein Vater ging zur Tür.

Barbro hockte neben der Schüssel. Das Blut war noch warm und dampfte. Sie tauchte einen Finger hinein und schob ihn in den Mund.

Draußen wurde eine Autotür geöffnet, jemand stieg aus. Mein Vater trat ins Freie.

»Hallo«, sagte er überrascht und etwas feindselig.

»Hallo«, antwortete der Besucher, und es durchfuhr mich eiskalt.

Barbro hatte sich aufgerichtet und hielt das tote Lamm an den Beinen über die Schüssel. Ein dünnes Rinnsal Blut lief noch aus der Halswunde.

»Komm«, sagte mein Vater, »Isak ist hier drin.«

Mein Herz stolperte und schlug schneller, härter.

Mein Vater kam zurück in die Garage. Ich hatte immer noch das blutige Messer in der Hand und legte es rasch zurück auf die Werkbank. In diesem Moment trat Großvater durch die Tür.

Sein Blick, als er versuchte, die Szene vor sich zu erfassen. Barbro, die das tote Tier über die Schüssel hielt. Das Blut auf dem Boden. Ich in dem blutigen Malerkittel.

»Du bleibst doch zum Essen, oder?«, sagte mein Vater. »Isak hat gerade ein Lamm geschlachtet.«

Teil 3

Und wenn du lange in einen Abgrund blickst,
blickt der Abgrund auch in dich hinein.

Friedrich Nietzsche

Kapitel 49

»Ich muss mit dir sprechen«, sagte Großvater heiser und leicht
außer Atem. Sein Blick zuckte von der Schale mit Blut zu dem
Messer auf der Werkbank, zu meinen blutigen Händen.

»Ja, klar. Aber ...« Ich nestelte an den Knöpfen des Maler-
kittels.

»Warte«, sagte mein Vater und kam mir zu Hilfe. Wollte wohl
nicht, dass ich meine Kleidung mit Blut verschmierte.

Großvater sah uns mit finsterem, besorgtem Blick zu.

Mein Vater sagte beiläufig, ohne den Kopf zu wenden: »Was
willst du, Anders? Was verschafft uns die Ehre?«

»Ich will mit Isak sprechen.«

Mein Vater half mir aus dem Kittel, als wäre er mein Diener
oder so. Dann folgte ich Großvater aus der Garage. Ich blinzelte
in die grelle Sonne, die von dem weißen Schotter auf dem
Wendeplatz reflektiert wurde. Wir gingen zu seinem Auto, einem
Ford Mondeo Kombi, der seine besten Tage schon hinter sich
hatte. Großvater trug ein kurzärmeliges kariertes Hemd und
dreiviertellange Hosen mit vielen Taschen, beides ziemlich zer-
knittert. Dazu Sandalen und Socken.

Erst jetzt erkannte ich, wie müde er aussah. Er war blass, die
Haare standen verschwitzt in alle Richtungen ab. Seine Augen
waren gerötet, mit dunklen Ringen. Er wirkte dünner und ge-
krümmter als sonst, fand ich. Er sah mich ernst an.

»Du hast mich heute Nacht angerufen.«

»Was?«

»Weißt du das nicht mehr?«

»Nein.«

Ich hatte keine Ahnung, wovon er sprach.

»Doch, du hast mich angerufen, warst völlig verzweifelt.«

»Moment mal … Wann war das? Wann in der Nacht?«

»Ungefähr um vier. Viertel nach vielleicht.«

Daran konnte ich mich überhaupt nicht erinnern. Kein schönes Gefühl. Ich schluckte, blickte zu den Bäumen um das Haus.

»Wir haben über eine halbe Stunde miteinander geredet. Das weißt du nicht mehr?«

»Nein.«

»Du warst fast schon panisch. Wie damals als Kind. Hast von Vogelmasken geredet und dass das Dach brennt, aber genauer konntest du es nicht erklären. Es war, als wärst du mitten in einem Albtraum.«

Meine Träume morgens kurz vor dem Aufwachen. Die Erinnerungen daran waren sehr verschwommen.

»Am Ende hast du dich beruhigt. Oder bist vielleicht aufgewacht und hast erkannt, dass du nur geträumt hattest.«

»Mhm.«

»Ich habe mir große Sorgen um dich gemacht.«

»Das verstehe ich. Tut mir wirklich leid.«

»Dann habe ich heute versucht, dich anzurufen. Oft. Aber du bist nicht rangegangen.«

Mein schlechtes Gewissen wurde immer größer.

»Äh, gestern Abend war der Handyakku leer, und heute habe ich es am Ladekabel vergessen.«

»Okay.«

»Es tut mir wirklich total leid. Ich wollte ganz bestimmt nicht, dass du dir Sorgen machst.«

Er musterte mich eindringlich. »Was habt ihr gestern gemacht?«

Ich wand mich etwas, rieb mir mit der Handfläche das Auge.

»Äh … Papa und ich waren in Lettland, in Riga. Er wollte mir ein Kinderheim zeigen, das er unterstützt.«

»Aha. Und was habt ihr dann gemacht?«

Mir war klar, dass Großvater sich nur um mich sorgte, doch langsam klang das wie ein Verhör.

»Abends sind wir noch ausgegangen.«

»Hast du was genommen?«

»Ob ich etwas genommen habe?«

»Tut mir leid, dass ich das fragen muss, Isak, aber gestern hast du gesagt, du hättest etwas genommen.«

»Aha …«

»So klang es zumindest, ich bin mir nicht ganz sicher.«

»Nein, ich habe nichts genommen«, antwortete ich, »aber wir haben viel durcheinander getrunken. Wein, Bier, Sekt. Das war dann einfach zu viel.«

Ich wurde immer besser. Log Großvater ohne mit der Wimper zu zucken ins Gesicht. Die Worte meines Vater kamen mir in den Sinn. Wahrheit verursacht Schmerz, weshalb derjenige, der sie ausspricht, Schuldgefühle haben sollte. Oder was auch immer er da genau gesagt hatte.

Großvater seufzte tief. Er sah aus, als würde er gleich umkippen, als die Anspannung ein wenig nachließ und die Müdigkeit drohte, ihn zu überwältigen. Er fuhr sich durch die Haare. Ich legte ihm die Hand auf den Arm.

»Alles in Ordnung?«

»Ja. Ich bin nur etwas erschöpft.« Er lachte selbstironisch. »Nach unserem Gespräch konnte ich nicht mehr einschlafen.«

»Das verstehe ich.«

»Und dann habe ich versucht, dich anzurufen, und dich nicht erreicht. Auch Madde hat nicht reagiert, als ich sie angerufen habe, und da wusste ich, ich muss herkommen und persönlich

mit dir reden.« Großvater massierte sich mit Daumen und Zeigefinger den Nasenrücken.

»Es tut mir wirklich schrecklich leid. Aber mach dir keine Sorgen, es ist alles in Ordnung.«

Großvater sah zur Garage. Mein Vater lehnte am Türrahmen
und blinzelte in die Sonne, beobachtete uns. Hinter ihm han-
tierte Barbro, Metall schabte über Beton, eine Kette klirrte.

»Was wird das?«, fragte Großvater und deutete auf die Garage.
Er sah mich eindringlich an. Der weiche, leicht entschuldigende
Blick war verschwunden.

»Papa brauchte Hilfe. Er hat Schmerzen.«

Mein Vater rief uns zu: »Wollen wir reingehen und etwas
trinken?«

»Wir sind noch nicht fertig!« Plötzlich klang Großvater aggressiv und aufgebracht, ich erkannte seine Stimme kaum wieder.

Mein Vater hob abwehrend die Hände, Großvater wandte
sich wieder zu mir. »Und da solltest du das Lamm schlachten?
Findest du das nicht seltsam?«

Darauf hatte ich keine Antwort. War zwischen zwei Welten
hin- und hergerissen.

Großvater rieb sich wieder das Gesicht, als wolle er sich aus
einem Albtraum aufwecken. Schließlich sagte er leise: »Wir fahren, Isak.«

»Jetzt?«

»Ja. Wir nehmen meinen Wagen. Deine Sachen kannst du
später holen.« Er sprach schnell und eindringlich, fast schon flehend.

»Nein, das geht nicht.«

»Hier stimmt irgendetwas ganz und gar nicht, das spüre ich.«

Ja, das spürte ich auch. Aber nicht so, wie Großvater es
meinte.

»Ich kann Madde nicht einfach hierlassen.«

»Dann hol sie.«

»Nein. Tut mir leid, aber das geht nicht.«

Mir war klar, dass Großvater nach einer schlaflosen Nacht und der langen Fahrt heute müde und erschöpft war. Doch jetzt merkte ich, dass es auch seine Psyche in Mitleidenschaft gezogen hatte. Er konnte nicht klar denken. Was er da wollte, war verrückt. Was für einen Eindruck würde es machen, wenn wir einfach ins Auto sprangen und davonrasten?

»Wir haben Pläne, wollten heute Abend hier essen.«

»Er tut dir nicht gut. Verbring keine weitere Zeit mit ihm.«

Das hast nicht du zu entscheiden, hätte ich am liebsten entgegnet. Ich bin erwachsen, Papa will vor seinem Tod noch Dinge besprechen, das kann man doch wohl verstehen. Er will mir sein ganzes Vermögen hinterlassen. Daran gibt es nichts auszusetzen.

»Hallo?«, rief mein Vater, der immer noch an der Garage lehnte. »Ich will euch nicht stören, redet nur weiter, aber dafür müsst ihr ja nicht hier draußen in der Sonne stehen? Kommt rein, dann trinken wir was.«

Ich legte Großvater die Hand auf den Arm. »Lass uns drinnen weiterreden, okay?«

Er wirkte unentschlossen.

»Trink einen Kaffee, setz dich ein bisschen in den Schatten.«

Etwas an unserem Verhältnis hatte sich verändert, das spürte ich genau, und ich glaube, er auch. Das Machtgefüge hatte sich verschoben. Für mich war das gut und richtig. Für ihn sicher weniger.

Kapitel 50

Kurz darauf war ich zurück in unserem Zimmer. Das Handy war aufgeladen, und ich schaltete es ein. Fünf verpasste Anrufe, alle von Großvater. Und tatsächlich, in der Anrufliste stand, dass wir von 03.51 Uhr bis 04.33 Uhr miteinander gesprochen hatten. Ich konnte mich nicht daran erinnern. Zweiundvierzig Minuten, die Großvaters Leben auf den Kopf gestellt hatten. Vogelmasken und ein brennendes Dach.

Ich wusch mir im Bad die Hände und spritzte kaltes Wasser auf Hals und Gesicht. Draußen auf dem Flur wurden Schritte laut, Madde kam zu mir ins Bad.

»Hallo.« Sie sah mich fragend an. »Was ist passiert?«

Ich drehte das Wasser ab und seufzte. »Ach, wo soll ich anfangen …«

Ich erzählte ihr, dass ich ein Lamm für unser Abendessen hatte schlachten sollen. Und dass Großvater aufgetaucht war.

»Offenbar habe ich heute Nacht mit ihm telefoniert und kann mich nicht daran erinnern.«

»Ja, er wirkt ganz schön durcheinander. Ich habe ihn gerade schon gesehen.«

Mein Vater war mit meinem Großvater auf die Terrasse gekommen, wo Madde gewartet hatte. Mein Vater hatte ihm etwas zu trinken angeboten, was er abgelehnt hatte. Madde hatte ihn überreden wollen, sich in den Schatten zu setzen, doch auch das hatte er verweigert. Er hatte von ihr wissen wollen, warum sie nicht ans Telefon gegangen war, bestimmt fünfmal hätte er sie angerufen, behauptete er.

»Er war … fast schon aggressiv«, erzählte sie weiter. »So habe ich ihn noch nie erlebt.«

Ich trocknete mir das Gesicht ab. »Ich auch nicht«, sagte ich ins Handtuch hinein.

»Ich meine, ich schaue doch nicht ständig aufs Handy. Heute war ich die meiste Zeit am Strand.«

»Ja, klar.«

»Er wirkt nicht so, als ginge es ihm gut.«

Barbro kümmerte sich in der Küche um das Abendessen. Mein Vater war nirgends zu sehen. Großvater saß auf der Terrasse unter einem Sonnenschirm. Immerhin. Ich füllte ein großes Glas mit kaltem Leitungswasser und brachte es ihm nach draußen. Madde folgte mir.

»Hier«, sagte ich, »trink etwas.«

Großvater nahm das Glas und trank in großen Schlucken. Sein Gesicht war gerötet und verschwitzt.

»Danke«, sagte er und wischte sich den Mund ab. Dann sah er in Barbros Richtung. »Wer ist das?«

»Barbro«, antwortete ich. »Sie ist stumm.«

Großvater stellte das Glas auf den Tisch und sah mich und Madde ernst an. »Ich finde, wir sollten von hier abhauen.«

Ich legte ihm die Hand auf die Schulter. Er roch nach Schweiß.

»Essen müssen wir doch trotzdem«, sagte ich weich. »Bleib und iss mit uns, dann sehen wir weiter.«

Mein Vater gesellte sich zu uns, und wir tranken vor dem Essen etwas auf der Terrasse. Seine schlechte Laune war wie weggeblasen. Großvaters Ankunft hatte alles geändert. Oder vielleicht wirkten die Tabletten und der Alkohol. Jetzt war er ein charmanter Gastgeber, auch gegenüber Großvater. Der hingegen war schweigsam und schroff, zeigte jede Sekunde, dass er nur unter

Protest geblieben war. Er wollte auch nichts anderes als Leitungswasser trinken.

Es war fast acht Uhr abends, und es hatte ein wenig abgekühlt. Das Meeresrauschen war jetzt deutlicher zu hören. Die Bäume raschelten in einer leichten Brise. Barbro tauchte in der Türöffnung auf und sah meinen Vater an. Der nickte.

»Sollen wir reingehen?«

Madde ging voran, ich folgte ihr. Der große Esstisch war gedeckt, die Vorspeise – Toast mit Krabben – bereits aufgetragen. Einige geöffnete Flaschen standen auf dem Tisch, Rot- und Weißwein. Es roch appetitlich nach gebratenem Fleisch, Ofenpaprika, Knoblauch, Kartoffeln und Sahne, außerdem nach Thymian und Rosmarin. Plötzlich hatte ich einen Bärenhunger.

Madde setzte sich auf einen Stuhl, von dem aus sie auf die Terrasse und das Meer sehen konnte. Mein erster Impuls war, mich neben sie zu setzen, doch dann würden mein Vater und Großvater nebeneinandersitzen müssen. Deshalb setzte ich mich ihr gegenüber. Sie sah mich verwundert an, sagte jedoch nichts. Großvater setzte sich neben mich, während mein Vater sich neben Madde niederließ.

»Bitte, fangt an.«

Wir begannen zu essen.

Madde, ich und mein Vater tranken Weißwein, während Großvater an seinem Leitungswasser nippte und winzige Bissen von seinem Toast nahm.

»Verdammt, ist das lecker«, sagte Madde mit vollem Mund. »Oh, Entschuldigung.«

Mein Vater lachte und nahm noch einen Bissen. Er warf Großvaters nahezu unberührtem Toast einen Blick zu. »Schmeckt es dir, Anders?«

»Ich habe keinen Hunger.«

Stille. Wir aßen weiter. Zumindest wir drei. Mein Vater trank von seinem Wein.

»Aber früher hast du Fisch und Meeresfrüchte doch geliebt, oder?«

Großvater spießte eine Krabbe mit der Gabel auf und steckte sie sich in den Mund.

»Du hast doch immer im Lunnen geangelt? Mit dem Netz und ... wie hießen die gleich noch ...« Mein Vater verstummte, überließ es Großvater, den Satz zu vollenden. Doch der dachte gar nicht daran und kaute abweisend seine Krabbe.

Großvater. In seinen zerknitterten Kleidern, den Sandalen und den Socken saß er auf der Stuhlkante, ein wenig zusammengesunken, als stünde er unter Strom. Sein Gesicht glänzte, die Haare waren zerzaust, er roch nach Schweiß, verweigerte das Gespräch.

Er tat mir leid. Und ich schämte mich für ihn.

Ja. Ich schämte mich für Großvater. Das war ein völlig unbekanntes Gefühl.

Natürlich empfand ich auch noch Zärtlichkeit für ihn, doch mein neuer Blick auf die Welt und auf ihn hatte mir andere, weniger schmeichelhafte Seiten an ihm gezeigt. Er war reizbar und nachtragend, musste alles unter Kontrolle haben. Auch mich.

Und dann sein schlechtes Benehmen. Er war einfach so ohne Vorwarnung hier aufgetaucht. Mein Vater hatte ihn immerhin zum Abendessen eingeladen, einem superschicken Abendessen mit leckerem Essen und teuren Weinen, und Großvater brachte nicht einmal ein Danke oder einen wohlwollenden Kommentar zustande.

Egal, was früher zwischen den beiden vorgefallen war, so an seiner Abneigung gegenüber meinem Vater festzuhalten – oder sogar schon Hass –, gefiel mir überhaupt nicht.

Vielleicht passte Großvater nur in die kleine Welt, die er sich in Småland aufgebaut hatte, und sobald er in die große weite Welt hinauskam, wurde deutlich, dass er dort nicht hingehörte. Im Gegensatz zu mir. Ich war aufgestiegen. Großvater nicht. Mein Vater sah ihn immer noch fragend und auffordernd an, doch er starrte stur weiter auf seinen Teller.

»Langleinenangeln«, sagte ich und sah zu ihm. »So hieß das doch, oder?«

Schweigen.

Barbro räumte unsere Teller ab, mein Vater schenkte den Rotwein ein. Großvater lehnte natürlich ab. Wir prosteten uns zu und kosteten. Barbro holte einen Kartoffelgratin aus dem Ofen und stellte die Form auf den Tisch. Die Sahne warf am Rand noch Blasen. Ofengemüse. Schüsseln mit verschiedenen Soßen. Und eine Platte mit gegrillten Lammfleischscheiben, mit krosser Kruste und rosa Fleisch, gespickt mit Knoblauch und Rosmarin. Wir begannen zu essen. Der Wein entfaltete mit jedem Schluck neue Geschmacksnuancen. Mein Vater schenkte mir nach.

Großvater warf einen raschen Blick auf mein Glas. Missbilligend. Er fand, dass ich zu viel Alkohol trank.

»Du verpasst was«, sagte ich und trank einen Schluck. »Willst du wirklich nicht probieren?«

Großvater antwortete nicht mal. Mein Vater zog eine Grimasse, ups, ganz schön empfindlich. Seine Augen glänzten wie am Abend zuvor. Er war wohl mittlerweile ein wenig angeheitert. Wie ich auch.

Beim Essen erzählte ich Großvater, was wir seit unserer Ankunft in Ajkeshorn gemacht hatten, unterstützt von Madde und meinem Vater. Ich beschrieb den herrlichen Strand, das kalte Wasser. Das Baumhaus. Die Spritztour mit den Sportwagen, das Restaurant am Meer.

»Isak ist jetzt glücklicher Besitzer eines Lamborghini«, ergänzte mein Vater.

»Hallo, ich habe doch gesagt, dass ich ihn nicht will«, protestierte ich.

Mein Vater verzog das Gesicht. »Ach was, du zierst dich doch nur. Natürlich willst du ihn.«

Großvater legte sein Besteck ab. Auch vom Hauptgang hatte er fast nichts gegessen. Madde sah ihn nachdenklich an.

Barbro brachte noch mehr Lamm, und mein Vater ermunterte uns, davon zu nehmen. Doch ich war satt, und Madde wollte auch nichts mehr.

»Das war das beste Lamm, das ich je gegessen habe«, fügte sie mit einem zufriedenen Seufzer hinzu.

Mein Vater prostete mir zu und sagte lächelnd: »Ja, das hast du sehr gut gemacht. Du bist ein Naturtalent.«

Ich war ein bisschen stolz. Als hätte mein geschickter Schnitt wirklich zu dem köstlichen Geschmack des Lamms beigetragen. Ich weiß. Total krank. Der Wein war mir wohl zu Kopf gestiegen.

»Aber euch ist schon klar, dass dieses Lamm hier nicht das sein kann, das Isak geschlachtet hat.« Großvater sprach durch zusammengebissene Zähne. Leise, aber nachdrücklich. Seine Stimme bebte leicht.

Mein Vater sah zum Meer, seine gutmütige Miene war steif geworden.

Ich hätte Großvater fragen sollen, worauf er mit seiner Bemerkung hinauswollte, doch ich schwieg. Hoffte, dass sich seine Worte in Luft auflösen würden.

Madde streckte sich nach der Flasche. »Der Wein schmeckt wirklich unglaublich gut.«

»Nimm dir nur«, sagte mein Vater. »So lange noch etwas da ist. Dann machen wir eine neue Flasche auf.«

»Oder, Fredrik?«, sagte Großvater gepresst und hob den Kopf. »Das kann nicht das Lamm sein.«

Ich wand mich verlegen, warf Großvater einen Blick zu. Er hielt die Tischkante mit beiden Händen umklammert und bebte am ganzen Körper.

»Ich habe schon oft Lammbraten gemacht, und das dauert mindestens fünf Stunden. Und man muss den Braten ständig wenden. Ich bin vor vielleicht zweieinhalb Stunden hergekommen, und da war das Lamm noch nicht mal gehäutet ...«

»Jaja.« Madde versuchte, ihn zu bremsen. »Wir haben es kapiert ...«

Doch er ließ sich nicht aufhalten.

»Das passt also überhaupt nicht zusammen. Warum willst du es uns dann einreden?«

Großvater fixierte seinen früheren Schwiegersohn, er schauderte, als wäre ihm kalt. Mein Vater begegnete seinem Blick ruhig.

Mir war schwindelig, und das lag nicht am Wein. Wieder fühlte ich mich gespalten. Einerseits schämte ich mich für Großvater, weil er die Stimmung am Tisch kaputtmachen wollte. Andererseits klang das, was er sagte, durchaus logisch.

Mein Vater lächelte nachsichtig. »Frierst du, Anders? Sollen wir die Glastür zuziehen?«

»Antworte einfach auf meine Frage. Warum tust du so, als hätte Isak dieses Lamm hier geschlachtet?«

»Du zitterst ja«, sagte mein Vater und stand auf. »Soll ich dir eine Decke holen? Oder eine Fleecejacke?« Mein Vater zog die Glastür zu.

Barbro stand an der Arbeitsfläche und starrte ins Leere. Sie hörte und sah natürlich alles, schien es aber nicht aufzunehmen. Sie war wie in einer anderen Welt.

War sie nicht nur stumm, sondern vielleicht doch auch taub?

Sie wandte den Kopf ab, drehte ihn wieder zurück. Blickte immer noch ausdruckslos vor sich hin. Als würde sie an etwas anderes denken.

Ich weiß nicht, warum es mir auffiel. Vielleicht weil ich die Stimmung am Tisch selbst so unbehaglich fand, dass ich am liebsten geflohen wäre. Doch in diesem Moment wirkte Barbro irgendwie gruselig auf mich.

Mein Vater war hinter Großvater getreten, der sich gereizt umdrehte. Er legte ihm die Hand auf die Schulter.

»Anders ...«

Großvater schlug die Hand weg und zischte wütend: »Fass mich nicht an!«

»Beruhige dich«, sagte ich und legte ihm die Hand auf den Arm, während mein Vater sich wieder auf seinen Platz setzte.

Madde biss sich auf die Lippe.

»Nein, ich beruhige mich nicht!«, entgegnete Großvater mit erhobener Stimme, beherrschte sich nicht länger. Als hätte die Berührung meines Vaters und seine Reaktion darauf ihn irgendwie befreit. »Warum sollte er ein Lamm schlachten? Warum?«

Mein Vater antwortete ruhig, fast schon traurig. »Weil ich krank und müde bin und es allein nicht kann.«

»So ein Unsinn!«, zischte Großvater und wollte weitersprechen, doch mein Vater fiel ihm ins Wort.

»Jetzt hör mal zu, Anders. Bevor ich sterbe, will ich einfach nur ein paar Tage allein mit meinem Sohn verbringen. Warum kannst du nicht ...«

Großvater unterbrach ihn. »Und was fangt ihr mit diesen Tagen an? Fahrt Rennautos und fliegt nach Riga und besauft euch.«

Großvater klang sarkastisch und verächtlich. Er missbilligte wirklich, wie wir die letzten Tage verbracht hatten. Doch wir hatten auch miteinander geredet. Das eine schloss das andere ja nicht aus. Der gemeinsame Spaß hatte uns einander nähergebracht. Und genau das hatte mein Vater sicher von Anfang an beabsichtigt.

»Isak ist dir doch völlig egal. Du willst ihn nur kontrollieren«, entgegnete mein Vater.

Großvater schüttelte bitter lächelnd den Kopf. »Das sagst ausgerechnet du.«

»Hört mal, diese Diskussion ist doch sinnlos«, sagte ich. Rapunzel im Turm.

»Ja«, pflichtete Madde mir bei. »Hört auf, ihr beiden.«

Doch sie schienen uns nicht zu hören.

Mein Vater sagte lächelnd: »Es gibt wirklich nichts, das ich tun kann, damit du deine Meinung über mich änderst, oder?«

»Nein. Es sind zu viele Jahre vergangen. Ich habe …«

»Du hältst mich für böse. Schon seit unserer ersten Begegnung.«

Großvater schüttelte den Kopf. »Nein. Damals kannte ich dich ja noch nicht.«

Madde stand seufzend auf und verließ die Küche. Vielleicht wollte sie nur zur Toilette. Dieser Zweikampf musste aufhören. Doch ich war auch hellhörig geworden, als mein Vater die erste Begegnung angesprochen hatte.

»Aber du hast mich nicht gemocht.«

Großvater trank einen Schluck Wasser, um Zeit zu schinden. Ein beredtes Schweigen. Mein Vater sah ihn kalt lächelnd an.

»Du kannst es ruhig sagen, Anders. Ich weiß, dass du es möchtest. Du verurteilst Menschen ja gern.«

»Ich fand dich komisch. Agneta auch.«

»Komisch? Wie meinst du das?« Jetzt klang mein Vater ehrlich gespannt.

»Du hast dich überhaupt nicht für mich und Agneta interessiert«, erwiderte Großvater. »Das war sehr deutlich. Wir wohnten in einem kleinen Nest auf dem Land, wer waren wir schon? Du hast dich nicht mal bemüht.«

»Und du glaubst nicht, es könnte daran gelegen haben, dass ihr tatsächlich ein bisschen uninteressant wart?«

»Doch, natürlich.«

»Und dass du vielleicht ein bisschen schnell beleidigt bist?«

»Für Linn war es so wichtig, dass wir dich mochten und dass du uns mochtest. Aber das hast du gar nicht gesehen, es hat dich nicht gekümmert.«

Mein Vater trank von seinem Wein und sah dann wieder Großvater an. Forderte ihn stumm auf, weiterzusprechen.

»Und da dachten wir ... oder zumindest ich ... dass dir Linn auch nicht wichtig war. Denn sonst hättest du gemerkt, dass es sie traurig gemacht hat.«

»Und dann hattest du dir deine Meinung gebildet. ›Er ist schlecht für meine Tochter. Er ist ein schlechter Mensch.‹«

Ich warf Barbro einen Blick zu, die von dem Konflikt, der sich zwei Meter vor ihr abspielte, völlig unbeeindruckt schien. Sie schaute auf ein Glas, das sie in der Hand hielt und in dem sich etwas Weißes befand, das von Schleim und Blut bedeckt war.

»Nein. Aber du hast nach meinem ersten Eindruck gefragt.«

»Er ist böse.‹«

»Nein, nicht böse ...«

»Doch.«

Barbro legte den Kopf in den Nacken und leerte das Glas. Ich hatte noch nie jemanden gesehen, der den Mund dabei so weit aufsperrte. Es sah grotesk aus. Und jetzt sah ich auch, was sie da verschlang. Einen Augapfel.

»Nein, ich sage dir, was ich dachte«, fuhr Großvater fort. »Dem Mann fehlt etwas, das andere Menschen haben.«

Ich hörte ihm nicht mehr zu, starrte immer noch Barbro an.

Sie isst die Augen des Lamms, dachte ich.

»Mitgefühl vielleicht.«

»Ein Mensch ohne Empathie, ist das nicht ein böser Mensch? Zumindest in deiner Welt?«

»Ich glaube, dass wir alle Gutes und Böses in uns haben. Aber ich glaube auch, dass die meisten Menschen den Unterschied kennen.«

Das zweite Auge klebte fest. Barbro schüttelte das Glas. Und auch diese Bewegung hatte nichts Menschliches an sich.

Ihr wisst, wie Katzen und Hunde die Pfoten ausschütteln, mit diesem schnellen, abgehackten Zucken, diesem Zittern? Oder wenn sie sich hinter dem Ohr kratzen und sich die Pfote so schnell bewegt, dass man sie nicht mehr erkennen kann. So ähnlich schüttelte Barbro das Glas. Einmal, zweimal. Das Auge löste sich und fiel auf ihre Zunge.

»Das glaubst du.« Die sarkastische Stimme meines Vaters schien aus weiter Ferne zu kommen.

»Ja. Wenn man sich in einen anderen Menschen einfühlen kann, ist es ganz einfach.«

»Okay.«

Barbro warf ein paarmal abrupt den Kopf nach hinten. Schluckte. Kaute nicht. Dann stellte sie das Glas neben die Spüle.

»Isak kann das definitiv. Er ist ein guter Mensch.«

Als ich meinen Namen hörte, riss ich den Blick von Barbro los. Großvater beobachtete mich. Ich wusste nicht, was ich sagen sollte. Ob ich überhaupt etwas sagen sollte. Ich dachte immer noch an Barbro und die Augen. Madde kam zurück in die Küche und setzte sich neben meinen Vater.

»Und was bist du? Bist du ein guter Mensch?«, fragte er.

Madde schüttelte müde den Kopf und griff nach der Weinflasche. »Himmel, seid ihr immer noch nicht fertig? Ich brauche mehr Wein.«

Barbro hatte die Augen gegessen. Die blutigen, schleimigen Augäpfel.

Hatte nur ich das gesehen?

»Nein«, entgegnete Großvater. »Das bin ich nicht. Aber ich tue mein Bestes.«

»Was siehst du, wenn du dir die Welt mal genauer anschaust?«

»Also, ich könnte jetzt den Nachtisch vertragen«, meinte Madde.

»Du gehörst garantiert zu den zehn reichsten Prozent auf dem Planeten«, fuhr mein Vater fort. »Vielleicht sogar zu den fünf reichsten Prozent. Milliarden Menschen werden arm geboren und sterben arm. Wie sehen sie dich wohl? ›Er ist ganz schön privilegiert, tut aber nichts dagegen, dann glaubt er wohl, ein Recht darauf zu haben. Es zu verdienen.‹ Ob sie wohl denken, dass du ein empathischer Mensch bist? Ein guter Mensch?«

Großvaters Stimme klang brüchig. Die fast schon lähmende Wut war wieder da. Und ließ mich genau hinhören, was er sagte.

»Du hast unser Leben zerstört.«

Großvater bebte am ganzen Körper. Mein Vater sah ihn immer noch lächelnd an.

»Wie bitte?«

»Ich weiß, was du getan hast.«

Mein Vater sah zu mir, gestikulierte Richtung Großvater. »Da hörst du es. Offenbar bin ich der Teufel.«

»Deine Gesellschaft tut ihm nicht gut.«

»Findest du das auch, Isak? Tut es dir nicht gut, mit mir zusammen zu sein?«

»Heute Nacht hat er mich völlig verzweifelt angerufen.«

»Ach, mach dir keine Sorgen, Anders. Wir hatten nur ein paar Drogen genommen. Das ist ganz normal beim ersten Mal.«

Mein Vater klang sorglos, mir hingegen brach der kalte Schweiß aus. Madde blickte betroffen in meine Richtung.

Großvater sah mir an, dass mein Vater die Wahrheit sagte. Wir hatten Drogen genommen. Ich hatte ihn belogen. Er erstarrte, war am Boden zerstört. Ich war am Boden zerstört.

»Das bist nicht du, Isak ...«, murmelte er.

»Entschuldigung«, sagte Madde und hob die Hände, »aber mal langsam. Isak hat Drogen probiert, und nein, mir hat er davon auch nichts erzählt. Aber das ist doch keine große Sache.«

Mein Vater wirkte zufrieden. Lehnte sich zurück, trank einen Schluck Wein.

»Isak hat mich noch nie belogen«, sagte Großvater.

»Das kannst du zwar nicht sicher wissen, aber okay«, fuhr Madde fort. »Wenn man mit fünfundzwanzig noch nie Drogen genommen hat, ist das allerdings eher ungewöhnlich. Warum machst du also so eine große Sache daraus?«

Madde hatte Partei für mich ergriffen. Ein schönes Gefühl. Als ich mich selbst mit Großvaters Augen gesehen hatte, hatte ich mich klein und elend und wertlos gefühlt, als hätte ich etwas Unverzeihliches getan. Doch Madde hatte alles wieder zurechtgerückt, und genau das brauchte ich gerade so dringend.

»Das verstehst du nicht«, sagte Großvater knapp zu ihr. »Du kennst nicht die ganze Geschichte.«

»Stimmt es«, sagte ich, »dass Papa früher angerufen hat und mit mir sprechen wollte und du es ihm verweigert hast?«

Sofort bereute ich meine Worte. Und dann wieder nicht.

Großvater wandte sich mit halb geöffnetem Mund zu mir und wurde blass. Mein Vater sah ihn mit schräg gelegtem Kopf an.

Großvater bewegte stumm die Lippen, schloss den Mund wieder. Ich sah, wie er litt. Aber ich hatte kein schlechtes Gewissen. Zumindest in dem Moment nicht. Er warf mir vor, ich hätte ihn belogen, aber was hatte er selbst denn getan? Warum hatte er mich damals nicht mit meinem Vater sprechen lassen? Und wenn es eine Lüge war, warum sagte er dann nichts?

Bleischwere Stille lastete auf der Küche. Als Großvater schließlich etwas herausbrachte, klang seine Stimme brüchig.

»Wir ... Darüber können wir später reden.«

Es stimmte also.

Großvater stand langsam auf, schwankte leicht. Er sah mich müde und gleichzeitig flehend an.

Mein Herz verkrampfte sich.

»Ich fahre jetzt. Komm mit. Ich bitte dich.«

»Warum sollte er das tun?«, fragte Madde.

Ich hob abwehrend die Hand in ihre Richtung.

»Anders«, fuhr Madde fort. »Ich weiß, dass ich nicht die ganze Geschichte kenne, ja, ich war nicht von Anfang an dabei, tut mir ja auch leid, aber Isak hat sein ganzes Leben mit dir verbracht. Darf er da nicht mal ein paar Tage bei seinem Vater sein?«

Ich stützte die Ellbogen auf den Tisch und legte die Hände vors Gesicht. »Madde, du musst nicht ...«

Sie unterbrach mich. »Ich weiß, aber lass mich das noch sagen.« Sie wandte sich wieder an Großvater. »Siehst du nicht, wie sehr ihn das belastet? Ihr beiden hasst euch, und Isak wird zwischen euch aufgerieben. War dir das nicht klar, als du hierhergefahren bist?«

Großvater suchte nach Worten, nickte schließlich, schob seinen Stuhl an den Tisch und ging mit hängendem Kopf aus der Küche.

Wieder verkrampfte sich mein Herz.

»Großvater«, sagte ich und wollte schon aufstehen, doch Madde streckte sich über den Tisch und ergriff meine Hand mit beiden Händen. Ihr Blick war zärtlich und voller Mitgefühl.

Lass ihn gehen. So ist es am besten.

Und er ging. Ich hörte seine leisen Schritte im Flur.

In mir tobte ein Sturm aus Gefühlen.

Großvater wollte das eine von mir, Madde das andere, mein

Vater wieder etwas anderes. Die drei wichtigsten Menschen in meinem Leben. Ja, nach den letzten intensiven Tagen zählte ich auch meinen Vater dazu. Alle wollten, dass ich mich so oder so verhielt. Aber was wollte ich selbst?

Ich konnte keinen klaren Gedanken fassen, wusste nicht, was genau ich eigentlich empfand. War wie von mir selbst abgeschnitten.

Mein Vater nahm einen Schluck Wein, kostete ihn genüsslich. Er sah so ungerührt aus, so zufrieden. Er schluckte, dann rief er Großvater hinterher: »Anders, sollen wir dir den Nachtisch einpacken und mitgeben? Es gibt Pannacotta!«

Heute Abend hatte er gewonnen, aber damit konnte er sich nicht zufrieden geben, er musste das Messer noch weiter in der Wunde herumdrehen, Großvater erniedrigen.

Auf dem Flur war es still. Vielleicht hatte Großvater ihn überhaupt nicht mehr gehört. Mein Vater sah mit demselben Gesichtsausdruck zu Madde und mir wie schon einmal an diesem Abend. *Ups, ganz schön empfindlich.*

Und da sah ich es ganz deutlich.

Du liebst es, andere zu quälen, dachte ich.

Kapitel 51

Ich wusste ja, dass ich für Großvater das Wichtigste war, immer schon. Er war den ganzen weiten Weg hierher gefahren, obwohl er wusste, dass er nicht willkommen sein, dass mein Vater ihn nicht nett behandeln würde. Ich vielleicht auch nicht. Trotzdem hatte er das alles auf sich genommen, weil er sich so große Sorgen um mich gemacht hatte. Weil er mich liebte.

Was mein Vater gerade tat, dieses Nachtreten, obwohl man doch schon gewonnen hatte, das würde Großvater nie tun. So war er nicht. Und mein Vater konnte noch so viel davon reden, dass Gut und Böse nur Konstruktionen waren. Gut und Böse existierten, und das Entscheidende war Mitgefühl. Das spürte ich tief in mir.

Mein Vater quälte gern Menschen, er hatte Madde auf seine Seite gezogen, mich auch, und wir hatten uns alle drei auf Großvater gestürzt, der mir nur Gutes wollte, aber alt und müde war und sich nicht wehren konnte.

Geliebter Großvater. Was hatte ich nur getan?

Verzweiflung und Schuldgefühle schlugen über mir zusammen, und ich drohte, in den Wogen zu ertrinken.

Ich stand auf und murmelte: »Nein … Ich muss …«

Madde hielt immer noch meine Hand fest. »Isak … Beruhige dich.«

»Ich muss mit ihm reden.«

Ich wollte mich losmachen, doch Madde packte meine Hand fester. Schließlich konnte ich mich befreien, wollte Großvater nachlaufen, doch Madde war aufgesprungen und stellte sich mir in den Weg.

»Lass ihn. Ihr könnt doch morgen miteinander sprechen.«

»Nein, hör auf …«

Madde legte die Arme um mich, während mein Vater sich zwischen uns und die Küchentür stellte, wie ein Torwächter.

»Beruhige dich, Isak, das bringt doch nichts.« Mein Vater legte mir die Hand auf die Schulter und packte meinen Arm.

Was sollte das denn? Was taten sie da?

»Lasst mich los, verdammt noch mal!«, brüllte ich, machte mich frei und schob Madde so nachdrücklich zur Seite, dass sie nach hinten stolperte. Mit der Schulter traf ich hart das Gesicht meines Vaters, aber das war ja nicht meine Schuld, warum zum Teufel hörte er mir auch nicht zu? Genauso wenig wie Madde.

Ich glaubte, ein zischendes Geräusch aus Barbros Richtung zu hören. Rannte durch den Flur, wurde immer schneller, stürzte aus der Haustür auf den Wendeplatz.

Die Sonne war bereits untergegangen, der Himmel aber noch von rosa- und orangefarbenen Streifen durchzogen, in deren Licht der weiße Schotter beinahe selbst zu leuchten schien. Ein sanfter Rotschimmer lag noch über den Bäumen, deren Wipfel sich schwarz vor dem Himmel abzeichneten.

Der Wendeplatz lag verlassen da.

Zwei rote Rücklichter verschwanden hinter der ersten Biegung. Das Motorengeräusch verschmolz mit dem Rauschen des Waldes, wie ein Tropfen Blut im Meer, und war bald nicht mehr zu hören.

Ich rannte zurück Richtung Küche.

Scheiße, Scheiße, Scheiße.

Im Flur traf ich Madde.

»Hey, bleib stehen«, sagte sie und wollte mich festhalten, doch ich drängte mich an ihr vorbei. Ich musste Großvater anrufen, jetzt sofort. Wo war mein Handy? Bei mir hatte ich es nicht, dann musste es in der Küche liegen.

Mein Vater stand mit den Händen in den Hosentaschen da und sah mir entgegen. Das Handy lag nicht an meinem Platz am Tisch. Auch nicht auf dem Stuhl oder auf dem Boden.

»Wo ist mein Handy?«, fragte ich.

Mein Vater zog die Schultern hoch. »Keine Ahnung.«

Hatte ich es auf der Terrasse vergessen? Ich schob die Glastür auf und sah hinaus. Das Telefon lag weder auf dem Tisch noch bei der Sitzgruppe, wie auch immer es dorthin gelangt sein sollte.

Ich wirbelte herum. Madde war auch in die Küche gekommen.

»Es muss hier aber irgendwo sein«, sagte ich. »Was ist hier los?«

Mein Vater wandte den Blick ab, die Hände immer noch in den Hosentaschen. Durch den Stoff konnte ich die Umrisse eines Handys erkennen.

»Gib mir deins.« Ich trat auf ihn zu und streckte die Hand aus.

»Lass es gut sein«, sagte er. »Du kannst ihn morgen anrufen.«

Ich machte noch einen Schritt auf ihn zu. »Gib es mir.«

Das war kein Wunsch, sondern ein Befehl. Ich hatte die Stimme erhoben.

Mein Vater wich zurück, ohne mich aus den Augen zu lassen. Sein Blick war wachsam.

»Nein. Ich möchte, dass du dich beruhigst.«

Ich stürzte mich auf ihn, um das Handy aus seiner Hosentasche zu ziehen. Er wollte sich wegdrehen, doch ich war viel stärker als er.

»Isak ... Lass das!«, rief er.

Wir rangen miteinander, und schließlich konnte ich meine Hand in seine Hosentasche schieben und das Telefon herausziehen.

Es war meins.

Ich wich ein paar Schritte zurück, und wir starrten einander an. Mein Vater wirkte nicht ängstlich, aber doch beunruhigt. Er merkte, dass er einen Fehler gemacht hatte.

»Ich kann das …«

»Bist du völlig irre?«

Mit dem Handy in der Hand eilte ich aus der Küche.

»Isak!«, rief Madde mir hinterher.

Zur Hölle mit ihr, zur Hölle mit meinem Vater, zur Hölle mit diesem verfluchten Haus.

Im Laufen wählte ich Großvaters Nummer.

Keine Antwort.

Die Mailbox schaltete sich ein.

»Isak hier, es tut mir so leid, was gerade passiert ist. Ruf mich an, sobald du kannst. Ich fahre gern mit dir zurück, wenn du … also, wenn du noch mal herkommen kannst, ansonsten sehen wir uns vielleicht morgen, okay? Ruf mich bitte an. Es tut mir so leid.«

Mittlerweile war ich in dem Teil des Hauses angekommen, in dem Madde und ich untergebracht waren. Der Eingangsbereich lag im Dunkeln, das groteske Sofa ragte wie eine Aschewolke darin auf. Ich schaltete das Licht ein, außerdem eine Stehlampe in einer Ecke. Ging in unser Schlafzimmer, schaltete auch dort das Licht ein sowie alle Lampen. Ich brauchte so viel Licht wie möglich um mich.

Ich setzte mich aufs Bett, rief Großvater erneut an. Wieder keine Antwort.

Schritte näherten sich. Madde kam ins Zimmer, sah mich fragend an.

Wieder schaltete sich die Mailbox ein, und ich legte auf, wollte nicht noch eine Nachricht hinterlassen.

»Meldet er sich nicht?«

»Nein.«

Madde setzte sich mit einem Seufzer neben mich. Sie wollte nach meiner Hand greifen, doch ich zog sie weg. Mir zugewandt blieb sie sitzen, die Hand geöffnet auf dem Knie. Ihr ganzer Körper eine Frage, die nicht ausgesprochen werden musste.

Schweigend saßen wir da. Dann sah ich zu ihr.

»Warum hast du nicht gesagt, dass mein Vater mein Handy genommen hat?«

»Das habe ich nicht gewusst!« Sie gestikulierte verzweifelt. »Ich bin dir doch nachgerannt.«

Ich wandte den Blick ab. Sie begann zu weinen.

Sie hatte ja recht.

»Tut mir leid«, sagte ich mit dünner Stimme.

Madde wischte sich eine Träne von der Wange. »Warum kapierst du nicht, dass ich auf deiner Seite bin?«

»Weil ich ein Idiot bin.«

Ich streckte die Arme aus, und nach kurzem Zögern schmiegte Madde sich an mich.

Lange saßen wir so da und wiegten uns.

Der Raum lag im Dunkeln, schmale hellere Streifen zeigten an, wo die Vorhänge nicht ganz zugezogen waren.

Madde schlief auf der Seite, von mir abgewandt.

Ich lag da und starrte an die Decke.

Drei Mal hatte ich noch versucht, Großvater zu erreichen, immer vergeblich. Das bereitete mir Sorgen. Aber ich redete mir ein, dass sicher nur sein Akku leer war.

Auf der Bettkante hatte ich zu Madde gesagt, dass ich ihm sofort nachgefahren wäre, wenn ich nicht so viel Alkohol getrunken hätte. Mein Vater und ich waren fertig miteinander. Ich wollte sein verdammtes Geld nicht. Alles, was er anfasste, war vergiftet. Er mochte ja ein Genie sein, zumindest sagten das die Leute ja, aber er war auch völlig durchgeknallt.

Madde hatte genickt und gesagt, für sie sei nur wichtig, dass wir zusammen waren. Sie hatte vorgeschlagen, zu packen und am nächsten Tag nach dem Frühstück zu fahren.

Doch daran dachte ich nicht.

Ich weiß, was du getan hast.

Was hatte Großvater damit gemeint?

Ich weiß, was du getan hast.

Mein Vater musste mit etwas davongekommen sein. Großvater wusste davon, hatte meinen Vater aber bisher nie damit konfrontiert. Er konnte also nicht darauf anspielen, dass mein Vater mich verlassen hatte. Das war ja auch kein Geheimnis.

Es musste etwas anderes sein. Etwas Bedeutsameres.

Du hast unser Leben zerstört.

Und plötzlich wurde mir klar, was mir im Atelier unterbewusst aufgefallen war. Was ich nicht hatte greifen können.

Seltsam, wie tief Erinnerungen in uns vergraben sein können. Und wenn man in ihnen wühlt wie im Grund eines Sees, steigen sie nach oben.

Jetzt erinnerte ich mich. Mein Herz schlug schneller.

Ich musste noch einmal ins Atelier.

Kapitel 52

Ich stehe in der Wäscherei. Ziehe ausgebleichte Hosen und Hemden ohne Kragen aus einer Waschmaschine in einen großen Drahtkorb mit Rollen.

Jetzt bin ich also doch hier gelandet.

Ich rolle den Korb zum Trockner und schiebe die feuchten Kleidungsstücke hinein. Alle Maschinen sind doppelt so groß wie in normalen Haushalten. Industriemaschinen. Es ist warm und riecht angenehm nach Waschmittel. Riesige Wollmäuse jagen einander auf dem Fliesenboden.

Soraya hat so lange auf mich eingeredet, bis ich gestern eine Stunde hier war. Es sagt wohl etwas über die Eintönigkeit in meiner Zelle aus, dass ich heute auch wieder hier bin.

Leben will ich nicht mehr, aber langweiliger als notwendig muss es ja auch nicht sein.

Nachdem ich den Trockner gefüllt habe, ziehe ich das Sieb heraus, um zu überprüfen, ob es gesäubert werden muss. Es ist von einem dunkelgrauen Vlies aus Staub und Fusseln bedeckt, und ich zupfe es ab. Eine sehr befriedigende Tätigkeit. Probiert es selbst mal.

Da höre ich Schritte hinter mir, wahrscheinlich einer von den Wachleuten, und drehe mich um. Doch ein recht kleiner bulliger Mann in Gefängniskleidung steht vor mir. Er ist übertrieben muskulös, Arme, Hals und das halbe Gesicht sind tätowiert. Das dichte schwarze Haar ist an den Seiten abrasiert. Arabischer Hintergrund, denke ich, vielleicht auch türkischer.

»Brudi«, sagt er. »Kannst du mir bei etwas helfen?«

Sein Tonfall ist freundlich, doch mir ist klar, dass man diesem Typen keine Bitte abschlägt.

»Arbeitest du hier?«, frage ich.

Er grinst. »Haha, nein, ich arbeite hier nicht.«

»Okay.«

»Sehe ich aus, als ob ich hier arbeite?«

»Keine Ahnung.«

»Arbeitest du hier?«

»Gerade schon, ja.«

»Aber du bist doch in U-Haft, oder?«

»Ich glaube nicht, dass du hier sein darfst.«

Der Typ wirkt ehrlich verblüfft. »Du glaubst, dass ich nicht hier sein darf?«

»Ja.«

Verblüfft und interessiert. Er kommt auf mich zu. »Warum glaubst du das?«

»Weil ich keine anderen Insassen sehen darf. Deshalb bin ich in der Wäscherei.«

Er lächelt und kommt noch weiter auf mich zu. »Aber das kann uns doch egal sein, wir sind doch toughe Jungs? Oder?«

Er steht direkt vor mir, sieht mir ins Gesicht. Wir schweigen.

Ich balle die rechte Hand zur Faust.

In diesem Moment höre ich Pers Stimme. »Abbe? Ich habe nach Ihnen gesucht.«

»Ach ja?«, erwidert Abbe, ohne den Blick von mir abzuwenden.

»Kommen Sie. Wir wollten doch jetzt Karten spielen.« Per tritt zu uns und führt Abbe mit sanftem Nachdruck zur Tür. Der Bann ist gebrochen, der Starrwettbewerb unentschieden ausgegangen.

»Wer ist denn der Trottel?«, fragt Abbe.

»Kümmern Sie sich nicht um ihn. Er ist aus Småland.«

Am Abend liege ich in meiner Zelle, schaue an die Decke und denke darüber nach, wie kurz davor ich gewesen war, Abbe in der Wäscherei zusammenzuschlagen. Was hätte mein Vater dann von mir gedacht?

Das war ein schöner rechter Haken, den du ihm da verpasst hast.

Er wäre stolz. Und das behagt mir gar nicht.

Ich bin nach Fårö gefahren und wurde zu einem anderen Menschen.

Oder zu dem, der ich eigentlich schon immer war.

Kapitel 53

Im Licht der Handytaschenlampe konnte ich dem Pfad gut folgen. Das Rauschen der Baumkronen schwoll an, ebbte ab, schwoll an, ebbte ab. Die Wellen schlugen nahezu unnatürlich laut an den Strand. Es klang, als seien sie nur ein paar Meter entfernt. Kurz darauf holte ich den Schlüssel unter dem Blumentopf hervor und betrat das Atelier.

Es roch fast noch stärker nach Farbe und Holzkohle als bei meinem ersten Besuch. Vielleicht wegen der Dunkelheit, in der die Nase nicht mit den Augen konkurrierte. Ich wagte kein Licht einzuschalten, falls man es vom Haus aus sehen könnte. Mein Vater könnte wach sein, oder Madde. Oder Barbro.

Hatte sie sich auch heute Nacht in der Küche zusammengekauert, um dort zu schlafen?

Ich leuchtete mit der Handytaschenlampe herum. Der Raum wirkte kleiner, doch alles stand am selben Platz wie am Tag zuvor. Die kleine Götterstatue auf dem Schreibtisch sah seltsam lebendig aus, wie sie ausdruckslos ins Licht starrte. Und ich war sicher: Sobald ich mich abwandte, würde sie blinzeln.

Ich beleuchtete die kleine Statue noch ein bisschen länger. Sie machte mir fast mehr Angst als die großen Figuren in unserem Schlafzimmer. Doch kein Blinzeln. Ich schauderte.

Dann richtete ich das Handylicht auf das große Gemälde, wegen dem ich extra nachts aufgestanden und hergekommen war. Da stand es, an die Wand gelehnt und mit den Laken abgedeckt.

So hatte ich es schon einmal gesehen. Vor vielen Jahren, an einem anderen Ort.

Wir hatten meinen Vater in seinem Atelier in Stockholm besucht. Ich war sechs, Klara war drei. Es war Sommer, meine Mutter hatte Urlaub. Am Tag darauf sollten wir ohne meinen Vater zu meinen Großeltern nach Småland fahren. Früh am Morgen, weshalb wir uns von ihm verabschieden wollten.

Das Atelier war ein hoher Raum mit großen Fenstern, durch die das Licht fiel. Überall standen Bänke und Regale mit Farbdosen und Pinseln und Werkzeugen, der Boden war mit farbbeflecktem Karton ausgelegt.

Im Atelier hatte mein Vater immer gute Laune. Zu Hause war er oft geistesabwesend. Sogar wenn wir als Familie etwas unternahmen, zum Beispiel Kuchen aßen oder baden gingen, war er irgendwie nicht richtig dabei. Als Kind dachte ich, dass mein Vater lieber in seinem Atelier war, als Zeit mit mir, Klara und meiner Mutter zu verbringen. Und dass meine Mutter deshalb oft traurig war, auch wenn sie es vor uns Kindern zu verbergen versuchte.

Also hatte ich immer gute Laune. Es war meine Aufgabe, alle aufzumuntern, das war mir klar. Meine Schwester war dafür noch zu klein.

Ich werde die ganze Welt malen, Mama.

Meine Mutter hatte wohl geplant, dass wir kurz im Atelier auf Kaffee und Kekse vorbeischauen und dann wieder zurück in die Wohnung fahren würden, um zu packen. Klara und ich durften malen! Wir zogen uns kleine Malerkittel an und bekamen Farbe, Pinsel und große Papierbögen. Mein Vater sagte, wir sollten sie vollspritzen.

Er hatte gute Laune. Sehr gute Laune. Fast schon zu gut.

»Los, noch mehr Farbe! Nur drauf damit! Haha!« Er lachte laut, seine Augen funkelten. Farbe verteilte sich auf den Papierbögen und darum herum.

Klara hatte einen Heidenspaß, doch ich machte mir allmählich Sorgen. Irgendetwas stimmte nicht. Meine Mutter spürte es auch, das sah ich an ihrem angespannten Blick.

Ich wollte meinem Vater zeigen, dass ich mich beim Malen amüsierte, damit er nicht enttäuscht war, aber zugleich wollte ich nicht zu begeistert wirken, weil meine Mutter sonst denken könnte, ich wäre zu sehr von meinem Vater beeinflusst und sie hätte die Kontrolle über uns Kinder verloren, was ihr noch mehr Sorgen bereiten würde. Du entscheidest, signalisierte ich ihr immer wieder mit Blicken. Wenn wir fahren sollen, sag es.

Ich war ein hochsensibles Kind, erfasste immer alle Stimmungen im Raum, bei allen Menschen. Das war ganz schön anstrengend.

Zum Atelier gehörte eine kleine Küche, in der meine Mutter Kaffee kochte, während wir malten. Als sie fertig war, setzten wir uns auf Hocker um den kleinen Tisch. Auf einem Regalbrett über der Spüle stand die kleine Steinfigur mit den Schlitzaugen. Da sah ich sie zum ersten Mal. Ich weiß noch, dass ich Angst davor hatte. Irgendwie verband ich die Überdrehtheit meines Vaters mit ihr.

Klara und ich bekamen Saft, und er öffnete eine Keksrolle der Länge nach.

»Nehmt euch! Esst, esst!«

Klara sah ihn überrascht an und nahm sich einen Keks. Mein Vater schob sich gleich drei in den Mund.

»Immer nur einen Keks auf einmal«, mahnte meine Mutter. »Sonst bekommt ihr Bauchweh.«

»Mein Atelier, meine Regeln«, sagte mein Vater. »Hier dürft ihr euch so viele Kekse nehmen, wie ihr wollt.« Er grinste Klara an, beugte sich vor und zwinkerte ihr betont zu.

Ich nahm mir einen Keks und knabberte daran.

Die kleine Steinfigur hatte die Hände in die Hüften gestemmt und blickte streng nach vorn.

Im Atelier lehnte eine riesige Leinwand an der Wand. Sie war so groß wie ein Erwachsener und noch breiter. Sie war mit Laken abgedeckt. Nachdem Klara ihren Saft getrunken hatte, rutschte sie von dem Hocker und ging zu der großen Leinwand. Als die Neugier zu groß wurde, hob sie den Stoff an einer Ecke an. Rote und orangefarbene Flächen waren zu sehen, dicke Farbschichten.

»Klara, lass das bitte.« Mein Vater klang sehr bestimmt, doch Klara schien es nicht zu bemerken.

Meine Mutter sagte: »Klara? Komm bitte her.«

Doch meine Schwester zog fest an dem Laken, das ins Rutschen geriet und bald das ganze Gemälde enthüllen würde.

Mein Vater sprang auf und war mit ein paar großen Schritten bei Klara, zog ihre Hand von dem Stoff weg, schlang den Arm um ihren Bauch und riss sie hoch.

Alles innerhalb weniger Sekunden.

Ich hatte nicht gewusst, dass mein Vater sich so schnell bewegen konnte.

Er brüllte nicht, er schimpfte nicht, doch die Wildheit seiner Bewegungen war beängstigend. Er hatte reagiert, als schwebte Klara in Lebensgefahr.

Erst war sie überrascht, dann brach sie in Tränen aus.

»Mama!«, jammerte sie. Mein Vater hielt sie immer noch fest. »Mamaaaa!«, schluchzte sie.

Meine Mutter eilte hinzu und streckte die Arme aus. »Komm her, Schatz.«

Mein Vater gab sie ihr geistesabwesend, wie eine Tüte mit Einkäufen. Ihm war wichtiger, dass das Gemälde noch verdeckt war, er zupfte das Laken auf der Rückseite zurecht, damit es nicht doch noch herunterrutschte.

»Na, na, ist doch alles gut«, tröstete meine Mutter Klara, dann sagte sie fest, wir müssten fahren und zu Hause weiter packen.

Ich war erleichtert. Die Stimmung zwischen meinen Eltern war angespannt, und sie sollten besser nicht im selben Raum sein.

Wir Kinder umarmten unseren Vater.

»Bis bald«, sagte er. »Ich weiß noch nicht, ob ich im Sommer zu euch nach Småland kommen kann.«

Ich sah jedoch nur zu dem geheimnisvollen Gemälde und überlegte, was er wohl gemalt hatte.

Und jetzt stand ich in dem kleinen Atelier in Ajkeshorn vor eben diesem Gemälde und stellte mir die Frage immer noch.

Es war doch dasselbe Gemälde, oder?

Ich beleuchtete die große, abgedeckte Leinwand.

Sie wirkte etwas kleiner, als ich sie in Erinnerung hatte. Aber damals war ich ja auch erst sechs gewesen, alles war mir viel größer erschienen.

Die Laken kamen mir auch bekannt vor. Waren es etwa noch dieselben wie damals?

Mein Herz schlug schnell, mein Mund war wie ausgedörrt.

Ich hob das Tuch in der rechten unteren Ecke an, so wie Klara vor bald zwanzig Jahren.

Rote und orangefarbene Flächen. Dick aufgetragene Farbe.

Ich riss das Tuch herunter und trat zurück.

Ja. Es war dasselbe Gemälde. Das wir auf keinen Fall hatten sehen dürfen.

Ich atmete flach und abgehackt, bekam aber trotzdem nicht genug Luft. Mir war schlecht und schwindelig, mein Herz schlug immer schneller.

Ich weiß, was du getan hast.

Gestern hatte mein Vater gesagt, dies sei das erste Bild, das er von dem Brand gemalt hatte, bei dem meine Mutter und Klara umgekommen waren. Mit dem er sein Trauma in Farbe gebannt hatte. Der Wendepunkt seiner Karriere.

Das Problem war, dass sich der Brand damals, als Klara das Bild beinahe enthüllt hätte, noch gar nicht ereignet hatte. Am Tag danach erst waren wir nach Småland gefahren, ins Sommerhaus. Meine Großeltern waren noch in der Stadt. Eine Woche später war dann das Unglück geschehen.

Du hast unser Leben zerstört.

Mein Vater hatte ein Bild von einem Brand gemalt, der sich damals noch gar nicht ereignet hatte.

Das konnte doch nicht sein. Und doch war es so.

Ich konnte keinen klaren Gedanken fassen.

Das musste ich Madde erzählen. Würde sie mir glauben? Sollte ich Großvater anrufen?

Meine Gedanken waren wie ein Schwarm Nachtfalter unter einer Straßenlaterne, flatterten orientierungslos durch meinen Kopf, hin und her. Ich verlor allmählich die Kontrolle.

Mechanisch zog ich das Tuch weiter von dem Bild, dann das zweite, das darunter lag. Ohne nachzudenken, wie wenn man gerade telefoniert und parallel Kaffee aufsetzt. Ich nahm nur das Chaos in mir war, das immer schneller in mir herumwirbelte und mich fast ohnmächtig werden ließ.

Ich warf das zweite Tuch zu Boden. Trat ein Stück zurück, beleuchtete die Leinwand.

Und es haute mich fast um.

Alles um mich verschwamm. Bis auf das Bild.

Es katapultierte mich in die Vergangenheit zurück.

Kapitel 54

Ich träume, dass ich in meinem Bett im Sommerhaus meines Großvaters schlafe. Das Licht im Flur brennt so hell, dass ich davon aufwache. Irgendetwas stimmt mit der Lampe nicht, sie flackert, fast wie der Fernseher, wenn man sich einen Film ansieht. Außerdem knistert und raschelt irgendetwas.

Das Zimmer von Klara und mir liegt im oberen Stockwerk. Mama schläft im Erdgeschoss.

Ich würde gerne aufstehen und nachsehen, was im Flur los ist, aber mein Körper gehorcht mir nicht, und so geht es einem doch nur im Traum, oder? Ich kann also gar nicht wach sein. Wie gelähmt liege ich im Bett, und die Lampe im Flur wird immer heller, und es knistert und raschelt immer lauter, und jetzt riecht es auch noch verbrannt und nach Rauch, wie beim Grillen, und dann ist da noch ein Gestank, den ich noch nie gerochen habe, er ist süßlich und gleichzeitig ekelerregend.

Jetzt spüre ich die Hitze im Gesicht, wie an einem großen Lagerfeuer. Vorne ist einem warm, doch am Rücken friert man. Was ist das nur für ein Traum? Ich kann alles sehen, hören, riechen, sogar spüren.

Schließlich gehorcht mir mein Körper. Verschlafen setze ich mich halb auf. Dann kommt der Schock.

Der Flur brennt. Die Tür steht einen Spalt offen, und ich sehe die Flammen, höre ihr Brüllen, rieche ihren Geruch. Der Rauch dringt in Schwaden ins Zimmer und steigt an die Decke.

Panisch springe ich aus dem Bett und schreie:

»MAMA! MAMAAAAA!«

Sie antwortet nicht.

Aber sie muss einfach kommen und uns retten, etwas anderes ist doch gar nicht möglich. Also schreie ich wieder: »MA-MAAAAA!«

Klara wacht in ihrem Bett auf, das ein paar Meter neben mir steht, in einer Welt, die wahnsinnig geworden ist. Sie setzt sich auf und bricht in Tränen aus, weint verzweifelt.

Das setzt etwas bei mir in Gang. Ich bin nicht nur ein hilfloser, verängstigter Sechsjähriger. Ich bin auch ein großer Bruder und so viel größer und stärker als meine dreijährige Schwester. Ich weiß und kann so viel mehr.

Ich muss uns hier rausholen.

Ich gehe zur Tür und schaue in den Flur. Die Hitze ist unerträglich, sofort muss ich das Gesicht wieder abwenden. Es brennt überall. Die hoch lodernden Flammen und die aufsteigenden Funken haben mich bei Lagerfeuern immer beeindruckt. Doch ein solches Feuer in einem engen Flur in einem alten Holzhaus zu sehen, jagt mir nur Angst ein.

Dieser fremdartige Geruch, so schwer und klebrig, füllt meine Lungen. Die Flammen scheinen mit jeder Sekunde lauter zu brüllen.

Ich gehe zurück zu Klara, nehme ihre Hand und will sie aus dem Bett und zur Tür ziehen. Doch sie weigert sich und schreit noch lauter. Sie spürt instinktiv, wie falsch es ist, auf das Feuer und den Rauch und das Brüllen zuzugehen, anstatt davonzulaufen.

»HÖR AUF!«, schreie ich, um das Tosen zu übertönen. »WIR MÜSSEN HIER RAUS!«

Klara ist völlig außer sich.

»NEEEEIN! NEEEEIN!«

»KOMM SCHON!«

Ich ziehe wieder an ihrer Hand und schaffe es, dass sie aus dem Bett krabbelt. Dann lasse ich sie los und schaue wieder durch den Türspalt, muss den Kopf aber sofort zurückziehen. Die Hitze ist unerträglich. Überall lodern Flammen, zwischen den Wänden, vom Boden bis zur Decke. Das Feuer will mich und Klara und das Haus vernichten, es brüllt mir ins Ohr, dass ich sterben werde.

Wenn wir uns in unsere Decken wickeln, sollte uns das ein wenig schützen, überlege ich. Und dann rennen wir los, springen durch das Feuer, zur Treppe.

»Klara«, sage ich laut, aber ruhig, und packe sie an den Schultern. Doch sie hört mir nicht zu, sie weint und schluchzt nur verzweifelt.

»MAMAAAA!«

So geht das nicht, wir haben keine Zeit, wir werden sterben.

»HÖR MIR ZU!«, schreie ich panisch und schüttele sie. Ich weine auch, würde am liebsten auch einfach nur nach meiner Mama rufen. Doch der große Bruder in mir will etwas anderes.

Und Klara verstummt tatsächlich. Vielleicht ist es der Schock. So hart war ich noch nie zu ihr.

»Wir müssen durch den Flur laufen«, sage ich. »Mit unseren Decken.«

Ich hülle Klara in ihre Decke und zeige ihr, wie sie sie festhalten soll. Klara schnieft, hält die Stoffecken jedoch krampfhaft umklammert. Ich reiße meine Decke vom Bett und lege sie mir um. Renne zur Tür, wo mir die Flammen entgegenschlagen, und weiche zurück.

Der Rauch wirbelt um uns herum und brennt in den Augen.

Ich ziehe Klara ihre Decke wie eine Kapuze über den Kopf und brülle: »RENN! Renn zur Treppe und dann nach unten.«

Klara gehorcht und stolpert auf ihren kleinen Füßen zur Tür, die Decke schleift hinter ihr auf dem Boden, und ich muss aufpassen, dass ich nicht darauftrete.

Bei der mörderischen Hitze an der Tür zögert Klara.

Ich brülle: »JETZT LAUF SCHON!«

Klara schreit gellend und rennt in das Flammeninferno, während ich mir meine Decke über den Kopf ziehe und ihr nachlaufe. Dabei trete ich doch auf ihre Decke, weil ich nicht länger warten kann, ich habe das Gefühl, selbst in Flammen aufzugehen, jetzt sterbe ich, ich sehe nichts, aber ich weiß, in welcher Richtung die Treppe liegt, ich stolpere über etwas und renne weiter, trete ins Leere, falle nach vorn, überschlage mich und merke erst am Fuß der Treppe, was passiert ist.

Ich bekomme keine Luft.

Aber ich lebe.

Hier brennt es nicht so stark. Es ist heiß, der Rauch brennt in Hals und Augen, aber ich habe nicht das Gefühl, gleich zu sterben. Noch nicht.

Ich rappele mich auf, immer noch in die Decke gehüllt.

Wo ist Klara?

Sie ist nirgends zu sehen.

Ist sie schon aus dem Haus?

Nein, das ist unmöglich.

Ich kenne die Antwort.

Sie ist noch oben im Flur. In der Hölle.

Als ich auf ihre Decke getreten bin, muss sie hingefallen sein. Über sie bin ich gestolpert. Aber ich bin nicht stehen geblieben und habe ihr geholfen, weil ich nicht sterben wollte.

»KLARA!!!«, schreie ich verzweifelt. »KLARA!!!«

Keine Antwort.

Ich lasse die Decke auf dem Boden liegen, laufe ein paar Stufen die Treppe hoch, muss dann aber wieder zurückweichen. Husten schüttelt mich.

Sie wird sterben, denke ich.

Und dann sehe ich, wie eine kleine Gestalt über die oberste Stufe kriecht und dann nach unten rollt.

Klara. Auf halber Höhe bleibt sie liegen. Auf halbem Weg in die Sicherheit.

»Klara!« Ich schluchze wieder, aber in die Angst mischt sich jetzt auch ein wenig Hoffnung. Wieder renne ich die Treppe hoch, die Hitze macht mir nichts aus, ich packe meine Schwester unter den Armen und ziehe sie nach unten, weg vom Feuer, durch den jetzt auch völlig verrauchten unteren Flur, lege sie auf die Fußmatte, während ich die Haustür aufstoße, ziehe sie die zwei Stufen hinunter aufs Gras, das feucht vom Tau ist, Richtung See. Fort von dem brennenden Haus.

Im Rücken spüre ich immer noch die Flammenhitze, die Luft vom See kühlt in der lauen Sommernacht mein Gesicht. Und es ist so herrlich dunkel. Dunkelheit bedeutet jetzt Leben. Licht ist der Tod.

Ich lege meine Schwester auf dem Boden ab und sinke neben ihr ins Gras. »Klara? Klara?«

Sie sieht schrecklich aus im Schein der Flammen. Die Haare sind zur Hälfte verbrannt, das halbe Gesicht ist schwarz, bis auf einen roten Riss unter dem Auge, wo die Haut aufgeplatzt ist. Sie riecht nach Rauch und verbrannten Haaren.

Sie sieht aus, als ob sie schläft.

»Klara?« Vorsichtig nehme ich ihre Hand und drücke sie.

Meine Schwester öffnet die Augen und sieht mich undeutlich an. Dann schließt sie die Augen wieder, sie scheint schlafen zu wollen. Auch wenn sie so schrecklich aussieht, hat sie immer noch diesen gutmütigen, vertrauensseligen Gesichtsausdruck, den ich so liebe. Als ob sie überzeugt wäre, dass ihr nichts Böses passieren könnte. Das beruhigt mich irgendwie.

Ihr Schlafanzug ist zerfetzt, ein Ärmel abgefallen, und der kleine pummelige Arm ist auch schwarz verbrannt, Muskeln, Sehnen, alles ist von dunkelrotem Blut durchzogen. Sie braucht dringend Hilfe, könnte immer noch sterben, so viel ist mir klar.

»HILFE!!!«, schreie ich und bin wieder ein verzweifelter Sechsjähriger, der nicht weiß, was er tun soll. »HILFE!!!«

Niemand antwortet.

Das brennende Sommerhaus erhellt die Nacht. Die Flammen schlagen aus den Fenstern, brüllen und toben.

Ich gehe ein paar Schritte auf das Haus zu, bis es zu heiß wird.

»MAMAAA!!! MAAAMMMAAAA!!!«

Falls sie noch da drinnen ist, ist sie mittlerweile tot.

Schnell schiebe ich den Gedanken weg, bevor er zu konkret wird, das ertrage ich nicht.

Sie hat es nach draußen geschafft, denke ich stattdessen, ganz bestimmt. Sie ist aufgewacht und wollte uns aus unserem Zimmer holen, doch die Flammen waren im Weg, und sie musste umkehren, dachte vielleicht, wenn ich selbst sterbe, kann ich erst recht nichts mehr für meine Kinder tun. Lieber hole ich Hilfe.

So muss es gewesen sein. Sie lebt noch, und Klara lebt auch noch, und alles kann immer noch gut werden.

Aber wohin ist Mama gelaufen, um Hilfe zu holen?

Zu Ingegerd und Kjell, natürlich.

Das sind unsere Nachbarn. Sie wohnen in der nächsten Bucht, ein Stück durch den Wald. Sie sind noch älter als Großvater und Großmutter und lieben Kinder. Es ist so gemütlich, im Sommer bei Regen auf ihrer Terrasse unter der halb durchsichtigen Überdachung zu sitzen und selbstgemachten Kirschsaft zu trinken und Gebäck zu essen, bis man fast platzt.

Ja, Mama ist wohl zu Ingegerd und Kjell gelaufen.

Ich bin den Weg durch den Wald schon oft mit ihr gegangen, er dauert fünfzehn oder zwanzig Minuten. Ich müsste ihn auch im Dunkeln finden. Man geht fast die ganze Zeit am Wasser entlang, nur ein Stück führt über eine Landzunge durch dichten Nadelwald. Doch dann sieht man den See wieder und ist gleich bei Ingegerd und Kjell.

Vielleicht treffe ich Mama ja auf halbem Weg, sie kommt sicher gerade zurück.

Ich gehe zu Klara, die leblos im nachtfeuchten Gras liegt. Wieder erschrecke ich, wie verbrannt sie ist, fast noch mehr als beim ersten Blick auf ihre Verletzungen. Die verkohlten Haare, die schwarze, rissige Haut. Das nackte, glänzende Fleisch. Ihre andere Körperhälfte hingegen ist unversehrt, eine perfekte Dreijährige in einem ausgewaschenen Schlafanzug mit Autos und Bussen. Was für ein Kontrast.

Ich knie mich neben sie und streiche ihr über die perfekte, unverletzte Wange.

»Klara?«, flüstere ich. »Klara?«

Sie öffnet die Augen nicht, aber sie schluckt und dreht den Kopf ein wenig zur Seite.

Ja, sie ist am Leben.

Und mir ist klar, dass ich sie nicht hier lassen kann, ich muss sie zu Ingegerd und Kjell bringen, damit sie so schnell wie möglich Hilfe bekommt.

Mama könnte tot sein.

Ein Abgrund tut sich in mir auf.

Vielleicht kommt gar niemand, um uns zu helfen, und dann muss ich Klara retten. Was, wenn ich das nicht schaffe?

Kann die Welt wirklich so grausam sein? Alles, was ich über das Leben zu wissen glaubte, ist plötzlich unsicher.

Mein Vater hat mir einmal ein kurzes Video auf dem Computer gezeigt, eine Waschmaschine, deren Trommel sich immer schneller drehte, die über den Boden rutschte, immer stärker, bis sich schon Teile lösten, die Maschine schien völlig verrückt geworden zu sein, bewegte sich immer schneller, bis sie schließlich umkippte. Sie zappelte und zuckte weiter, wie ein Hecht, den Großvater aus dem See geangelt und ins Boot gelegt hatte.

Mein Vater lachte. Ich war entsetzt und hatte Todesangst.
Jetzt habe ich das Gefühl, die ganze Welt ist wie diese Waschmaschine. Alles gerät aus den Fugen, immer schneller, und bald wird alles unaufhaltbar zusammenbrechen.

Ich schiebe einen Arm unter Klaras Hals und den anderen unter ihren Hintern und hebe sie hoch. Ihr Kopf fällt nach hinten über meinen Arm, ihr Mund öffnet sich einen Spalt. Sie ist schwer, doch ich schaffe das.

Mit Klara auf dem Arm gehe ich zu den Bäumen oberhalb des Ufers, wo der Weg zu Ingegerd und Kjell anfängt. Der Wald sieht im Flammenschein fast unwirklich aus, wie in einem Zeichentrickfilm. Ich finde den Weg und laufe los.

Er ist schmal und gewunden, voller Wurzeln und Steine. Der Flammenschein zuckt über Baumstämme und moosbewachsene Felsbrocken. Hier ist es kühl, die Hitze des Feuers dringt nicht in den Wald.

Klara ist schwer, ihr Kopf, ihre Arme und Beine baumeln herab. Meine Arme tun weh, die Knie sind weich. Ich muss mich ausruhen. Vorsichtig lege ich Klara auf den Waldboden und strecke mich. Das Seeufer ist nur ein paar Meter entfernt. Der Brandgeruch vermischt sich mit dem süßlichen Duft, den ich mit den Sommern am See bei meinen Großeltern verbinde. Großvater hat mir einmal die Pflanze gezeigt, die ihn verbreitet, und mir einen Zweig unter die Nase gehalten. Gagelstrauch, ein niedriges Gewächs am Ufer.

Ich blicke über den See. Auf der stillen schwarzen Wasseroberfläche spiegelt sich das lodernde Sommerhaus. Der Schein reicht sogar bis ans andere Seeufer.

Ich würde mich gern länger ausruhen, aber es ist noch weit, und Klara braucht Hilfe. Ich hebe sie hoch, und sie fühlt sich jetzt schon viel schwerer an als noch vor dem Sommerhaus.

Die lauernde Panik, dass ich es nicht schaffen werde.

Ich stolpere mit Klara im Arm weiter, immer tiefer in den Wald hinein. Das Brüllen und Flackern des Feuers wird leiser und schwächer, es wird dunkler und kälter.

Der Weg verläuft weiter gewunden zwischen den Bäumen hindurch, bis ich den Fuß nicht hoch genug über eine große Wurzel hebe und stolpere.

Irgendwie gelingt es mir, Klara nicht fallen zu lassen, sondern sie ins weiche Moos neben dem Weg zu legen und dann neben ihr auf die Knie zu sinken. Mein Herz schlägt schnell, ich keuche, Schweiß bedeckt mein Gesicht. Meine Arme beben von der Anstrengung, ich kann sie kaum ausstrecken.

Mühsam setze ich mich auf den Boden. Um mich herum ist es dunkel und still. Die Bäume stehen dicht an dicht, ich halte den Atem an, das Plätschern des Sees ist nicht mehr zu hören.

Ich bin auf der Landzunge, und jetzt ist es nicht mehr weit zu Ingegerd und Kjell, den restlichen Weg schaffe ich hoffentlich ohne Pause. Das gibt mir Kraft. Ich hebe Klara wieder hoch und blicke auf ihren Bauch, um ihre verbrannte Körperhälfte nicht ständig sehen zu müssen.

Wie damals, als Großvater Würstchen gegrillt und vergessen hat, sie zu wenden. Ganz schwarz waren sie auf einer Seite und aufgeplatzt.

Ich gehe weiter, mit meiner schwer verletzten Schwester auf dem Arm, Schritt für Schritt, muss aufpassen, dass ich nicht wieder stolpere. Ich bin erschöpft, mein Herz hämmert gegen den Brustkorb.

Ich bin so müde, so außer Atem, so verschwitzt und so durstig, dass ich nicht klar denken kann. Doch eins fällt mir auf: Eigentlich hätte ich schon längst wieder am Seeufer sein müssen. Doch ich laufe immer noch durch dichten Wald.

Ja, ich laufe sehr langsam.

Aber trotzdem.

Es ist noch dunkler geworden. Der Wald scheint mich in seinen großen Sack aus Baumstämmen und Ästen und Moos gesteckt und ihn zugebunden zu haben.

Ich kann nicht mehr denken.

Bald muss ich wieder eine Pause machen. Und dann noch eine. Immer kürzer sind die Abschnitte, die ich mich mit Klara auf den Armen vorwärtszwinge, immer länger die Pausen. Irgendwann sind sie gleich lang, wie eine Tagundnachtgleiche. Dann muss ich mich fast ständig ausruhen. Erschöpft lege ich mich neben Klara auf den Boden.

Ich schlafe ein, wache abrupt auf, glaube, in der Ferne Sirenen zu hören. Hebe Klara hoch und trage sie ein Stück weiter. Ich habe Durst, mir ist schwindelig. Es pfeift in meiner Brust beim Atmen. Neben dem Weg ist eine größere Moosfläche, dort lege ich Klara ab und lege mich daneben. Das Moos ist feucht und angenehm kühl. Und die Luft ist so klar, ohne Brandgeruch. Ein wunderbarer Ort, um sich auszuruhen. Nur ganz kurz. Dann trage ich Klara zu Ingegerd und Kjell, und dort ist auch Mama und wird vor Erleichterung weinen, wenn sie uns sieht, ganz bestimmt. Sie hat schon die Feuerwehr und den Notarzt alarmiert, Hilfe ist unterwegs. Ingegerd holt Desinfektionsmittel und Pflaster, und Mama kümmert sich um Klaras Verletzungen. Kjell stellt Saft und Kekse auf den Tisch.

Alles wird gut.

Als ich zum zweiten Mal aufwache, fröstele ich. Meine Kleider sind feucht vom Moos, meine Haut kalt. Ich hebe den Kopf, bin aber so benommen, dass ich ihn gleich wieder aufs Moos sinken lasse. Ich muss noch ein bisschen schlafen, nur noch ein kleines bisschen.

Aber der Wald ist nicht mehr so schwarz. Die Dämmerung zieht auf.

Das nächste Mal wache ich von einem seltsamen Geräusch auf, nein, mehreren, verschiedenen. Ein Klicken, Picken. Ein Laut, wie wenn eine Katze sich abrupt schüttelt. Ein Schmatzen. Leise, fast schüchtern. Trotzdem deutlich zu hören.

Mein Bewusstsein ist ein U-Boot, das an die Oberfläche steigt. Diesmal dreht es nicht wieder um. Es ist noch nicht Morgen, aber auch nicht mehr Nacht. Die Farben kehren in den Wald zurück, Grün und Schwarz und Grau.

Was war das nur für ein Geräusch?

Benommen setze ich mich halb auf, und etwas flattert hinter mir. Erschrocken drehe ich mich um.

Der große schwarze Vogel ist bereits in der Luft, landet aber ein paar Meter weiter auf einem Felsblock. Trippelt auf und ab im Moos. Starrt mich mit schiefgelegtem Kopf an, aufgebracht, weil ich ihn gestört habe.

Er hat etwas im Schnabel. Etwas Blutiges, Schleimiges. Dann wirft er den Kopf zurück und verschlingt seine Beute.

Ich sehe zu Klara neben mir auf dem Moos.

Sie hat keine Augen mehr.

Zwei leere, blutige Augenhöhlen starren mich an. Und die Wunde an ihrer Wange ist viel größer geworden, ein Fleischfetzen hängt herunter. Durch ein Loch kann ich die Zunge sehen und die kleinen Milchzähnchen.

Der Vogel hat Klara angefressen.

Stöhnend krabbele ich rückwärts, weg von Klara, rappele mich auf und renne panisch um meine Schwester herum, ohne sie anzusehen.

»MAMAAAAA!!! MAAAAMAAAA!!«

Der Vogel breitet seine schwarzglänzenden Flügel aus und hebt ab. Einen Moment glaube ich, dass er sich auf mich stürzt. Doch er fliegt auf einen hohen Ast, von dem er Klara im Blick behält.

In mir zerbricht etwas. Ich muss mich bewegen, darf nicht stehen bleiben, sonst explodiere ich.

Es wird Morgen, die ersten Sonnenstrahlen fallen zwischen den Baumstämmen hindurch. Vögel zwitschern. Irgendwann beruhige ich mich etwas, setze mich auf den Boden. Umklammere meine angezogenen Knie, lege den Kopf darauf. Ich will von der Welt nichts mehr sehen, nichts mehr hören. In mir geht immer mehr kaputt, immer schneller, gerät außer Kontrolle. Wie die Waschmaschine in ihrem Totentanz.

Auf das Schlimmste, was man sich ausmalen kann, setzt die Welt dann etwas noch Schrecklicheres drauf. Etwas, das man nicht begreifen kann, weil es so fürchterlich ist.

An jenem Morgen im Wald, als ich zusammengekauert neben meiner toten Schwester im Wald sitze und die Vögel zwitschern, verstehe ich, dass die Welt so funktioniert. In dieser Überzeugung versenke ich meinen Anker, vertäue mich am Grund des Sees.

Die Sonne wandert über den Himmel, die Strahlen fallen über die Baumwipfel.

Fliegen surren um Klaras leere Augenhöhlen.

Rufe schallen durch den Wald.

»Isak! Klara! Wo seid ihr?«

Langsam kommen die Rufe näher. Bald darauf werde ich gefunden. Unbekannte Stimmen, jemand legt mir die Hand auf die Schulter.

Ich kauere immer noch auf dem Boden, den Kopf zwischen den Knien. Mein Körper hat sich verschlossen. Selbst wenn ich wollte, könnte ich ihn nicht öffnen.

Immer mehr Menschen kommen hinzu. Manche weinen bei Klaras Anblick und weichen in die raschelnden Blaubeersträucher zurück. Andere stöhnen oder schnappen nach Luft, bleiben aber stehen. Gehen neben mir in die Hocke. Sprechen ruhig und freundlich mit mir.

Jedes Mal, wenn mich jemand berührt, schlinge ich die Arme fester um meine Knie.

In meinem Kopf tobt immer noch das Feuer.

Kapitel 55

Ich war vor dem Bild auf die Knie gesunken. Presste die Stirn auf den Boden, damit ich nicht ohnmächtig wurde. In meinen Ohren rauschte es, wie wenn man an einer großen Muschel lauscht. Ich hörte auch einen schrillen Ton, und mir war übel.

Das Handy war mir aus der Hand gefallen und lag mit dem Licht nach unten auf dem Boden. Um mich herum war es dunkel. Bald legte sich die Übelkeit, und auch die Ohrgeräusche wurden leiser. Ich richtete mich auf die Knie auf. Kalter Schweiß bedeckte mein Gesicht, als hätte jemand mich mit Wasser besprüht. Sicher war ich kreidebleich.

Ich hob das Handy auf und richtete das Licht wieder auf die Leinwand. Ich kniete direkt davor, sah also nicht das ganze Bild, dafür aber Einzelheiten, Pinselstriche, Bereiche, in denen die Farbe mit dem Messer aufgetragen worden war. Ich sah vor mir, wie mein Vater daran gearbeitet hatte.

Ich sah die Farben. Das Flammeninferno.

Ich beleuchtete noch mehr Details.

Sah einen großen schwarzen Vogel mit ausgebreiteten Schwingen, der von einem Baumwipfel zum anderen flog. Etwas hing aus seinem Schnabel.

An einer Stelle wirkte es, als hätte mein Vater eine ganze Tube schwarzer Farbe auf die Leinwand gedrückt. Die getrocknete Farbe hatte Risse, in denen die darunterliegende rote Farbe zu sehen war.

Wie auf Klaras Arm.

Zwei Augen starrten mich an.

Die kleine Götterstatue auf dem Schreibtisch.

Was machte sie in dem Bild?

Denn das waren doch dieselben Augen?

Ich stand auf und holte die Statue. Beleuchtete das Bild mit etwas Abstand, konnte aber nicht mehr erkennen, wo ich die Augen gesehen hatte. Seltsam. Ich suchte die Leinwand noch einmal ab, jedoch vergeblich.

Schließlich kniete ich mich wieder direkt davor, und da waren sie. Ich hielt die Statue daneben. Ja, dieselben Augen.

Mein Vater hatte den Feuergott in das Bild hineingemalt.

Kapitel 56

»Madde? Madde?«

Ich schüttelte sie leicht an der Schulter. Sie drehte sich um und stöhnte leise.

»Mhm ...«

»Wach auf. Ich habe etwas entdeckt.«

Schließlich öffnete sie ein Auge und setzte sich verschlafen auf. »Wie spät ist es?«

»Viertel nach drei.«

Ich schaltete die Stehlampe auf meiner Bettseite ein. Madde drehte geblendet den Kopf weg.

»Aber was ist denn ...«

»Mein Vater hat ein Bild von dem Brand gemalt, bevor er passiert ist.«

Ich setzte mich auf die Bettkante und erzählte von Anfang an. Dass ich nicht hatte einschlafen können und über Großvaters Worte nachgedacht hatte. *Ich weiß, was du getan hast.* Dann war mir eingefallen, dass ich das Bild schon mal gesehen hatte. Daraufhin hatte ich mich ins Atelier geschlichen, und es war tatsächlich dasselbe Bild, ganz sicher. Madde wollte mir ins Wort fallen.

»Du ...«

»Warte, lass mich fertig erzählen. Ich habe auch noch viele andere Sachen in dem Gemälde gesehen. Sachen, die damals passiert sind, von denen ich aber nie jemandem erzählt habe. Großvater vielleicht, aber er hat ja seit vielen Jahren nicht mehr mit meinem Vater geredet. Woher wusste mein Vater das also?«

Ich erzählte ihr von dem großen schwarzen Vogel und von

Klaras Arm und den Augen der kleinen Götterstatue. Zum Glück hatte ich daran gedacht, Fotos zu machen, die ich Madde jetzt auf dem Handy zeigte.

Sie rieb sich das Gesicht.

»Isak, warte mal«, sagte sie. »Woher weißt du, dass es dasselbe Bild ist, das du als kleiner Junge gesehen hast?«

»Es ist dasselbe. Es sieht exakt so aus.«

»Aber du hast es als Kind doch nicht ganz gesehen, wenn ich es richtig verstanden habe. Nur eine Ecke.«

»Ja, aber ich habe es trotzdem gleich wiedererkannt, als ich das Tuch abgezogen habe.«

Madde schüttelte seufzend den Kopf. »Nein, also, tut mir leid …«

Sie glaubte mir nicht. Gut, da konnte ich auch gleich alle Karten auf den Tisch legen und ihr alle Details aufzählen, damit ihr klar wurde, dass ich mich nicht auf eine Kleinigkeit fixierte, sondern gewissermaßen eine Tür zu einer seltsamen Parallelwelt aufgestoßen hatte. Zum Glück hatte ich die Fotos und konnte alles beweisen, doch dadurch redete ich lange, und irgendwann sah mich Madde besorgt an.

»Du«, sagte sie zärtlich, »ich glaube, du hast zu wenig geschlafen.«

Ach, was sie nicht sagte! Aber was hatte das damit zu tun?

Sie fragte, was es für ein Gefühl gewesen war, das Bild zu sehen. Ich antwortete, es hätte mich völlig umgehauen und zurück in das brennende Sommerhaus katapultiert.

Madde nahm meine Hand. Ich sagte, ich wäre fast ohnmächtig geworden.

»Wir sollten wirklich nach dem Frühstück abreisen«, meinte sie. »Aber vorher müssen wir noch etwas schlafen.«

»Aber verstehst du nicht? Wir müssen …«

Ich verstummte. Ja, was mussten wir eigentlich?

»Du hast doch von allem Fotos«, erwiderte Madde. »Es hat keine Eile. Ich schaue mal, ob ich von Fredrik ein paar Beruhigungstabletten bekomme. Du musst dringend schlafen.«

Ich nahm das Handy und wählte Großvaters Nummer.

»Isak, hör auf.«

»Ich habe Großvater den ganzen Abend nicht erreicht.«

»Verdammt, es ist halb vier Uhr morgens!«

Ich ließ es ein paarmal klingeln, ging dabei unruhig auf und ab. Madde zog währenddessen T-Shirt und Schlafanzugshorts an.

»Kommst du kurz allein zurecht?«, fragte sie.

»Ja, natürlich.«

Sie eilte aus dem Zimmer.

Im Grunde hatte sie ja recht. Ich musste schlafen. Mein Gehirn arbeitete auf Hochtouren und war hellwach, mein Körper hingegen war todmüde.

Unruhig ging ich weiter auf und ab und wartete auf Madde. Ständig in Bewegung, wie an dem Morgen mit Klara im Wald. Ich trat vor das Zimmer.

Großvaters Worte arbeiteten in meinem Kopf. *Ich weiß, was du getan hast. Du hast unser Leben zerstört.*

Ohne nachzudenken, setzte ich mich auf den einzigen Sitzplatz in dem Bereich vor unserem Zimmer.

Das Krebs-Sofa.

Die Wolke aus Leder und Polsterung wölbte sich über mir.

Die Knöpfe. Wo waren sie befestigt? Mit zusammengekniffenen Augen spähte ich ins Halbdunkel.

Daran hatte ich gar nicht gedacht. Wenn man einfach nur daran vorbeiging, sah man es nicht. Erst wenn man sich hingesetzt hatte und wie ich jetzt nach oben blickte.

Die Schlitzaugen der kleinen Götterfigur sahen auf mich herab.

Ich sprang auf, gleichzeitig näherten sich Schritte. Madde kam mit einem Tablettendöschen und einem Blister in der Hand zurück.

»So«, sagte sie, »gleich kannst du schlafen.«

Im Bad gab sie mir eine Tablette aus der Dose und drückte noch zwei aus dem Blister. Ich schluckte alles mit Wasser aus dem Hahn, und als ich mich wieder aufrichtete, hatte ich noch den bitteren Nachgeschmack im Mund.

Madde sah mich liebevoll an. »Komm, gehen wir wieder ins Bett.«

Ich folgte ihr, wir zogen uns aus und legten uns hin. Wir klammerten uns aneinander, als könnten wir sonst weggeweht werden.

In mir tobte ein Sturm aus Flammen.

»Atme«, flüsterte sie. »Bis tief in den Bauch hinein.«

Sie machte es vor, und wir atmeten gemeinsam, im Gleichtakt.

Ich schloss die Augen, die allerdings wild zuckten.

»Spüre, wie dein Körper schwer wird. Alles wird schwer.«

Ich legte mich auf den Rücken. Madde schmiegte sich an mich, den Arm über meine Brust gelegt.

Ihr warmer Körper, ihre Liebe und Fürsorge drangen zu mir durch.

Einatmen, ausatmen. Ich wurde immer schwerer. Mit jedem Atemzug schien ich tiefer in die Matratze zu sinken.

Ich sah ein Glücksrad vor mir, wie auf einem Volksfest, das sich erst schnell dreht, dann immer langsamer, das Klappern des Metallplättchens, wenn die Holzstifte daran entlanggleiten, erst rasch hintereinander, dann immer seltener, bald wird es anhalten, sehr bald, jetzt.

Madde und ich am Strand. Sonne und Sand. Ans Ufer rollende Wellen. Ewigkeit.

Kapitel 57

Als ich aufwache, liege ich allein auf dem Bett. Der Raum ist dunkler als zuvor.

Wie lange habe ich geschlafen?

Ich bin nackt und nicht zugedeckt. Friere ein wenig.

Die Holzfiguren stehen wieder um das Bett herum, scheinen immer näher zu kommen. Eine schweigende, neugierige Menge, die mich ansieht. Mit offenen Augen, geschlossenen Augen. Mit zu stummen Schreien aufgerissenen Mündern, zu geheimnisvoll lächelnden verzogenen Lippen.

Worauf hoffen sie? Was erwarten sie zu sehen?

Angst flackert in mir auf, und ich will vom Bett aufspringen. Doch ich kann mich nicht bewegen. Versuche, meinen Kopf zu zwingen, sich zu drehen. Meinen Arm, sich zu heben. Mein Bein, sich aus dem Bett zu schwingen. Doch ich bin gelähmt. Mein Körper ist wieder ein Gefängnis.

Am Rand meines Sichtfeldes bewegt sich etwas.

Wenn ich doch nur den Kopf heben könnte.

Eine Figur macht Anstalten, auf das Bett zu klettern.

Mein Herz schlägt hart gegen den Brustkorb. Ich atme flach, abgehackt.

Die Gestalt wird größer, kommt näher, und ich sehe, dass es keine der Götterfiguren ist.

Sondern Barbro.

Langsam und zielstrebig kriecht sie auf meinen Körper. Sie ist schwer, ihr Gewicht schmerzt. Ich schreie, doch kein Laut dringt aus meinem Mund. Meine Zunge ist wie eine zerhackte Schnecke.

Barbro trägt ihr langes schwarzes Kleid, die Haare wie immer im Nacken zu einem strengen Knoten geschlungen.

Sie sieht mich nicht an, ihr Gesicht ist völlig ausdruckslos. Sie klettert auf mich, weil sie es muss.

Mit ihren Klauenhänden packt sie meine Oberarme, dann meine Schultern.

Sie stützt sich auf ihre Hände, ihr Gesicht ist dicht über meinem. Ich rieche ihre ungewaschenen Haare, den schweren Gestank. Spüre ihre Schuhsohlen auf meiner nackten Brust, erst die eine, dann die andere. Sie lässt meine Schultern los und richtet sich langsam auf.

Barbro hockt auf meiner Brust. Sie ist so schwer, so schwer. Ich kann nicht atmen.

Jetzt senkt sie den Kopf und sieht mich an.

Ihr Blick ist kalt und ausdruckslos, wie bei einem Tier.

Sie dreht den Kopf zur Seite.

Und dann blinzelt sie.

Eine dünne Haut schiebt sich über ihre Augäpfel und wieder zurück.

Wie bei einem Vogel.

Kapitel 58

Als ich wieder zu Bewusstsein kam, lag die Decke über mir. Barbro war verschwunden. Die Holzstatuen standen nicht mehr um das Bett, sondern an den Wänden. Es war immer noch stockfinster im Zimmer.

Regen trommelte auf das Dachfenster. Der Wind rüttelte am Haus. Ein Sturm tobte. In der Ferne ertönte ein dumpfes Grollen.

Ein Gewitter.

Ich lag auf der Seite, versuchte, einen Arm zu bewegen. Es funktionierte. Ich war nicht mehr gelähmt.

Ich rollte mich auf den Rücken, zog die Bettdecke zurecht. Ich war todmüde und wollte wieder einschlafen.

Da entdeckte ich meinen Vater auf einem Stuhl am Bett. Er sah zu mir.

»Hallo«, sagte er. Seine Stimme war ruhig und sicher. Sein Blick war liebevoll, zumindest bildete ich es mir im Dunkeln ein.

Mühsam stützte ich mich auf die Ellbogen.

»Bleib liegen«, sagte mein Vater. »Willst du weiterschlafen?«

Ich sank zurück und schloss die Augen. Himmel, wie schön das war. Ich war noch nicht bereit aufzuwachen. Ich schlief wieder ein.

Ein Donnerknall weckte mich. Der Regen wurde mit den Windböen stärker und schwächer. Das Trommeln auf dem Dachfenster hallte im ganzen Zimmer wider.

Mein Vater saß immer noch auf dem Stuhl neben dem Bett.

Er hielt die kleine Statue in der Hand. Ein Album lag auf seinem Schoß.

Ich setzte mich auf, gähnte hinter vorgehaltener Hand.

»Das Gewitter kommt immer näher«, sagte mein Vater.

Ich zog die Knie an und ließ die Arme darüber hängen. »Was willst du?«

»Ich weiß, dass du viele Fragen hast. Die will ich dir jetzt beantworten.«

Wenn ich richtig wach gewesen wäre, hätte ich vielleicht sagen können: Weißt du was, das interessiert mich alles nicht. Dafür ist es zu spät. Verschwinde, damit ich mich anziehen und meine Sachen packen kann, und dann fahren Madde und ich. Ich will dich nicht in meinem Leben haben.

Doch ich war immer noch müde und verschlafen und konnte gar nicht aufhören zu gähnen. In dem Moment fehlte mir jegliche Willenskraft, ihn wegzuschicken.

Und da war noch etwas anderes, das ich mir jetzt kaum mehr erklären kann.

Irgendwie war es gemütlich.

Das dunkle Zimmer, das tobende Gewitter, das uns aber nichts anhaben konnte. Das warme, bequeme Bett. Mein Vater daneben, seine ruhige, sichere Stimme. Das alles weckte etwas in mir.

Sehnsucht.

Er begann zu sprechen.

»Hast du mal darüber nachgedacht, was Feuer eigentlich ist? Ein Tanz aus Atomen. Wie das Leben. Feuer und Leben ähneln einander. Ohne Feuer kein Leben. Ohne die Sonne wäre die Erde ein kalter, toter Brocken im Weltall. Doch wenn man der Sonne zu nahe kommt, stirbt man. Sie ist eine Milliarden Jahre andauernde Wuteruption. Das Feuer erhält uns am Leben. Aber es kann auch töten.«

Mein Vater verstummte. Draußen grollte der Donner, wie ein Nachbeben des Knalls, der mich geweckt hatte. Der Himmel leuchtete ein paarmal von weit entfernten Blitzen auf. Ich stellte mir das bleigraue, stürmische Meer vor.

»Manche Menschen können das auch«, fuhr mein Vater fort. »Sie können Millionen anderen Leben und Sinn geben. Aber ihre Gesellschaft ist schwer zu ertragen. Sie sind zu intensiv, zu blendend. Man kann an sie keine normalen Maßstäbe anlegen. Sollen wir von Mozart oder Picasso verlangen, dass sie Windeln wechseln und mit ihren Kindern Lego spielen? Statt Kunst für die Menschheit zu erschaffen, für die Ewigkeit? Nein. Wir können von Picasso nur verlangen, dass er Picasso ist. Jede Sekunde, jede Minute, jeden Tag, das ganze Leben hindurch.« Mein Vater ließ seine Worte wirken. Dann fuhr er fort: »Du und ich sind solche Menschen, Isak.«

Ich schnaubte. Das war zu lächerlich, um es ernst zu nehmen.

»Nein«, murmelte ich und schüttelte müde den gesenkten Kopf.

»Doch. Das versuche ich dir beizubringen.«

Wind wehte irgendwo durch einen Lüftungsschacht und verursachte ein pfeifendes, an- und abschwellendes Geräusch. Der Regen prasselte gegen die Fenster. Ein nicht endender Trommelwirbel.

Mein Vater blickte auf die Steinfigur hinab und wog sie in der Hand.

»Ich habe dir ja gesagt, dass das ein alter Feuergott ist. Du weißt, was Feuer den Menschen damals bedeutet hat. Alles. Es hielt die Raubtiere ab, bewahrte sie im Winter davor zu erfrieren. Es bedeutete den Unterschied zwischen Leben und Tod. Schamanen waren dafür verantwortlich, das Feuer am Leben zu erhalten. Ich bin ein Schamane, wenn du so willst. Und du auch.«

»Hör auf.«

»Vor zwanzig Jahren bin ich darauf gestoßen. Unter seltsamen Umständen. Habe viel mehr dafür bezahlt, als ich mir eigentlich leisten konnte. Viel, viel mehr. Doch irgendetwas daran hat mich angesprochen. Damals war ich sehr unglücklich. Fühlte mich gefangen, unfrei, hatte Selbstmordgedanken. Dachte über die spektakulärste Art und Weise des Sterbens nach, damit man meine Kunst endlich beachten würde. Albern, ich weiß. Aber die hier ...«, mein Vater drehte die Figur mit den Schlitzaugen zu mir, »hat mich gerettet.«

Er suchte meinen Blick, wollte sicher sein, dass ich ihm zuhörte und ihm glaubte. Ich wandte den Kopf ab.

»Der Gott hat zu mir gesprochen, ohne Worte. Er hat mir gesagt, was ich opfern musste, um frei zu sein. Um mein wahres Ich zu werden. Wenn ich das Opfer brachte, würden meine Träume Wirklichkeit werden.«

Er verstummte wieder. Ließ seine Worte auf mich wirken.

»Du hast das Bild erkannt, nicht wahr?«, fuhr er fort. »Du weißt, was es bedeutet.«

Aber ich wollte es nicht wissen. Gekrümmt saß ich da, schwieg.

»Ich habe den Brand nicht gemalt, ich habe ihn geschaffen. Ich musste euch opfern, musste geliebte Menschen töten, um zu beweisen, dass ich würdig war, dass mein Feuer das größte war. Du solltest auch sterben, Isak, aber du hast überlebt, und jetzt weiß ich, dass es von Anfang an so kommen sollte. Du hast das Feuer in dir, genau wie ich.«

Mein Vater streckte mir die Tätowierung am Unterarm entgegen.

IchdasFeuer groß groß groß.

Ich glaube, ich stöhnte.

»Doch. Es hat keinen Sinn, es zu leugnen. In den wenigen Tagen, die wir hier zusammen verbracht haben, konnte ich es schon sehen. Dieses Leben, von dem du bisher nicht wusstest, dass es existiert. Es ist in Reichweite, und du willst es. Tief im Inneren willst du es. Und weißt du, was dich zurückhält? Wie Rapunzel warst du in einem Turm eingesperrt. Zwanzig Jahre hat man dir eingeredet, dass es falsch ist, dass du böse bist, wenn du dein wahres Potenzial ausschöpfen willst. Aber das ist eine Lüge. Du bist nicht böse.«

Er verstummte. In meinem Kopf drehte sich alles.

»Eine Gruppe legt fest, was gut und was böse ist. Die Moral, die der Masse zusagt, den Mitläufern, die nennen wir ›gut‹. Die andere Wange hinhalten, immer zuerst an seinen Nächsten denken. Das ist Massenegoismus. Und daran ist auch nichts falsch. Aber wir sind keine Gruppenmenschen, wir sind einzigartig und außergewöhnlich – haben wir da nicht das Recht, genauso egoistisch zu sein und nach der Moral zu leben, die *uns* am meisten zusagt?«

Mein Vater hatte das Feuer erschaffen. Damit meine Mutter und Klara starben. Etwas drückte auf meine Brust, ich glaube, es war Trauer.

»Du hast es geliebt, das Auto zu fahren. Du hast Riga geliebt, die Frauen, die Drogen. Du hast das Messer an der Kehle des Lamms geliebt. Vertraue diesem Gefühl. Du musst nur deine Perspektive ein wenig ändern, ein kleines bisschen, und du wirst alles in einem neuen Licht sehen. Stell dir vor, wie das Leben sein würde. Du müsstest dich nie für deine Macht und Stärke entschuldigen, deine Überlegenheit. Du würdest dich lustvoll in den Kampf um Macht und Herrschaft werfen, das Alphamännchen zu sein. Dafür bist du geschaffen. So zu leben, bedeutet, dem Leben zu huldigen. Und das wirst du spüren, wenn du akzeptiert hast, wer du eigentlich bist. Dass du endlich ein wahres und erfülltes Leben lebst. Mit der Freiheit, zu lieben und zu hassen. Keine Schuldgefühle, wegen nichts. Alles ist erlaubt. Was für eine Superkraft! Sie hat viele Namen. Egoismus, Eigennutz, Rücksichtslosigkeit, Schamlosigkeit. Hast du nie davon geträumt, ein Superheld zu sein? Jetzt hast du die Chance, einer zu werden.«

Ein Bild blitzte in meinem Kopf auf.

Alles in einem neuen Licht sehen. Die Perspektive verändern.

Das Gewicht auf meiner Brust löste sich plötzlich, ich spürte das Begehren, den Rausch, das Verlangen nach Macht, das Leben, das in meinen Adern rauschte.

Alles loslassen und sich hingeben.

Ich sah ein verzaubertes Leben, eine verzauberte Welt. So viel größer als die Welt, in der ich lebte.

Es dauerte nur eine Sekunde, wenn überhaupt.

Aber es war wundervoll, und es erschreckte mich zu Tode.

Die Angst verlieh mir Kraft. Ich sah zu meinem Vater auf.

»Du bist verrückt.«

»Vermutlich.«

»Nur weil du nicht weißt, was Gut und Böse ist, heißt das ja nicht, dass es beides nicht gibt.«

»Liege ich denn falsch? Stimmt etwas von dem, was ich gesagt habe, nicht?«

»Es gibt Güte und gute Menschen. Ich will nicht in deiner Welt leben. Sondern in Großvaters.«

Er zögerte. Zum ersten Mal, seit ich aufgewacht war, sah ich so was wie Zweifel in seinem Gesichtsausdruck. Er verlagerte das Gewicht. Schließlich antwortete er: »Anders weilt nicht mehr unter uns.«

Ich sah ihn nur sprachlos an.

»Es tut mir leid, Isak. Ich weiß, was er dir bedeutet hat. Aber er ist heute Nacht gestorben.« Seine Stimme klang gedämpft, als würde er es bedauern, mir diese Nachricht überbringen zu müssen.

Ich schüttelte den Kopf, biss mir auf die Lippe. »Du lügst.«

»Hast du ihn angerufen? Hat er sich gemeldet?«

Ich schwieg. Mein Vater holte tief Luft.

»Er ist heute Nacht von der Straße abgekommen. Nicht weit von hier. Heute Morgen habe ich im Radio gehört, dass es einen Unfall gegeben hat, danach habe ich einen Bekannten bei der Polizei angerufen. Es war Anders. Es tut mir sehr leid, dass ich dir das sagen muss.«

Ich wollte nur noch aus diesem Albtraum aufwachen.

»Wahrscheinlich …« Mein Vater stockte, dann sprach er weiter. »Wahrscheinlich ist er von der Straße abgekommen, als er ans Handy gehen wollte. Als du ihn angerufen hast.«

Vor vielen Jahren hatte ich kapiert, wie die Welt funktionierte. Wenn man denkt, dass es nicht schlimmer kommen kann, setzt die Welt noch einen drauf.

Damals hatte ich meinen Anker ausgeworfen und nicht mehr daran gedacht. Jetzt schwamm ich an der Ankerkette entlang zum Grund, in dem der Anker begraben lag.

Ich weinte, zusammengesunken über meinen angezogenen Knien. Kraftlos lagen meine Hände auf der Bettdecke.

Mein Vater rückte den Stuhl näher ans Bett, legte das Album auf die Decke, eine Hand auf meinen Arm.

»Weißt du«, sagte er mit samtweicher Stimme. »Ich glaube, du wolltest irgendwie, dass er stirbt.«

»Nein … Nein …« Ich schluchzte.

»Doch. Weil du frei sein wolltest. Er stand dir im Weg. Das war die einzige Möglichkeit.«

Er strich mir liebevoll über die Wange.

»Du bist so nahe dran. Ich habe es in deinen Augen gesehen. Du willst das. Eigentlich willst du es. Der Gott hat zwanzig Jahre in mir gelebt und mir den Weg gewiesen, doch jetzt ist mein Körper nur noch eine zerbrechliche Hülle. Er sucht sich ein neues Zuhause. Du musst nur zeigen, dass du würdig bist und es willst. Dass dein Feuer hell lodert, dass du bereit bist, alles zu tun, um dich zu befreien. Du musst tun, was ich getan habe. Du musst jemanden töten, den du liebst.«

Er stellte die Figur auf dem Boden ab und reichte mir das Album.

Kapitel 59

Es war dünn, enthielt nur wenige Blätter.

Mein Vater schaltete die Nachttischlampe ein und richtete sie auf meinen Schoß.

Ich schlug das Album auf.

Es war die altmodische Variante, die auch Großvater hatte, mit dicken Kartonseiten, auf die die Fotos geklebt wurden.

Auf der ersten Seite waren zwei Fotos. Auf einem war die Strandpromenade von Antalya zu sehen, ein Streifen Strand und das Meer. Das andere war ein Selfie meines Vater. Im Hintergrund war eine Gasse der Altstadt zu erkennen. Stände mit Taschen und anderen Lederwaren, Sonnenbrillen und Strandspielzeug erstreckten sich an den Hauswänden und ließen nur einen schmalen Gang frei.

Ich erkannte die Gasse wieder. Madde und ich waren selbst dort entlanggegangen.

Ein Blitz erleuchtete das Zimmer. Die Masken starrten uns an. Schwarze Schatten zuckten über die Wände. Dann war es wieder dunkel. Es donnerte so laut, dass die Fenster in den Rahmen bebten. Das Gewitter musste direkt über uns sein.

Ich wusste nicht, ob ich noch mehr sehen wollte.

Vielleicht war eine Ahnung besser als Wissen. Raum für eine andere Erklärung lassen.

Ich saß da, mit dem Album auf dem Schoß, zögerte. Doch. Ich wollte es unbedingt wissen.

Ich blätterte um.

Ein weiteres Selfie. Mein Vater hatte den Arm um Madde

gelegt. Sie saßen dicht nebeneinander, er hielt das Handy hoch und fotografierte von oben.

Sie sahen glücklich aus.

Ich betrachtete das Foto eingehender. Die Umgebung kam mir bekannt vor. Sie saßen an einem Tisch in einem Restaurant, vor sich Weingläser und benutzte Teller.

Ja. Dasselbe Restaurant, derselbe Tisch, an dem Madde am Abend unseres Kennenlernens gesessen hatte.

Derselbe Platz, an dem ich mich in sie verliebt hatte.

Weitere Fotos. Mein Vater und Madde am Strand, sie lag im Bikini auf der Seite, mein Vater hinter ihr, den nackten Arm um sie gelegt. Wahrscheinlich mit dem Handyselbstauslöser aufgenommen.

Mein Vater in einem Sonnenstuhl auf einem riesigen Balkon mit Ausblick aufs Meer und die ganze Bucht. Der Himmel war leicht diesig, und es war bestimmt drückend heiß. Er trug eine Sonnenbrille und hatte sich breit grinsend zur Kamera umgedreht.

Mein Vater und Madde vor einem großen Spiegel, wohl in einem Flur. Das Handy verdeckte das Gesicht meines Vaters. Madde war geschminkt und trug ein enges gelbes Sommerkleid, Ohrringe, eine Kette und Sandalen mit hohen Absätzen.

So hatte sie bei unserem dritten Treffen ausgesehen. Wir hatten in einer Bar etwas getrunken und gegessen, dann waren wir eng umschlungen in mein Hotel gegangen. Ich erinnerte mich an ihren Duft, das weiche Kleid, ihren warmen Körper darunter.

Das Foto musste kurz vor unserem Treffen aufgenommen worden sein.

Mein Blick huschte von Bild zu Bild. Starr saß ich da, mit dem Album auf dem Schoß, den Trümmern meines Lebens.

Die Fußdusche an der Terrasse, die sie sofort fand.

Der Kellner, der sie wiedererkannte.

Die Zeichen waren da gewesen, ich hatte sie gesehen, doch Madde hatte mir eingeredet, ich sei paranoid und würde mir alles nur einbilden.

So leicht hatte ich mich in die Irre führen lassen.

Mein Vater lehnte sich zurück und seufzte schwer.

»Ich wollte dich neu kennenlernen«, sagte er. »Aber ich wusste, dass Anders das nie zulassen würde. Und du hast noch bei ihm gewohnt. Deshalb brauchte ich Hilfe.«

Wir schwiegen. Draußen tobte das Unwetter.

»Woher wusstest du, dass ich nach Antalya reisen würde?«

»Oh, das war einfach. Madde hat deine Social-Media-Konten überwacht, deine Freunde. Einer von ihnen hat auf Instagram die Reisedaten gepostet.«

»Aber ... an dem Abend, an dem wir uns kennengelernt haben ...«

»Ja? Was meinst du?«

»Sie saß doch schon in dem Restaurant, bevor wir dort ankamen.«

»Das war tatsächlich Glück. Aber wir haben dem Zufall auch auf die Sprünge geholfen. Wir wussten, in welchem Hotel ihr wohnen würdet und dass ihr schon ein paarmal dort hingegangen seid. Wir hatten aber ja noch die ganze Woche Zeit. Wenn es nicht geklappt hätte, hätte Madde dich einfach später in einem Club angesprochen und dich mit ins Hotel genommen.«

Bittere Galle stieg in meine Kehle, und ich schluckte krampfhaft dagegen an.

Fast schon enthusiastisch erzählte er, wie er und Madde alles geplant hatten. Er lachte leise.

»Den betrunkenen Engländer hätten wir uns nicht ausdenken können. Das war einfach zu perfekt. Was haben wir gelacht, als sie zurück ins Hotel kam.«

An seiner Stimme hörte ich, wie sehr er die Erinnerung genoss.

Ich krümmte mich, hatte das Gefühl, immer kleiner zu werden. Meine Nase lief, vielleicht weinte ich sogar.

»Wie hast du es geschafft, dass sie zu mir nach Småland gezogen ist?«

»Für Geld tun die Menschen alles.«

Mein Vater stützte die Ellbogen auf die Knie und das Kinn auf die verschränkten Hände. Ich spürte seinen Blick auf mir.

Wieder zuckten Blitze über uns. Schwächer als zuvor.

»Du bist so weit gekommen. Fast hast du es geschafft. Ich glaube, du merkst selbst, dass es keinen Weg zurück gibt, oder? Habe ich recht?«

Er schwieg einen Moment.

»Wenn du zurückgehst … Was ist denn dann von früher noch übrig?«

Donner rollte heran. Tief und grollend, wurde immer lauter, aber nicht mehr so ohrenbetäubend und bedrohlich. Das Unwetter zog weiter.

»Kapp die letzten Bande und spüre deine Freiheit. Ich verspreche dir, dass du es nicht bereuen wirst.«

Das gelobte Land.

»Aber du musst sie opfern. Du musst zeigen, dass dein Feuer das größte ist. Dann bekommst du alles, Isak. Absolut alles.«

Es wurde mir zu viel. Schmerz, Schwere, Dunkelheit. Mein Gehirn machte dicht. Großvaters Tod, Maddes Verrat. Diese Dinge rückten in weite Ferne, gingen mich nichts mehr an.

Perspektivenwechsel.

Mein Vater stand auf und legte mir eine Hand auf die Schulter. Ich hielt den Blick immer noch gesenkt.

»Du weißt ja jetzt, wie es geht, nicht wahr? Den Kopf nach hinten nehmen und die Kehle von Ohr zu Ohr durchschneiden.«

Er verließ den Raum. Ich wollte ihm hinterherrufen: »Lass mich nicht allein, ich ertrage alles, aber nicht, allein zu sein!«

Doch ich blieb sitzen. Mein Vater hatte den kleinen Feuergott auf seinem Stuhl zurückgelassen.

Das Album lag aufgeschlagen in meinem Schoß, im Licht der Nachttischlampe.

Das Unwetter zog weiter. Der Regen wurde schwächer.

Der Schmerz kehrte zurück, unerträglich.

Überall in mir tobte er, wütete, brannte, würde nie zu stillen sein.

Der Totentanz der Waschmaschine.

Ich schaltete die Lampe aus.

Lange saß ich so da, allein, im Dunkeln.

War ich wirklich allein?

Nein.

Die Götterfiguren leisteten mir Gesellschaft. Stumm und diskret standen sie an den Wänden. Ich hatte sie gehasst und gefürchtet, doch jetzt war ich froh über ihre Anwesenheit.

Der Feuergott auf dem Stuhl, mit seinen schrägen Augen.

Alle waren hier, bei mir. Sie wollten mir nur Gutes.

Ich war frei. Völlig frei.

Denn was hatte ich denn noch? Was verband mich noch mit meinem alten Leben?

Großvater war tot.

Jeder Moment zusammen mit Madde war eine Lüge gewesen.

Nichts hatte mehr Bedeutung.

Was hatte mein Vater in Riga gesagt?

Die Welt besteht aus denselben Elementen wie vor vier Milliarden Jahren. Hier wurden sie neu arrangiert. Warum sollte wichtig sein, ob gewisse Kohlenstoffe mehr »leiden« als andere? Oder?

Mein Schmerz bedeutete gar nichts. War vollkommen un-wichtig.

Genauso wie der Schmerz von anderen.

Alle Bande kappen. Frei sein. In die Welt hinausfliegen.

Ich stand auf. Ging aus dem Zimmer. Auf die Jagd.

Kapitel 60

Ich ging durch den Flur zur Küche. Kam an dem kleinen Innenhof mit der Hängematte vorbei. Es regnete immer noch in Strömen. Auf dem Boden hatten sich große Pfützen gebildet. Die Sommernacht war wie ein Nachmittag Ende November.

Die Bewegung tat gut. Ich fühlte mich leicht und stark, voller Selbstbewusstsein.

Wo war Madde?

Sie konnte ja nicht weit sein. Zuerst musste ich jedoch das Messer holen.

Die Küche lag im Dunkeln, wie der Rest des Hauses. Ich sah mich um, ob Barbro wieder in einer Ecke saß und schlief.

Doch die Küche war leer.

Nach dem Messer musste ich nicht suchen, es lag mitten auf dem Tisch. Es war dasselbe, mit dem ich dem Lamm die Kehle durchgeschnitten hatte. Jemand hatte es abgespült und gut sichtbar auf den Esstisch gelegt. Wahrscheinlich mein Vater.

So aufmerksam. Er wollte es mir wirklich leicht machen.

Ich füllte Leitungswasser in ein großes Glas und trank gierig. Kalt strömte es in meinen Magen. Es schmeckte nach nichts.

Ich ging zur Glastür und blickte auf die Terrasse. Der Regen war schwächer geworden, der Himmel spiegelte sich in den Pfützen auf den Fliesen.

Jemand lag ausgestreckt im Freien auf der Couch. Mein Vater. Er lag auf dem Bauch, dicht an der Kante, ein Arm hing herab, sein Handrücken berührte den Kalkstein.

Ein komischer Platz zum Schlafen, dachte ich. Aber er war

sicher müde, nachdem er die halbe Nacht über mich gewacht hatte. Da hatte er nicht viel Schlaf bekommen. Der riesige Sonnenschirm hielt den Regen ab. Ich konnte nachvollziehen, warum er sich das Sofa ausgesucht hatte. Bei lauem Sommerregen ist es gemütlich im Freien, wenn man nicht nass wird. Das Tropfen, Prasseln, Plätschern. Dieser ganz besondere Geruch nach feuchter Erde.

Ich trank einen Schluck Wasser. Da näherten sich Schritte. Ich drehte mich um. Madde kam in die Küche.

Als sie mich entdeckte, zuckte sie zusammen und schnappte nach Luft. Vermutlich brauchte sie einen Moment, um mich zu erkennen. Sah nur einen dunklen Umriss vor dem Fenster.

»Himmel, hast du mich erschreckt«, sagte sie und atmete angestrengt. Sie ging zur Arbeitsfläche und schaltete die Spots unter den Hängeschränken ein. Sie trug T-Shirt und Schlafanzugshorts. Wachsam sah sie mich an, sie wirkte beunruhigt.

»Wie geht es dir? Warum hast du so wenig an?«

Wie gelähmt stand ich da, hielt das Glas an die Brust.

Madde hatte recht. Bis auf die Unterhose war ich nackt.

Der Bann war gebrochen.

»Du hast gelogen. Alles war gelogen«, sagte ich mit bebender Stimme.

Jetzt fühlte ich mich überhaupt nicht mehr leicht und frei. Sicher lag es an dem alltäglichen Akt, das Licht in der Küche einzuschalten. An allem, was wir Menschen tun, um das Leben etwas erträglicher zu machen. Aber auch etwas langweiliger.

Doch eigentlich gefiel mir dieses langweilige Leben sehr gut.

Und es lag an Maddes Blick auf mich. Daran vor allem.

Ich sah mich selbst mit ihren Augen. Mitten in der Nacht in der Küche, nur in Unterhosen, die Schultern hochgezogen, die Arme gegen den Körper gepresst.

Ich hörte mich selbst, meine dünne, bebende Stimme.

Der Typ ist doch total verzweifelt, dachte ich. Bricht gleich zusammen. Sonst würde er doch nicht mitten in der Nacht wie ein Gestörter in der Küche herumstehen.

»Alles war gelogen«, wiederholte ich und versuchte, die Tränen zurückzuhalten. Auch ihre Augen füllten sich mit Tränen. Sie legte die Hand vor den Mund, als sei ihr übel, und schluchzte auf.

»Es tut mir leid«, sagte sie. »So leid.« Wieder schluchzte sie, atmete flach und hektisch. »O Gott ...«

Es klang, als bekäme sie gleich eine Panikattacke.

Ich schluchzte auch. »Wolltest du es mir irgendwann sagen? Oder ... was hast du dir eigentlich gedacht?«

Sie schüttelte nachdrücklich den Kopf. »Ich habe überhaupt nicht nachgedacht. Oh ...«

Sie setzte sich an den Tisch, stützte die Ellbogen auf und vergrub das Gesicht in den Händen. Weinte hysterisch, schnappte immer wieder nach Luft.

Falls sie das vortäuschte, falls sie die Verzweiflung nur spielte und an mein Mitgefühl appellieren wollte, dann machte sie das verdammt gut. Was für eine Schauspielerin.

Ihr Blick hatte mich in die Realität zurückgeholt, ich schwebte nicht mehr im Weltraum bei den Atomen und Molekülen, ich war Isak, und meine Freundin hieß Madde, und sie hatte mich vom ersten Moment an belogen.

Hatte mit meinem Vater unter einer Decke gesteckt.

Ihr Verrat war zu monumental, um ihn zu begreifen.

Mein Schmerz bedeutete etwas. Verdammt viel.

Also nein, sie tat mir nicht leid, wie sie da schluchzend am Küchentisch saß.

Das Messer lag zwischen uns.

»Isak, bitte ... darf ich dir alles erzählen? Von Anfang an?«

Sie sah mit verweinten Augen und gerötetem, tränenfeuchtem Gesicht zu mir auf.

Ich antwortete nicht.

»Ich weiß, dass du mich hasst, und dazu hast du allen Grund …
Aber darf ich nicht …« Ihre Stimme wurde immer höher, und
sie konnte nicht weitersprechen. Weinend schlug sie wieder die
Hände vors Gesicht.

Dann atmete sie etwas ruhiger.

Meine Erstarrung löste sich. Ich ließ die Schultern sinken,
ebenso die Hand mit dem Glas. Trat zum Tisch, stellte es ab.

»Ich dachte, ich würde etwas Gutes tun«, sagte Madde schnie-
fend. »Ich würde einen sterbenden Mann wieder mit seinem
Sohn vereinen.«

Langsam ließ ich mich auf einen Stuhl sinken. Wartete auf die
Fortsetzung.

Kapitel 61

Madde lernte meinen Vater in London kennen, wo sie damals wohnte. Sie studierte Kunst und teilte sich mit zwei Kommilitoninnen von der Hochschule eine winzige Wohnung. Als Barkeeperin verdiente sie sich etwas dazu. Es klang wie ein romantisches Studentenleben, doch tatsächlich war es hart. Sie zweifelte an sich und überlegte, was sie in der Kunstwelt eigentlich zu suchen hatte.

Eines Abends waren sie und ein paar andere Studentinnen aus ihrer Klasse in einer bekannten Galerie zu einer Vernissage eingeladen. Der Künstler war ein großer Name. Mein Vater war auch dort, und jemand stellte ihm Madde und ihre Freundinnen vor. Sie wusste natürlich, wem sie da gegenüberstand. Fredrik Barzal, Schwedens international erfolgreichster Künstler seit Anders Zorn. Fredrik erwähnte, dass er eine neue Assistentin für sein Studio in London suchte, und sie tauschten Telefonnummern aus.

»An dem Abend war ich völlig aufgedreht, als ich nach Hause kam«, erzählte Madde. »Schlief zwei Wochen kaum. Das war ein Job, für den Tausende Kunststudenten auf der ganzen Welt töten würden. Meine Freundinnen gratulierten mir und freuten sich für mich. Aber mir war klar, dass sie auch eifersüchtig waren.«

Madde begann in Fredriks Studio in London zu arbeiten. Die Tage waren lang, der Job schlecht bezahlt, doch Madde fühlte sich wie im Himmel. Ein ultrakreatives Umfeld, in dem alles möglich schien. Und sie spürte sofort, dass Fredrik ihr vertraute. Bald bekam sie Verantwortung übertragen, manchmal auch Aufgaben, von denen sie keine Ahnung hatte, wie sie sie bewältigen sollte. An vielen Abenden ging sie mit einem Knoten im Bauch ins Bett. Doch irgendwie gelang es ihr, Fredriks Wünsche zu erfüllen. Sie wurde immer selbstsicherer. Spürte, dass sie gut genug war, dazugehörte.

Die langen Arbeitszeiten hatten Auswirkungen auf ihr Studium. Sie schloss das Semester halbherzig ab und verließ die Hochschule danach. Fredrik erhöhte ihr Gehalt und beschaffte ihr eine Wohnung. Sie durfte nach Ajkeshorn mitkommen. Er schien sie immer in seiner Nähe haben zu wollen.

Ihr steiler Aufstieg in Fredrik Barzals Team irritierte die Leute, sie fanden, das wäre etwas zu einfach gegangen. Verdächtig einfach. Eifersucht machte sich breit.

»Mir war klar, dass man hinter meinem Rücken schlecht über mich redete«, sagte Madde. »Dass ich mich hochgeschlafen hätte und so was. Aber das war mir egal. Ich wusste, dass ich gute Arbeit leistete.«

»Hast du es?«

»Was?«

»Dich hochgeschlafen?«

Madde sah mich verletzt an.

Ich glaubte ihr nicht. »Komm mir nicht mit dem Blick«, sagte ich. »Ich habe verdammt noch mal das Recht, diese Frage zu stellen.«

»Nein, ich habe mich nicht hochgeschlafen.«

Wir sahen uns an. Nur der Regen war zu hören, der gegen die Fenster trommelte.

Ich wandte zuerst den Blick ab.

Madde erzählte weiter. Da sie so eng mit Fredrik zusammenarbeitete, merkte sie bald, dass es ihm körperlich nicht gut ging.

Er hatte schon immer mehr getrunken, als gesund war. Jeden Abend ein paar Bier oder Gläser Wein, um herunterzukommen. Ein ordentlicher Whisky. Oft auch zum Mittagessen Alkohol. Doch jetzt klagte er darüber, dass sich der Kater anders anfühle als bisher. Dröhnende Kopfschmerzen, die jederzeit auftreten konnten. Sogar Sehstörungen. Er war schneller erschöpft. Musste sich oft tagsüber ein paar Stunden ausruhen.

Madde sprach diskret mit seiner anderen engen Mitarbeiterin darüber, einer Frau, die seit über fünfzehn Jahren für ihn arbeitete, fast seit seinem Durchbruch. Doch ihr war nichts aufgefallen, und es schien sie auch nicht zu kümmern.

»Plötzlich erkannte ich, dass ich Fredrik am nächsten stand. Und ich kannte ihn da erst ein gutes Jahr. Er war ein sehr einsamer Mensch. Schließlich fasste ich mir ein Herz und fragte ihn, wie es ihm ging. Er wurde nicht wütend, nickte nur und sagte: ›Ich habe einen Hirntumor.‹«

Fredrik wusste bereits seit einigen Monaten von seiner Krankheit und hatte es bisher niemandem erzählt. Madde musste schwören, dass sie es für sich behielt.

Sie biss sich auf die Lippe, wieder traten ihr Tränen in die Augen. »Da hat er mir zum ersten Mal erzählt, dass er einen Sohn hat. Der Isak heißt und in Småland lebt. Er war sein einziges Kind, und er litt sehr darunter, keinen Kontakt zu ihm zu haben. Er erzählte, dass seine Frau und sein anderes Kind bei einem Brand ums Leben gekommen waren, dass er nach dem Unglück einen Zusammenbruch erlitten hatte und sich deshalb nicht um seinen Sohn hatte kümmern können. Der deshalb beim Großvater aufwuchs, Fredriks Schwiegervater. Er durfte seinen Sohn nicht mehr sehen, nie mehr. Und deshalb brauchte er meine Hilfe.«

Da wurde mir wieder die unerträgliche Tatsache bewusst, dass Großvater tot war. Eine Zeitlang hatte ich es in den Hintergrund gedrängt, doch jetzt traf mich die Erkenntnis wieder mit voller Wucht.

Stimmt ja. Großvater war tot.

Ich schlug die Hand vor den Mund. Stöhnte.

Madde erzählte weiter. Mein Vater wollte ihr eine besondere Aufgabe übertragen. Nämlich wieder Kontakt zu seinem Sohn aufzunehmen. Der allerdings noch beim Großvater wohnte. Die beiden mussten getrennt werden.

»Das war schon irgendwie krank. Dass ich dich kennenlernen sollte, dass wir ein Paar werden sollten und ... am Ende zusammenziehen. Wenn ich es jetzt erzähle ... Also, mir ist klar, dass du dich fragst, was ich mir dabei gedacht habe.«

»Ja.«

»Aber ...«

»Und dir ist nie in den Sinn gekommen: ›Hm, er hat einen Hirntumor und ist deshalb verrückt‹?«

»Nein. Doch, in den letzten Tagen. Aber damals nicht.«

»Okay.«

»Ich hatte ja ein gutes Jahr mit ihm in dieser Blase gelebt, und ... da galten andere Regeln. Das musste auch so sein. Wir erschufen Kunst, die Hunderte, vielleicht Tausende Jahre bestehen und bewundert werden sollte. Wie Giotto, Raffael, Velázquez. Nichts war verpönter, als in traditionellen Bahnen zu denken. Wenn jemand sagte: ›Das fühlt sich nicht richtig an‹, oder: ›Dabei kann ich nicht mitmachen‹, wurde er superwütend und schrie nur noch: ›Raus aus meinem Haus, sofort!‹ Man wurde des magischen Königreichs verwiesen. Und für mich war die Arbeit alles. Ich lebte dafür. Den Kontakt zu meinen alten Freunden und zu meinem Vater hatte ich verloren, sie waren mir auch nicht mehr wichtig. Und wie gesagt, ich dachte ja, es wäre für eine gute Sache.« Sie sah zu mir. »Und ich bin mir immer noch unsicher, ob es das nicht tatsächlich war.«

»Was meinst du?«

»Eine gute Sache. Auch wenn die Art und Weise ziemlich krank war.«

»Er hat zugegeben, dass er meine Mutter und meine kleine Schwester getötet hat. Und mich auch umbringen wollte.«

Madde starrte mich an. Der Schock in ihrem Blick wirkte fast echt. »Wie ... Das verstehe ich nicht.«

»Er hat den Brand nicht nur gemalt. Er hat ihn geschaffen.«

Schweigen. Madde versuchte, das Unbegreifliche zu begreifen. »Aber ... Hat er das Haus angezündet?«

So hatte ich meinen Vater nicht verstanden. Aber ich schwieg.

Madde blickte in die Ferne.

»Seit unserer Ankunft hier habe ich gemerkt, dass Fredrik irgendwie anders ist«, sprach sie schließlich weiter. »Ich erkenne ihn nicht wieder. Zum Beispiel, dass wir im Ausstellungsraum schlafen sollen. Gleich am ersten Tag hier habe ich ihn danach gefragt. ›Ich habe einen Plan‹, hat er geantwortet. Die Götterstatuen sollten dich irgendwie beeinflussen. Völlig krank.« Sie sah mich an. »Könnte es stimmen? Dass er den Brand gelegt hat? Oder hat er wegen des Tumors Wahnvorstellungen?«

»Er glaubt, er trägt einen Feuergott in sich«, antwortete ich. »Und er will, dass er sich in mir einnistet.«

Madde seufzte. »Da haben wir wohl die Antwort ... Nun ja, ich meinte jedenfalls, dass es vielleicht gut war, dass du deinen Vater noch mal vor seinem Tod getroffen hast. Auch wenn er da schon verrückt war und dir sehr weh getan hat. Vielleicht besonders deshalb. Wenn du älter bist, hättest du dich vielleicht gefragt, warum dein Großvater dir den Kontakt zu ihm verboten hat. Jetzt weißt du es. So meinte ich es.«

»Großvater ist tot.«

Madde sah mich wieder an. Doch der Schock in ihrem Blick war nicht so intensiv wie zuvor.

»Woher weißt du das?«

»Mein Vater hat es mir erzählt. Auf dem Weg von hier ist er von der Straße abgekommen.«

Mein Bein wippte unkontrolliert auf und ab. Ich atmete hektisch wie ein Kaninchen. Mein schwaches kleines Kaninchenherz schlug und schlug und schlug, konnte aber kein Blut in Arme und Beine und Kopf pumpen, meine Haut kribbelte und stach, im Nacken, auf dem Kopf, ich hörte ein Pfeifen, und kalter Schweiß brach mir aus, wie Regen aus meinem Körper.

Ich legte den Kopf zwischen die Knie. Hörte, wie Madde um den Tisch herum kam, spürte ihre weiche Hand auf meiner Schulter, und das machte mich so unglaublich wütend, die Lügen und Manipulationen hörten einfach nicht auf, jetzt reichte es, verdammt noch mal, ich sprang auf und stieß sie von mir.

»LASS MICH! Fass mich nicht an!«, brüllte ich.

Sie stolperte nach hinten, wich vor mir zurück, wollte den Tisch zwischen uns bringen.

Madde hatte Angst vor mir. Und das war ein gutes Gefühl. Genau das wollte ich. Den Hass und den Zorn. Mir war so schwindelig, dass ich mich am Tisch festhalten musste.

»Es ist EURE VERDAMMTE SCHULD, dass er tot ist«, brüllte ich. »Schämt euch!«

»Isak, bitte … beruhige dich …«

Ich packte das Messer und hieb die Klinge so fest in die Tischplatte, dass der Tisch ins Rutschen geriet. Madde zuckte zusammen und machte ein unbestimmtes Geräusch. Ich stützte mich mit der anderen Hand am Tisch ab.

»Sag die Wahrheit«, sagte ich mit vor Wut bebender Stimme. »Hattet ihr Sex in Antalya?«

»Nein, du darfst …«

»Ich habe die Fotos gesehen, Madde. Ich bin nicht blöd.«

»Isak, ich schwöre … So war es nicht. Du weißt doch, dass

ich ein eigenes Zimmer hatte. Und in dem habe ich auch gewohnt.«

»Ihr wart am Strand, und er hatte den Arm um dich gelegt.«

»So ist das bei Fredrik. Er nimmt sich, was er will, und das muss man akzeptieren. Nicht nur Frauen, auch Männer. Er respektiert die üblichen Grenzen nicht.«

Ich dachte an den Abend im Restaurant südlich von Visby, als er sich das verschwitzte Gesicht an dem Hemd der Bedienung abgewischt hatte.

»Aber das bedeutet nichts«, fuhr Madde fort.

Mit einiger Kraft zog ich das Messer aus der Tischplatte.

Madde sah es besorgt an und sagte betont ruhig: »Leg das Messer weg, Isak. Bitte.«

»Du verdienst es, zu sterben.«

»Ich habe nicht bei allem gelogen. Ich habe mich wirklich in dich verliebt.«

»Hör mit deinen verdammten ...«

»Es stimmt, Isak! Es stimmt! Du musst mir glauben. Hätte ich sonst mit dir zusammenleben können, wenn ich mich nicht in dich verliebt hätte? Ernsthaft?«

Madde sprach hektisch, sah mich flehend an.

»Er hat mir Bilder von dir gezeigt, und ich fand dich supersüß. Auch deshalb habe ich dieser kranken Aktion zugestimmt. Vor Antalya war ich schon ziemlich neugierig auf dich. Ich hatte beschlossen, dich erst einmal kennenzulernen, wie Fredrik es wollte, und, falls möglich, dort Zeit mit dir zu verbringen. Zu Hause wollte ich dann erst einmal in Ruhe überlegen, ob ich weitermachen wollte. Ich meine ... Ich wäre nie mit dir ins Bett gegangen, wenn ich dich nicht gemocht hätte. Das muss dir doch klar sein?«

Wir sahen uns an. Ich umklammerte fest das Messer. »Nein, das ist mir nicht klar«, sagte ich.

»Aber ... Isak ...«

»Du hast gesagt, die Arbeit sei dein ganzes Leben. Du wolltest in dieser Blase bleiben. Und hast dann einfach getan, was mein Vater dir aufgetragen hat.«

Madde schüttelte nachdrücklich den Kopf. »Nein. So etwas nicht. So viel Selbstachtung habe ich. Und Fredrik hat nie gesagt, dass ich mit dir zusammenkommen sollte. Das hat er nicht gefordert. Er wollte, dass wir uns kennenlernen, nicht mehr. Und dann sehen, wie es sich entwickelt. Wenn wir uns nicht verstanden hätten, hätte ich zu Fredrik gesagt, dass er selbst versuchen soll, Kontakt zu dir aufzunehmen. Aber wir haben uns gut verstanden. Du warst nett und aufmerksam und ... einfach toll. Ich wollte die ganze Zeit mit dir zusammen sein. Und als ich aus Antalya abreiste, vermisste ich dich so sehr, ich dachte, ich würde verrückt werden. Ich vermisste deinen Körper, deinen warmen Blick. Ich war so in dich verliebt, Isak.«

Madde verstummte. Ich ließ den Arm hängen, hielt das Messer allerdings immer noch fest in der Hand.

»Ich glaube sogar ...«, fuhr sie fort und suchte nach Worten. »Ich glaube, Fredrik freute sich, dass wir uns gleich so sympathisch waren. Aber er war auch eifersüchtig. Du und ich verstanden uns etwas zu gut.«

Sein Blick auf mich und Madde an dem Abend im Restaurant. Seine schlechte Laune, sein unmögliches Verhalten.

»Seit unserer Ankunft ist mir das aufgefallen«, sagte Madde. »Seine Eifersucht auf uns.«

»Er will, dass ich dich töte«, sagte ich.

Madde sah mich ungläubig an. »Was?«, brachte sie schließlich heraus. »Nein.«

»Doch. Ich soll dir die Kehle durchschneiden. Ein Opfer, das ich bringen muss.«

Madde merkte, dass ich die Wahrheit sprach, konnte sie aber

kaum begreifen. »Er ist wirklich krank im Kopf«, murmelte sie schließlich. »Völlig krank. Er will mich bestrafen, weil ich mich für dich entschieden habe.«

Mein Vater hatte mir meine Mutter genommen, Klara, Großvater.

Und er hatte mir auch Madde nehmen wollen.

Nicht die Welt war böse. Sondern mein Vater. Er war nur ein so großer Teil meiner Welt gewesen, dass er alles andere überschattet hatte.

Wie eine Sonne hatte er seinen Schatten über mich geworfen. War für alles Dunkle in meinem Leben verantwortlich.

Ich ging zur Glastür, schob sie zur Seite. Es regnete immer noch. Ich trat auf die Terrasse. Der feuchte Kalkstein war kalt unter meinen nackten Füßen.

Ich ging zu meinem Vater, der immer noch bäuchlings auf dem Sofa lag. Packte die langen Haarsträhnen an seiner Stirn, zog den Kopf nach hinten und schnitt ihm die Kehle durch.

Genau wie er es mir gezeigt hatte.

Die Klinge glitt durch Muskeln und Sehnen und Knorpel wie durch Butter.

Hinter mir schrie Madde.

Blut strömte über meine Finger und auf den hellbeigen Bezug.

Ich ließ meinen Vater los, er rollte vom Sofa und landete mit einem dumpfen Geräusch auf dem Rücken neben dem Tisch. Mit dem Hinterkopf schlug er deutlich hörbar auf den Fliesen auf. Seine Beine stießen gegen mich und hätten mich fast umgeworfen. Ich schwankte und musste einen Schritt zur Seite springen, um das Gleichgewicht wiederzuerlangen.

Seine Augen standen offen und blickten ins Leere.

Ich ging zur Treppe.

Meine Hand war um den Messergriff gekrampft. Nacheinander

streckte ich die Finger, und endlich rutschte das Messer nach unten, fiel klirrend auf die Fliesen.

Ich setzte mich und blickte zum Strand. Der Wind hatte abgeflaut, doch das Wasser war immer noch aufgewühlt. Mächtige blaugraue Wellen brachen sich weiß schäumend am Strand.

Ich war ganz ruhig. Spürte Kälte und Regen kaum.

Lange saß ich so da, in Gedanken versunken. Plötzlich hörte ich ein Geräusch hinter mir. Als würde mein Vater sich bewegen. Ich drehte mich um.

Barbro kniete neben ihm, so tief über ihn gebeugt, dass ich nur ihren grauen Knoten im Nacken sah. Es schien, als hielte sie seinen Kopf in den Händen.

Der Knoten bewegte sich.

Ich wandte mich wieder zum brausenden Meer. Konnte mich nicht satt sehen.

Irgendwann hörte ich Sirenen.

Teil 4

Halt nicht länger an jemandem fest, der dich nur verletzt
Glaub mir, nichts wird besser werden
Und ich weiß, das ist zynisch, aber ich habe recht
Ich bin schon tot, und du willst nicht wie ich enden
Es wird dich umbringen, umbringen

Daniela Rathana, aus *Efterlyst*

Kapitel 62

Ich weiß nicht genau, wie lange ich schon hier bin. Eine Woche vielleicht. Die Tage ähneln einander so sehr. Zelle. Toilette. Vernehmungszimmer. Innenhof. Himmel. Das ist meine ganze Welt. Und mir ist klar, dass sie das noch für lange Zeit bleiben wird. Ich denke an Großvater, an Madde. Mein Leben ist vorbei. Ich werde einen Weg heraus finden. Ich muss nur noch ein wenig warten, wegen Per.

Die Sirenen wurden immer lauter. Motorengeräusche. Autos näherten sich schnell durch den Wald. Madde musste die Polizei gerufen haben. Ich überlegte, ob ich ihnen entgegengehen sollte, aber dann würde ich sie wahrscheinlich erschrecken, wenn sie mit gezogenen Waffen auf das Haus zustürmten. Daher blieb ich sitzen.

Schritte wurden hinter mir laut, mehrere Personen. Jemand befahl mir barsch, sitzen zu bleiben und die Hände zu heben. Ich gehorchte. Stiefel auf den Kalksteinfliesen, Metall legte sich um mein Handgelenk, mein Arm wurde nach unten gebogen. Mir war klar, was sie taten, und bog den anderen Arm bereitwillig nach hinten.

Ein Polizist, der Stimme nach jung, packte meinen Arm und befahl mir, aufzustehen. Ich gehorchte, den Blick immer noch nach vorn aufs Meer gerichtet. Als wir ins Haus gingen, sah ich zwei Polizisten, die sich über die Leiche meines Vaters beugten.

Bevor sie mich in den Streifenwagen setzten, hüllten sie mich in eine Decke. Ich weiß nicht, ob wegen mir oder ob der Autositz trocken bleiben sollte. Doch sie war warm, und es war angenehm, nicht mehr im Regen zu sitzen.

Auf dem Revier musste ich die Unterhose ausziehen, dann wurde ich fotografiert, ein Arzt nahm mir Blut ab und leuchtete mir in die Augen. Man gab mir frische Kleidung und brachte mich in meine Zelle.

Allmählich wurde mir wärmer. Ich streckte mich auf dem Bett aus und zog die Decke über mich. Die Müdigkeit überwältigte mich. Ich schloss die Augen, wollte nur noch schlafen.

Nach gefühlten zehn Sekunden hämmerte jemand gegen die Tür und riss sie auf. Ein Wachbeamter holte mich ab. Er hieß Per und sollte mich zur Vernehmung bringen, sagte er.

Ich blieb liegen. Es war Folter, mich so schnell zu wecken.

»He«, sagte Per und trat in die Zelle. »Aufwachen.«

Ich öffnete die Augen und setzte mich mühsam auf. Stützte die Ellbogen auf die Knie, holte tief Luft. Per ließ mir Zeit.

Da wurde mir klar, dass er ein anständiger Kerl war.

Im Vernehmungsraum wartete bereits ein Polizist auf uns. Er stellte sich als Martin vor, war etwa Mitte vierzig und sah durchtrainiert aus. Ein leichter Geruch nach Rasierwasser hing in der Luft.

Martin erklärte, dass man noch keinen Pflichtverteidiger erreichen konnte und man deshalb erst einmal nur kurz mit mir sprechen würde. Ich sei vorläufig festgenommen und des Mordes an Fredrik Barzal verdächtig. Er fragte, was ich dazu zu sagen hatte.

»Das ist richtig«, antwortete ich.

Dann waren wir fertig.

Danach schlief ich zehn Stunden ohne Unterbrechung.

Am Abend klopfte es an der Zellentür, der Wachbeamte schloss auf und ließ eine elegante Frau Mitte fünfzig herein. Sie stellte sich als Soraya vor und war meine Pflichtverteidigerin. Ob ich dagegen Einwände hatte?

Nein, ich hatte keine.

Ihren Informationen nach hätte ich gestanden, meinen Vater getötet zu haben, korrekt?

Ja, das war korrekt.

Soraya betrachtete mich nachdenklich und nickte.

»Sie sind offiziell festgenommen und sitzen in Untersuchungshaft. Während die Ermittlungen andauern, dürfen Sie daher mit niemandem reden außer mit mir.«

Bei der nächsten Vernehmung war Soraya dabei. Martin hatte eine Kollegin mitgebracht, Agnes, die wohl Mitte dreißig war.

Martin bat mich, zu wiederholen, was ich bei der ersten Befragung ausgesagt hatte. Mein Geständnis, Fredrik Barzal getötet zu haben.

Das tat ich.

Dann sollte ich beschreiben, wie ich die Tat ausgeführt hatte.

»In der Küche habe ich ein Messer genommen, bin auf die Terrasse gegangen und habe ihm die Kehle durchgeschnitten«, erzählte ich. »Er lag auf dem Sofa, auf dem Bauch, ich habe seinen Kopf an den Haaren nach hinten gezogen und ihm den Hals von Ohr zu Ohr aufgeschlitzt. Diese Methode hatte er mir zuvor gezeigt.«

»Ihr Vater hat Ihnen das gezeigt?«

»Ja. Ich sollte für ihn ein Lamm schlachten. Am Tag davor. Oder auch zwei Tage davor.«

»Und was war das für ein Messer?«

»Das, mit dem ich dem Lamm den Hals durchgeschnitten

hatte. Eine Art … Schlachtermesser, glaube ich. Ich habe es auf der Terrasse fallen lassen.«

Martin blickte in seine Unterlagen, bevor er weitersprach.

»Sie haben ihm also die Kehle durchgeschnitten.«

»Ja.«

»Haben Sie ihm noch etwas angetan?«

»Nein.«

»Ganz sicher?«

»Ja. Was meinen Sie mit der Frage?«

»Bei unserer Ankunft fehlten der Leiche die Augen.«

Martin sah mich abwartend an. Mir war klar, was passiert sein musste.

»Aha.«

»Doch das waren nicht Sie?«

»Nein.«

»Haben Sie eine Vermutung, wie die Augen entfernt worden sein könnten?«

»Darauf müssen Sie nicht antworten«, schaltete sich Soraya ein. »Mein Mandant sagt, er hat damit nichts zu tun. Mehr müssen Sie nicht wissen.«

Trotz der vielen Stunden Schlaf war ich immer noch benommen vor Müdigkeit, und ich wollte alle Karten auf den Tisch legen, alles erzählen. Also erklärte ich, dass Barbro die Augen entfernt haben musste.

Martin fragte, wer Barbro sei.

Ich erklärte, dass sie die Haushälterin meines Vaters in Ajkeshorn war. Beschrieb ihr Aussehen, wie alt sie etwa war. Wer — oder besser gesagt, was — sie eigentlich war, unterschlug ich.

»Und warum glauben Sie, dass die Haushälterin der Leiche die Augen entfernt hat?«

»Ich wüsste nicht, wer es sonst gewesen sein sollte.«

»Okay.«

Ich merkte selbst, dass das vielleicht nicht das überzeugendste Argument war.

Martin und Agnes sahen mich ausdruckslos an.

»Als wir in das Haus kamen, war diese Barbro nicht da.«

»Aha.«

»Ist das nicht ein bisschen merkwürdig, dass sie sich vom Tatort entfernen konnte? Genau vor unserer Ankunft?«

Ich zuckte mit den Schultern. Wieder schaltete sich Soraya ein, etwas schärfer dieses Mal.

»Auch darauf müssen Sie nicht antworten. Mein Mandant legt dar, was er erlebt hat. Wenn Sie die betreffende Person nicht finden konnten, ist das nicht sein Problem. Mein Mandant ist sehr müde und hält eine lange Vernehmung nicht durch. Ich schlage daher vor, dass wir uns auf die wesentlichen Punkte konzentrieren.«

Martin gab keine Antwort, sondern blickte nur mit angespanntem Kiefer auf seine Unterlagen. Dann berichtete er, dass die Analyse meiner Blutprobe einen hohen Gehalt an verschreibungspflichtigen Beruhigungsmitteln ergeben hatte. Wie erklärte ich mir das?

Ich sagte, meine Freundin Madeleine, Madde, hätte mir ein paar Tabletten gegeben, damit ich in unserer letzten Nacht in Ajkeshorn schlafen konnte.

Agnes machte sich Notizen, auch wenn die Vernehmung aufgezeichnet wurde. Dann fragte Martin nach meinem Motiv. Warum hatte ich meinen Vater getötet?

Ach, wo sollte ich da nur anfangen, dachte ich. Dann antwortete ich: »Er wollte, dass ich meine Freundin töte.«

Martin sah auf seine Unterlagen. »Also Madeleine Ström?«

»Ja.«

»Und wie hat er das kommuniziert?«

Ich erzählte ihm alles. Dass mein Vater gesagt hatte, ich müsse ein Opfer bringen, um die Macht zu erhalten. Jemanden töten, den ich liebte. Nur so wäre ich der absoluten Freiheit würdig. Indem ich zeigte, dass ich absolut alles dafür tun würde. Ich erzählte von der kleinen Götterstatue, die er auch in dem Gemälde verewigt hatte, auf meinem Handy wären Fotos. Ich sagte weiter, dass mein Vater wollte, dass der Gott von ihm in mich wechselte. Ich beschrieb die Tätowierung an der Innenseite seines Unterarms, die Zeichen, die auch auf der Statue zu sehen waren.

Soraya unterbrach mich und fragte, ob ich eine Pause bräuchte. »Nein, schon gut«, erwiderte ich. »Das ist nicht nötig.«

Ich erklärte weiter, dass sich der Gott schon vor vielen Jahren in meinem Vater eingenistet hatte und er deshalb ein Bild von dem Brand malen konnte, wodurch dieser auch tatsächlich eintrat und meine halbe Familie und fast auch mich tötete. Wir waren seine Opfer. Er liebte uns, aber wir mussten sterben, damit er frei sein konnte. Allerdings überlebte ich und er war an Krebs erkrankt, deshalb sollte der Gott weiter in mir wohnen.

Martin stellte noch weitere Fragen. Ich versuchte, alles so deutlich und zusammenhängend wie möglich zu schildern. Soraya warf noch einmal ein, dass ich sagen sollte, wenn ich zu müde war, und nach einer Weile konnte ich tatsächlich nicht mehr.

Soraya holte uns Kaffee, und wir redeten in der Zelle noch kurz miteinander. Sie erklärte, dass ich am nächsten Tag dem Haftrichter vorgeführt und danach sehr wahrscheinlich Haftbefehl wegen Mord oder Totschlag erlassen werden würde.

Ein Arzt durfte mit mir sprechen und fragte nach meinem Befinden.

»Ich weiß nicht, wie es mir geht«, sagte ich, und das war die Wahrheit.

Ich fühlte mich wie abgeschnitten von mir selbst. Konnte es mir nicht richtig erklären. Und dem Arzt auch nicht. Er verschrieb mir Beruhigungs- und Schlafmittel.

Ich träumte, dass meine Mutter mich in der Zelle besuchte und erzählte, Großvater hätte sich gemeldet, er würde sich Sorgen um mich machen. Sogar im Traum war mir klar, dass das nicht stimmen konnte.

Meine Mutter trug dasselbe Parfüm wie Soraya. Seltsam.

Wenn ich meinen Vater nicht getötet hätte, hätten Madde und ich dann eine Zukunft gehabt?

Wenn ich sie nicht mit dem Messer bedroht hätte?

Wenn ich mit dem Album in dieser letzten Nacht zu ihr gegangen wäre und gesagt hätte: »Ich bin fürchterlich enttäuscht von dir. Mein Vater hat mir diese Fotos gezeigt, aber ich möchte wissen, was du dazu zu sagen hast. Ich höre dir zu. Dann bilde ich mir ein Urteil über dich.«

Ich weiß. Total unrealistisch. Aber trotzdem. *Wenn.*

Auf lange Sicht hätte es wahrscheinlich keine Rolle gespielt. Das hätten wir vielleicht irgendwie geschafft, aber früher oder später wäre diese verfluchte Waschmaschine sicher wieder rumpelnd und vibrierend in mein Leben zurückgekehrt und hätte mir Angst eingejagt, und Madde hätte kapiert, was für ein Psycho ich bin.

Wir hatten eine tolle Zeit miteinander, aber erst am Schluss hat sie mein wahres Ich gesehen.

Und dann ist da noch Großvater, der nicht mehr lebt.

Er gehört zu dem Teil meiner selbst, der sich abgekapselt hat.

Ich kann es denken, sogar laut aussprechen, aber nicht begreifen.

Als mein Vater es mir erzählte, begriff ich es. Und es war nicht zu ertragen. Derselbe Schmerz wie beim Tod von Klara und meiner Mutter, noch einmal. Wahrscheinlich schützt mein Gehirn mich, wie ein Verkehrspolizist bei einem Autounfall.

Fahren Sie weiter. Hier gibt es nichts zu sehen.

Ich habe ein wenig Aufschub bekommen.

Ich sehe mich am Strand unterhalb von Ajkeshorn stehen. Die Sonne scheint noch, doch das Licht ist irgendwie weißer, kälter. Der Wind hat aufgefrischt. Wolken ziehen übers Meer auf. Am Horizont ist der Himmel dunkelgrau, fast schwarz. Stumme Blitze zucken übers Wasser.

Dumpfes Grollen ist in der Ferne zu hören.

Ich sollte gehen, bevor mich das Unwetter erreicht.

Ich weiß immer noch nicht, wie Karin mich beurteilt hat. Ob ich nach Huddinge für eine eingehendere Untersuchung muss.

Schritte nähern sich auf dem Flur. Klappernde Absätze und Pers behäbiges Schlurfen.

Soraya.

Per lässt sie herein.

»Guten Morgen«, begrüßt sie mich. »Wie geht es Ihnen?«

»Ich bin müde.«

»Dann sind Sie gleich vielleicht etwas wacher. Ich habe neue Informationen, die Ihre Situation völlig verändern.«

Soraya lächelt. Tatsächlich. Ich hätte nicht gedacht, dass sie dazu fähig ist.

Kapitel 63

»Sie haben vermutlich schon erfahren, dass Sie nicht mehr unter Mordverdacht stehen.«

Wir sitzen wieder im Vernehmungszimmer. Martin blickt auf seine Unterlagen, während er das sagt, als wäre er in Gedanken schon beim nächsten Punkt. Außer uns ist nur noch Soraya anwesend.

Ich nicke.

»Ja.«

»Die Obduktion hat ergeben, dass Fredrik Barzal bereits tot war, als Sie ihm die Kehle durchgeschnitten haben.«

»Er war tot?«

»Ja. Vermutlich eine Überdosis Heroin. Aber in seinem Blut fanden sich auch noch eine Menge anderer Substanzen.«

Ich war sprachlos. Martin beobachtete mich.

Wieso war mir nie der Gedanke gekommen, dass er schon tot gewesen sein könnte?

Ich war so sicher gewesen, dass er schlief. So hatte es schließlich ausgesehen. Klar, ein bisschen komisch hatte ich es schon gefunden, bei strömendem Regen auf der Terrasse zu liegen. Aber es war nicht das Seltsamste, was mein Vater in den Tagen in Ajkeshorn gesagt oder getan hatte.

Ich atme tief ein. Ich bin also kein Mörder.

Die Erleichterung ist größer, als ich gedacht hätte. Ich hatte mich darauf eingestellt, nichts mehr zu haben, für das es sich zu leben lohnt. Und da sollte das doch eigentlich keine Rolle spielen. Tut es aber. Ich will kein Mörder sein.

»Man wirft Ihnen also jetzt Störung der Totenruhe vor«, fährt Martin fort. »Das geben Sie wahrscheinlich zu? Nachdem es sich ja um dieselbe Tat handelt?«

»Ja, ich gebe alles zu«, sage ich.

Martin nickt. »Dieses Verbrechen wiegt weniger schwer, die Beschränkungen werden demnach aufgehoben. Sie dürfen sprechen, mit wem Sie wollen.«

Und mit wem sollte ich sprechen?

»Mein Mandant sollte unmittelbar freigelassen werden«, verlangt Soraya. »Es gibt keinen Grund, ihn weiterhin in Untersuchungshaft zu belassen.«

»Dazu kommen wir noch«, entgegnet Martin und kann den leisen Ärger in seiner Stimme wegen Sorayas Ungeduld nicht unterdrücken. »Zuerst müssen wir Isak noch zu einigen anderen Dingen befragen. Die Untersuchung der Augenhöhlen des Toten hat ergeben, dass die Augen wahrscheinlich von einem Tier herausgepickt wurden. Die Spuren deuten auf einen Vogel hin.«

Ich hatte also recht, denke ich, schweige aber.

»Mein Mandant hat sich die ganze Zeit um Transparenz bemüht und nichts zurückgehalten«, wirft Soraya ein. »Wie schön, dass jetzt schwarz auf weiß feststeht, dass er die Wahrheit gesagt hat.«

Martin blättert in seinen Unterlagen. »Außerdem wollte ich noch mal auf die kleine Götterfigur zurückkommen.«

»Ja.«

»Wir haben sie im Ausstellungsraum gefunden, wie Sie gesagt haben.«

»Ja.«

»Sie wurde im Labor untersucht, und … Moment, lassen Sie mich nachschauen … es handelt sich dabei um eine sogenannte Vinča-Figur, aus der in der Jungsteinzeit auf dem Balkan verbreiteten Vinča-Kultur. Der Handel mit diesem Artefakt ist gesetzwidrig. Hat Ihr Vater etwas darüber gesagt, wie die Figur in seinen Besitz gekommen ist?«

»Nein. Aber vor neunzehn Jahren hatte er sie auch schon. Als das Sommerhaus meines Großvaters abgebrannt ist.«

Martin mustert mich eingehend.

Ich spreche weiter: »Im Ausstellungsraum sind noch viel mehr Statuen. Und Masken. Aber das haben Sie ja bestimmt gesehen.«

Martin nickt. »Die werden gerade untersucht. Vermutlich hat er die meisten davon ebenfalls illegal erworben.«

Martin blättert wieder in seinen Unterlagen. Schweigt.

Soraya sieht ihn ungeduldig an und sagt schließlich: »Sind wir jetzt fertig?«

»Nein, das sind wir nicht. Isak, Sie haben bei einer früheren Vernehmung ausgesagt, dass Ihr Vater den Brand vor neunzehn Jahren verursacht hat.«

»Ja. So hat er es mir erzählt.«

»Was hat er damit gemeint, was glauben Sie?«

Ich schwieg. Überlegte, wie ich es formulieren sollte. »Er hat ein Bild von dem Brand gemalt. Und dann hat es gebrannt.«

»Sind Sie sicher, dass er es so gemeint hat?«

Stille. Sicher?

»Nein.«

»Könnte er auch gemeint haben, dass er das Feuer gelegt hat?«

»Möglich, ja.«

Martin fragt nach den Tagen vor dem Brand. Ich erzähle, dass wir meinen Vater in Stockholm in seinem Atelier besucht haben. Dass wir am Tag danach ohne ihn nach Småland gefahren sind, ins Sommerhaus. Dass es etwa eine Woche später gebrannt hat. Es können aber auch vier oder fünf Tage gewesen sein, als Sechsjähriger weiß man das nicht so genau.

Martin hörte aufmerksam zu und stellt noch einige Fragen.

»Der Brand wurde damals als Unglück eingestuft, scheint aber nicht näher untersucht worden zu sein. Das holen wir jetzt nach. Bisher wissen wir, dass Ihr Vater kein Alibi für die Brandnacht hatte.«

Ich nicke.

»Noch ein Detail ist interessant: Nach dem Brand hat er einen Zusammenbruch erlitten und einige Monate in einer psychiatrischen Klinik verbracht. Bei unseren jetzigen Ermittlungen hat sich allerdings herausgestellt, dass er in den Wochen davor auch mehrmals Kontakt mit dem psychiatrischen Notdienst hatte.«

Ich denke an das, was Großvater vor der Gotland-Reise gesagt hat, als ich ihn besucht habe.

Er war auch schon davor psychisch instabil.

»Wissen Sie noch, ob Ihr Vater sich vor der Abfahrt nach Småland seltsam verhalten hat?«

Ich nicke und erzähle genauer von unserem Besuch im Atelier. Wie aufgekratzt er da war und wie unangenehm ich das fand. »In der letzten Nacht in Ajkeshorn hat er gesagt, er hätte damals mit dem Gedanken gespielt, sich das Leben zu nehmen. Er oder wir, so klang es.«

Schweigen. Dann sammelt Martin seine Unterlagen zusammen und sieht mich an. »Danke, Isak. Sie dürfen gehen. Wo können wir Sie erreichen, falls wir noch Fragen haben?«

Soraya und ich treten in den Flur vor dem Vernehmungsraum.

Ich atme tief durch. Soraya berührt mich leicht am Arm und lächelt. »Besser?«

Klar, ich sitze ja auch nicht mehr im Gefängnis.

Doch je mehr Normalität einkehrt, desto schwieriger lässt sich die Erkenntnis zurückdrängen, dass manches nie wieder so sein wird wie früher.

Was soll ich jetzt tun? Nach Småland fahren, in meine und Maddes Wohnung? Wieder beim Pflegedienst arbeiten, als ob nichts geschehen wäre?

»Das ist alles nicht so leicht zu begreifen«, murmele ich.

»Das verstehe ich«, sagt Soraya. »Aber wissen Sie was? Rufen Sie am besten Ihren Großvater an, jetzt gleich. Er macht sich große Sorgen.«

Kapitel 64

Vor Schock bin ich sprachlos. Soraya sieht mich verständnislos an.

»Er lebt?«, bringe ich schließlich heraus.

»Ja, natürlich.«

O Gott.

Ich setze mich auf eine Bank.

Soraya lässt sich neben mir nieder, legt mir eine Hand auf die Schulter. »Ich hatte Ihnen doch erzählt, dass er sich gemeldet hat.«

Ich kann nicht sprechen, schlage die Hände vors Gesicht.

»Wissen Sie das nicht mehr? Das muss … am zweiten Tag Ihrer Untersuchungshaft gewesen sein.«

Ich schüttele den Kopf. Doch dann fällt mir der Traum ein. Meine Mutter, die zu mir in die Zelle kam und mir erzählte, dass Großvater sich Sorgen um mich macht.

Meine Mutter, mit Sorayas Parfüm.

Das war kein Traum gewesen. Ich war nur zu müde gewesen, um es zu verstehen. Hatte zu sehr unter Medikamenten gestanden.

Soraya entschuldigt sich, sie wusste nicht, dass ich davon ausging, dass Großvater tot sei. Dann hätte sie das Missverständnis natürlich aufgeklärt. Sie hat mehrmals mit ihm gesprochen. Dann entschuldigt sie sich noch einmal. Ich glaube, sie schämt sich ein wenig. Oder sogar sehr.

Ich weine, die Hände immer noch vors Gesicht geschlagen.

»Möchten Sie ihn nicht anrufen?«, fragt Soraya schließlich.

Sie hält mir ihr Handy hin, und ich nehme es. Muss mich zusammenreißen. Schließe die Augen, hole tief Luft. Mit zitternden Händen wähle ich Großvaters Nummer und halte das Handy ans Ohr. Will ihn locker begrüßen, gefasst.

Großvater meldet sich sofort. Als hätte er auf einen Anruf gewartet. »Hallo«, sagt er, und ich höre seiner Stimme an, dass er nur mit Soraya als Anruferin rechnet. Natürlich.

Ich hätte mir keine Gedanken machen müssen, wie ich ihn begrüßen will, denn bevor ich auch nur einen Ton herausbringe, breche ich wieder in Tränen aus und kann nicht mehr aufhören zu weinen.

Ich schluchze laut.

»Isak? Bist du das?« So viele Emotionen schwingen in seiner Stimme mit. Hoffnung, Erleichterung, Wärme, Rührung.

»Ja«, bringe ich gepresst heraus.

Großvater zeigt nie viele Gefühle. Doch jetzt weint er auch.

Aus den Augenwinkeln sehe ich, wie Soraya ein Taschentuch aus ihrer Handtasche zieht.

Ich hole meine Sachen. Als man mich aufs Revier gebracht hat, hatte ich nur meine Unterhose an. Doch die Polizei hat mein Gepäck und mein Handy nach Visby ins Labor gebracht und händigt mir jetzt alles aus. So kann ich meine eigenen Sachen anziehen.

Soraya erzählt, dass der Tod meines Vaters und meine Festnahme großes Medienecho ausgelöst hätten. Reporter belagern das Revier. Ein Pressesprecher hat gerade verkündet, dass ich freigelassen werde, nachdem ich nicht länger unter Mord- beziehungsweise Totschlagsverdacht stehe. Die Reporter werden sich daher garantiert überschlagen, um einen Kommentar von mir zu bekommen.

Wie geht es Ihnen jetzt?

Sind Sie erleichtert?

Was hatten Sie für ein Verhältnis zu Ihrem Vater?

Ich sehe es schon vor mir.

Deshalb wird Soraya mich durch den Hinterausgang hinausbringen, wo Großvater mit dem Auto wartet. Im besten Fall können wir dann unbemerkt verschwinden.

Sie führt mich durch einen Flur mit Büros zu beiden Seiten und erklärt, dass es noch einen Monat oder länger bis zur Verhandlung dauern kann, die in Visby stattfinden wird.

Wir gehen durch eine Stahltür und ein Treppenhaus, bevor wir in einem langgestreckten Müllraum mit großen dunkelgrünen Tonnen auf Rädern kommen. Es riecht süßlich, verfault. Soraya dreht sich zu mir.

»Ich kann nicht garantieren, dass da draußen nicht doch Reporter warten. Setzen Sie besser eine Sonnenbrille auf.«

Natürlich, die Sonnenbrille. Ich nehme sie aus meiner Tasche. Dann bleiben wir an einer Stahltür stehen.

»Wenn ich etwas Neues erfahre«, sagt Soraya, »rufe ich Sie sofort an.«

»Gut. Und vielen Dank. Für alles.«

Sie lächelt und drückt leicht meinen Arm.

Ich setze die Sonnenbrille auf und drücke die Stahltür auf. Die Sonne scheint, es weht ein frischer Wind. Der Parkplatz hinter dem Polizeigebäude ist asphaltiert und schäbig. Niemand ist zu sehen. Ich bin frei, die Welt gehört mir.

Da drüben steht er, Großvaters alter Mondeo. Er selbst sitzt hinter dem Steuer und winkt mir zu. Ich eile hinüber, werfe meine Tasche auf den Rücksitz und setze mich nach vorn. Ziehe die Tür zu.

Wir sehen uns an und lächeln. Geweint haben wir am Telefon genug.

Er legt mir die Hand auf die Schulter. »Schön, dich zu sehen.«

»Gleichfalls.«

Er lässt den Motor an und sieht hinunter auf den Schaltknüppel. »Am besten hauen wir ab, bevor man uns entdeckt.«

»Ja.«

»Hast du Hunger?«

»Oh ja.«

Wir fahren los. Auf ihn ist immer Verlass.

Pflichtgefühl ist wie zu Zement erstarrte Liebe.

Worte und Umarmungen sind gut und schön. Aber auf Pflichtgefühl kann man ein Leben bauen.

Ich schalte mein Handy ein. Dutzende verpasste Anrufe, Nachrichten auf der Mailbox, SMS. Die meisten scheinen von Journalisten zu sein.

Doch nichts von Madde.

Kapitel 65

Großvater fährt zu Max an den Drive-In-Schalter. Ich bestelle ein Menü mit großem Burger mit Avocado und Speck, dazu Pommes frites und eine Cola. Großvater fragt, ob ich nicht noch einen Nachtisch möchte.

Doch, natürlich. Ich bestelle noch einen großen Schokoladenmilchshake.

Großvater nimmt einen Halloumi-Burger und eine Sprite. Man händigt uns zwei Papiertüten mit dem Essen aus sowie die Getränke in einer Papphalterung, dann verlassen wir Visby. Bald sind wir auf dem Land. Es ist Erntezeit, und die Bauern arbeiten auf den großen Feldern. Auf den Weiden stehen Kühe und Pferde.

Großvater fährt Richtung Fårösund, biegt dann aber nach rechts auf eine kleinere Straße ab. Dörfer und Felder wechseln sich in rascher Folge ab.

In jedem Dorf steht eine Steinkirche. Vielleicht sind Madde und ich hier in der Nacht mit dem Lamborghini entlanggefahren, zurück nach Ajkeshorn.

Madde. Was sie jetzt wohl macht? Wo ist sie? Was denkt sie von mir?

»Ich hatte ja etwas Zeit totzuschlagen«, sagt Großvater. »Also habe ich Gotland ein bisschen erkundet. Zumindest die Umgebung von Visby. Und ich habe ein schönes Plätzchen gefunden, wo man uns sicher in Ruhe lässt.«

Er biegt wieder nach rechts ab, auf einen Schotterweg, der durch einen Mischwald führt. Nach ein paar hundert Metern lichten sich die Bäume, und wir sind am Ziel. Eine alte Kirchenruine, sicher einige Hundert Jahre alt, ragt vor uns auf. Großvater parkt den Wagen an der niedrigen Mauer, und wir steigen mit den Getränken und unserem Essen aus.

Wir sind allein. Nur das Rascheln der Baumwipfel ist zu hören, das Zwitschern der Vögel.

Die noch stehenden Steinmauern heben sich grauweiß von der grünen Umgebung ab. Das Dach ist schon längst nicht mehr vorhanden, die Längsseiten eingestürzt. Wind und Wetter haben ihre Spuren an der Ruine hinterlassen.

»Was für ein Ort«, sage ich.

»Nicht wahr?«, antwortet Großvater. »Da drüben ist eine Bank.«

Wir umrunden die Ruine, und ich kann den Blick nicht von ihr abwenden. Am liebsten würde ich an der halb eingestürzten Längsseite hinaufklettern. Der alte Glockenturm mit der Fensteröffnung sieht noch recht gut erhalten aus.

»Kann man auf den Turm rauf?«

»Ja, die Treppe existiert noch.«

Wir setzen uns auf die Bank und stellen das Essen zwischen uns ab. Gierig beiße ich in meinen Burger. Er schmeckt köstlich.

Eine Weile essen wir schweigend.

Dann sage ich: »Er hat mir gesagt, du wärst bei einem Autounfall gestorben.«

Großvater schüttelt den Kopf und schiebt sich ein paar Pommes in den Mund.

»Und dass der Unfall meine Schuld sei. Dass du von der Straße abgekommen wärst, weil du meinen Anruf entgegennehmen wolltest.«

Ich erzähle ihm, dass ich ihn sofort nach seiner Abfahrt aus Ajkeshorn anrufen wollte, dass mein Vater jedoch mein Handy genommen hatte. Großvater erklärt, dass sein Akku leer war und er sein Telefon im Hotel in Visby aufladen musste. Erst am Morgen danach sah er dann meine Anrufe. Als er mich erreichen wollte, meldete ich mich nicht. Am Abend informierte er dann die Polizei, gab an, sich Sorgen um mich zu machen, doch das reichte nicht, damit sie etwas unternahmen. Er überlegte, noch einmal nach Ajkeshorn zu fahren, wollte aber erst darüber schlafen.

Am nächsten Morgen hörte er dann in den Lokalnachrichten von einem Mord auf Fårö und einer festgenommenen Person. Er hatte das schreckliche Gefühl, dass ich etwas damit zu tun haben könnte. Und dass er es vielleicht hätte verhindern können, wenn er am Abend zuvor doch noch einmal losgefahren wäre.

Ich schüttele den Kopf. »Nein, du hast wirklich alles getan, was du konntest. Mach dir keine Vorwürfe.«

Ich erzähle ihm, dass ich Madde nach dem Willen meines Vaters hätte töten sollen.

»Das sage ich jetzt nur einmal«, erwidert Großvater hörbar bewegt. »Aber ... wenn du ihn umgebracht hättest ... hätte ich es dir nicht übel genommen. Ich habe es mir selbst oft genug vorgestellt.«

Es tut gut, das zu hören. Irgendwie rückt es einiges zurecht. Wir essen noch eine Weile schweigend, dann sagt Großvater: »Ich habe mir überlegt, ob er vielleicht wollte, dass du ihn umbringst.«

»Wirklich?«

»Die Vorstellung, wie ein gewöhnlicher Sterblicher an Krebs dahinzusiechen, war sicher nichts für Fredrik. Was würde ihm maximale Aufmerksamkeit einbringen? Ein Familiendrama. Von seinem eigenen Sohn ermordet zu werden. Das hat etwas Zeitloses an sich. Etwas Unsterbliches. Und das war das Einzige, was für Fredrik zählte. Dass er durch seine Kunst unsterblich werden würde.«

Ich wische mir die Finger an meiner Papierserviette ab, während ich gleichzeitig über Großvaters Theorie nachdenke. Vielleicht hat er recht. Immerhin hat mein Vater mir selbst gesagt, dass er vor zwanzig Jahren ähnliche Gedanken gehabt hatte.

»Funktioniert hat es in jedem Fall«, spricht Großvater weiter. »Ich habe gestern im Internet gelesen, dass die Preise für seine Gemälde durch die Decke gehen.«

»Was hast du damit gemeint: ›Ich weiß, was du getan hast‹?«

Großvater seufzt und sieht abwesend zu der Ruine.

»Ich glaube, er stand damals unter Drogen«, sagt er schließlich. »Er war jedenfalls nicht bei klarem Verstand.«

»Woran hast du das gemerkt?«

»Als ihr eine Woche vor dem Brand aus Stockholm kamt, fanden deine Großmutter und ich, dass deine Mutter sehr müde und abgezehrt aussah. Wir machten uns Sorgen. Als ihr Kinder im Bett wart, fragte ich behutsam, ob sie etwas belastete. Sie brach in Tränen aus, konnte gar nicht mehr aufhören. Vergiss nicht, sie wusste ja, dass wir Fredrik nicht mochten. Aus Loyalität ihm gegenüber hatte sie nie schlecht über ihn geredet. Im Gegenteil, sie hatte immer seine positiven Seiten betont. Doch an jenem Abend erzählte sie, er hätte seit Monaten schon kaum mehr geschlafen, würde nachts durch die Wohnung geistern und mit sich selbst reden. In der Diele hatte er eine Arbeitsecke, weißt du das noch?«

»Ja.«

»Der Papierkorb war voller zerknüllter Blätter. Linn strich sie glatt und entdeckte, dass er darauf verschiedene Arten notiert hatte, sich das Leben zu nehmen.«

Ich stöhne. In der Hinsicht hatte mein Vater also nicht gelogen.

»Sie brachte ihn zum psychiatrischen Notdienst, doch die konnten ihm nicht helfen. Es wurde immer schlimmer. Irgendwann blieb er tagelang verschwunden. Sie meldete ihn bei der Polizei als vermisst. Dann bemerkte sie, dass das gemeinsame Sparkonto leer war. Über hunderttausend Kronen waren weg. Es stellte sich heraus, dass er mit dem Geld eine kleine Steinfigur gekauft hatte. Zehn Zentimeter hoch war sie. Und das für über hunderttausend Kronen. Sie wollte, dass er den Kauf rückgängig machte, doch er weigerte sich. Deine Mutter ging durch die Hölle. Sie war sehr erschöpft.«

Mama. Ich sehe sie vor mir. Wie sehr sie gekämpft haben muss, ihre Müdigkeit und Sorgen vor mir und Klara zu verstecken. Tränen treten mir in die Augen.

»Als dann das Haus brannte«, fährt Großvater fort, »wusste ich einfach, dass etwas nicht stimmte. Ich lag der Polizei und den Brandermittlern damit in den Ohren, dass sie gründlich nachforschen, doch niemand hat sich dafür interessiert.«

Wir schweigen.

Schließlich sagt Großvater: »Um halb eins geht eine Nachtfähre nach Oskarshamn. Sie kommt um halb vier herum an, dann müssen wir noch zwei, drei Stunden fahren. Aber am Morgen wären wir zu Hause.«

Das Sommerhaus am See. Ruhe, Abgeschiedenheit. Zu Hause. Die Sehnsucht schmerzt beinahe körperlich.

»Aber wir können auch eine Nacht in Visby bleiben und uns ausschlafen, wenn du willst«, sagt Großvater.

»Nein, nein. Wir reisen heute Abend ab. Das ist genau richtig.«

»Wenn wir eine Kabine nehmen, können wir den meisten Menschen aus dem Weg gehen.«

Ich schlürfe meinen Milchshake leer und nehme das Handy

zur Hand. Suche nach der Seite der Fährgesellschaft und buche uns Tickets für die Nachtfähre nach Oskarshamn.

Wir müssen noch einige Stunden totschlagen, doch schließlich stehen wir am späten Abend in der Schlange vor der Fähre. Unbemerkt hat sich die Dämmerung über die Insel gelegt, und jetzt leuchten die Scheinwerfer am Hafen hell.

Ich bin den ganzen Tag gefahren und sitze immer noch hinterm Steuer. Während des Wartens lese ich im Internet die Nachrichten zum Tod meines Vaters. Alle großen Zeitungen berichten, dass der Sohn des berühmten Künstlers freigelassen wurde, da er nicht länger des Mordes oder Totschlags verdächtig ist.

Irgendwo liest Madde auch diese Nachrichten, denke ich. Inzwischen muss sie wissen, dass ich kein Mörder bin.

Aber ich denke auch, dass es vielleicht gar nicht so wichtig ist. Immerhin hat sie gesehen, wie ich meinem Vater die Kehle durchtrennt habe. Sie weiß, dass ich dazu fähig bin, einen anderen Menschen brutal umzubringen.

Das Entsetzen in ihren Augen, als ich in der Küche nach dem Messer griff. Da gefiel mir das, ich wollte, dass sie um ihr Leben fürchtete. Jetzt ist der Gedanke daran einfach nur schrecklich.

Wenn man einmal solche Angst vor seinem Freund hatte, lässt sich das je wiedergutmachen?

Ich frage mich, wo sie wohl ist. Bei ihren Eltern in Täby? Oder ist sie noch auf Gotland? Könnte sie sogar nach Hause in unsere Wohnung in Småland gefahren sein?

Mein Herz schlägt schneller. Unmöglich ist es nicht. Die Wohnung ist immerhin ihr Zuhause, auch wenn sie Teil der Kulisse eines Theaterstücks war, das mein Vater inszeniert hat.

Endlich dürfen wir an Bord fahren. Die Fähre ist nur halb voll, aber wir sind trotzdem vorsichtig. Hinter Sonnenbrille und Baseballkappe verborgen, warte ich an Deck, während Großvater die Schlüsselkarten zu unserer Kabine holt. Da niemand in meiner Nähe ist, nehme ich die Sonnenbrille ab. Es ist nach Mitternacht. Der Wind hat abgeflaut. Die mittelalterlichen Kaufmannshäuser Visbys mit ihren Treppengiebeln wachen im Dunkeln. Ich höre dröhnende Bässe, Lachen und Stimmengewirr, sehe bunte Lichter an einer Steinfassade.

Großvater schickt mir eine Nachricht mit unserer Kabinennummer. Ich mache mich auf den Weg, klopfe an unsere Tür, und er lässt mich herein. Die Kabine ist länglich, links geht es zur Toilette, zwei schmale Liegen an den Wänden. Großvater streckt sich auf einer aus, ich lege mich auf die andere. Ziehe die Baseballkappe übers Gesicht und versuche zu schlafen.

Als wir um halb vier Uhr morgens in Oskarshamn an Land fahren, sitze ich wieder hinterm Steuer. Großvater hat angeboten zu fahren, er sagt, er hat ein paar Stunden geschlafen und fühlt sich jetzt fit. Aber ich bestehe darauf, sage, dass wir ja unterwegs tauschen können, falls ich müde werde. Aber ich weiß, dass ich den ganzen Weg bis zum Sommerhaus fahren werde. Weil ich es will.

In einer langen Schlange rollen die Wagen von der Fähre, einige biegen in die Stadt ab, andere fahren später auf die E22 nach Norden und nach Süden. Nur wenige nehmen wie wir die Landstraße 47.

Ich habe ein Sandwich gegessen, ein Trinkjoghurt steckt im Fach der Autotür, zwischen den Sitzen steht ein Becher heißer Kaffee mit Plastikdeckel.

Ich bin auf dem Weg nach Hause.

Die Straße führt durch die Fichtenwälder von Småland, doch hier und da erstrecken sich auch Felder und Wiesen mit zarten Nebelschleiern. Zwei Rehe stehen im Gras und wittern.

Um kurz vor sechs rollen wir das letzte Stück über den Schotterweg durch den Wald. Mittlerweile bin ich richtig müde, doch mein Magen kribbelt vor Vorfreude. Bald.

Alles sieht noch so aus wie immer. Das Haus, das Grundstück am See, das Wasser. Die hohen Fichten.

Ich parke den Wagen und schalte den Motor aus. Die Stille hallt in den Ohren. Ich berühre Großvater am Arm.

»Wir sind da.«

Verschlafen öffnet er die Augen, während ich aussteige und mich strecke. Ich spüre die kühle Morgenluft auf der Haut. Die Feuchtigkeit durch den nahen Wald.

Nur Vogelzwitschern und das Knacken des abkühlenden Motors sind zu hören.

Bevor ich irgendetwas anderes mache, muss ich zum See.

Hinter dem Haus gehe ich den Abhang hinunter zum Wasser. Es ist windstill, der See liegt spiegelblank da. Wasserläufer huschen vorbei, Libellen jagen einander. Beim Schilf durchbricht ein Fisch die Wasseroberfläche, dann ist es wieder ruhig.

Dieser Ort. Fast hätte ihn mir die Tat meines Vaters vor neunzehn Jahren genommen. Aber nur fast.

Wir schlafen aus. Niemand stört uns. Das Handy ist die meiste Zeit ausgeschaltet. Wenn ich es einmal einschalte, sehe ich Anrufe und Nachrichten von unbekannten Nummern, die ich alle ignoriere.

Großvater fährt in die Stadt zum Einkaufen. Ich bade im See, und das Wasser fühlt sich warm und weich an, nicht so eiskalt wie das Meer in Ajkeshorn. Vielleicht bin ich ja doch eine Wasserratte.

Wir essen Joghurt und Müsli zum Mittagessen, und am Abend grillen wir Würstchen auf Großvaters Kugelgrill. Trinken Leichtbier dazu, zum Nachttisch gibt es Eis.

Dann sitzen wir auf der Veranda und blicken hinaus aufs Wasser. Der Tag war recht warm, doch jetzt kühlt es ab.

»Was willst du mit der Wohnung machen?«, fragt Großvater.

Ich überlege, was in der Frage mitschwingen könnte, bevor ich antworte. Er meint wohl, dass Madde sicher nicht zurückkommt.

»Ich weiß es nicht«, sage ich schließlich.

»Du kannst jederzeit wieder bei mir einziehen, wenn du möchtest. Das weißt du.«

»Ja.«

Ich liebe meinen Großvater, aber ich werde nicht wieder bei ihm einziehen. Dafür habe ich mich zu sehr verändert.

Großvater kümmert sich um den Abwasch, und ich gehe hinunter zum See. Lasse das Wasser über meine nackten Füße schwappen.

Ich denke an die Wohnung und die Tatsache, dass Madde jetzt tatsächlich nur eine halbe Stunde mit dem Auto von mir entfernt sein könnte. Plötzlich sehe ich es vor mir: Ich öffne die Tür und rufe nach Madde, sie antwortet ein wenig überrascht aus dem Wohnzimmer, ich gehe hinein, während sie mir ein wenig unsicher entgegenkommt. Ihr Gesichtsausdruck ist abwartend, aber auch sehnsüchtig und liebevoll, und wir fallen uns in die Arme, o Gott, sie ist so warm und riecht so gut.

Das Bild ist so lebendig, dass mein Mund ganz trocken wird vor Sehnsucht.

Ich muss sie anrufen.

Eigentlich hatte ich warten wollen, bis sie bereit ist und sich bei mir meldet, nach den Geschehnissen in der letzten Nacht in Ajkeshorn. Aber was, wenn sie darauf wartet, von mir zu hören?

Ich schalte mein Handy ein und rufe sie mit klopfendem Herzen an. Wenn sie jetzt antwortet, werde ich kein Wort herausbringen, sie wird hören, wie nervös und aufgewühlt ich bin. Aber scheiß drauf, wozu soll ich mich noch verstellen.

Das Handy am Ohr blicke ich aufs Wasser. Atme mit offenem Mund. Mir ist leicht schwindelig.

Es läutet. Einmal, zweimal, dreimal, ein viertes Mal.

Klick.

»Hallo, hier ist Madde, ich kann gerade nicht rangehen. Bitte hinterlassen Sie eine Nachricht, ich melde mich.«

Piep.

»Äh … Also … Hallo, ich bin's. Ich … äh … bin zu Hause, also, im Sommerhaus. Man hat mich freigelassen, wie du vielleicht weißt. Ruf mich zurück.«

Klick.

Warum habe ich nicht gesagt: »Ich vermisse dich«, oder: »Ich sehne mich nach dir«, oder: »Ich liebe dich«?

Fuck. Wie schwer kann das denn sein?

Unruhig gehe ich am Wasser auf und ab.

Okay. Immerhin habe ich sie angerufen. Sei nicht zu hart zu dir, sage ich mir.

Plötzlich bin ich todmüde und könnte auf der Stelle einschlafen.

Da klingelt das Handy.

Mein Herz setzt einen Schlag aus, dann galoppiert es geradezu vor freudiger Erwartung. Dass Madde mich sofort zurückruft, muss doch etwas bedeuten, oder?

Das muss es einfach.

Ich melde mich, ohne genauer nachzusehen, wer der Anrufer ist, und höre die vertraute Stimme.

Soraya.

»Hallo, Isak, störe ich?«

Ich räuspere mich und schlucke. Versuche, mich zu beruhigen.

»Äh, nein.«

»Ich wollte Ihnen nur sagen, dass man in Ajkeshorn ein Testament gefunden hat.«

Soraya berichtet mir, was darin steht.

Und da wird mir alles klar.

Kapitel 66

Ich drücke auf die Klingel neben der Eingangstür von Ajkeshorn.

Der Wind peitscht die Baumkronen, jede Sekunde kann es zu regnen anfangen. Ich trage nur eine dünne Regenjacke über dem Hoodie und fröstele. In meinem Rucksack habe ich Zahncreme, Zahnbürste und Wechselkleidung dabei. Auf dem Rückweg werde ich wohl in Visby übernachten.

Es ist Ende September. Seit gut zwei Monaten bin ich wieder auf freiem Fuß, doch es kommt mir viel länger vor. Als wäre das alles schon viele Jahre her.

Der Micra steht noch vor dem Haus. Ich bin hier, um ihn abzuholen.

Zumindest ist das mein Vorwand.

Ich drücke noch einmal auf die Klingel.

Die Gotlandfähre war fast leer. Keine Schlangen im Restaurant, es gab genügend freie Fenstertische. Das Meer war etwas unruhig, doch ich wurde nicht seekrank. Von Fårösund aus musste ich ein Taxi nehmen, der Bus fährt auf Fårö wohl nur im Sommer. Die Sommerhäuser entlang der Straßen sind unbewohnt. Die ganze Insel strahlt Kälte aus, wirkt grau und distanziert. Das letzte Stück vom Wald nach Ajkeshorn bin ich zu Fuß gegangen.

Zum dritten Mal drücke ich die Klingel. Nichts rührt sich im Haus. Niemand kommt zur Tür. Außer dem Micra stehen keine Autos auf dem Wendeplatz. Doch ich bin mir ziemlich sicher, dass Madde hier ist. So muss es sein.

Ich spähe durch das schmale, hohe Fenster neben der Tür. Alles sieht aus wie bei meinem letzten Besuch.

Ich klingele ein letztes Mal, glaube aber nicht mehr, dass jemand öffnet. Dann will ich auf die Rückseite zur Terrasse gehen. An der Hausecke angekommen höre ich, wie die Haustür doch noch geöffnet wird. Ich drehe mich um.

Da steht Madde.

Sie trägt eine Bluse aus dünnem, fast durchsichtigem Stoff, mit gelben, orangefarbenen, hellbraunen und roten Streifen. Enge weiße Jeans. Große Ohrringe. Elegantes Make-up.

Sie sieht hammergut aus, aber auch ganz anders, als ich sie kenne. Das bestätigt, was ich bereits weiß. Als meine Freundin hatte sie nur eine Rolle gespielt.

Ist das jetzt die echte Madde?

Das Muster auf der Bluse sieht aus wie Flammen. Ein elegantes und bequemes Feuer, in dessen Nähe man sich aufhalten kann. Hübsches Detail.

Sie sieht mich abweisend an. »Du hättest vorher anrufen und sagen können, dass du kommst.«

»Das habe ich.«

»Aber du hast nicht gesagt, dass du schon auf dem Weg hierher bist.«

»Hätte das eine Rolle gespielt?«

»Was willst du?«

»Das Auto holen. Und ein wenig reden.«

Ich stehe jetzt vor ihr. Sie hat die Tür nur einen schmalen Spalt geöffnet, als wäre ich ein Vertreter, den sie gleich wieder wegschickt.

»Die Polizei hat gefragt, ob ich ein Besuchsverbot gegen dich erwirken will.«

»Meine Anwältin hat mir von dem Testament erzählt.«

»Aha.«

Immer noch abweisend.

»Ich will nur fünf Minuten mit dir reden.«

Schließlich zieht Madde die Tür auf und lässt mich herein.

Ich folge ihr durch den langen Flur mit den Wandlampen, die wie Schrott aussehen. Wir kommen am Innenhof vorbei, in dem Barbro gerade die Hängematte abnimmt. Sie sieht aus wie immer. Die grauen Haare im Nacken zum Knoten geschlungen, das lange schwarze Kleid.

»Wer ist sie eigentlich?«, frage ich.

»Keine Ahnung, aber sie war schon immer hier.«

Vor zwei Monaten war ich überzeugt, dass sie halb Vogel, halb Mensch war. Jetzt bin ich mir da nicht mehr so sicher. Die Erinnerung, wie sie auf meine Brust krabbelt und mich wie ein Rabe anblinzelt, ist so deutlich wie eh und je. Wie die Zimtschnecke, die ich vor ein paar Stunden auf der Fähre gegessen habe. Aber ich weiß auch, dass das Hirn eigene Bilder und Erinnerungen erschaffen kann.

»Was hast du mir an dem letzten Abend eigentlich gegeben?«

»Wann?« Madde dreht sich im Gehen halb zu mir.

»Nach dem Abendessen mit Großvater.«

»Ach, ein bisschen von allem. Du musstest schlafen.«

Vielleicht liegt Soraya mit ihrer Vermutung richtig, dass man dort, wo Barbro herkommt, Schafsaugen isst. In manchen ländlichen Gegenden gab es das vor Jahren noch.

»Möchtest du einen Kaffee?«, fragt Madde, als wir in der Küche angekommen sind. »Oder ein Glas Wein?«

»Nichts, danke. Ich bleibe nicht lang.«

Im gleichen Augenblick prasselt der Regen schwer aufs Dach und die Terrasse, eine Regenwand zieht vom Meer zu uns.

»Verdammt«, sagt Madde und schiebt die Glastür zur Seite. »Hilf mir mal.«

Rasch legen wir die Kissen der Sitzgarnitur in eine große, mit Plastik ausgekleidete Holzkiste.

»Du hast neue Kissen gekauft, wie ich sehe.«

»Ja, einen Teil musste ich ja ersetzen, warum dann nicht gleich alles. Dunkelblau ist sowieso besser. Auf Cremeweiß sieht man jeden Fleck.«

Stimmt.

Madde klappt auch den großen Sonnenschirm zusammen und bindet ihn fest. Die Wellen donnern gegen den Strand. Graue Bergketten aus Wasser, die sich in weißem Schaum auflösen.

Wir hasten wieder in die Küche zurück, und Madde schließt die Glastür.

»Was wirst du mit dem Haus machen?«, frage ich.

»Das weiß ich noch nicht. Ein Museum einrichten vielleicht.«

»Und die Angestellten?«

»Die meisten müssen natürlich gehen. Aber ein paar werden sicher bleiben. Wir werden versuchen, das Erbe angemessen zu verwalten.«

»Wie lange warst du bei ihm?«

»Das habe ich doch gesagt. Ein Jahr ungefähr, bevor du und ich uns kennengelernt haben.«

»Hast du ihn geliebt?«

Madde sieht aus dem Fenster.

Ich glaube eigentlich nicht, dass sie über die Antwort nachdenken muss. Eher, wie viel sie mir erzählen will. Schließlich sagt sie: »Ja, ich habe ihn geliebt. Sehr sogar. Er war alles für mich. Er hat an mich geglaubt, mir vertraut. Er hat mir das Tor zu seiner Welt geöffnet. Hat mir gezeigt, wie das Leben sein kann. Er war ein Genie, und ich durfte ihm gehören. Also ja, ich habe ihn geliebt.«

»Und trotzdem wollte er, dass ich dich umbringe.«

Maddes Gesicht wird noch angespannter.

»Er war auch ein eifersüchtiger Junkie mit Hirntumor. Aber das war nicht sein wahres Ich.«

»Das warst du, oder? Du hast ihm die Überdosis verpasst?«

Madde sieht mich aufmerksam an. Nachdenklich. Überlegt wohl, was sie antworten soll.

»Setz den Rucksack ab und zieh die Jacke aus«, sagt sie schließlich.

»Warum?«

»Mach es einfach.«

Widerwillig gehorche ich. Stelle den Rucksack auf einen Stuhl, hänge die Regenjacke über die Rückenlehne. Sie kommt zu mir und legt die Arme um mich. Spreizt die Hände auf meinem Rücken.

Ich seufze tief. Wie sehr habe ich mich nach der Berührung ihres Körpers gesehnt. Ich habe mir eingeredet, dass ich nur wegen des Autos hier bin und um ihr vielleicht noch zu sagen, dass ich sie durchschaut habe und weiß, was sie getan hat. Um mich danach endgültig von ihr zu verabschieden.

Tja. Mein Herz und mein Körper sagen etwas anderes. Ich lege die Arme um sie.

Ihre Hände bewegen sich über meinen Rücken, nach unten, über meine Taille, meinen Hintern. Als ob sie nach etwas sucht.

»Was machst du da?«, frage ich.

»Ich muss überprüfen, ob du verkabelt ist.«

Sie tastet auch meine Beine systematisch ab, Oberschenkel, Waden, Vorder- und Rückseite.

Sie glaubt, die Polizei könnte mich geschickt haben, um heimlich ein Geständnis aufzuzeichnen.

Ich verfluche mich selbst, dass ich so enttäuscht bin.

Sie durchsucht auch meine Regenjacke, dann den Rucksack, sieht in alle Taschen, befühlt alles. Madde wäre eine gute Zollbeamtin, sie ist schnell und methodisch.

Endlich ist sie fertig, setzt sich auf einen Stuhl und sieht mich fest an.

»Na los«, sagt sie. »Was willst du wissen?«

Ich setze mich ebenfalls. »Du hast ihm die Überdosis verpasst, oder?«

»Ja. Das war einfach. Er hatte getrunken und Tabletten genommen, Schmerzmittel, Beruhigungsmittel, alles. Er war nicht sehr aufmerksam.«

»Und das Testament? Davon wusste er nichts, richtig?«

Madde schüttelt den Kopf. »Nein. Weißt du noch, als ich im April nach Stockholm gefahren bin?«

»Ja.«

»Da habe ich das arrangiert. Er war nicht richtig bei sich, konnte aber noch unterschreiben.«

Ich nicke und lächele bitter. »Das ist schon ziemlich verdächtig, dass er alles dir hinterlassen haben soll. Mein Vater hat nur sich selbst geliebt. Sonst niemanden.«

Madde verzieht den Mund und legt den Kopf schräg. »Vor ein paar Wochen wolltest du deinen Vater auf keinen Fall sehen. Du wolltest nichts mit ihm zu tun haben. Und jetzt bist du sauer, weil du nichts erbst.«

Ich schüttele den Kopf. »Nein. Ich will nichts von seinem Erbe. Es ist vergiftet.«

»Warum bist du dann hier?«

»Ich wollte nur von dir hören, was genau passiert ist.«

»Nein. Du bist hier, weil du mich noch liebst. Du willst, dass wir wieder zusammenkommen.«

Darauf weiß ich einen Moment lang keine Antwort. »Wer bist du eigentlich? Was du mir über deine Eltern erzählt hast ... das Sommerhaus an der Riviera ...«

»Ich bin aus Hökarängen. Habe mit meiner Mutter in einer Zweizimmerwohnung zur Miete gewohnt. Als ich dann Fredriks

Welt kennenlernte, wollte ich natürlich bleiben. Wem wäre es nicht so ergangen?«

»Nur wenige hätten dafür getötet.«

»Sagt der, der seinem Vater die Kehle durchgeschnitten hat.«

Ich schweige.

»Er hat mich verzaubert«, fährt Madde fort. »Und als ich gemerkt habe, wie einsam er war und dass ich diejenige war, die ihm am nächsten stand, habe ich mich verliebt. Ich dachte, wir würden den Rest unseres Lebens zusammen verbringen. Als er mir dann erzählt hat, dass er einen Sohn hat, zu dem er wieder Kontakt haben wollte ... Na ja, das fand ich nicht so toll, das ist dir sicher klar. Du warst ein Konkurrent.«

»Warum hast du bei diesem kranken Plan dann überhaupt mitgemacht? Warum hast du ihm geholfen?«

»Ich kannte Fredrik schon ziemlich gut. Mir war klar, dass er einen anderen Weg finden würde, wenn ich ihm nicht half. Und er würde es mir vorwerfen. Würde mich vielleicht sogar verlassen. Das Risiko konnte ich nicht eingehen. Also es lieber selbst machen und die Kontrolle behalten.«

»Ich begreife es trotzdem nicht. Als Großvater hier war und ich ihm nachlaufen wollte, da hast du meinem Vater geholfen, mich davon abzuhalten. Wäre es nicht einfacher gewesen, mich gehen zu lassen? Dafür hätte er dir ja kaum die Schuld geben können.«

Madde schüttelt den Kopf. »Ich spielte eine Rolle. Und die musste ich zu hundert Prozent ausfüllen. Wenn ich in jeder Situation erst überlegt hätte, ob ich mich vielleicht anders verhalten sollte, hätte es nicht funktioniert. Zumindest hätte ich es dann nicht gekonnt.«

Nach einer kurzen Pause fährt sie fort.

»Aber du sollst wissen, dass es nicht schwer war, diese Rolle zu spielen. Deine Freundin zu sein. Im Gegenteil. Ich mochte es sehr. Ich mochte dich sehr, Isak.«

»Aber du hast mich nicht geliebt.«

»Nein. Weißt du, was ich davon hatte, mit dir zusammen zu sein? Fredrik wurde eifersüchtig. Und da wusste ich, dass er mich auch liebt.«

Ich habe das geahnt, doch es laut ausgesprochen zu hören, schmerzt trotzdem mehr, als ich gedacht hätte. Ich reibe mir das Gesicht.

»Du machst dir was vor«, sage ich mit möglichst ruhiger Stimme. »Glaubst du nicht, dass mein Vater auch mit seinen anderen Assistentinnen ins Bett gegangen ist? Natürlich hat er das getan. Er wollte dich besitzen, Macht über dich haben. Das ist keine Liebe.«

Ich will sie verletzen, so wie sie mich verletzt hat, doch das scheint sie nicht zu kümmern.

»Noch was?«

»Du hast das Opfer gebracht, Madde. Oder? Du hast jemanden getötet, den du geliebt hast. Und jetzt gehört dir alles. Die ganze Welt! Du hast Superkräfte! Wie fühlt sich das an?«

Madde steht auf. »Ich will nichts von dem, was noch in der Wohnung ist. Du kannst alles wegwerfen, was du nicht selbst behalten willst. Ich hole nur schnell die Autoschlüssel, dann gehst du.«

Sie verlässt die Küche. Ich bleibe sitzen. Blicke ein letztes Mal zum Meer. Ich komme sicher nie wieder zurück nach Ajkeshorn.

In mir ist nur noch Leere. Doch der Schmerz hat starke Beine und kräftige Lungen. Er wird mich einholen.

Als ich Maddes Schritte höre, stehe ich auf.

Sie streckt mir die Autoschlüssel entgegen, doch sie gehören zu dem Lamborghini.

»Fredrik wollte, dass du ihn bekommst.«

Ich sehe, dass sie eine neue Tätowierung auf der Innenseite des Unterarms hat.

Erkenne die Symbole wieder.
Ihr Feuer ist jedenfalls größer als meins.

DANKSAGUNG

Ich danke Stefan Otto und Magnus Karlsson für ihre wertvollen Einblicke in die Welt der modernen Kunst.

Außerdem danke ich meinem Agenten Federico Ambrosini, der Salomonsson Agency, meiner Verlegerin Helene Atterling und meiner Lektorin Ulrika Åkerlund, beide vom Albert Bonniers Förlag. Euer Enthusiasmus und eure konstruktiven Anmerkungen haben einen unschätzbaren Beitrag zu diesem Buch geleistet.

Das schöne Cover hat Elina Grandin gestaltet. Martin Cederblad hat den Launch in wunderbaren Fotos festgehalten. Man kann schon mit weniger zum Narzissten werden.

Therese Cederblad, Hanna Bäärnhielm und Martin Ahlström haben wie immer fantastische Arbeit geleistet und das Buch zu den Leserinnen und Lesern gebracht. Danke für eure Energie und Kreativität.

Danke, Pia, für deine Unterstützung, deine Ehrlichkeit und deine Liebe.